I0788701

PROLOGUE

Je gambadais sur la plage en poussant de petits cris tandis que mes orteils s'enfonçaient dans le sable humide après la pluie matinale.

Je me moquais bien qu'il ait plu. Je serais bientôt dans l'eau.

— Le dernier à l'eau est un œuf pourri ! claironnai-je d'une voix légèrement trop aiguë pour une enfant de six ans.

Presque sept, en fait.

— Ou un œuf *corrompu*, renchérit mon père d'un ton ironique que je ne compris pas, ce qui lui valut un regard de réprimande de la part de ma mère.

Le soleil scintillait à travers les nuages ; ses rayons capturaient le vent et me faisaient sourire. Je m'étais toujours imaginée pouvoir voler dans les nuages, et m'y rouler en riant avec ma meilleure amie.

Sauf que je n'avais pas de meilleure amie. Enfin, pas encore ! Dans mes rêves, j'avais des tonnes d'amis, et pour être honnête, j'avais même un dragon.

Parce que c'était mon rêve, d'accord ?

J'atteignis le rivage et pataugeai dans l'écume. Je n'avais

pas le droit d'aller plus loin. Pendant ce temps-là, mes parents étalaient l'une de ces gigantesques serviettes dans lesquelles mon père aimait m'envelopper après une journée à la plage. Je fis une grimace lorsqu'il se pencha pour embrasser ma mère.

— C'est dégoûtant ! criai-je.

Il m'adressa un clin d'œil et m'assura que je comprendrais un jour. Selon lui, il n'y avait aucune raison de ne pas montrer publiquement son affection.

Alors que je le fixais d'un regard vide, il sortit la glacière, et je courus vers eux. Il se mit à rire lorsque je tirai sur son short de bain.

— Papa, je peux avoir un Mr. Freeze ?

— Bien sûr, dit-il en en sortant deux. Orange ou fraise ?

Il me proposait toujours deux parfums.

Et je choisissais toujours les deux.

— Choisis-en un, ordonna ma mère d'un air sévère alors que je les arrachais tous les deux des mains de mon père.

Il fit une nouvelle fois ce truc dégoûtant avec sa bouche sur la sienne, mais cela détourna l'attention de ma mère suffisamment longtemps pour que je puisse ouvrir les emballages des deux glaces avec mes dents.

J'enfournai les deux Mr. Freeze dans ma bouche et lui souris quand elle me regarda à nouveau en poussant un soupir.

Une fois que j'eus fini de les manger, j'observai les vagues pendant que mes parents parlaient de choses qui ne m'intéressaient pas. Ils aimaient se chamailler à propos de mon avenir. Pourquoi maintenant, enfin ? On était à la *plage*.

Même s'ils ne me laissaient jamais vraiment nager, il y avait des endroits sur la plage où je pouvais trouver de super coquillages, et je repérais parfois des mirages au-delà des dunes quand le soleil se reflétait sur l'eau juste comme il le fallait.

— Je peux aller aux dunes ? demandai-je à ma mère.

Elle lança un regard inquiet à mon père, mais j'étais sûre qu'il me soutiendrait. Il aimait mon « goût pour l'aventure », comme il disait.

— Est-ce qu'elle est assez grande ? s'enquit ma mère d'une voix craintive qui me fit grimacer.

Évidemment que j'étais assez grande ! Je pouvais faire du vélo, siffler et souffler une énorme bulle de chewing-gum. Ça signifiait que j'étais pratiquement une adulte, pas vrai ?

— Laisse-la y aller, dit-il avec des yeux doux où se lisait une tristesse que je ne compris pas. Elle a un avenir difficile qui l'attend, si l'on en croit tes rêves.

Mon cœur se serra, mais je ne savais pas pourquoi.

Ses rêves ?

Pourquoi les rêves de ma mère diraient-ils que je vais être malheureuse ?

Ses yeux brillaient sous le soleil. Je n'arrivais pas à savoir si c'était un effet de la lumière… ou si elle pleurait.

— T'as raison, répondit-elle en sortant quelque chose de sa poche. Mais seulement si tu portes ça, chérie. Ça te protégera.

Je me précipitai vers elle et mes yeux s'écarquillèrent lorsqu'elle glissa un collier autour de ma tête.

— Ce n'est pas la vraie, précisa-t-elle en pinçant l'amulette en forme d'œuf avec ses doigts. Tu n'es pas encore prête pour ça, mais…

Elle se pencha et souffla sur la pierre, provoquant un picotement à travers mon corps. Elle me fit un sourire et me pinça la joue.

— Tout comme toi, j'ai aussi un peu de magie, mon bébé.

— *Mamaaan*, pleurnichai-je. Je ne suis pas un bébé !

Mon père gloussa et m'embrassa sur le sommet de la tête.

— Évidemment que tu n'en es pas un, ma chérie. Maintenant, va jouer ! Ne reviens pas avant d'avoir une aventure à nous raconter !

Je courus sur le sable en poussant un cri et écartai les bras pour accrocher le vent avec mes paumes, m'imaginant m'envoler dans les airs.

Un scintillement de plumes dorées me rejoignit peu après, mon seul ami au monde.

— On fait la course ! criai-je à Solstice.

Le pinson doré semblait n'apparaître que lorsqu'il n'y avait personne pour le voir.

Ma mère disait que j'avais juste une imagination débordante, mais je savais que ce n'était pas le cas. Solstice était *réel*, et je prouverais un jour à tout le monde à quel point nous étions tous les deux spéciaux.

Solstice gazouillait et volait dans les airs en battant farouchement des ailes pour réussir à garder le rythme tandis que je hurlais de joie.

Les dunes culminaient à l'horizon, et j'enfonçai mes pieds dans le sable pour m'élancer dans les airs.

Le collier sur ma poitrine bourdonna de mon énergie, et mes pieds se levèrent du sol, me faisant ainsi voler pendant une minute, suffisamment haut pour que je puisse apercevoir les vagues sauvages qui déferlaient sur le rivage du côté du soleil couchant.

Peut-être que mon imagination s'emballait effectivement un peu, me dis-je, mais j'avais l'impression que c'était bien *réel*.

Au moins, je pouvais apprécier le moment.

Une lueur au loin attira mon attention, et je me mis à planer et à l'observer tandis que des dragons semblaient y caracoler en hurlant vers les cieux.

Solstice leur répondit en poussant des cris, comme s'il voulait se joindre à leurs jeux.

Un jour, semblait-il dire.

Un jour... nous serons des leurs.

Je repris mon souffle lorsque j'atterris doucement sur le rivage. Mes yeux scrutèrent l'horizon, mais tout avait disparu.

Mon collier était devenu froid ; la petite once de magie que ma mère y avait mise avait déjà disparu, et bientôt il se dissipa en cendres entre mes doigts.

— Maman ! clamai-je, extatique, en courant dans la direction par laquelle j'étais venue. Maman ! Je les ai vus ! J'ai vu les dragons !

Mes pieds frappaient le sable avec frénésie alors que la joie étirait un sourire sur mon visage, lorsque je la trouvai en train de regarder fixement la mer.

Quelque chose n'allait pas.

Mon père se débattait dans l'eau en criant mon nom.

Mon sang se glaça lorsqu'il glissa sous l'eau.

Je courus vers lui et plongeai dans les flots tandis que Solstice lançait un dernier avertissement.

Les dragons que j'avais vus auparavant grouillaient sous les vagues, et l'un d'eux tenait mon père en otage.

— Papa ! hurlai-je en sombrant… toujours plus profond…

Jusqu'à ce que tout devienne noir.

L'INVITATION

Neuf ans plus tard...

Confortablement installée dans mon coin sombre préféré de la bibliothèque, je mâchouillais le bout d'un bâton de viande séchée comme si c'était un cigare. Ma routine, qui consistait à me perdre dans mes romans fantastiques préférés, fut interrompue par le champion d'athlétisme le plus sexy d'Oakland High. Il était entré dans la pièce et me fixait du regard.

Je levai les yeux vers Max Green en me demandant ce qu'il pouvait bien faire dans la bibliothèque.

— J'ignorais que tu savais lire, dis-je en lançant la première vanne qui me vint à l'esprit.

Plutôt que de se montrer vexé, il me fit un sourire charmeur, qu'il réservait habituellement aux pom-pom girls vulgaires, et s'appuya sur l'une des lourdes étagères. Il fit courir ses doigts sur les reliures des livres, et je ne pus m'empêcher de suivre des yeux le mouvement lent et délibéré.

— Je pensais bien te trouver là.

Il dit ça d'un ton neutre, comme si je ne venais pas d'être

extrêmement grossière. Cependant, il le méritait. Les Hôteliers, à savoir les fils et filles des familles riches qui possédaient l'hôtel au bord du lac non loin de là, étaient rarement sympas avec moi, et il valait mieux que j'attaque la première.

De plus, son père était le patron de ma mère et il s'était comporté comme un vrai connard ces derniers temps.

— Ton père ne devrait pas envoyer son fils faire son sale boulot, dis-je pour lui montrer que je savais parfaitement pourquoi il était là. Ma mère a dit qu'elle aura ses documents la semaine prochaine, d'accord ? Elle n'a que quelques jours de retard, et ce n'est même pas de sa faute.

Ma mère avait été super stressée par toute cette histoire. En tant que comptable du fameux et luxueux Silver Lake Resort, elle devait faire face à beaucoup trop de responsabilités, souvent avec des échéances irréalistes.

Max gloussa de nouveau, et son regard bleu captivant menaça d'affaiblir mes défenses.

— Détends-toi, OK ? Je me fiche des déclarations d'impôts de mon père. Je suis là pour t'inviter à ma fête.

Il fit glisser son sac à dos de son épaule et en sortit un papier sur lequel étaient dessinées des vagues et des lettres sous forme de graffitis ringards :

« Surfe sur la vague ! Feu de camp ce soir. Soirée improvisée au Silver Lake Resort. Délinquants uniquement ! »

Je pris le papier et le retournai pour l'examiner.

— Délinquants uniquement ?

Max se frotta la nuque, le mouvement mettant en évidence ses bras toniques, preuve des nombreuses heures de natation qu'il effectuait au lac.

— Ouais, Henry pensait que ce serait marrant. Il n'est pas graphiste, mais je lui avais promis qu'il pourrait faire ce qu'il voudrait.

Il haussa les épaules et baissa son regard d'un bleu saisissant, me donnant l'opportunité de respirer à nouveau.

— J'ai juste pensé que t'aimerais venir.

— Pourquoi ? demandai-je, sceptique à l'idée que *Max Green* veuille vraiment que le « drôle d'oiseau » solitaire qui n'avait pas d'amis, à savoir moi, se pointe à sa fête pour jeunes branchés.

J'avais le béguin pour lui depuis l'école primaire, mais c'était un secret que j'emporterais dans ma tombe.

Il me surprit en s'agenouillant. C'était la première fois qu'un des Hôteliers se mettait à mon niveau, au sens figuré ou au sens propre. Il prit l'un des livres et commença à le feuilleter. Je me mordis l'intérieur de la joue, parce qu'il avait attrapé un roman sur des dragonniers, ce qui était probablement complètement ringard à ses yeux. J'adorais lire n'importe quelle histoire avec des dragons, surtout celles où humains et dragons se liaient d'amitié. Cela me semblait juste... naturel. J'avais toujours mieux compris les animaux que n'importe qui à l'école, alors j'avais beaucoup plus de facilité à m'y identifier.

— Pour m'excuser, j'imagine, dit-il sans faire de commentaire sur le livre en le reposant. J'ai entendu mon père au téléphone avec ta mère.

Je tressaillis. Oui, ça avait été assez brutal. Il y a quelques jours, le fisc s'était penché sur le cas de l'hôtel dans le cadre d'une enquête fiscale, et ça ne sentait pas bon. Ils voulaient tout mettre sur le dos de ma mère, et tout ce que je savais, c'était qu'elle ne se laissait pas faire. Je n'avais pas eu droit à plus de détails.

— Je ne sais pas si c'est une bonne idée, avouai-je. Ton père sera furieux s'il apprend que j'étais à l'hôtel en train de fouiner.

La dernière chose que je voulais, c'était de faire perdre son travail à ma mère. Mon estomac se serra un instant. Et si c'était le plan de Max ?

Pourtant, parmi tous les élèves de l'école, Max avait

toujours été correct avec moi. Je ne dirais pas qu'il faisait des pieds et des mains pour être gentil, mais on avait une sorte de pacte de non-agression.

— Ce sera sur la plage, donc techniquement, ce n'est même pas sur la propriété de l'hôtel, dit Max en me lançant à nouveau un sourire enjôleur. La zone est publique. Mon père a eu beau essayer de l'acheter à la ville, ils n'y ont pas encore renoncé. Réfléchis-y juste, d'accord ?

Il se leva et me fit un clin d'œil qui fit faire un saut périlleux à mes entrailles.

— On se voit au déjeuner.

Je le regardai s'éloigner, attendant qu'il tourne au coin avant de reprendre mon souffle. Sérieusement, « on se voit au déjeuner » ? Je n'avais pas déjeuné avec un autre être humain depuis probablement, eh bien... depuis toujours.

— On se voit au déjeuner, dis-je à haute voix en imitant son ton sulfureux.

Ton qui faisait invariablement entrer mon corps et mon esprit en guerre. Je savais que je ne devrais jamais m'impliquer avec aucun des Hôteliers, mais les papillons dans mon ventre semblaient avoir leur propre opinion sur la question.

Décidant de ne plus y penser pour l'instant, je fourrai l'invitation dans mon sac à dos et plaçai délicatement mes livres en piles bien ordonnées. Je ne m'attendais pas à ce que cette section de la bibliothèque soit perturbée, et savais qu'elle serait telle quelle lorsque je reviendrais. La bibliothécaire, Mlle Jenny, aimait appeler la section des livres fantastiques mon petit « nid » rien qu'à moi. Apparemment, j'empilais les livres autour de moi presque comme un cocon.

Je saluai la vieille dame en sortant. Comme d'habitude, elle avait attaché ses boucles grises en arrière dans un chignon désordonné, et des mèches folles s'en échappaient. Elle me fit un grand et sincère sourire, et de nouvelles rides apparurent au coin de ses yeux alors qu'elle me disait de bien me tenir pour mes professeurs et de ne pas trop lire. Après tout, j'avais déjà lu trois fois la plupart des livres de la bibliothèque. Enfin, ceux qui m'intéressaient.

En chemin vers ma salle de classe, le brouhaha des élèves me submergea. J'avais souvent l'impression d'être une visiteuse invisible à l'intérieur de mon propre corps. Personne ne semblait me remarquer ; certains des garçons les plus costauds me rentraient dedans si je n'esquivais pas à temps. Les filles ne faisaient que grimacer si je m'approchais trop près, comme si j'avais une sorte d'infection mortelle dont je n'étais pas consciente et qui se transmettait par simple contact.

Mais aujourd'hui, rien de tout cela ne me dérangeait.

Max Green m'avait invitée à sa fête, et même si cela aurait dû déclencher une centaine de signaux d'alarme dans mon esprit, je m'en fichais. Le carton d'invitation était une preuve tangible dans mon sac à dos, et lorsque je m'assis à mon pupitre pour mon deuxième cours de la journée, je me surpris à le sortir juste pour le sentir entre mes doigts.

C'était réel. Et même si c'était insignifiant ou ridicule, même s'il y avait une autre raison pour laquelle il m'avait invitée, c'était la preuve que quelqu'un dans cette école savait que j'existais, et pour une fois, ça faisait du bien.

— Mlle Reid, gronda la professeure, ce qui me fit lever le regard.

Toute la classe me dévisageait.

— Euh... Oui, Mme Jhones ?

Elle plissa les yeux vers mes mains qui se trouvaient sous mon bureau.

— Pas de téléphone en classe, s'il vous plaît, ou je vais devoir le confisquer.

Je me rendis compte que je tenais toujours l'invitation dans mon sac et qu'on aurait probablement pu croire que j'envoyais des textos. Je hochai la tête et poussai mon sac à dos sous ma chaise tandis que Mme Jhones reprenait son cours sur une équation mathématique que j'avais déjà résolue dans ma tête depuis plus de vingt minutes.

C'était précisément la raison pour laquelle je n'avais pas d'amis dans cette école. Je préférais de loin lire ou résoudre des problèmes dans ma tête plutôt que d'écouter un professeur radoter sur des choses que je connaissais déjà. D'où mon air absent dont les autres se moquaient. Ma mère avait essayé de me faire sauter des classes, mais mon père avait exprimé des inquiétudes quant à mon développement social. Depuis sa mort, je pense que ma mère et moi essayions d'adapter autant que possible nos vies selon ses souhaits, mais je savais que ce n'était pas la vie qu'il aurait envisagée pour moi. Il avait vu à quel point j'avais du mal à nouer des amitiés, et ce, depuis toujours. Ce n'était pas mon niveau scolaire qui posait problème.

C'était moi.

Lorsque la cloche retentit, je me dépêchai de me rendre à mon prochain cours. Non pas parce qu'il était loin, mais parce que la jungle des couloirs d'Oakland High était un endroit où je risquais plus de me faire piétiner qu'autre chose. Il valait mieux que je me cache dans la bibliothèque ou que je me rende à ma prochaine salle de classe, où je pourrais sortir un livre et profiter de quelques minutes de lecture supplémentaires avant que les cours ne reprennent.

Alors que j'esquivais l'un des géants de l'équipe de football américain, qui était à deux doigts de m'écraser comme une fourmi, je me demandai ce que mon père penserait de l'invitation à la fête de Max.

Il voudrait que j'y aille.

Il dirait que peu importe le motif, ou même si l'invitation avait un objectif caché, il s'agissait d'une fête avec de vraies personnes de mon âge, et dans un environnement qui éliminait ce qui me rendait différente.

Il n'y avait pas de résultats d'examens sur une plage, ni de professeurs qui influençaient subtilement le statut social d'un élève. Ce serait un endroit où je pourrais me fondre un peu mieux dans la masse, m'amuser ou...

Ou alors, je pourrais en profiter pour voir ce que l'employeur de ma mère manigançait vraiment.

C'était une bonne chose que je puisse exceller dans mes cours les yeux fermés, parce que je ne pus me concentrer sur rien d'autre pendant le reste de la journée. Y aurait-il un moyen d'entrer dans l'hôtel ? Qu'est-ce que j'y chercherais, de toute façon ? L'ancien bureau de mon père contenait peut-être quelque chose d'utile. Je me souvenais de son emplacement, car je n'oublierais jamais la façon dont ma mère l'avait décrit.

Un bureau avec vue sur l'océan à des kilomètres à la ronde.

Je doutais qu'il y eût beaucoup de bureaux qui correspondaient à cette description. Je pourrais y entrer et en sortir sans que personne ne s'en aperçoive.

Parce que pour tous les autres, j'étais tout simplement invisible, pas vrai ?

Cette fois, je n'essayai même pas de me dépêcher d'aller à la cafeteria pour faire la queue avant tout le monde. J'attendis mon tour et aperçus Max qui emportait son plateau à l'extérieur, entouré de ses amis.

J'aimais moi aussi manger dehors, et je réajustai mon sac à dos sur mes épaules avant d'emporter mon plateau de pizza molle et de pudding au chocolat à ma place habituelle. Le jardin comprenait des bancs sur lesquels les étudiants se serraient comme des sardines ; c'est pourquoi je préférais un chêne géant près de la frontière du campus.

Je m'installai par terre à l'ombre et regardai les autres étudiants parler et rire. Les interactions me fascinaient toujours : les filles étaient obsédées par les tenues des autres et les garçons faisaient des blagues stupides que je n'avais jamais trouvées très drôles.

Un petit gazouillis attira mon attention alors que je venais de prendre la première bouchée de ma pizza. Je la posai et essuyai la graisse de ma main.

— Salut, Solstice. Qu'est-ce que tu fais là ?

Le minuscule pinson jaune battit des ailes et se percha sur mon doigt tendu avant de remuer la tête de gauche à droite en me regardant avec des yeux empreints d'intelligence.

Je savais que les animaux étaient plus intelligents que ce que les gens pensaient. C'était un peu comme les bébés. Ce n'était pas parce qu'une chose ne pouvait pas parler qu'elle était stupide.

Les gens faisaient souvent cette erreur à mon sujet.

Le petit oiseau avait été mon seul et unique ami d'aussi loin que je m'en souvenais, ce qui me paraissait étrange. D'après les recherches que j'avais faites, les pinsons ne vivaient que quatre à sept ans, douze au maximum, et alors que j'avais moi-même seize ans, je ne me souvenais pas d'un moment où le petit oiseau n'avait pas fait partie de ma vie. Il avait donc au moins treize ans. Ma mère était convaincue que Solstice était en fait l'un des nombreux petits pinsons qui aimaient s'installer à Oakland, mais on ne voyait généralement ces oiseaux sauvages qu'au printemps. Solstice restait avec moi toute l'année, même en hiver.

Il gazouilla de nouveau vers moi, comme pour me dire qu'il voulait juste me dire bonjour.

Je grattai soigneusement le sommet de sa tête avec mon petit doigt tout en souriant. Je ne savais peut-être pas comment m'entendre avec les gens de mon espèce, mais cela n'avait pas d'importance quand j'avais un ami comme Solstice.

Le bruit de quelqu'un qui se raclait la gorge attira mon attention, et je levai les yeux. Julie Emmerson était en train de me fixer. Elle croisa les bras, faisant remonter son décolleté au passage.

— Alors, j'ai entendu dire que Max t'avait invitée à la fête. Tu vas pas venir, hein ? C'est juste une combine pour voir si tu vas vraiment te pointer.

Elle se pencha et baissa la voix.

— On sait tous que ton père est mort là-bas et que t'es terrifiée par l'eau.

— Pardon ? répliquai-je sèchement.

Je sentais la rage monter en moi. Solstice s'envola, me laissant livrée à moi-même. Je n'en voulais pas à l'oiseau. Moi aussi, je m'envolerais loin de Julie Emmerson si je le pouvais.

Elle plissa ses yeux trop maquillés, qui dégoulinaient littéralement d'eye-liner.

— C'est quoi ce truc avec l'oiseau ? T'es Blanche-Neige ou quoi ? dit-elle en ricanant. Nan, c'est pas possible. T'as les pieds beaucoup trop grands.

Elle donna un coup de pied à ma botte.

— C'est Cendrillon qui a de petits pieds, répondis-je.

Cette idiote pourrait au moins ne pas confondre les contes de fées.

Elle fronça les sourcils.

— Écoute. Je t'aime bien. Tu sais où est ta place et tu ne te mêles pas des affaires des autres. Tu n'as rien à faire ici, et au moins tu le sais. Mais si tu te pointes ce soir, ce serait complètement déplacé, alors n'y pense même pas.

Je sais où est ma place ?

Je me levai et lui lançai mon meilleur regard foudroyant. Elle tressaillit, ne s'attendant manifestement pas à ce que je me défende.

— Écoute, lançai-je d'un ton cassant. Je sais que ma famille n'est pas riche et que j'ai été autorisée à fréquenter cette école par courtoisie envers mon père, mais ça ne change rien. La bourse d'études que *vos* familles ont ouverte au nom de mon père stipule que si je parviens à maintenir de bonnes notes, je pourrai fréquenter Oakland High.

Et par *maintenir de bonnes notes*, ils voulaient dire que je devais conserver une moyenne parfaite de 20/20, ce que je savais qu'aucun d'entre eux ne s'attendait à ce que je sois capable de faire.

— Ça n'a rien à voir avec ma « place », repris-je, alors retourne auprès de tes hyènes de copines pour parler de vos tours de taille et laisse-moi tranquille. Je ne t'ai pas demandé de venir m'embêter.

Elle me fixa, bouche bée, tandis qu'un groupe à portée de voix nous fixait ouvertement.

— La vaaaaaache, murmura l'une des filles avant qu'une de ses amies ne lui assène un violent coup de coude dans les côtes.

Julie ricana et se pencha vers moi.

— Écoute, *drôle d'oiseau*, je ne laisserai personne de ton espèce me parler comme ça. C'est ton dernier avertissement. Tu te pointes ce soir ? T'es *morte*.

Elle tourna sur ses talons et donna un coup de pied dans mon plateau, puis m'ignora royalement alors que ma pizza et mon pudding au chocolat atterrissaient dans l'herbe.

Tout le jardin se mit à vibrer d'excitation face à ce « crêpage de chignon », y compris Max Green, qui observait la scène de ses yeux bleus intenses. Des yeux qui me mettaient au défi de m'en prendre à ceux qui étaient « meilleurs que moi ».

Eh bien, accroche-toi à ta coquille de sport, Max Green, parce que vous allez tous voir ce qui se passe quand un drôle d'oiseau décide de s'envoler.

Le reste de ma journée d'école traîna en longueur et j'étais plus que prête à sauter sur mon vélo et à rentrer chez moi. Je me moquais de savoir qu'il faisait presque trente-cinq degrés. Cet été, l'air était particulièrement étouffant dans le Michigan. La brise sèche qui soufflait pendant que je pédalais aussi vite que possible me donnait l'impression que si je poussais un peu plus fort, je pourrais m'envoler vers le ciel et tout laisser derrière moi.

Le fait de tourner dans ma rue me rappela à quel point la vie aurait été différente si mon père était encore en vie. Grâce à sa position de vice-président du Silver Lake Resort, mon enfance avait été remplie d'événements somptueux et m'avait permis d'avoir tous les animaux en peluche que je pouvais désirer, ainsi qu'une maison quatre fois plus grande que la bicoque dans laquelle ma mère et moi vivions à présent.

Mais je me rendais compte maintenant que je me fichais de tout ça. Alors que je dépassais à toute vitesse les manoirs pour rejoindre l'unique quartier ouvrier d'Oakland, où vivaient tous les employés de l'hôtel, je savais que rien de tout cela n'avait vraiment d'importance. Ni les événements mondains, ni le luxe, et encore moins les gens snobs qui ne s'intéressaient qu'aux chiffres de leur compte en banque.

Tout ce que je voulais, c'était revoir mon père. Un souhait qui ne serait jamais exaucé.

Aucun de ces gosses de riches ne savait à quel point ils avaient de la chance. Aucun d'entre eux n'avait perdu leur père dans le lac, noyé en essayant de me sauver alors que j'étais prise dans un courant.

Ma mère disait que c'était une bénédiction que je sois trop jeune pour m'en souvenir. Personne n'avait besoin de revivre une telle chose. Elle me montrait souvent des photos de mon père me tenant dans ses bras alors que j'étais bébé, juste pour me rappeler à quel point j'avais toujours été aimée.

Je le savais, mais cela ne changeait rien au fait que j'avais constamment l'impression que ma vie était en suspens, dans l'attente de quelque chose qui n'arriverait jamais.

Il était temps de changer ça. Alors que je m'engageais dans mon allée, je décidai d'arrêter d'avoir peur. D'arrêter d'être si isolée.

Je posai mon vélo contre le garage rouillé, sans prendre la peine de mettre l'antivol, parce que les jeunes du coin ne rêveraient même pas de voler un vélo dont la chaîne tenait à peine. Les Hôteliers avaient de bien meilleures bicyclettes, qu'ils laissaient souvent à l'extérieur, et si elles venaient à disparaître, ils étaient souvent trop fainéants pour signaler leur disparition.

Je tapotai tout de même mon fidèle destrier pour lui dire au revoir avant de rentrer dans la maison.

— Salut, maman, dis-je en remarquant immédiatement qu'elle était exactement dans la même position que celle dans laquelle je l'avais laissée ce matin.

Elle était penchée sur son bureau qui faisait office de table à manger, entourée de papiers éparpillés. Elle me fit un signe de la main distrait et je vis des taches d'encre sur ses doigts.

— Salut, Vivi, répondit-elle sans lever les yeux. T'as passé une bonne journée ?

— Mmm, murmurai-je en me dirigeant vers le réfrigérateur pour en sortir les courses que j'avais achetées la veille.

Je déposai du poulet et quelques légumes sur le comptoir avant de plonger sous l'évier pour en sortir une tasse de riz. Si je ne préparais pas le dîner, ma mère oublierait tout simplement de manger, et je ne pouvais pas me contenter indéfiniment de bâtons de viande séchée.

Je sifflai un vieil air en hachant le poulet avant de le jeter dans un bol et de le mélanger à des épices.

Ma mère leva enfin les yeux de son travail et les plissa avec méfiance.

— T'as l'air heureuse. Il s'est passé quelque chose à l'école aujourd'hui ?

Mon humeur joyeuse tourna court lorsque je réalisai que je n'avais aucune idée de comment j'allais parler de la fête à ma mère. Elle n'était pas comme les autres mères. Elle s'en ficherait, et elle serait probablement ravie pour moi.

Mais le lac ?

Ce serait un gros « non ».

— Euh, ouais, en fait, annoncé-je en continuant de remuer le poulet avec les épices. J'ai été invitée à une fête et je pensais y aller, si ça ne te dérange pas.

Ses sourcils se levèrent.

— Une fête ?

— Oui, dis-je en essayant de garder une voix posée.

J'allumai la cuisinière et enduisis la poêle d'huile de noix de coco, mon ingrédient secret clé.

— C'est à l'autre bout de la ville, mentis-je.

Elle appuya sur le sommet de son stylo avec son pouce, faisant cliqueter le mécanisme à plusieurs reprises. Lui parler de la fête était risqué si elle savait qu'il y aurait un feu de joie à côté de l'hôtel, ce dont elle serait probablement au courant si elle était allée au bureau. Un coup d'œil jeté à notre table de cuisine, aux papiers éparpillés et à sa tasse de café de la veille m'assura qu'elle n'avait pas quitté la maison depuis des jours, ce qui n'était pas surprenant étant donné qu'elle préférait travailler à la maison. Elle n'aimait pas aller au bureau, car le Silver Lake Resort était très proche de l'endroit où nous avions perdu mon père.

— Alors pourquoi tu me prépares le dîner ? me demanda-t-elle en souriant, et je me détendis aussitôt.

Elle passa ses mains sur son pantalon et me rejoignit pour s'emparer de ma spatule.

— Vas-y. Choisis ce que tu vas mettre et prends ton temps pour une fois. Je m'occupe de ça.

La fête n'avait pas lieu avant deux heures, mais le petit sourire amusé qui illumina le visage de ma mère me fit chaud au cœur. Je lui pinçai la joue.

— Ça te va bien, lui dis-je.

Elle sourit.

— Quoi ? Tu veux dire mon maquillage vieux de deux jours ?

— De sourire, fis-je remarquer en riant.

Avec les galères quotidiennes que la vie nous réservait, sourire était une chose bien trop rare chez nous.

Elle retourna mon poulet alors qu'il n'était pas encore assez cuit, mais je m'abstins de tout commentaire.

— Eh bien, voir ma petite fille heureuse me fait sourire. Il y aura des garçons ? Qu'est-ce que je raconte ? Évidemment qu'il y aura des garçons ! T'as des vues sur l'un d'entre eux ?

— Maman ! m'offusquai-je. Je n'ai vraiment pas envie de parler de ça avec toi.

Elle aspira une bouffée d'air comme si elle avait vingt ans

de moins et que nous étions deux meilleures amies en train de cancaner.

— Il y *a* un garçon !

Je lui fis un signe de la main pour la faire taire et pivotai sur mes talons pour m'enfuir à l'étage.

— Je ne parlerai pas de ça avec toi ! répétai-je d'une voix outrée.

Son rire me suivit dans les escaliers alors que je courais vers ma chambre, mais j'avais le sourire aux lèvres. Je fermai la porte et m'y appuyai avant de prendre une profonde inspiration pour me calmer. Peut-être que je dramatisais vraiment tout ça et qu'il voulait juste me voir. Cependant, même s'il ne m'accordait son attention que pour rendre son ex jalouse, je m'en fichais. J'allais en profiter, peu importe le temps que ça durerait, parce que je voulais essayer quelque chose de différent. Une nouvelle vie où je n'aurais plus à me cacher dans ma bulle invisible. Une vie où Max Green m'invitait à une fête et voulait parler avec moi, rire avec moi… et peut-être même m'embrasser.

Le sang me monta aux joues et je me couvris le visage. Je ne voulais pas devenir une de ces adolescentes en mal d'amour, et peut-être que Max avait une arrière-pensée et que je ne devrais pas m'emballer comme ça.

Un léger coup de bec à la fenêtre me fit sortir de mon dilemme hormonal. Je me précipitai à l'autre bout de la pièce et ouvris la vitre, laissant entrer la brise humide ainsi qu'un pinson aux reflets dorés qui me salua en gazouillant.

— Salut, Solstice, dis-je, incapable de faire disparaître le sourire niais de mon visage. Tu vas m'aider à choisir ma tenue ?

Il se posa sur l'extrémité surélevée du montant de mon lit et inclina la tête vers moi en me regardant de ses yeux noirs globuleux.

Je fronçai les sourcils.

— N'aie pas l'air aussi critique. C'est juste une fête.

Je ne savais pas si les oiseaux pouvaient avoir des préférences en matière de personnes, mais Solstice ne semblait pas aimer Max. Il pépia à nouveau d'un ton grave et désapprobateur lorsque j'ouvris mon armoire.

Ignorant ses protestations, je fouillai dans mes vêtements en me demandant ce que j'allais bien pouvoir mettre. Je passai en revue ma garde-robe, inchangée depuis des années ; depuis que j'avais enfin cessé de grandir. Je ne m'étais jamais vraiment préoccupée de mon look. Qui avais-je besoin d'impressionner ?

Je jetai des habits sur le lit et commençais à me sentir découragée, lorsque je tombai sur un joli débardeur à paillettes que ma mère m'avait acheté pour mon anniversaire. Je ne savais pas pour quelle occasion elle s'était imaginé que je porterais un truc pareil. Peut-être avait-elle espéré que ce jour viendrait où je ferais enfin le grand saut dans le monde socialisé.

Je le sortis, inspirai profondément et le tins contre ma poitrine.

— Qu'est-ce que t'en penses ? demandai-je à Solstice.

Je dus le chercher un instant, et le vis perché sur ma commode en train de me foudroyer du regard. Il se mit à s'agiter sur le rebord du meuble en me lançant des piaillements d'avertissement.

— Allez, Solstice, me plaignis-je en posant une main sur ma hanche. C'est quoi ton problème ?

Il gazouilla à nouveau, et cette fois, cela ressemblait fortement à « *Reste* ».

— Je ne vais pas rester ici, affirmai-je en jetant mon haut sur le lit au-dessus de la pile de vêtements avant de m'approcher de la petite créature. Je vais aller à cette fête, OK ? Et si tu n'as pas l'intention de me soutenir, tu n'as qu'à t'en aller, dis-je en pointant la fenêtre du doigt. Qu'est-ce que tu choisis ?

Solstice sautilla plusieurs fois, pépia de mécontentement, puis s'envola par la fenêtre, sapant mon moral alors que la pièce semblait s'assombrir sans sa présence.

Essayant d'ignorer le léger malaise que créait en moi son rejet, j'ouvris ma commode et fouillai dedans pour chercher l'un de mes beaux soutiens-gorge. J'en trouvai un qui portait encore l'étiquette d'un prix exorbitant et l'arrachai avec mes dents. Ma mère n'était définitivement pas comme les autres.

— Ce n'est qu'un oiseau, me dis-je en grommelant.

Mais même moi, je savais que ce n'était pas tout à fait vrai. Solstice m'avait accompagnée toute ma vie, du moins d'aussi loin que je m'en souvenais. J'aimais prétendre que mon père m'avait envoyé cet esprit bien intentionné pour veiller sur moi alors qu'il ne pouvait plus être là.

Si Solstice ne voulait pas que j'aille à l'endroit où mon père était mort, c'était peut-être un avertissement que j'aurais dû écouter.

Mais je n'en fis rien.

FÊTE SUR LA PLAGE

Le vent s'engouffrait dans mes oreilles et soufflait dans mes cheveux tandis que je filais dans les rues sombres sur mon vélo.

Aujourd'hui, je me moquais bien de ne pas avoir un vélo de grande classe, car je me rendais à une fête à laquelle Max Green en personne m'avait invitée. Personne ne pourrait dire que je n'étais pas la bienvenue, parce que c'était sa fête, près de chez son père, et même si je n'étais pas assez naïve pour penser qu'il n'avait pas un objectif secondaire, j'allais m'amuser… et m'adonner à un objectif secondaire de mon côté. Parce que si je me retrouvais dans l'ancien bureau de mon père à l'hôtel à la fin de la soirée et que je découvrais des secrets que l'établissement essayait de cacher… ce serait sans faire exprès, n'est-ce pas ?

Le virage serré de la route où je faisais normalement demi-tour était baigné par la douce lumière de lampadaires, et le lac non loin de là chargeait la brise d'effluves accueillants. Je me surpris à me laisser aller à un rare sourire et accélérai.

Allant bien trop vite pour m'arrêter, je ne pus rien faire

d'autre que de serrer le guidon lorsque j'entendis le rugissement sauvage d'une Corvette derrière moi. J'aurais reconnu ce moteur n'importe où. Peu importe que mon vélo et moi-même fussions bardés de réflecteurs et de lumières. Tout ce que mes protections réussissaient à faire, c'était fournir une cible à Julie.

Je jetai un coup d'œil par-dessus mon épaule, juste à temps pour voir la décapotable faire une embardée vers moi. Je compris à la dernière seconde qu'elle n'allait pas me percuter. Non, Julie et ses amies avaient une autre idée en tête, et je les entendis ricaner alors que la voiture fonçait à travers une gigantesque flaque de boue.

Merde.

Je fis un écart et faillis perdre l'équilibre lorsque la vague me frappa, m'inondant de crasse froide et humide. La Corvette s'éloigna en direction du lac en faisant crisser ses pneus, et Julie me souffla un baiser. Leurs rires s'éteignirent, emportés par le vent.

M'arrêtant de justesse, je jetai ma bicyclette à terre, le souffle court. Ma tentative de débarrasser mes mains de la boue en les secouant ne réussit qu'à en mettre partout sur mes pieds. Je baissai les yeux. Mon haut à paillettes était complètement fichu, et je pouvais déjà sentir la boue sécher dans mes cheveux.

Les larmes montèrent, mais je les refoulai avec une détermination impitoyable.

Tu ne gagneras pas aujourd'hui, me jurai-je avant d'enlever mon débardeur et mon short ruinés.

J'avais eu la bonne idée de mettre un maillot de bain sous ma tenue. Épargné par l'attaque, il épousait mes courbes, et scintillait dans l'humidité ambiante. Pas mal.

Mais que faire pour mes cheveux ? Je retournai mon débardeur et me frottai la tête du mieux que je pus, puis ramenai les mèches détachées en une queue de cheval désordonnée avec un élastique que je gardais en permanence autour de mon poignet.

Utilisant le rétroviseur de mon vélo, je rabattis quelques autres mèches rebelles et inspectai le résultat. Satisfaite, je saisis mon vélo et commençai à marcher, trop énervée pour pédaler.

Les quinze minutes de marche restantes me permirent de me calmer et je garai mon engin sous les arbres avant de m'avancer sur la plage.

J'aperçus Julie au loin en train de tripoter Max. Il avait pourtant l'air plus intéressé par sa bière. Appuyé contre une table, il était éclairé par les flammes rugissantes du feu, qui reflétaient de jolis tons dorés et cuivrés sur les contours de son visage. Hypnotisée, je m'approchai lentement.

Il dut sentir que je l'étudiais, car il jeta un coup d'œil dans ma direction, puis me parcourut du regard.

Je remarquai que tous les autres étaient entièrement vêtus. J'avais complètement oublié qu'il ferait froid ce soir ; même si nous étions en été, la côte pouvait parfois connaître des vagues de froid. Mais, tordue comme j'étais, je n'avais jamais froid, quoi qu'il arrive. C'était un vrai problème, et ma mère devait constamment me rappeler de porter une veste pour que je ne tombe pas malade, même si je ne me souvenais pas d'une seule fois où j'avais été souffrante.

Oui, il y avait tout un tas de choses qui ne tournaient pas rond chez moi, ce qui expliquait pourquoi je ne m'entendais pas très bien avec les autres. J'étais trop bizarre et d'habitude, vu que je rasais les murs et faisais tout pour ne pas me faire remarquer, j'étais invisible à leurs yeux.

Ce soir, je n'avais définitivement pas ce problème. Je verrouillai mes genoux pour qu'ils ne se dérobent pas face à tant d'yeux braqués sur moi en même temps. J'étais là, les bras ballants, pratiquement à poil devant la moitié des élèves de mon lycée, tous emmitouflés dans des pulls et des écharpes.

— Ah bah voilà, maintenant, c'est la fête ! cria l'un des potes de Max, en retirant son t-shirt. Je dois me mettre à son niveau ! Apportez les bières, et que la fête commence !

Les gens acclamèrent, et Julie me fusilla si durement du regard que j'eus l'impression qu'un trou pourrait bien se former dans ma poitrine.

Max attrapa un des gobelets rouges et le remplit à partir d'un fût. Il s'approcha de moi et me tendit le verre.

— Eh bien, tu sais comment faire une entrée.

Ma bouche s'ouvrit sur un son silencieux, quelque chose entre « Merci » et « Oh, mon Dieu, je vais mourir d'humiliation ».

Heureusement, Max ne parvint pas à déchiffrer ce que je voulais dire et ricana en passant son bras autour de mes épaules. Il parcourut la foule du regard. Autour de nous, les gens commençaient à enlever des vêtements en enchaînant les bières.

— Je savais que tu mettrais de l'ambiance à la fête. J'étais déçu qu'il fasse froid ce soir.

— Ouais, réussis-je à glousser en dépit de ma gorge sèche. Le temps peut être imprévisible sur le lac.

Par réflexe, je jetai un coup d'œil aux eaux sombres, et je ressentis une douleur au cœur en songeant à mon père.

— Tu vas boire ça ? me demanda Max, coupant court à mes pensées.

Il trinqua avec moi.

— Ça va te détendre.

Je haussai les sourcils.

— Qu'est-ce qui te fait dire que je ne suis pas, euh, détendue ?

Il gloussa et se pencha de sorte que ses lèvres frôlent mon oreille. Un frisson me parcourut.

— T'as peut-être dupé tout le monde ici, mais je sais que t'es sur le point de décamper. Relâche la pression, Viv, et détends-toi. C'est une fête, après tout.

Je le gratifiai d'un petit rire nerveux et regardai à nouveau mon verre. Ça ne me ferait probablement pas d'effet, étant donné la façon bizarre dont je réagissais, ou plutôt ne réagissais pas, aux choses. Je pris donc une longue gorgée pour le satisfaire avant de scruter la silhouette sombre du Silver Lake Resort. Si tout le monde finissait saoul, je pourrais peut-être m'éclipser sans me faire repérer, puisque je n'étais clairement pas invisible ce soir.

— C'est mieux, dit-il avant de pousser des cris de joie en direction de ses amis et de boire son verre cul sec. Montez le son !

À partir de là, la fête s'intensifia ; la musique était à fond et tout le monde s'amusait. Bien sûr, Julie et ses amies continuèrent à me lancer des regards haineux, suivant mes moindres faits et gestes. Max ne me quitta pas d'une semelle, son bras enlaçant mes épaules, et je n'étais pas mécontente de sentir son corps musclé contre le mien.

— C'est quoi ? Un tatouage ? me demanda-t-il en effleurant le tourbillon blanc sur mon épaule gauche.

Je pus presque sentir Julie fulminer lorsqu'il me toucha, mais ça n'était pas pour me déplaire.

— Ce n'est rien, répliqué-je avec un rire nerveux, enfouissant à nouveau mon visage dans mon verre.

— C'est bizarre pour un tatouage, poursuivit-il comme s'il ne m'avait pas entendue, faisant toujours courir ses doigts sur les tourbillons élaborés. Je crois que je n'avais jamais vu de tatouage blanc avant, pas avec de l'encre, mais c'est trop complexe pour être une tache de naissance.

— Il y a plein de tatouages blancs, dis-je tandis que le mensonge que ma mère m'avait appris roulait sur ma langue.

Il s'agissait en fait d'une tache de naissance, mais qui croirait un truc pareil ?

— Ils nécessitent juste plus de soins après coup.

Il fredonna d'un air pensif, et ses doigts tracèrent à nouveau la marque.

— Eh bien, c'est magnifique.

Il sourit et se pencha pour déposer un léger baiser à la racine de mes cheveux.

— Tout comme toi.

Je retins mon souffle et fus presque reconnaissante lorsque les amis de Max nous interrompirent et commencèrent à échanger des histoires. Et par échanger des histoires, je veux dire que je sirotais mon dernier verre pendant que les gars parlaient du fait qu'ils étaient tous géniaux et se disputaient pour savoir qui était le coureur d'athlétisme le plus rapide.

Mais Julie avait dû le voir m'embrasser, car elle s'approcha de nous quelques minutes plus tard.

— Alors t'es une salope maintenant ? lança Julie en croisant les bras, faisant gonfler ses seins pour montrer son décolleté.

Elle avait enlevé son pull et ne portait plus qu'un jean et son soutien-gorge, mais la chair de poule sur sa peau trahissait le fait qu'elle devait être frigorifiée.

— Exluse… Euh, j'veux dire, excuse-moi ? Tu peux parler ! dis-je, surprise par mon bafouillage.

Bon, peut-être que l'alcool m'affectait un peu, en fait.

Elle sourit face à mon état d'ébriété manifeste.

— Je devrais peut-être dire à ton père que t'as pas l'âge de boire, déclara-t-elle avant de se couvrir la bouche. Oh, c'est vrai, je peux pas. Il est mort.

Tous les muscles de mon corps se raidirent alors que je résistais à l'envie de lui mettre une gifle. Quelques bières de plus et j'aurais perdu le contrôle.

— Julie, intima Max sur un ton d'avertissement. Ça suffit.

Elle se tapota le menton.

— Il s'est noyé, mmh, juste là, non ?

Ma vision vira au rouge, et quelqu'un se mit à crier. Je ne réalisai que c'était moi qu'après avoir bondi sur Julie et enfoncé mes doigts dans ses cheveux pour lui plaquer la tête contre le sol.

Heureusement, nous étions sur une plage et le sable n'était pas trop compact à cet endroit, sinon j'aurais pu réellement la blesser. Mais, sur le moment, je me fichais de savoir si je lui faisais mal ou non ; je voulais juste qu'elle arrête.

Des bras puissants me séparèrent de la fille, et telle une furie, je laissai échapper un grognement presque inhumain. C'était quelque chose auquel je n'avais pas eu à faire face depuis longtemps. Quand j'étais petite, je faisais des « crises primitives », comme ma mère les appelait, des sortes de crises de colère sous stéroïdes, de pures pertes de contrôle. Cela n'arrivait que lorsque je sentais que justice devait être rendue ou que j'avais été profondément lésée. C'était du moins ce que j'avais essayé de lui expliquer, mais elle m'avait simplement dit que j'étais une enfant horrible à élever et qu'elle ne savait pas comment elle aurait fait sans mon père pour me garder dans le droit chemin.

Il n'y avait plus personne pour me garder dans le droit chemin, et c'était l'une des nombreuses raisons pour lesquelles il valait mieux que je me tienne loin des gens en général. Je mordis une main qui s'était approchée trop près de ma bouche, mais j'entendis un grognement masculin tandis qu'on m'entraînait à l'écart.

— Tu n'étais pas obligée de me mordre, se plaignit l'un des potes de Max en secouant sa main.

Max gloussa en m'éloignant du feu, en direction de l'eau.

— Je t'avais dit de ne pas l'attraper comme ça, lui fit-il remarquer.

Il posa doucement la main sur mon épaule. Je tressaillis.

— Hé, ça va ? Je suis désolé. Elle est juste furieuse que je ne veuille pas me remettre avec elle. Je l'ai pourtant surprise en train de me tromper… Elle peut devenir vicieuse quand on lui dit non.

J'aspirai de grandes bouffées d'air frais pour reprendre mes esprits et me retournai pour regarder derrière moi. Julie était retenue tant bien que mal par ses amies, les cheveux et le visage pleins de sable. Elle les repoussa violemment en me criant des obscénités, mais ne fit pas mine de nous suivre.

Je me tournai vers Max.

— C'est pour ça que tu m'as invitée ? Tu voulais te servir de moi pour la rendre jalouse ?

— C'est pas ça, se défendit Max.

— Ouais, il aurait pu utiliser n'importe quelle amie de Julie s'il voulait juste la rendre jalouse, enchérit le plus grand de ses potes avec un sourire en coin. Les pom-pom girls sont à fond sur toi, mec.

Ses copains ricanèrent, et cela m'embêtait qu'ils continuent à marcher avec nous jusqu'au rivage. Le Silver Lake Resort était l'un des rares lieux emblématiques du lac Silver Lake, isolé au milieu de quelques plages publiques très convoitées. Ces plages étaient le résultat d'une combinaison de facteurs naturels et humains, et chaque année, des camions remplis de sable frais devaient être amenés pour réapprovisionner les côtes.

Mes orteils s'enfonçaient dans le sable alors que nous atteignions l'eau, laissant derrière eux des résidus scintillants dans mes empreintes de pas. Le vrai sable de Silver Lake contenait des minéraux naturels qui brillaient. C'était d'ailleurs l'une des raisons pour lesquelles les touristes affluaient ici.

Les amis de Max entrèrent dans l'eau, leurs empreintes plus larges laissant derrière elles davantage de grains étincelants. Max allait rarement quelque part sans que la moitié de l'équipe d'athlétisme ne vienne vénérer ses moindres faits et gestes. Le grand était Henry, et les jumeaux aux cheveux blonds et en bataille, et aux yeux bleus magnifiques étaient Michael et Kevin. Cependant, je n'étais jamais capable de distinguer lequel était lequel.

— Alors *pourquoi* tu m'as invitée ? insistai-je. Henry a raison. T'aurais pu utiliser n'importe laquelle de ces filles.

— Mais aucune d'entre elles ne l'aurait énervée comme toi, dit-il à voix basse.

Je lui lançai un coup d'œil. Je savais qu'il disait vrai, mais il cachait quand même quelque chose.

— Je vois.

Je serrai les poings et me tournai pour partir.

— Eh bien, merci, mais non merci. Je vais y aller maintenant.

Il saisit mon poignet et je me figeai.

— Viv, écoute, je suis désolé. Je t'aime bien, d'accord ? Allons juste… Allons juste nous baigner et nous détendre un peu, OK ?

Je jetai un coup d'œil vers ses potes qui s'éclaboussaient dans l'eau en se plaquant les uns les autres, s'amusant comme des fous. Je savais que l'eau était probablement froide, ou du moins qu'elle leur semblerait froide, et une partie de moi avait envie de se glisser dans le lac sombre et satiné et de ne jamais en ressortir. Même si j'avais perdu mon père ici, j'adorais l'eau. Je l'avais toujours adorée.

— Seulement si tu me fais une promesse, répondis-je en le regardant droit dans ses yeux bleus.

— Tout ce que tu veux, m'assura-t-il avec un sourire en desserrant son étreinte.

— Je veux voir l'ancien bureau de mon père.

Il se figea tandis qu'une ombre passait sur son visage. Il se ressaisit un instant plus tard, et je me demandai si je ne l'avais pas imaginée.

— Ouais, je peux arranger ça. Viens juste te baigner avec moi.

Il me lâcha et me tendit la main, me laissant le choix de la prendre.

En dépit du bon sens, je glissai mes doigts entre les siens.

Ce fut la plus grosse erreur de ma vie.

BAIGNADE

Réprimant un frisson, je me glissai dans l'eau fraîche et essayai de profiter du moment. C'était agréable d'être à nouveau là, même si je ne me souvenais pas vraiment de la dernière fois où j'avais été complètement immergée dans le lac. Une petite partie de moi faisait sonner une cloche d'alarme dans ma tête, me disant que je ne pouvais pas faire confiance à Max, et même si je faisais comme si tout allait bien, j'avais subi un profond traumatisme ici, un traumatisme que Julie venait de me rappeler impitoyablement.

Je ne savais pas si c'était l'alcool, ou simplement la lassitude que j'éprouvais à l'égard de moi-même, mais je repoussai tous ces sentiments et entremêlai mes doigts à ceux de Max en m'enfonçant de plus en plus dans l'eau, jusqu'à ne plus avoir pied. Je lui permis de glisser ses mains autour de ma taille et de me serrer contre lui. Ses potes nous avaient laissé un peu d'espace, et jouaient maintenant à qui pouvait nager le plus loin.

— Tu penses que c'est sans danger ? lui demandai-je en remarquant que j'avais du mal à flotter à la surface.

Mais Max pouvait encore toucher le fond, alors j'enroulai mes jambes autour de sa taille et m'accrochai à lui.

Il interpréta mon geste différemment, apparemment, car ses doigts remontèrent le long du bas de mon dos tandis qu'il faisait planer ses lèvres au-dessus des miennes.

— Ils peuvent se faire tuer, je m'en fiche. Tu m'as fait remettre en question tous mes plans.

— Tes plans ? murmurai-je alors qu'il se rapprochait de moi, ses lèvres menaçant de combler la distance qui nous séparait.

— Hé ! cria l'un des jumeaux. On n'embrasse pas l'ennemi !

Max gloussa et me cala contre lui tandis que sa main parcourait la courbe de mes fesses.

— Laisse-la enrouler ses jambes autour de toi et tu changeras aussi d'avis, Kevin.

— Changer d'avis sur quoi ? questionnai-je.

La lucidité me revenait tandis que les vagues froides m'éclaboussaient le visage. Je tentai de me démêler de la star d'athlétisme qui m'avait fait basculer dans une sorte de torpeur hormonale, mais ses bras musclés ne me laissèrent aller nulle part.

— Tu vas nous dire ce que ta mère a sur l'hôtel, lança d'un ton sec le frère jumeau de Kevin, dont les yeux bleus rivalisaient d'éclat avec ceux de Max.

Je me figeai.

— Quoi ?

Max poussa un long soupir.

— T'es vraiment un rabat-joie, tu sais, Michael !

Henry nagea jusqu'à nous et m'attrapa par le bras, menaçant de m'arracher à la star d'athlétisme, mais la peur me fit enfoncer mes chevilles.

Max gloussa.

— Tu vois ? Elle en pince pour moi. Et si j'avais réalisé

quel genre de corps elle avait sous ses fringues, je me la serais tapée plus tôt.

Il me saisit brutalement et me rapprocha de lui pour plaquer sa bouche sur la mienne alors que je tentais de pousser un cri.

Non. Ça ne devait pas se passer comme ça. Ça ne *devrait* pas se passer comme ça. Toutes les sonnettes d'alarme dans ma tête se déclenchèrent en même temps et mon cœur se mit à battre la chamade.

Je parvins à repousser Max et lui donnai un coup de pied violent avant de m'éloigner de lui à la nage.

Le seul problème, c'était que j'avais évité le lac toute ma vie et que je n'étais donc pas une bonne nageuse. Je coulai immédiatement et l'eau se referma sur mes oreilles, m'engloutissant dans un grondement aquatique qui m'empêchait de penser clairement. Au lieu de cela, une panique générale s'empara de mes sens.

Max va-t-il me faire du mal ?

Ils veulent des informations sur ma mère ?

C'est quoi cette histoire ?

Est-ce que je vais me noyer ?

La dernière crainte toucha une corde sensible, et je me mis à battre des jambes, cependant des bras puissants me tirèrent hors de l'eau. Je toussai, crachai et essayai d'appeler à l'aide, mais fus à nouveau plongée sous l'eau.

Au moment où mes poumons commençaient à brûler, on me fit remonter à la surface et je me retrouvai face à face avec Max. Fini le gars un peu fantasque qui semblait me comprendre et qui gardait ses distances. L'alcool et mes gestes stupides l'avaient transformé en une créature diabolique. Plus aucune bienveillance ne se lisait dans ses yeux bleus, qui étaient désormais sombres et vitreux.

— Tu veux pas de moi ? Très bien. Je vais pas te forcer, mais tu vas me dire ce que ta mère a sur l'hôtel. Elle essaie d'épingler mon père pour dix ans de prison et je ne vais pas tolérer ce genre d'attaque contre ma famille. C'est trop pathétique comme tentative de vengeance.

— Je ne sais pas de quoi tu parles, m'emportai-je avant d'être à nouveau plongée sous l'eau.

Quand Max me fit remonter, des taches noires brouillaient ma vision.

— Hé, Max, je crois qu'elle en a eu assez, dit Kevin.

— Non, grogna Max en me prenant à la gorge. Si elle ne nous dit pas ce qu'elle sait, ma famille sera détruite. Et je n'ai pas travaillé aussi dur pour regarder tout mon avenir être anéanti.

Je vis la peur dans ses yeux sombres, et je compris ce qu'il voulait dire. Si son père allait en prison, l'entreprise familiale passerait à quelqu'un d'autre et le déshonneur l'obligerait à quitter Oakland High. Il perdrait tout. Ses amis, son statut, et sa bourse d'études une fois son diplôme en poche.

— Je t'ai dit que je ne savais rien, grognai-je, n'ayant ni l'énergie ni la patience pour cela.

— Alors pourquoi est-ce que tu voulais que je t'emmène dans l'ancien bureau de ton père, hein ? gronda-t-il en m'attirant contre lui.

Sa main plongea sous l'eau et m'attrapa par la hanche. Je me figeai sous ses doigts enfoncés dans ma chair.

— Tu ne portes pas grand-chose… T'essayais de me distraire de ton véritable objectif, c'est ça ? Eh bien, peut-être que Julie avait raison et que tu veux jouer à la salope maintenant.

Il glissa ses doigts sous la bretelle de mon bikini.

— On va voir si elle a raison.

Une peur glaciale me parcourut lorsque je réalisai que Max venait de franchir une limite, une limite qui ne pouvait finir que d'une seule façon. Non, c'était hors de question.

Je hurlai et le griffai au visage. Mon ongle atteignit son

œil et il poussa un cri, avant de rugir et de me sauter dessus pour me précipiter sous l'eau.

Je parvins à m'écarter de lui en battant des jambes et me dirigeai dans la seule direction où je pouvais aller.

Vers le fond.

IL NE ME vint pas à l'esprit que plonger dans les profondeurs du lac pouvait être une mauvaise idée, mais je ne pensais qu'à m'éloigner de Max et de ses amis, qui étaient restés plantés là à regarder ce qui se passait. Kevin avait eu l'air de vouloir l'arrêter, mais il ne l'avait pas fait. Quant aux deux autres ? Eh bien, ils semblaient d'accord avec ce que Max avait planifié et espéraient avoir leur tour.

C'était dégoûtant.

Je n'étais pas un os à ronger et à jeter, et je décidai à ce moment-là que je préférais mourir plutôt que d'être traitée de cette façon.

Je continuai à nager, m'enfonçant de plus en plus profondément jusqu'à ce que mes poumons commencent à brûler et qu'une petite voix à l'intérieur de ma tête se mette à paniquer.

Qu'est-ce que je suis en train de faire ? Est-ce que je vais vraiment me noyer juste pour échapper à un salaud ?

Je ne pouvais pas faire face à la réalité de ce qui se passait. Max avait des yeux meurtriers, entre autres choses, et, quel que fût son problème, il allait s'en prendre à moi. Je devais m'enfuir, d'une manière ou d'une autre.

Je levai les yeux pour voir si je pourrais revenir à la surface, même si je ne savais pas très bien jusqu'où j'avais véritablement nagé. Mais tout semblait noir, et je commençais à me sentir perdue. Je restai immobile malgré mes poumons en feu qui me poussaient à inspirer, ignorants du fait que cette même inspiration allait les remplir d'eau. Mon corps flottait tandis que j'essayais de retrouver mon sens de l'orientation, en vain.

Choisissant une direction au hasard, j'écartai les bras et me propulsai en avant. Une partie de moi craignait que je ne fasse que m'enfoncer davantage.

C'était la fin. Ma mère allait apprendre que j'étais morte comme mon père lorsque mon corps échouerait sur le rivage. Perdue dans les sombres profondeurs de Silver Lake, avec de petits morceaux de sable granuleux scintillants dans mes cheveux.

Je fus surprise par un flash de lumière blanche, et tressaillis lorsqu'une femme vêtue d'une robe flottante s'approcha de moi. Le courant balayait ses longs et magnifiques cheveux de son visage, et une élégante épée pendait librement à sa hanche, brillant sous ses vêtements. Elle se déplaçait dans l'eau comme propulsée par une force invisible.

Elle me regarda d'un air suppliant en me tendant la main. Ce mouvement me rappela celui de Max, quand il m'avait tendu la main pour entrer dans l'eau, et je lui avais accordé une confiance que je n'aurais jamais dû lui donner.

Mais cette fois, j'étais en train de mourir et je n'avais rien à perdre, alors je pris la main de la femme. Je fermai les yeux et cédai à l'envie de respirer.

BIENVENUE À L'ACADÉMIE DES DRAGONNIERS

Je crachai de l'eau et du sable alors qu'un étau de fer semblait se refermer sur ma tête. En me massant les tempes, je regardai autour de moi pour tenter de comprendre où je me trouvais. Le soleil brillait et une brise humide et agréable soufflait, suggérant que c'était le début de la matinée.

Est-ce que je m'étais évanouie ? Que s'était-il passé ?

Je clignai des yeux pour en chasser l'eau et un monde flou s'offrit à moi. La plage ne ressemblait pas du tout à ce dont je me souvenais. Pas de feu de camp. Pas d'hôtel. Pas de forêt, et pas de route pouvant me ramener chez moi.

Le sable s'étendait à perte de vue et l'horizon oscillait comme si le monde pouvait à tout moment s'enflammer.

Je me relevai péniblement et essorai mes cheveux mouillés et emmêlés tout en tournant sur moi-même. Les vagues clapotaient sur le rivage, mais le goût salé sur mes lèvres m'a rappelé que je venais de sortir de l'eau.

Pour une raison quelconque… je n'étais plus à Silver Lake.

Je me pris la tête entre les mains. Est-ce que le lac s'était déversé dans l'océan ? Ça n'avait aucun sens. Les lacs du Michigan étaient relativement fermés, à l'exception de certaines digues qui contrôlaient l'entrée et la sortie des bateaux vers les principaux bras de mer.

Une autre option me vint à l'esprit.

J'étais peut-être… morte.

L'étendue peu engageante de sable sans fin ne me convainquait guère que j'avais débarqué au paradis, mais il faisait assez chaud pour que ce soit l'enfer.

Je me mis à marcher, ignorant le sable brûlant sous mes pieds, alors que les derniers événements dont je me souvenais me revenaient à l'esprit. Max avait essayé de… Non, il valait mieux ne pas y penser. J'avais tenté de lui échapper, et c'était à ce moment-là que je m'étais perdue sous l'eau. Une femme était apparue. Peut-être un ange venu embarquer mon âme, ou simplement une vive hallucination causée par mes poumons manquant d'oxygène. Qui sait ?

Je pris une grande bouffée d'air pour tester mon corps. Passant mes doigts sur ma poitrine, je touchai le maillot de bain trempé que je portais encore. La brise tiède déferlait sur ma peau comme du velours.

Mes narines se dilatèrent alors que des odeurs m'assaillaient. Des braises au loin, du bois en train de brûler et l'air humide, salé et marin d'un océan gorgé de soleil.

Si j'étais vraiment morte, pourquoi me sentais-je si vivante ?

La réponse à ma question apparut sous la forme d'un mur contre mon visage. Je le percutai de plein fouet et grognai en m'écroulant par terre avant de me prendre la tête entre les mains. J'avais marché en regardant mes pieds, ne m'attendant pas à rencontrer quoi que ce soit dans ce désert sans fin.

Je levai la tête et croisai le regard d'un homme, aux yeux blancs des plus frappants. Peut-être avaient-ils été bleus autrefois, mais le soleil les avait décolorés depuis longtemps, tout comme ses cheveux qui tombaient sur son visage en mèches souples. Il me démangeait presque de passer mes doigts dedans.

— Te voilà, gronda la créature d'une voix sensuelle et veloutée.

Le son envahit mon corps, faisant remonter un frisson le long de ma colonne vertébrale. J'en oubliai un instant de respirer.

— Je t'ai cherchée toute la matinée. Je suis en retard pour les cours, tu sais.

Il baissa le bras et emprisonna mon poignet dans ses doigts puissants pour me relever et me plaquer contre le mur de muscles que je venais de percuter quelques instants plus tôt.

— Hein ?

Ce n'était pas une réponse très étoffée, mais c'était le mieux que je pouvais faire. Peut-être que j'étais morte, ou que je délirais. L'un ou l'autre était tout à fait envisageable. Peut-être que j'étais évanouie sur le rivage quelque part, en train de cuire au soleil après y avoir échoué à la suite des événements de la soirée. J'avais de la chance d'être en vie, et si c'était le cas, ma mère devait être morte d'inquiétude. Je secouai la tête et me pinçai le bras pour tâcher de me réveiller.

Un singulier couinement attira mon attention, me faisant lever les yeux à nouveau. Une créature ressemblant à un lézard passait sa tête à travers les cheveux de l'homme. Ce que j'avais pris pour un étrange collier était en fait un petit animal enroulé autour de son cou. Sa queue descendait le long de sa poitrine tandis qu'il promenait son museau dans ses cheveux, juste sous l'oreille de l'homme, comme s'il essayait de mieux me voir.

— Qu'est-ce que c'est que... ça ? demandai-je en reculant d'un pas.

L'homme m'attrapa avant que je ne tombe à nouveau et tira sur quelque chose au niveau de son poignet. Je baissai les yeux pour voir l'impossible, une ligne bleu vif de… Qu'est-ce que c'était ? Un cordon ? Mais comment cela pouvait-il provenir de sa peau ? Les tatouages brillants et sophistiqués qui recouvraient ses avant-bras musclés se mirent à étinceler et le cordon sortit de son poignet, devenant de plus en plus lumineux à mesure qu'il tirait dessus et l'enroulait autour du mien. Une décharge d'énergie froide me fit redresser la colonne vertébrale, et mes genoux se verrouillèrent indépendamment de ma volonté.

— T'auras les réponses à toutes tes questions à l'orientation, expliqua-t-il avec désinvolture, comme s'il ne venait pas de faire de la magie devant moi, une étrange créature suspendue à son cou.

Le bel homme me jeta un coup d'œil et se rendit compte de mon état de choc. Il sourit. Ce n'était pas un sourire aimable, ni même patient. Juste un sourire un peu espiègle qui disait que ça n'allait pas bien se terminer pour moi.

— Je ne peux pas te laisser t'enfuir. Pas après t'avoir enfin trouvée. Te faire venir ici m'a coûté beaucoup de faveurs, et grâce à toi je devrais obtenir suffisamment de points supplémentaires pour pouvoir aller directement à la remise des diplômes.

Il testa le cordon magique qui nous reliait. Une extrémité était solidement enroulée autour de mon poignet tandis que l'autre disparaissait sous la couche de tatouages qui brillaient encore sur son bras gauche.

— Ça devrait tenir un petit moment.

Je tirai sur le lien, tandis que mon instinct me poussait à courir. Alors que je ne parvenais pas à me libérer, ma vision vacilla et une vague d'adrénaline se déversa en moi, mais je refoulai la panique et passai en revue les options dans mon esprit.

Inutile de compliquer les choses. Ignore la magie. Ignore le pseudo-serpent à pattes sur le cou du beau gosse. Tu es retenue contre ton gré et tu veux rentrer chez toi. Exprime tes revendications et jauge la réponse de ton agresseur avant de passer à l'étape suivante.

C'était ma mère qui m'avait appris à raisonner comme ça. Elle semblait excessivement paranoïaque avec les inconnus, mais vu ce qu'on pouvait lire en ligne de nos jours, j'avais du mal à la blâmer. Beaucoup trop de gens tordus pourraient se laisser aller à faire ce genre de choses. Peut-être que tout le côté fantastique de la situation n'était qu'une réaction au fait que j'avais failli me noyer. Les hallucinations pouvaient être dues à un manque d'oxygène.

Du moins, c'était ce que je me disais.

Il fallait que je me reconcentre sur ma mission. Je serrai la mâchoire avec détermination.

— Tu vas me relâcher tout de suite, exigeai-je en lançant un regard noir à mon oppresseur. Si c'est une sorte de blague de mauvais goût, ce n'est pas drôle. Je vais te poursuivre en justice si vite que les enfants de tes enfants devront de l'argent à ma famille.

Il éclata de rire. Pas la réaction que j'espérais.

— Oh, ma belle, c'est pas une blague, et même si je suis flatté que tu parles déjà d'enfants, procédons étape par étape, d'accord ?

Il fit un geste vers l'étendue derrière lui, et l'air scintilla jusqu'à ce qu'une série massive de tours gothiques apparaisse. Mon estomac se noua lorsque j'aperçus d'autres espèces de serpents qui décrivaient des cercles paresseux autour des flèches au sommet des tours.

Un mot me vint alors à l'esprit, un mot que je n'avais rencontré qu'à travers mes romans fantastiques favoris, ceux que je lisais dans mon coin de la bibliothèque à Oakland High.

Des *dragons*.

— T'es à l'académie des dragonniers, et je suis ton mentor et partenaire.

Il sourit lorsque je clignai des yeux, toujours avec ce sourire arrogant indiquant qu'il savait à quel point ses paroles devaient paraître ridicules, mais il allait tout de même continuer.

— Ce que tu vois derrière moi, c'est le campus, ainsi que certains de tes camarades de classe et leurs wyvernes, ou dragons, si tu préfères, bien que les dragons avec lesquels nous nous lions soient techniquement de la race des wyvernes.

Il se tapota le menton, ce qui eut pour effet de tendre le cordon bleu qui nous reliait et de faire se lever mon bras en même temps.

— J'imagine que l'académie des wyvernniers ne sonnait pas aussi bien, tu sais ? Dragonniers semble beaucoup plus cool.

La créature enroulée autour de son cou poussa un autre cri. Cette fois, l'homme lui tapota la tête, puis passa son doigt le long de l'arête entre les narines et les yeux de la créature.

— T'as raison, Topaze. Je me suis pas encore présenté.

Je tressaillis lorsqu'il s'agenouilla pour avoir ses yeux à hauteur des miens.

— Je m'appelle Killian.

Il me tapota le nez comme si je n'étais qu'un autre animal de compagnie avec lequel il pouvait jouer.

— Et tu t'appelles Vivienne, pas vrai ?

— Vivi, le corrigeai-je avant de froncer les sourcils. Comment tu connais mon nom ?

Il gloussa en enroulant nonchalamment un bras autour de mon cou avant de me pousser à avancer vers le campus.

— Je sais beaucoup de choses sur toi, Vivienne. Je sais que

tu fais partie de la tribu des déesses et des enchanteresses perdues d'Avalon.

Il tapota la tache de naissance sur mon épaule, et je grimaçai comme s'il avait touché un bleu.

— C'est probablement une réaction au changement de royaume que tu viens de subir. Comment tu te sens ? T'as la nausée ? T'as faim ?

Oui et oui, mais je n'allais pas le dire à cet imbécile.

— Je vais bien, dis-je d'un ton cassant. Je veux juste rentrer chez moi.

J'avais de plus en plus de mal à me persuader que tout cela n'était qu'une énorme hallucination et que j'étais encore en train de dormir sur la plage. Le soleil se couchait, et des bruits de dragons au loin grondaient dans l'air. Le bras brûlant de Killian autour de mon épaule me semblait bien réel, tout comme le cordon magique attaché à mon poignet qui nous reliait encore l'un à l'autre et qui coupait ma circulation sanguine chaque fois que j'essayais de tirer dessus.

Et pourtant, même si chaque fibre de mon être me disait que je devrais être terrifiée, une autre partie de moi écoutait, contemplative.

Prête à accepter.

Si c'était vrai, ça expliquait beaucoup de choses à mon sujet. Pourquoi je n'arrivais pas à me faire d'amis. Peut-être ce qui était vraiment arrivé à mon père.

Pourquoi j'étais si bizarre.

— Qui était la femme sous l'eau ? demandai-je doucement, accordant à l'homme à côté de moi un bref moment d'obéissance alors que je m'efforçais de suivre ses grandes enjambées.

C'était uniquement pour qu'il se sente suffisamment à l'aise pour échanger des informations. Je me consacrerais ensuite à mon prochain objectif : me tirer d'ici.

— Tu ne reconnais pas tes semblables ? me taquina-t-il.

Sa main tripota négligemment une boucle de mes cheveux, mais le geste me parut amical, naturel. Il avait dit que nous étions partenaires, et même si je venais de le rencontrer, même s'il m'avait attachée contre ma volonté, je ressentais définitivement cet étrange sentiment d'appartenance à son égard, sentiment que je n'avais jamais éprouvé avec personne d'autre. Une partie de moi voulait lui faire confiance, se reposer sur lui et le laisser m'expliquer ce nouveau monde mystérieux.

Heureusement, cette partie folle de mon cerveau était suffisamment petite pour être ficelée en un petit paquet bien ordonné et mise de côté.

— T'es la descendante d'une race de femmes avec du sang de déesse. Pas beaucoup, remarque, précisa-t-il en me tapotant à nouveau le nez. Mais assez pour traverser les royaumes. Assez pour être recrutée à l'académie des dragonniers par ton humble serviteur, dit-il en souriant comme s'il venait de me rendre un grand service. Tu te plairas ici. Je te le promets.

Il était sérieux là ? Même si j'arrivais à assimiler tout ce qu'il me disait, il me suggérait de laisser ma vie humaine derrière moi et de poursuivre… quoi, exactement ?

— Pourquoi est-ce que je suis ici ? demandai-je, déterminée à trouver la véritable réponse à ma question. C'est quoi… *cet endroit* ? C'est quoi un dragonnier ?

Je reculai brusquement pour le forcer à s'arrêter.

— Et pourquoi est-ce que quelqu'un voudrait de *moi* ?

Sang de déesse ou pas, je n'étais pas un prix. J'étais le rat de bibliothèque qui trouvait refuge dans des endroits comme celui-ci dans son imagination, mais pas dans la vraie vie. Et dans mon imagination, j'étais toujours libre de partir.

Il me fixa de ses yeux blancs qui menaçaient de me noyer à nouveau.

— Je sais que ça fait beaucoup à digérer, Viv, mais il va

falloir que t'aies un peu foi. On a besoin de toi. Les dragonniers protègent les royaumes du mal.

Il se pencha plus près.

— Comme le mal qui a emporté ton père. Tu crois vraiment qu'il s'est noyé par hasard ? Non. La Dame du Lac n'est pas la seule chose qui se trouve dans ces eaux. Il y a des créatures qui veulent ta mort, Viv, et la meilleure façon de te défendre, de défendre les gens que t'aimes et de faire en sorte que tout reste comme c'est censé être, c'est de devenir une défenseuse de la vie. C'est ce que font les dragonniers, Viv. On protège les gens. On fait en sorte qu'ils restent à l'abri du danger.

Killian jeta un coup d'œil en arrière, vers la direction par laquelle nous étions venus, et son regard devint nostalgique tandis que la wyverne autour de son cou secouait ses petites ailes et se blottissait plus confortablement dans le sillon de sa clavicule.

— Et on venge ceux qu'on a perdus.

Hum, ce type avait peut-être plus de choses à offrir que je ne l'avais imaginé.

— C'est bien gentil tout ça, mais il faut que je rentre chez moi, *Killian*, dis-je en insistant sur son nom.

Il voulait faire comme si nous nous connaissions déjà, comme si nous allions devenir rapidement amis et que j'allais me plier à cette folie. Genre je n'étais pas sur le point d'avoir une crise psychotique.

— Ma mère va croire que je me suis noyée. Je dois rentrer et…

— Elle sait exactement où t'es, clarifia-t-il.

Il sortit un morceau de papier de la poche de sa chemise d'uniforme. Je ne l'avais pas remarqué avant, mais il portait un de ces uniformes scolaires comme s'il appartenait à une grande école, sauf qu'il gardait les deux boutons du haut défaits pour compléter son look rebelle. Il me tendit la feuille de papier et attendit que je la déplie.

Je clignai des yeux plusieurs fois en voyant l'écriture de ma mère.

Ma très chère fille,

Si tu lis ceci, c'est que tu as été recrutée à l'académie des dragonniers et que j'ai officiellement échoué à te protéger comme ton père et moi le voulions. Je sais que ça semble fou, mais c'est une partie de ton hérédité dont nous avons essayé de te protéger. J'écris cette lettre alors que je suis enceinte de toi et que la doyenne elle-même attend que je termine. Elle veillera à ce que cette lettre te parvienne si tu es recrutée. Un jour qui, je l'espère, n'arrivera jamais.

Ton père ne voulait pas d'enfants parce qu'il savait que ce serait une possibilité. Je ne suis pas complètement humaine, Vivienne, et toi non plus. On est issues d'une ancienne lignée de femmes qui portent de nombreux noms. Les livres d'histoire et de fiction humains les appellent druides, voyantes, enchanteresses, sorcières, et bien d'autres noms qui tentent de décrire ce que les mortels ne peuvent pas comprendre. Toi et moi avons le sang de la déesse dans nos veines. Cela nous permet, entre autres, de passer d'un royaume à l'autre. Cela te rend particulièrement apte à être recrutée par ceux qui protègent les royaumes, une force invisible qui préserve de nombreuses vies.

Je leur en suis reconnaissante. Ton père était un dragonnier et m'a sauvée au prix de la vie de son dragon. Je me suis échappée d'Avalon quand j'étais petite, et on ne s'approchera plus jamais de l'eau, quoi qu'il arrive. Même s'ils me rappellent, je les ignorerai. Je vais être honnête avec toi parce que je dois me dire que tu ne liras jamais cette lettre.

Si je veux être honnête et que tu lis cette lettre, alors je te dirai que je sais que tu es capable de tout. Je sens ta force quand tu donnes des coups de pied dans mon ventre, et j'ai hâte de te rencon-

trer, de te donner un nom et de passer ma vie à rendre la tienne meilleure.

Sois forte, ma fille, et sache que tu as été amenée dans un endroit puissant où tu seras testée encore et encore. Mais je te promets que tu survivras.

Et je ferai en sorte que tu ne sois jamais seule, car mon cœur est avec toi.

Je t'aime, maman.

Mon corps tout entier trembla lorsque j'eus fini de lire. Ma mère m'avait exactement dit ces mots en les intégrant aux paroles d'une berceuse.

Tu ne seras jamais seule, car mon cœur est avec toi.

Quoi qu'il arrive, je te retrouverai. Je traverserai des océans et des mondes pour être à nouveau à tes côtés.

Tu ne seras jamais seule.

Elle m'avait chanté cela parce qu'elle savait que je lirais peut-être un jour cette lettre et que j'aurais besoin de savoir qu'elle viendrait me chercher.

Mes genoux se dérobèrent alors que je réalisais tout d'un coup ce qui m'arrivait, et je me retrouvai dans les bras de Killian. Il me soutint avec aisance, et sa wyverne ouvrit un œil pour examiner d'où venait la perturbation. Un iris d'un bleu éclatant, dont la pupille tranchée ressemblait à celle d'un lézard, me scruta un instant avant de se refermer.

— Je sais que ça fait beaucoup à assimiler, dit Killian de sa voix grave et veloutée, calme et apaisante. Mais t'es là maintenant, alors on va t'emmener sur le campus et à l'orientation et… Oh.

Il baissa les yeux vers mon absence de vêtements et gloussa.

— Enfin, aux dortoirs dans un premier temps, alors. Tu risques de faire saigner du nez la moitié des étudiants, habillée comme ça. De quelle partie de la Terre tu viens, d'ailleurs ? J'ai sérieusement besoin de fréquenter cette culture où le code vestimentaire est aussi... dépouillé.

J'enroulai mes bras autour de moi en frissonnant et m'éloignai d'un pas délibéré de l'homme chaleureux qui faisait faire des sauts périlleux à mes entrailles. J'avais presque oublié que je ne portais que mon maillot de bain et à quel point cela pouvait être inapproprié dans cette situation.

— Ouais, des vêtements seraient une bonne idée, admis-je.

Je n'allais pas rentrer chez moi dans cet état. Et en jetant un regard nostalgique à l'océan qui se retirait, je savais que je ne pourrais pas repartir par le même chemin que celui que j'avais emprunté. D'une manière ou d'une autre, j'étais arrivée dans un autre royaume, un monde complètement différent où les dragons étaient réels, tout comme le danger qui avait tué mon père.

Il ne s'était pas noyé parce qu'il avait été pris dans un courant.

Il avait été assassiné.

Un frisson glacial me parcourut tandis que je remettais à plat tous mes souvenirs. Même si mon père n'avait pas voulu d'enfants, il m'avait aimée d'un amour inconditionnel. Je ne me souvenais pas de grand-chose, mais ça, je le savais sans aucun doute. Quelque chose nous avait attirées, ma mère et moi, dans l'eau quand j'étais petite, et il était mort pour nous protéger. Pour me protéger.

Je me retournai pour faire face à la scène impossible qui s'étendait devant moi telle une peinture. Les dragons que j'avais aperçus plus tôt étaient plus grands maintenant, et l'un d'eux en particulier s'était détaché du groupe. Je remarquai alors l'élégante cavalière qui se trouvait sur son dos.

Mon cœur se mit à battre la chamade lorsque le dragon émeraude commença sa descente. De grandes écailles scintillantes ornaient tout son corps et brillaient de mille reflets, comme si un feu vert couvait dans son ventre. De la fumée s'échappait de ses narines, suggérant que l'illusion n'en était pas une du tout et que je risquais fort d'être brûlée vive.

Killian n'avait pas l'air trop inquiet, cependant, et il glissa nonchalamment son bras autour de mes hanches pour me rapprocher de lui. Seule une légère crispation de ses doigts contre ma peau m'indiqua qu'il se tendit momentanément, mais elle ne dura pas.

Le dragon atterrit, et le sol trembla sous mes pieds, me donnant envie de crier, de m'enfuir en courant, ou n'importe quoi d'autre. Tout sauf fixer cette créature depuis ma position de faiblesse. Killian ne bougea pas et me força à demeurer immobile, alors je fis comme lui. Il m'avait dit que j'avais une certaine valeur à ses yeux. Il ne voulait pas qu'il m'arrive quoi que ce soit, sans quoi il n'obtiendrait pas ce qu'il désirait. Alors, pour l'instant du moins, j'avais décidé de prendre ce fait comme un gage de protection.

La cavalière sauta du dos du dragon et s'approcha de nous en nous toisant. Elle portait une version féminine de l'uniforme de Killian, sauf qu'une broche en émeraude scintillait sur son épaule gauche, là où il en avait une en bronze.

Elle braqua son regard noir sur moi, les poings sur les hanches, pendant un long moment. Puis, elle baissa les yeux et remarqua la main de Killian sur moi.

— Alors, tu t'es enfin trouvé une recrue, dit-elle en ricanant. D'où est-ce que tu l'as sortie, celle-là ? De l'un des royaumes faë ? Elle a l'air toute petite.

Elle se pencha plus près et ses narines se dilatèrent.

— Elle sent aussi comme une faë. Le soleil et la puanteur. Tu crois sincèrement qu'elle va tenir deux jours ici ?

— Elle est humaine, déclara Killian en passant sa main le long de mon épaule avant de recouvrir ma tache de naissance.

Je levai les yeux vers lui, me demandant pourquoi il avait menti. Les paroles de ma mère me revinrent à l'esprit.

Je ne suis pas complètement humaine, Vivienne, et toi non plus.

Les yeux de la femme s'écarquillèrent, révélant des iris émeraude saisissants qui rivalisaient avec les couleurs de son dragon. La bête replia ses pattes sous elle, faisant à nouveau tonner le sol alors qu'elle s'installait dans une position confortable. À en juger par la façon dont elle plissait paresseusement les yeux et rabattait ses oreilles en arrière, la bête pensait qu'elle allait rester ici un bon moment.

— Humaine ? cria la femme. T'es fou ?

— Ce n'est pas à toi de décider, Jasmine, dit Killian d'un ton plat.

Il parlait différemment quand il s'adressait à quelqu'un d'autre, comme si sa voix avait perdu ce mordant sensuel qu'elle avait lorsqu'elle m'était destinée. Peut-être voulait-il m'hypnotiser, ou me contrôler par la contrainte ? Si les humains n'étaient pas habituels ici, cela signifiait qu'il n'était pas humain non plus, et je commençai immédiatement à chercher des indices pour essayer de deviner à quelle race il appartenait.

Qu'est-ce qui relevait de la fiction et qu'est-ce qui relevait de la réalité ? Pourrait-il être un vampire ? Je me penchai pour jeter un coup d'œil à ses dents. Elles me semblaient parfaites, donc non. À moins qu'il ne fût comme les vampires des livres, dont les crocs pouvaient sortir à tout moment comme des couteaux à cran d'arrêt ? Ou peut-être qu'il n'avait pas de crocs du tout.

Ou peut-être qu'il était une sorte de métamorphe ? Il avait ce look mystérieux qui rendrait toutes les pom-pom girls de mon école complètement folles.

Mes pensées furent interrompues lorsque Jasmine se remit à vociférer. Sauf que cette fois, elle m'avait empoignée et arrachée de l'étreinte de Killian.

— Tu dois la renvoyer, espèce de crétin. T'essaies d'ouvrir un tunnel incontrôlable en l'amenant ici ? La Terre est une zone sensible ; les dragons sauvages y gagnent chaque jour du terrain ! Quel genre de dégâts est-ce que sa présence ici provoque en ce moment même ? T'y as pensé au moins ?

Elle me bouscula à nouveau et me regarda droit dans les yeux. Je ne sus pas trop ce qu'elle y vit, mais cela ne lui plut pas. Elle refit face à Killian en me secouant.

— Tu te sens seul ? C'est ça ? T'en as marre que je te rejette, alors tu crois que tu vas me rendre jalouse avec ce petit brin de fille ?

Killian claqua des doigts et une décharge d'énergie parcourut le cordon qui nous liait. Jasmine poussa un cri et recula d'un bond, me relâchant au passage. Son dragon leva la tête et ses narines se dilatèrent tandis qu'un étrange grondement s'élevait de son ventre.

— Dis à Émeraude de se calmer, lança-t-il d'un ton sévère mais doux. Si elle brûle la nouvelle recrue, tu seras de corvée de tunnel pour l'éternité.

Jasmine grinça des dents tout en me dévisageant. Mon estomac se noua et je trouvai la force de protester.

— C'est quoi votre problème, bordel ? hurlai-je en tirant sur le lien magique qui me retenait à mon ravisseur.

Killian ne bougea pas.

— Vous parlez de moi comme si je n'étais même pas là.

J'étais peut-être habituée à ça dans mon lycée, mais cet endroit était censé être différent.

Ici, je n'étais clairement pas la seule tordue.

— Ça n'a pas d'importance parce que Killian va te renvoyer d'où tu viens et réinitialiser ta mémoire, insista Jasmine en sortant une dague d'une ceinture en cuir à son flanc.

Je me raidis, mais ne bougeai pas lorsqu'elle abattit son poignard et rompit le lien magique. Killian la laissa faire.

— Si t'es intelligente, tu vas courir tout droit dans cet océan et rentrer chez toi, dit Jasmine en pointant du doigt les vagues au loin.

— Elle ne rentrera pas chez elle, appuya Killian en reportant son regard enivrant sur moi tandis que sa voix changeait à nouveau pour redevenir suave et bienveillante. Parce que tu veux être ici, n'est-ce pas ?

Il voulait que je prenne ma décision. Il m'avait donné la lettre de ma mère, alors qu'il en connaissait le contenu.

Toutefois il m'avait affirmé qu'il me connaissait, ce qui signifiait qu'il savait que je n'avais rien qui m'attendait chez moi. Pas d'autres amis qu'un oiseau errant. Pas de vraie famille autre que ma mère. Et si j'avais bien interprété ses signaux, elle finirait par venir me chercher.

Ce que j'avais si je restais, c'était une vraie chance de comprendre ce qui était arrivé à mon père… et peut-être d'en savoir plus sur moi et sur ce qui clochait chez moi avant que ma mère ne vienne me sortir d'ici.

Et peut-être que je trouverais ce qui me manquait depuis toujours. Peut-être que je trouverais un sens à ma vie. De l'espoir. Un but.

Je regardai le campus, les dragons qui peuplaient le ciel et le chatoiement magique de l'air, et un sentiment d'émerveillement me donna l'impression de tomber la tête la première dans l'un de mes romans fantastiques préférés.

— Je reste, dis-je avec fermeté.

Parce que, quelle que fût la folie dans laquelle je m'étais fourrée, fuir n'était pas la solution. J'avais fui toute ma vie.

Il était temps de prendre position.

La mâchoire de Jasmine se crispa pendant qu'elle réfléchissait à sa réponse.

— Bon, dans ce cas, je suppose qu'il va falloir faire les choses à la dure.

Elle me tendit la main pour que je la serre.

— Bienvenue à l'académie des dragonniers.

Lorsque je voulus lui prendre la main, elle la rétracta et tapota sa dague, qui scintilla brièvement avant de se déployer en une longue arme élégante. Elle s'accroupit en position de combat et leva la lame.

— J'espère que t'as apporté une épée, parce que je te défie en duel.

— Jasmine, réprimanda Killian en haussant les yeux au ciel.

— Non, t'as dit qu'elle ne partirait pas, alors on va jouer selon les règles de l'académie. Je la défie en duel.

Il fronça les sourcils.

— Alors je me porte volontaire pour me battre en son nom.

— Non, lançai-je, les obligeant tous deux à se tourner vers moi et à me regarder. Personne ne mène mes batailles, dis-je en me mettant en position de combat et en serrant les poings.

J'avais probablement l'air ridicule, campée ainsi sur mes jambes maigrichonnes, en maillot de bain, en train de défier une véritable chevaleresse, mais j'avais encore ma fierté.

Enfin, si on veut.

Killian sourit d'un air narquois légèrement empreint de satisfaction, et sortit sa dague de sa ceinture avant de la planter dans le sable.

— Très bien, la recrue. Voyons ce que t'as dans le ventre.

Je pris la lame et poussai un cri alors que Jasmine se lançait à l'attaque. Son énorme dragon nous observait paresseusement, sa gueule sur ses pattes.

Dans quel pétrin m'étais-je fourrée ?

DUEL

*J*e ne m'étais jamais battue de ma vie, mais j'avais lu beaucoup de scènes de combat dans mes romans fantastiques préférés, et ça comptait pour quelque chose.

Et venir ici… avait changé quelque chose en moi.

Mon cœur battait la chamade, l'adrénaline pompait dans mes artères. Je sautai pour m'écarter du chemin et frappai à l'aveuglette avec ma lame. Mon mouvement semblait guidé par une force extérieure, dont je ressentais le bourdonnement dans mes veines. Je savais que je n'atteindrais pas ma cible de cette façon, mais cet instinct me disait que c'était de cette manière que je la prendrais au dépourvu. Je pris une grande inspiration et fis une roulade sur le sol pour être au plus près de mon adversaire. Les dagues avaient beau être des armes à courte portée, je n'avais aucune envie d'être trop loin d'elle, car il lui suffirait alors de bondir sur moi. Elle était mieux entraînée et le savait.

Je devais attaquer la première.

Alors que je me rapprochais d'elle, Jasmine avait l'œil sur la lame, comme l'avait prédit cette étrange force directrice qui m'animait. Je n'avais pas besoin de la poignarder. J'avais juste besoin de faire mes preuves, et j'avais le pressentiment qu'il s'agissait de mon premier test, l'un des nombreux à venir à l'académie des dragonniers. Je devais prouver que je n'allais pas me laisser effrayer par le premier défi venu.

Comme prévu, elle bloqua ma lame avec la sienne pour la garder à bonne distance de ses organes vitaux.

C'était exactement ce que l'énergie en moi voulait, et une petite vague d'approbation se répandit dans tout mon corps.

Le monde s'arrêta un instant. Un doux bourdonnement filtra à travers mes oreilles et la marque sur mon épaule devint brûlante. Peut-être que le fait d'être passée d'un monde à l'autre avait déclenché cette chose en moi, peut-être que mon sang de déesse prenait vie.

Quelle qu'en fût la cause, je parvins à serrer le poing et à m'accroupir furtivement devant elle. Poussant de toute la force de mes jambes, je lançai mon poing en l'air. Toujours concentrée sur sa lame, elle ne vit pas le coup venir. Mon poing heurta son menton avec un bruit sourd.

Elle grogna, sa tête bascula en arrière et elle s'effondra comme une masse alors que le temps reprenait son cours. Son dragon se redressa et déploya ses ailes, mais Killian lui adressa un sifflement menaçant, et la créature recula.

Euh… donc Killian pouvait avoir une certaine autorité sur le dragon d'autrui. Bon à savoir.

Nos deux dagues étaient tombées au sol, et Killian se pencha pour les ramasser.

— Bon, je crois que c'était le duel le plus court que j'ai jamais vu de ma vie.

Il me sourit, et la lueur malicieuse que je vis dans ses yeux m'irrita. Je lui avais donné satisfaction… et j'aimais lui avoir donné satisfaction. Une partie de moi recherchait déjà l'approbation de mon mentor et partenaire à l'académie des dragonniers. Quelque chose de tacite se scella entre nous à cet instant tandis qu'il rassemblait les deux dagues dans une de ses mains. Ses doigts effleurèrent les miens, transmettant un message implicite : ce moment était le premier de nombreux autres à venir, où je serais testée, et où il serait à mes côtés pour assister à ma victoire.

— T'as perdu, Jas, dit-il d'un air suffisant, ce qui signifie que tu dois servir Vivienne ici présente pour le reste de la journée.

Il rangea sa dague, puis tendit la sienne à Jasmine.

— Je vais l'accompagner jusqu'au dortoir, et tu pourras attendre dehors comme une bonne petite fille et lui faire ensuite visiter les lieux pendant que je m'occupe de mes affaires. Ça te va ?

Elle gémit en réajustant sa mâchoire avec un craquement, comme si elle avait dû la remettre en place.

L'avais-je frappée si fort que ça ?

Elle se leva en titubant et épousseta son uniforme pour enlever le sable.

— Oui, d'accord, grogna-t-elle sans me regarder dans les yeux, avant de se retourner et d'enfourcher à nouveau son dragon. On se retrouve là-bas.

Son dragon déploya ses ailes, et elle s'envola au loin comme un joyau d'émeraude scintillant de vengeance. Elle ne jeta qu'un seul coup d'œil en arrière. Elle était censée être trop loin pour que je puisse voir clairement ses traits, mais quelque chose dans mes yeux brûla un instant, et ma vision se modifia pour mettre son visage au point. J'aperçus l'ébauche d'un sourire. Un peu comme si je l'avais impressionnée. Puis, elle se retourna et se pencha sur son dragon qui prenait de l'altitude.

J'avais le sentiment de m'être faite ma première ennemie… et peut-être ma première amie.

PREMIER JOUR D'ÉCOLE

Topaze, le dragon de Killian, se détacha de son cou dès que nous entrâmes dans le dortoir. Il battit ses ailes minces et translucides, qui n'étaient pas encore complètement formées, pour atteindre un nid rond à côté du lit de Killian. Il me cria dessus avant de faire claquer sa mâchoire en direction de Killian.

— Ouais, ouais, dit mon mentor en ouvrant un frigo pour en sortir des tranches de viande crue froides.

Il en lança une à la wyverne qui l'attrapa en plein vol et la rejeta en arrière pour l'engloutir dans son gosier, comme j'avais vu des oiseaux le faire.

— Voilà ton goûter, annonça Killian d'un ton ferme. Maintenant, fais une sieste avant de devenir grincheuse avec moi et de mordre à nouveau mon oreiller.

La wyverne piailla à son intention avant de tourner en rond et d'enrouler sa longue queue sur son nez pour se couvrir les yeux. La créature ne tarda pas à respirer profondément et régulièrement, et Killian drapa une couverture sur elle.

Il m'adressa un clin d'œil lorsqu'il me surprit en train de le fixer, ce qui me fit rougir.

— Ils sont un peu comme les oiseaux. Ils aiment être couverts quand ils dorment.

— Mmmm, répondis-je en essayant d'empêcher la partie humaine de ma personne de totalement paniquer.

C'était étrange ; comme si j'avais deux versions de moi-même qui réagissaient à tout cela de manières complètement différentes. Une partie de moi avait l'impression d'être rentrée chez moi, que c'était la conclusion inévitable de ma vie, et que tout était écrit depuis le début.

Je supposai qu'il s'agissait de la partie déesse de mon être, et cela m'époustoufla.

J'ai du sang de déesse... Qu'est-ce que ça veut dire au juste ?

— Tu te sens bien ? s'enquit Killian en me tendant la main avant de faire courir ses doigts le long de mon bras.

Il effleura la tache de naissance sur mon épaule, envoyant des picotements électriques à travers mon corps.

— Ta marque réagit assez fortement. Ça pourrait être déstabilisant.

Il avait raison. Je me mis à vaciller et serrai mes bras autour de ma poitrine, ayant soudain froid. Killian réagit instantanément et enleva son blazer d'uniforme pour l'en-rouler autour de mon corps.

Sa chaleur et son parfum me submergèrent, renforçant mon vertige, et je reculai jusqu'au second lit pour m'y asseoir. Je tirai tout de même le tissu autour de moi, ayant désespéré-ment besoin de me raccrocher à quelque chose.

— C'est le lien entre dragonniers qui se met en place, expliqua-t-il en s'installant à côté de moi et en entourant mes épaules de son bras protecteur.

Il se pencha et posa son front contre le mien, puis ferma les yeux en inspirant longuement par le nez.

— Je le ressens aussi, avoua-t-il à voix basse, comme si nous partagions un profond secret.

— Qu'est-ce que ça veut dire ? demandai-je, la partie humaine en moi se sentant terrifiée, accablée et paniquée.

Tout cela était trop, trop rapide, et la partie rationnelle de mon être disait que tout cela était impossible.

Mais lorsque Killian s'éloigna de moi et rabattit mes cheveux derrière mon oreille, je sus que c'était réel. Je ressentais quelque chose qui m'attirait vers lui, qui me donnait envie de le connaître, de lui faire confiance et de l'écouter.

La partie humaine en moi ? Ouais, elle n'était pas d'accord.

Il se pencha et effleura ma joue de ses lèvres, et la bataille qui avait lieu dans ma poitrine remonta violemment à la surface. Mon esprit se souvenait encore des avances agressives de Max, et je le repoussai.

— Lâche-moi ! criai-je.

La wyverne tressaillit dans son nid et sortit sa queue pour soulever la couverture et me regarder un instant. Killian lui fit signe de ne pas s'en préoccuper, alors la bête renifla et drapa à nouveau le tissu sur elle avant de se rendormir rapidement.

— Désolé, dit Killian en reculant pour me laisser de l'espace. Je pensais que tu le ressentais aussi. Le lien entre dragonniers est sentimental et tu m'as appelé auprès de toi, mais j'ai tendance à oublier que ta situation est unique.

Il se leva et se détourna de moi. Les muscles le long de son dos scintillaient sous le tatouage blanc bleuté que j'avais vu précédemment sur ses bras. Sans sa veste, il ne portait qu'un simple t-shirt blanc, qu'il retira en s'éloignant. Ma mâchoire se décrocha.

Des cicatrices tapissaient son dos là où les tatouages disparaissaient, me faisant me demander à qui j'avais affaire exactement.

— Qu'est-ce que tu veux dire par... sentimental ? questionnai-je, abasourdie par cette révélation. C'est une sorte de mariage arrangé ou un truc du genre ?

Tout à propos de cet endroit était un peu médiéval, alors peut-être que je m'étais retrouvée par inadvertance fiancée à ce type.

Je veux dire, il n'était certainement pas désagréable à regarder, mais s'il pensait que je serais sa fiancée dragonnière alors que nous nous connaissions à peine, il ne savait pas qui se trouvait devant lui... Ce qui était exactement là où je voulais en venir. Comment une relation pourrait-elle fonctionner sur de telles bases ?

Il ouvrit son armoire et fouilla dans ses vêtements avant d'en sortir une chemise en cotte de mailles. Il me jeta un coup d'œil, et je rougis, réalisant que je l'avais dévisagé pendant tout ce temps. Il sourit.

— T'as besoin que je te définisse ce qu'est la sentimentalité ? s'enquit-il tandis que son sourire en coin s'accentuait. Ce serait beaucoup plus facile de te faire une démonstration.

Mon visage s'enflamma jusqu'à ce que je sois sûre d'avoir viré au rouge betterave.

— Non. Aucune démonstration n'est nécessaire, insistai-je en resserrant sa veste autour de moi et en m'assurant qu'aucune partie de ma peau entre mes genoux et mon cou ne serait exposée. Je veux juste dire... Pourquoi est-ce que t'as essayé de m'embrasser ?

— Parce qu'on est liés l'un à l'autre, répliqua-t-il d'un ton détaché en s'approchant à nouveau de moi.

Je tentai de ne pas regarder fixement les lignes incroyablement fermes de son corps tout en souhaitant désespérément qu'il remette son t-shirt pour que mon cerveau arrête d'être embrouillé, mais j'avais le sentiment qu'il le faisait exprès. Il se mit à genoux et me tendit la main. Il attendit que je la saisisse avant de reprendre la parole, tout en frottant mes doigts pour me réchauffer.

— Les dragons ont besoin de parents ; deux d'entre eux, pour être exact. Un homme et une femme. Les deux offrent des avantages différents au dragon, et cela fait presque un an que j'élève Topaze tout seul. Elle est tombée malade.

Il jeta un coup d'œil au nid avant de se tourner à nouveau vers moi.

— Je t'ai attendue, mais je ne pouvais pas courir de risques plus longtemps. La Dame du Lac m'a apporté son aide pour déclencher les événements qui te mèneraient jusqu'ici, un endroit auquel tu appartenais déjà.

— C'est de ta faute si je suis ici ? m'indignai-je d'une voix qui monta d'un ton alors que je retirais mes doigts des siens.

Ce froid irritant s'infiltrait dans mon corps sans son contact, mais sa veste semblait me procurer suffisamment de chaleur pour m'empêcher de frissonner. C'était une sensation étrange, car je n'avais jamais eu froid auparavant, pas même lorsqu'il neigeait.

— Oui, admit-il.

Ses yeux étaient presque aussi translucides que les ailes de sa wyverne, et il gardait son regard fixé sur moi.

— Et si tu veux rompre le lien, ma wyverne mourra et la tienne n'éclora jamais, mais je ne te forcerai jamais à faire quelque chose que tu ne veux pas.

Il se pencha en arrière et passa sa chemise par-dessus sa tête, me donnant un peu de répit face à sa beauté surréaliste.

— Notre relation n'a pas besoin d'être physique pour qu'on soit proches. On va apprendre à se connaître, pour l'instant, et on pourra échanger les énergies dont nos wyvernes ont besoin en se tenant simplement la main.

— Quel genre d'énergies ? demandai-je, même si mon corps identifiait déjà de quoi il parlait.

Une force étrange déferlait en moi chaque fois que nous

nous touchions, et j'avais une envie folle de poser à nouveau ma main sur la sienne. Je serrai les poings en enfonçant mes ongles dans mes paumes pour résister à la tentation.

— Peu importe, murmurai-je alors que je réalisais qu'il avait fait allusion au fait que nous avions *tous les deux* des wyvernes. J'aurai aussi un dragon ?

Il sourit avec cette jubilation espiègle familière dans ses prunelles qui faisait faire des sauts périlleux à mon estomac.

— Oui, si tu scelles le lien entre dragonniers avec moi, je t'emmènerai à l'orientation, où tu rencontreras ton dragon.

Je ravalai la boule dans ma gorge. La partie humaine de mon esprit essayait de rationaliser ce qui se passait et le choix que je devais faire. Si c'était un rêve, quel mal y avait-il à jouer le jeu ?

Et si c'était réel… n'avais-je pas toujours imaginé chevaucher mon propre dragon ? N'avais-je pas souhaité que mes romans fantastiques deviennent réalité et que je puisse vivre une vie d'aventure et de magie ? Je n'aurais plus à vivre en faisant tapisserie à mon lycée. Je pourrais découvrir la vérité sur mon père. Quel que soit le mal qui avait fait ça, il était toujours là… et un sentiment d'effroi au fond de moi me disait que ça allait faire beaucoup plus mal si je me détournais et ne faisais rien.

Je n'avais pas vraiment le choix. Je ne pouvais pas partir. Je ne pouvais pas abandonner.

— Qu'est-ce que je dois faire ? m'informai-je d'une voix tremblante.

Son sourire en coin se transforma en un véritable rictus.

— Tu dois m'embrasser.

— T'es en train d'inventer ça ! lançai-je à la volée.

Il se mit à rire et à lever les bras au ciel.

— Non, Viv, vraiment pas.

Il croisa les bras et s'appuya contre le mur avec un regard plein d'attente.

— Il va falloir que tu viennes à moi.

Il exhiba ses dents dans un sourire malicieux.

— Je te promets que je ne mords pas.

Il me fit un clin d'œil.

— Du moins, pas cette fois-ci.

Je haussai les yeux au ciel et me mis debout, bien décidée à faire en sorte que ce moment soit le plus chaste possible.

— Très bien, je peux faire ça.

Je m'avançai vers lui. Une fois devant lui, je levai les yeux et me rendis compte que cela n'allait pas être facile de faire ça avec mes bras enroulés autour de moi et de sa veste. Je fronçai les sourcils.

Il gloussa.

— T'abandonnes ? Je peux te ramener chez toi, si c'est ce que tu veux vraiment.

Il dit cela sur le ton de la plaisanterie, mais je perçus la pointe de désespoir dans sa voix et la panique qui traversa ses beaux yeux. Il ne mentait pas. Je devais le faire de mon plein gré, sinon sa wyverne mourrait.

J'ouvris les doigts avant d'avoir eu le temps de réfléchir à deux fois à ma décision. Sa veste tomba de mes épaules pour former un tas autour de mes pieds, et ses sourcils se haussèrent. Je ne portais toujours que mon maillot de bain, et mes cheveux séchés bouclaient autour de mon visage. Je fis courir mes doigts le long de ses bras, et il les décroisa pour moi alors que je me rapprochais. Je dus m'appuyer contre lui et me mettre sur la pointe des pieds pour l'atteindre. Je voulais que le baiser soit rapide, mais à la seconde où mes lèvres rencontrèrent les siennes, tout changea.

Une chaleur et un feu me traversèrent, et mes bras s'enroulèrent autour de son cou tandis que j'aspirais une bouffée d'air par le nez. Une odeur de braise et une brise océanique envahirent mes sens alors que je me tenais contre lui, la cotte de mailles froide contre ma peau, mais son souffle brûlant sur mon visage. Il approfondit le baiser, et je m'en délectai tandis que je sentais la connexion entre nous atteindre de nouveaux sommets et que la pièce bouillait et menaçait de s'enflammer.

Lorsque je parvins enfin à me retirer pour reprendre ma respiration, il sourit, ses yeux désormais remplis de l'énergie dorée que j'avais échangée avec lui.

— Bienvenue à l'académie des dragonniers, dit-il avant de m'embrasser à nouveau.

UN BAISER INOUBLIABLE

Ce baiser m'en apprit plus sur Killian qu'une vie entière d'expériences ne pourrait jamais le faire.

Je sus à cet instant que tout cela était réel, que ma place était ici et que Killian était mon compagnon.

J'eus l'impression que des ailes m'étaient poussées et que je m'élevais vers de nouveaux sommets avec Killian à mes côtés. Il avait eu une vie difficile, mais à tout juste dix-huit ans, il n'était pas beaucoup plus âgé que moi. Il avait grandi en sachant ce qu'il était, qu'il intégrerait un jour l'académie des dragonniers et qu'il serait lié à une femme qu'il connaîtrait à peine. Sa race était la plus répandue parmi les chevaliers et les dragonniers. On les appelait les Nephilims, des hybrides entre humains et anges qui faisaient d'eux de parfaits protecteurs. Ils étaient forts, presque immortels, et avaient suffisamment d'humanité pour être compatibles avec le lien entre dragonniers.

Mais cela voulait aussi dire qu'il n'avait pas passé sa vie parmi les humains qu'il était censé protéger. Il m'enviait d'avoir pu me sentir normale, mais tout comme j'explorais son esprit, il explorait le mien. Il comprit que ma vie n'était pas du tout « normale ». En fait, j'avais été solitaire, confuse et distante, et il aurait mieux valu que je grandisse parmi les miens.

Ma race, les femmes d'Avalon, était cependant en voie d'extinction. Je vis la ville mystique à travers ses souvenirs d'histoires, et ce qu'elle avait été autrefois. C'était une île couverte de brouillard, remplie de belles femmes qui portaient des coiffes transparentes et énonçaient des prophéties données par la déesse. Des chevaliers protégeaient Avalon, mais ils avaient échoué cent ans plus tôt. Des dragons sauvages l'avaient détruite et l'image dans mon esprit changea. La belle ville devint sombre alors qu'elle était submergée par l'eau ; toutes les lumières et tous les feux s'éteignirent tandis que des vagues déferlantes envahissaient la cité remplie de cris. Cela ne s'arrêtait pas ; les dragons grouillaient au loin jusqu'à ce qu'il n'y ait plus qu'un silence assourdissant, et que tout fut englouti par les flots.

Ceux qui parvinrent à s'échapper s'enfuirent vers d'autres royaumes, et mon ancêtre fut la seule à se rendre sur Terre.

Une larme coula sur ma joue tandis que les pensées et les souvenirs défilaient dans ma tête, alors que j'étais toujours enfermée dans un baiser dévastateur avec le beau Nephilim et dragonnier nommé Killian.

Je sentis toutefois qu'il essayait de me cacher quelque chose. Mon instinct me poussa à chercher ce que c'était en fouillant dans son esprit. Nous étions liés à présent, et il n'y aurait plus de secrets entre nous.

Je le trouvai et une vague de froid m'envahit. Ce qui me surprit, c'était qu'il s'agissait de mon propre secret. J'avais en effet appelé Killian, même si je n'en avais pas eu conscience. Tout au long de sa vie, il avait rencontré un pinson doré, un esprit bienveillant qu'il pensait venir du ciel. L'oiseau l'avait guidé jusqu'à l'académie et lui avait promis la compagne parfaite, celle qui le rendrait plus fort et plus avisé et qui aiderait son dragon à prospérer.

Tout cela n'avait été qu'un mensonge. J'avais trop d'humanité en moi. J'avais besoin de lui pour m'aider à déférer le meurtrier de mon père à la justice, mais c'était la seule chose qui m'avait jamais importé. Je ne pouvais pas garder sa wyverne en vie. Je ne pouvais probablement même pas faire naître la mienne. Cependant, si je me liais à Killian, j'hériterais de son pouvoir de Nephilim, et cela me suffirait pour découvrir qui avait tué mon père et agir.

Je ne m'étais jamais souciée de sauver le monde. Je n'avais jamais pensé à ce que cela ferait à Killian, ou à sa wyverne, de l'utiliser ainsi. Je n'avais été qu'une fille désemparée qui avait tout perdu et qui voulait tout arranger.

Lorsque j'avais créé le pinson doré que j'avais nommé Solstice, cela avait fait disparaître tous les souvenirs que j'avais de cette intention. Tout le savoir inné que j'avais sur mon destin s'était volatilisé parce qu'il m'avait fallu toute ma force pour imaginer cet esprit qui duperait Killian et l'amènerait à faire exactement ce que je voulais.

J'avais gagné.

Et maintenant, il le savait.

Maintenant, nous le savions tous les deux.

Killian rompit brusquement notre étreinte, et je fus choquée par la rage qui déformait ses traits. Il me saisit violemment par les épaules et me repoussa. Cela me fit trébucher et atterrir sur le lit tandis qu'il secouait la tête, semblant essayer de la débarrasser d'une pensée ignoble que j'y avais mise.

Il claqua des doigts et ordonna à sa wyverne de ne pas bouger alors qu'il se précipitait vers l'embrasure de la porte sans se retourner.

— Killian, dis-je d'une voix tremblante, choquée par la

perte de sa chaleur. Tu sais que je n'étais qu'une enfant quand j'ai fait ça…

Il leva une main pour me faire taire, et je me mordis la lèvre. Son corps se raidit comme s'il se retenait de se retourner et de m'étrangler. Il laissa finalement retomber sa main.

— Je dois y aller, répondit-il.

Sa voix auparavant veloutée et sensuelle était devenue aussi dure que de la pierre.

— Jasmine viendra bientôt te chercher. Ne va nulle part et ne touche à rien.

Il franchit la porte et la claqua derrière lui.

Je m'élançai pour le suivre, mais j'entendis le déclic d'un verrou et ses pas lourds s'éloignèrent.

— Killian ? criai-je en frappant la porte.

Elle ne bougea pas malgré mes efforts. Je triturai la poignée, mais elle avait été verrouillée.

— Killian !

Je me retournai vers le nid tandis que ma poitrine se gonflait, mes poumons aspirant l'air comme si je me noyais. Ma peau brûlait à cause des énergies que nous avions échangées, et je passai mes doigts sur ma tache de naissance pour constater qu'elle était extrêmement chaude et qu'elle envoyait suffisamment de vagues de puissance à travers mon corps pour que j'en aie le vertige.

Qu'est-ce que j'avais fait ?

La wyverne dormait toujours malgré toute cette agitation, et je soulevai la couverture pour vérifier qu'elle allait bien.

Ses ailes auparavant translucides étaient maintenant d'un doré brillant. Elle ouvrit un œil pour me regarder, gazouilla en guise de bienvenue, puis referma son œil pour se rendormir.

À mon grand soulagement, le lien ne semblait pas lui faire de mal. Au contraire, elle était devenue plus forte.

Je drapai à nouveau la couverture sur elle et clignai des yeux plusieurs fois tandis que des larmes de culpabilité menaçaient de couler. Je m'approchai de la fenêtre et aperçus une multitude d'étudiants sur le campus, qui s'écartaient tous comme une vague brisée alors que Killian passait en trombe à travers eux.

Des vagues d'énergie dorées émanaient de ses pas, et j'avais le pressentiment que, quelles que fussent les conséquences de ce lien… j'allais très bientôt en payer le prix.

Bienvenue à l'académie des dragonniers, en effet.

SERVITUDE

Je m'affalai sur le lit de Killian et fixai le plafond, complètement abasourdie par les révélations dont nous avions tous les deux été témoins.

Je m'étais fait ça à moi-même ?

Comment avais-je pu savoir que l'académie des dragonniers existait ?

Une petite partie de mon âme devait le savoir depuis toujours. C'était le sang de déesse dans mes veines qui faisait de son mieux pour me protéger… mais ce n'était pas ce que je voulais. C'était une erreur, et j'avais envie de me mettre en boule et de laisser ce cauchemar défiler devant moi jusqu'à ce que je me réveille.

Je tirai les draps sur ma tête et m'enveloppai de l'odeur de Killian. Nous étions liés à présent, et je souffrais d'être séparée de lui, de ne pas pouvoir en apprendre plus sur lui et sur la raison pour laquelle nous étions destinés à être ensemble… la raison pour laquelle je l'avais fait venir à moi en premier lieu.

Il y avait tellement plus que ça. Je pouvais le sentir sous la surface. Tant de secrets qui n'attendaient que d'être résolus.

J'avais été si seule toute ma vie. Juste ma mère, Solstice et moi, alors qu'en réalité, j'avais toute une lignée de femmes fortes et puissantes derrière moi.

Savoir cela me rassurait. Malheureusement, j'avais le pressentiment qu'aucune de mes ancêtres n'allait m'aider en ce moment. Mon unique allié à l'académie des dragonniers était furieux contre moi, et je ne lui en voulais pas. Si quelque chose ou quelqu'un m'avait manipulée de la sorte, j'aurais été folle de rage. Je ne pouvais qu'espérer que les choses ne s'arrêteraient pas à ça, que notre lien était réel et que Killian finirait par comprendre… et par me pardonner.

Plus encore… que je pourrais me pardonner à moi-même.

Un doux ronflement me sortit de mon apitoiement. Je rabattis le drap pour jeter un coup d'œil à Topaze, la wyverne de Killian. Sa respiration ne semblait pas tout à fait normale. L'effet bénéfique de la première vague de puissance avait disparu, et elle souffrait à nouveau. Je souhaitais plus que tout aider la pauvre créature à retrouver ses forces, mais c'était là le vrai problème, la raison pour laquelle je ne méritais ni la compassion ni le pardon de Killian.

J'étais trop humaine. Seule, j'étais inutile.

Mon cœur se serra et creusa un vide dans ma poitrine lorsque je réalisai que j'avais laissé tomber Killian et sa wyverne.

La seule chose qu'il ne pouvait pas nier, c'était qu'il y avait eu une connexion presque surnaturelle entre nous dès que nos mains s'étaient touchées. J'étais peut-être plus humaine que déesse, mais il y avait une part de magie en moi qui réagissait à Killian. Et si je parvenais à m'y connecter, je pourrais peut-être réparer le bazar que j'avais créé.

La porte s'ouvrit d'un coup sec et je couinai. Une femme se tenait dans l'entrée et retroussa sa lèvre en un rictus.

— Oh. Salut, Jasmine, dis-je en essayant d'étouffer les tremblements de ma voix.

Certes, elle était terrifiante, mais, quelle que fût la punition qu'elle me réservait, je la méritais.

Elle me regarda avec des yeux brillants de la couleur du jade. Je ne savais pas si elle était plus fâchée que je l'aie battue en duel – un duel qu'elle avait lancé – ou si elle savait ce qui venait de se passer avec Killian. À quel point ces deux-là étaient-ils proches, d'ailleurs ?

— Qu'est-ce que t'as fait à Killian ? s'emporta-t-elle avec un ton protecteur qui me surprit.

— Je ne sais pas de quoi tu parles, mentis-je.

Si Killian ne lui avait rien appris, je n'allais certainement pas m'acharner sur cette plaie. Elle m'utiliserait probablement comme cible d'entraînement si elle connaissait toute la vérité, et même si j'avais gagné un duel une fois, je ne voulais pas tenter ma chance une deuxième fois.

Ce fut alors que je me souvins de ce que Killian avait dit lorsque j'avais remporté la bataille… Elle devait me servir, quoi que cela pût signifier.

Je jetai un coup d'œil à l'expression de son visage et me demandai si c'était sa façon à elle d'être ma servante.

— Alors, t'es là pour m'aider ? À cause du duel… et tout.

Ses yeux se plissèrent et j'aurais juré que la température de la pièce baissa de quelques degrés.

— La chance du débutant, déclara-t-elle avant de fouiller dans la commode et d'en sortir des vêtements.

Elle me les jeta à la figure.

— Mets ça, grogna-t-elle. À moins que tu ne veuilles te promener en bikini toute la journée et distraire d'autres chevaliers de leurs cours.

J'enfilai la tenue par-dessus mon maillot de bain en l'ignorant. Il était déjà sec, et je n'avais pas envie de demander à Jasmine si elle avait des sous-vêtements pour moi.

Elle attendit que je mette le polo et que je lisse la jupe

plissée. J'avais l'impression qu'il manquait quelque chose, jusqu'à ce que Jasmine me tende une broche de l'académie. Je la pris, mais réussis à me piquer le doigt au passage.

— Aïe ! dis-je en grimaçant.

Jasmine leva les yeux au ciel.

Je regardai fixement la perle de sang rouge foncé qui jaillissait de ma peau. Ça piquait, ce qui signifiait que ce n'était pas un cauchemar.

C'était réel, et je devais me ressaisir.

J'enfonçai mon pouce dans ma bouche et tâtonnai avec la broche jusqu'à ce que Jasmine me l'arrache des mains avec impatience pour la faire passer à travers mon col.

— Sérieusement, t'as peur d'un peu de sang ? railla Jasmine. Quel genre de dragonnière est-ce que Killian imaginait que tu serais ?

Je savais que ce n'était pas juste. Killian avait été manipulé en pensant que j'allais être la dragonnière parfaite pour l'académie, que tout allait bien se passer et, je ne sais pas, qu'on s'envolerait au coucher du soleil ou un truc du genre.

Au lieu de ça… il avait eu droit à moi, la bête de foire avec juste assez de sang de déesse dans les veines pour s'attirer des ennuis.

Alors que Jasmine se rabâchait toutes les raisons pour lesquelles je ne méritais pas d'être ici, je ne pouvais m'empêcher d'être d'accord avec elle. Tout pesait sur moi comme une tonne de briques, et un bourdonnement commença à résonner dans mes oreilles. La pièce se refermait sur moi… devenant trop petite et trop étouffante.

J'avais besoin de sortir. J'avais besoin d'air frais.

Non, pas seulement d'air frais ; j'avais besoin de partir d'ici. Tout me paraissait bizarre. Je n'avais pas remarqué auparavant que le sol vibrait légèrement et que quelque chose semblait… anormal.

Une idée me vint à l'esprit. Peut-être que si je quittais

l'académie, cela suffirait à briser le lien entre dragonniers avant qu'il ne soit trop tard. Il y avait peut-être une chance de réparer le bazar que j'avais créé. L'assassin de mon père était peut-être encore dans la nature, mais Killian ne méritait pas cela. Je ne pouvais pas troquer son avenir et la vie de sa wyverne contre mon propre égoïsme.

Si je pouvais arranger les choses… je devais le faire.

À la seconde où Jasmine se retourna, je passai en trombe à côté d'elle. Elle m'appela en criant, mais je continuai à avancer.

Mes pieds claquaient contre le sol en pierre alors que je fonçais sans avoir pris le temps de trouver des chaussures à mettre. Je n'attendis pas de voir si Jasmine se lançait à ma poursuite.

Je courus.

Je passai devant les élèves qui me crièrent après, comme s'ils savaient que j'étais une impostrice. Ils ne voulaient pas de moi ici. Personne ne voulait de moi ici.

Je continuai à avancer sans me retourner jusqu'à ce que je touche le sable brûlant.

SE BATTRE OU FUIR

Mes poumons me brûlaient et j'aspirai de l'air chaud jusqu'à ce que j'atteigne le portail en fer forgé de l'académie qui entourait tout le campus. Un coup d'œil par-dessus mon épaule me donna le vertige lorsque j'aperçus les dragons qui tournoyaient… mais Jasmine et son énorme wyverne n'en faisaient pas partie. Je doutais pourtant d'être assez rapide pour la distancer. Peut-être qu'elle me laissait partir.

Évidemment qu'elle me laissait partir. Elle ne voulait pas de moi ici.

Déterminée, je me retournai vers la porte et la secouai légèrement.

Verrouillée, d'accord. C'est pas grave.

Sang de déesse ou pas, je n'avais pas de force extraordinaire. Ce bizarre excès de puissance m'avait toutefois été bien utile quand j'avais combattu Jasmine, alors peut-être y avait-il un moyen de l'activer à nouveau.

Je reculai de quelques pas et examinai ma cible.

OK, tu vas y arriver. Pense à Superman… puise ta force dans le sol… et… lance-toi !

Je m'élançai, me jetai sur le portail et le percutai de tout mon poids.

Je retombai alors sur le sol avec un bruit sourd et pathétique.

— Aïe, murmurai-je en frottant l'épaule qui s'était heurtée aux barreaux inamovibles.

Je me relevai en gémissant et me mordis la lèvre. Je n'allais donc pas défoncer la grille comme une superhéroïne. Peut-être que je voyais les choses de la mauvaise façon. Je secouai les mains et jetai un coup d'œil au sommet du portail. Il devait faire au moins six mètres de haut. Mais si je n'étais pas entièrement humaine, pourrais-je peut-être sauter par-dessus ?

— Ça vaut le coup d'essayer, marmonnai-je avant de reculer de quelques pas et de m'élancer, cette fois vers le haut plutôt que vers l'avant.

Même si c'était un saut relativement correct, je ne parvins pas à décoller de plus de quelques mètres du sol et je me cognai le menton contre les barres en les heurtant de plein fouet.

Je percutai à nouveau le sol et frottai le nœud qui se formait sous ma peau. À ce rythme, je n'irais nulle part assez vite.

Une *rafale* d'air déferla tout autour de moi, et des particules de sable et de poussière vinrent me boucher le nez. Je toussai et crachai au moment où une voix se fit entendre derrière moi.

— Par tous les royaumes, qu'est-ce que tu fais ? demanda Jasmine.

Je me retournai juste à temps pour voir son dragon accroupi. Il me regardait, une lueur espiègle dans les yeux. Je réalisai que Killian n'était pas là pour éviter que je finisse en casse-croûte ce coup-ci.

— J'essaie de partir, dis-je, comme si ce n'était pas évident. Personne ne veut de moi ici.

Sa main se posa sur le fourreau à sa hanche et ses doigts se replièrent sur la poignée de sa dague.

— T'as raison sur ce point, et venir ici sans témoin était une erreur stupide.

Une vague de peur s'abattit sur moi, et mes oreilles se mirent à bourdonner de plus belle. La marque sur mon épaule me brûlait, et je grimaçai alors que la douleur brouillait ma vision.

Je me relevai et fis de nouveau face à la porte. Cette fois, je ne la considérai pas comme un obstacle. Ce n'était pas le portail qui m'empêchait de rentrer chez moi, c'étaient mes propres réserves quant à ma dignité d'affronter ma mère les mains vides, de rentrer chez moi en ayant échoué, sans aucune piste sur la façon d'obtenir justice pour mon père. Mais je ne pouvais pas rester ici. Killian méritait mieux que moi, et si je pouvais arranger une chose dans ma vie, j'allais le faire.

Je pliai les jambes, m'élançai et attrapai le haut de la grille, puis restai suspendue un instant, craignant de tomber.

En suspens dans le vide, je jetai un coup d'œil en arrière à Jasmine qui demeurait bouche bée.

Je me hissai par-dessus en souriant et atterris de l'autre côté.

Je me mis à courir et me précipitai vers l'océan.

— Sérieusement ? grogna Jasmine, comme si cette force nouvelle l'incommodait. Quel genre d'humaine *es*-tu ?

Un bruit d'ailes tonitruant me signala qu'elle avait enfourché sa wyverne et s'était lancée dans les airs pour me suivre d'en haut, mais je n'avais plus aucune réserve sur qui et ce que j'étais vraiment à présent. Je courais plus vite que je ne l'avais jamais fait en tant qu'humaine, consumant l'énergie divine dans mon sang qui m'aiderait toujours à satisfaire mes désirs les plus profonds.

Je ne pouvais pas me contenter de vouloir que quelque chose arrive ; je devais le souhaiter à un niveau primitif, sans aucune hésitation. C'était pour cela que l'instinct fonctionnait le mieux, que j'avais gagné le duel et que j'avais pu sauter par-dessus le portail de l'académie lorsque Jasmine m'avait trouvée. La peur stimulait mes instincts de combat ou de fuite, littéralement.

Lorsque l'océan apparut à l'horizon et que je sentis l'air salé et marin, je me demandai comment j'allais convaincre la Dame du Lac de me ramener à la maison.

Comme si je l'avais invoqué par mes propres désirs, un énorme vortex noir se forma au-dessus des vagues.

— La nouvelle ! cria Jasmine d'une voix soudain paniquée. Ne t'avise pas de t'approcher du tunnel !

— C'est Vivi, grommelai-je en retour, même si elle ne pouvait pas m'entendre.

Si Jasmine ne voulait pas que j'entre dans ce « tunnel », alors ce devait être mon ticket de retour à la maison.

À la seconde où j'atteignis l'eau, je plongeai la tête la première et balançai mes bras au-dessus de ma tête, me propulsant vers l'avant d'une brasse puissante.

La température changea lorsque je me rapprochai de ma cible. J'aspirai des bouffées d'air tout en continuant mes larges mouvements et aperçus une multitude d'autres vortex qui se profilaient à l'horizon. Des dragons montés par des cavaliers se perdaient dans les brèches du temps et de l'espace.

Peut-être que cela ne me ramenait pas chez moi... mais ailleurs.

Quoi qu'il en soit, je ne pouvais pas m'arrêter maintenant. Il s'agissait clairement d'un passage entre les royaumes et je découvrirais ce qu'il en était. Si Jasmine parvenait à mettre la main sur moi, elle me ramènerait de force juste pour marquer des points auprès de Killian, et je n'aurais plus jamais l'occasion de m'enfuir.

Le flot de dragons et la multitude de vortex diminuaient à mesure que j'approchais de ma cible. Je me rendis compte que lorsque l'un d'entre eux entrait dans un « tunnel », celui-ci se refermait derrière lui. C'était donc ma seule chance de me débarrasser de Jasmine. Une étrange poussée envahit mes membres, et ma tache de naissance se mit à brûler comme si elle s'était enflammée. C'était la même sensation que lorsque j'avais affronté Jasmine et que j'avais pris la résolution de sauter par-dessus le portail. C'était… c'était mon sang de déesse.

Je pris de la vitesse alors que je fonçais dans l'eau. Il ne restait plus qu'un vortex, et Jasmine sauta de son dragon, bien décidée à y pénétrer avant moi.

Mon cœur tonnait dans ma poitrine et le rugissement de l'océan m'engloutit tandis que je plongeais sous l'eau et me propulsais d'un dernier battement de jambes.

Un courant glacial parcourut mon corps, et tout mon poids vint immédiatement s'écraser sur une surface dure. Je crachai de l'eau salée et frottai mon nez meurtri.

Pour le meilleur ou pour le pire… j'avais franchi le portail.

CE NOUVEAU ROYAUME ne semblait pas être un endroit solide. L'air se déplaçait comme si j'étais encore sous l'eau, et le bourdonnement dans mes oreilles ne disparaissait pas. Je tentai de voir quelque chose dans l'obscurité, mais je ne perçus que des cris, le choc du métal sur de la pierre et le rugissement de dragons.

Non… pas de la pierre, des écailles.

Je me dirigeai vers le bruit en me mordant la lèvre. Des éclairs de lumière attirèrent mon attention tandis que des chevaliers donnaient des coups d'épée. La plupart d'entre eux entraient et sortaient de mon champ de vision alors qu'ils volaient sur leurs dragons, mais certains se précipitaient à pied pour combattre… quelque chose de sombre.

Des dragons sauvages.

Le terme me fit ressentir une vive émotion, qui me rappela le peu de temps que j'avais passé avec Killian. C'étaient les créatures qui avaient pris ma maison, qui avaient attaqué la Terre et semé la destruction dans les royaumes.

Mon estomac se noua lorsque je réalisai que j'avais été repérée. Un énorme dragon, bien plus grand que tous ceux que j'avais vus sur le campus, me fixait de ses yeux noirs. Des écailles sombres et visqueuses couvertes d'algues et de pour-riture semblaient se tordre sur son corps tandis qu'il se rapprochait de moi en utilisant sa queue pour balayer un groupe de chevaliers. Un autre dragonnier plongea du ciel pour attaquer la créature. Le dragon sauvage redressa la tête et libéra une traînée de feu bleu qui engloutit son assaillant.

Je me figeai, incapable d'aider ou de faire autre chose que d'assister à cette scène de mort et de destruction tout autour de moi.

Le dragon fit un pas de plus vers moi, puis s'arrêta et reporta son regard sur la pénombre derrière moi.

Je ne voulais même pas savoir ce qui pouvait effrayer un dragon sauvage, mais une curiosité malsaine me poussa malgré tout à me retourner.

Des ombres humanoïdes noires tournoyaient, déformant les ténèbres autour d'elles tandis que de minuscules lueurs s'échappaient de leurs yeux morts. L'une d'entre elles passa près de moi en trombe et envoya une *vague* de givre recouvrir mon corps au moment où j'étouffais un cri.

Une main se plaqua sur ma bouche et me tira vers le bas tandis qu'une autre ombre noire passait en coup de vent, constellant l'air de braises rouges et dégainant une épée sombre.

Au lieu d'être terrorisée, je fus instantanément soulagée lorsque je reconnus l'énergie qui animait mon corps, réagissant à la peau qui touchait la mienne.

Killian.

— Tu ne devrais pas être ici, cracha-t-il en me relâchant avant de brandir son épée pour attaquer l'une des ombres qui s'était retournée vers nous.

De l'eau dégoulinait de ses cheveux blond-blanc, et ses yeux brillaient d'une lueur déterminée.

Il se battait avec toute la fureur et la fierté d'un Nephilim, la race hybride homme-ange que mon sang de déesse ne voyait que comme une source de pouvoir à utiliser. Son corps tout entier était imprégné de magie divine, qui surpassait de loin la mienne, et diffusait une lumière blanche pendant qu'il terrassait l'ombre, la faisant éclater en morceaux sombres qui tombèrent dans l'abîme.

Les bruits de la bataille semblaient lointains maintenant que les chevaliers conduisaient les dragons sauvages dans le tunnel. J'avançai d'un pas hésitant, me demandant si Killian avait besoin de mon aide ou si j'avais déjà causé assez d'ennuis.

Ce n'était définitivement pas le moyen de rentrer chez moi. J'avais fait une terrible erreur.

Le rugissement de Killian me sortit de ma stupeur. Le dragon sauvage qui s'était approché de moi avait craché une vague de feu bleu, qui toucha Killian au bras avant qu'il n'ait eu le temps de lever son bouclier.

— Killian ! criai-je en courant vers lui aussi vite que mes pieds me le permettaient.

Le dragon sauvage se retourna pour se préparer à une nouvelle attaque, et sa queue massive s'élança sur le côté, projetant Killian dans les airs.

Me fiant à l'instinct qui semblait activer mon sang de déesse, je ne m'arrêtai pas pour réfléchir au fait qu'il était stupide d'affronter cette puissante créature. Au lieu de cela, je fonçai tête baissée, sans armes, sans bouclier, sans même un dragon à moi.

Cela n'avait aucune importance. Killian était mon compagnon et se trouvait dans cette situation à cause de moi. Si je mourais en le protégeant, au moins je ne l'aurais pas complètement laissé tomber.

La créature massive déploya ses ailes et ouvrit sa gueule tandis qu'un grondement sourd s'élevait dans sa gorge. Elle se cabra pour se préparer à lancer une nouvelle vague de feu.

Comme si cela pouvait me protéger, je levai les mains.

— Arrête !

Elle ne m'écouta pas. Au lieu de cela, une onde de chaleur rugissante vint s'écraser sur moi. Le tunnel autrefois noir s'illumina comme un phare tandis que l'air tout autour de moi brûlait.

Je gardai les mains en l'air et puisai au plus profond de moi-même pour alimenter mes désirs. Je voulais vivre. Je voulais que Killian vive. Je devais arranger ça.

La chaleur dévia, recula et s'élança droit sur la tête du dragon. Celui-ci rugit en se débattant pour esquiver l'attaque. Ses ailes massives se mirent à battre alors qu'il tournait sur lui-même, puis disparaissait dans l'obscurité.

Je tombai à genoux et regardai autour de moi avec une incrédulité totale. C'était trop silencieux maintenant, mais je ne voyais plus les chevaliers. Je me dis qu'ils avaient dû entraîner les autres dragons dans la partie plus profonde du tunnel.

Les ombres sombres avaient disparu elles aussi, comme brûlées par ce feu ardent qui avait tout consumé. Mes yeux s'écarquillèrent lorsque je me rendis compte que Killian se trouvait derrière moi, et je me retournai pour découvrir une traînée de lignes noires s'étendant à partir de l'endroit où j'avais, d'une manière ou d'une autre, dévié le pire de l'attaque. Dans le cratère de dévastation gisait Killian, inerte, la moitié de son armure en argent brûlée et noircie. Du sang coulait le long de son bras, là où la queue du dragon avait dû le couper.

— Non, soufflai-je en me précipitant à ses côtés.

Je lui avais peut-être menti et l'avais manipulé, mais c'était à cause de moi qu'il s'était retrouvé impliqué dans ce combat. Je l'avais rendu émotif et en colère. C'était ma faute.

— Ne t'avise pas de mourir, dis-je en plaçant mes mains sur lui avant de le rouler sur le côté.

Il gémit, et j'aspirai une bouffée d'air. Les dommages étaient bien plus importants que je ne l'avais pensé, et le dragon avait dû lui planter une serre dans l'épaule lors de son attaque. Du sang teinta la bouche de Killian lorsqu'il toussa. Ses yeux s'ouvrirent, puis se fermèrent à nouveau.

— Éloigne-toi de moi.

— Non, dis-je sans perdre une seconde. Tu ne vas pas mourir juste parce que t'es trop têtu pour accepter mon aide, répliquai-je en enroulant mes doigts autour de la pointe incrustée dans son épaule. Mords dans quelque chose, le prévins-je.

Il me grogna dessus en guise de réponse.

— Très bien, fais comme tu veux, dis-je en tirant fort.

Killian poussa un rugissement de douleur, et je me dépêchai de couvrir la blessure, mais le sang coula entre mes doigts, ce qui me donna le vertige.

Ce bourdonnement me brûlait à nouveau les oreilles et, cette fois, j'acceptai la poussée d'énergie qui s'ensuivit. Un pouvoir doré parcourut mes veines et se rassembla au bout de mes doigts, envoyant une lueur d'énergie dans le corps de Killian pour recoudre ses muscles et sa peau.

Il laissa échapper un brusque soupir alors que les brûlures s'estompaient et que l'éclat de ses cheveux réapparaissait.

— Qu'est-ce que…

Sa phrase resta en suspens tandis qu'il me fixait, non plus en colère contre moi, mais hypnotisé.

Mon instinct me poussa à appuyer sur le torse de Killian. Les premiers secours lui avaient été prodigués, cependant il y avait encore une hémorragie interne. J'exerçai une pression sur lui, et il gémit.

Nous restâmes là un long moment, jusqu'à ce que je sois satisfaite et que je me redresse. Nous nous regardâmes fixement jusqu'à ce que Killian se lève péniblement. Il vacilla, mais je le rattrapai, ce qui me valut un nouveau regard noir. Il me repoussa et trébucha dans l'obscurité.

— Killian, dis-je, son nom n'étant plus qu'un murmure désespéré sur ma langue.

— Tu ne mérites pas ce don, me rétorqua-t-il d'un ton dur. Tu canalises un pouvoir qui ne t'appartient pas.

Qu'est-ce que ça voulait dire ?

— Euh, de rien ? dis-je alors que de la colère montait en moi. Je suis presque sûre que je viens de te sauver la vie.

Il se retourna vers moi et ses yeux bleu-blanc brûlaient aussi ardemment que le feu d'un dragon sauvage. L'énergie grésillait entre nous, attisée par ce lien entre dragonniers que je ne comprenais pas tout à fait.

— Tu ne sais même pas ce que t'es, n'est-ce pas ? demanda-t-il, comme s'il était irrité de devoir m'expliquer quelque chose d'aussi basique.

— Humaine, répondis-je, avec une part de déesse, apparemment.

Il secoua la tête.

— T'es un conduit, Vivienne. Ce n'est pas seulement dans ton sang. Tu canalises la déesse elle-même et tu t'empares de plus de pouvoir que tu n'es censée le faire.

Il souffla.

— T'es douée pour ça, hein ? Prendre ce qui ne t'appartient pas.

Cela me piqua au vif, mais je sentis la rage indomptée qui l'habitait. Il n'aimait pas être manipulé, et encore moins être sauvé par la personne même qui avait mis la pagaille dans sa vie.

— Je n'ai jamais demandé ça, OK ? rétorquai-je sèchement.

— Moi non plus, répondit-il dédaigneusement en se retournant, ne me laissant pas d'autre choix que de le suivre.

Je n'avais certainement pas envie de m'aventurer plus loin dans le noir pour voir où les chevaliers avaient rassemblé les dragons sauvages.

Je lui emboîtai le pas en soupirant. Si j'avais eu une queue, elle aurait été entre mes jambes.

Quoi que je dise, il n'allait pas m'écouter. Je venais de lui sauver la vie. Qu'est-ce que ça pouvait bien faire ? N'était-ce pas l'acte qui comptait ?

Peut-être que Killian ne me pardonnerait jamais et qu'il me faudrait vivre avec ça. Pourtant, en le regardant marcher, je me souvins de notre baiser et ma langue vint lécher mes lèvres pour capturer la chaleur du souvenir. Je voulais ressentir cette étrange énergie qui avait réveillé quelque chose en moi, quelque chose de puissant et de nouveau.

J'avais le pressentiment que je n'aurais plus jamais l'occasion d'éprouver cette sensation.

TEMPS MORT

Jasmine nous regardait depuis le rivage alors que nous nous frayions un chemin sur le sable. Elle leva un sourcil à l'intention de Killian.

— Ne demande pas, grogna-t-il en passant à côté d'elle et en ignorant le sifflement du dragon de Jasmine.

— Détends-toi, Jade, dit-elle en frottant deux doigts sur le long museau de la bête pour l'apaiser.

Cela me surprit de découvrir qu'elle avait un côté sensible, mais j'avais le sentiment que seule sa wyverne avait l'occasion de le voir.

— Je peux surveiller Vivienne. T'es débarrassée de ta tâche, Jas, dit Killian en frottant l'armure déchirée au niveau de son épaule.

Il ne voulut pas croiser mon regard, même si je fronçai les sourcils.

Jasmine soupira.

— J'aimerais bien, mais la doyenne n'est pas contente de tes frasques.

Elle me lança un coup d'œil.

— Elle veut vous voir immédiatement tous les deux dans son bureau.

— La doyenne ? m'étonnai-je tandis que Killian se renfrognait et entamait la longue marche vers l'académie.

Jasmine suivit notre rythme tandis que sa wyverne décollait et rentrait au bercail.

— Comment est-ce qu'elle sait où on est ? demandai-je. On n'a pas pu s'absenter si longtemps que ça.

— Rien n'échappe à la doyenne Brynhilde, alors ne crois pas que tu vas t'en tirer à bon compte avec la connerie que t'as faite là-bas, me répondit Jasmine.

Elle rejeta une mèche de cheveux par-dessus son épaule.

— En plus, le temps fonctionne différemment dans les tunnels, expliqua Jasmine tandis que Killian nous ignorait. J'ai surveillé l'endroit pendant des jours en attendant que vous reveniez.

— Oh, dis-je en pâlissant alors que je suivais Killian à la trace.

Cela voulait-il dire que ma mère savait déjà que j'étais partie ? Elle devait être complètement paniquée.

Ce fut à ce moment-là que je pris conscience de l'absurdité de ma situation. La dernière chose à laquelle je m'attendais en retournant à l'académie des dragonniers, c'était qu'on me convoque dans le bureau de la doyenne. Je veux dire, sérieusement, je n'avais jamais eu d'ennuis à Oakland High. Pas même une retenue.

Je supposai qu'il y avait un début à tout.

Jasmine et Killian se disputaient sur des sujets liés probablement aux dragonniers tandis que j'avais la tête qui tournait. La marche vers le campus semblait interminable, sans doute parce que l'adrénaline s'était dissipée ; ou peut-être que je n'avais plus assez d'énergie de déesse pour me faire avancer. Killian boitait légèrement, preuve que je ne l'avais pas complètement guéri, et Jasmine faisait comme si tout allait bien, toutefois la façon dont sa mâchoire se crispait trahissait le fait qu'elle n'aimait pas ça du tout.

Lorsque nous arrivâmes au portail, celui-ci était grand ouvert, bien sûr. *Pas de problème pour entrer dans cet endroit, mais laissez tomber l'idée d'en sortir !*

Dès que nous franchîmes l'enceinte du campus, le portail se referma derrière moi avec un claquement sec, ce qui me fit sursauter.

— Il est enchanté, expliqua Jasmine avec un sourire cruel. Tout étudiant lié à une wyverne peut entrer et sortir à volonté.

— Je vois, dis-je sans manquer la pointe de suffisance avec laquelle Jasmine me faisait savoir que je n'avais *pas* de wyverne à moi.

Des élèves murmurèrent tandis que nous passions devant eux. Apparemment immunisé contre les cris et les gémissements des dragons qui voletaient au-dessus de nous, Killian s'engagea directement vers la tour sombre et massive de la cathédrale, au centre des plus petits clochers. Je ne m'habituerais jamais à cet endroit.

Jasmine et Killian tournèrent brusquement à gauche pour pénétrer dans le bâtiment, puis se dirigèrent vers un escalier. Je les suivis du mieux que je pus, mais je me retrouvai essoufflée après seulement quelques marches d'une longue ascension tortueuse. Jasmine m'adressa un sourire en coin, ce qui me fit rougir. J'avais l'impression que quoi que je fasse, je ne pouvais pas dissimuler que je n'étais pas à ma place ici. Ce n'était pas comme si Oakland High m'avait entraînée à monter d'immenses tours maudites.

Lorsque nous atteignîmes enfin le sommet, j'étais à peu près sûre que j'allais m'évanouir et me cramponnai au mur pour me soutenir. Killian leva les yeux au ciel tandis que Jasmine frappait à la porte.

— Entrez, dit une voix féminine grave.

Je ne savais pas trop à quoi je m'attendais d'une personne nommée « Brynhilde », mais je ne fus pas déçue. Une femme était assise derrière un large bureau, ses jambes fuselées mises en valeur par un joli pantalon. Elle aurait eu de la classe sans les tatouages tribaux qui recouvraient son visage et ses bras. Je distinguai un serpent de mer, la constellation d'un dragon et peut-être un chat. Elle fit courir ses doigts le long d'une tresse qui descendait jusqu'à sa taille tout en m'évaluant de ses yeux ambrés.

Me trouvant incapable de croiser son regard alors que ma poitrine se soulevait pour reprendre mon souffle après l'escalier ridicule, je me détournai et observai les livres reliés en cuir le long du mur, ainsi que les tableaux au-dessus de la bibliothèque qui représentaient divers dragons de toutes formes, tailles et couleurs. La pièce semblait relativement chaleureuse, hormis l'épée en or qui était accrochée au-dessus de son fauteuil en cuir. J'essayai de ne pas me demander si les taches qui s'y trouvaient étaient réelles.

— Alors, t'es Vivienne, dit-elle avec un léger accent que je ne parvins pas à identifier.

Elle leva un sourcil et me fit signe de m'asseoir. Ses lèvres se pincèrent lorsque je ne répondis pas.

— Vous voulez que je la ramène chez elle ? proposa Killian d'un ton presque ennuyé.

J'enviais le fait qu'il ne soit pas du tout essoufflé.

La doyenne lui lança un regard noir.

— Pardon ?

— Que je la ramène chez elle, répéta-t-il comme si la doyenne ne l'avait pas entendu.

Il jeta un coup d'œil à l'épée en or qui se trouvait au-dessus de son bureau.

— Vous pouvez défaire le lien. Il n'est pas encore à maturité.

Mon estomac se noua lorsque la doyenne s'agita sur son

fauteuil, comme si elle envisageait l'idée. Elle frappa alors sur le bureau, nous faisant sursauter, Jasmine et moi.

— Le lien entre dragonniers est sacré, Killian. Je n'ai pas besoin de te le rappeler. Si ta compagne ne te plaisait pas, t'aurais dû venir me voir plus tôt. Tu connais les règles. Je ne romps le lien que dans les situations les plus graves, ce qui n'est pas le cas de la tienne.

Elle pencha la tête.

— D'où te vient ce comportement, Killian ? Et pourquoi diable es-tu allé faire un raid dans les tunnels ?

Killian se redressa, puis jeta un coup d'œil à Jasmine.

Jasmine soupira.

— Je lui ai dit que les élèves de première et de deuxième année avaient le droit.

La doyenne fronça les sourcils.

— Et tu n'as pas jugé bon de m'en informer plus tôt ? Il aurait pu mourir. C'était une perturbation de tunnel de classe 5.

Killian se raidit, mais ne me regarda pas. Il *avait* failli mourir, mais il ne voulait visiblement pas que la doyenne le sache.

Jasmine passa son pouce sur la poignée de la dague qu'elle portait à son flanc. Ce n'était pas un mouvement menaçant, cependant je le remarquai tout de même.

— Je ne voulais pas que vous envoyiez quelqu'un pour les ramener, admit-elle. J'ai dû lui dire qu'il pouvait y aller afin de l'empêcher de suivre Vivi à la trace. Elle essayait de s'échapper, et honnêtement, j'allais la laisser faire.

Elle se frotta les tempes comme si elle était sur le point d'avoir mal à la tête.

— Je n'avais pas réalisé qu'elle foncerait tout droit dans un vortex comme une idiote.

La doyenne réfléchit un instant à l'aveu de Jasmine.

— Et pourquoi est-ce que t'as attendu jusqu'à maintenant pour me le révéler ?

Jasmine me surprit en m'attrapant le bras, ce qui me fit couiner.

— Parce qu'il fallait que vous le voyiez par vous-même. Si je vous l'avais dit plus tôt, j'aurais été punie et je ne vous laisserai pas faire du favoritisme avec Killian ou la compagne qu'il a choisie.

Elle releva ma manche pour révéler ma tache de naissance brûlante.

— Vous savez ce que c'est, n'est-ce pas ? Vous ne pouvez pas me dire que vous êtes d'accord pour que Killian amène quelqu'un comme elle ici. Pas après tout ce qu'on a traversé.

L'accusation était virulente, mais elle contenait une note de dégoût, comme si Jasmine soupçonnait la doyenne d'être déjà bien au courant de ma lignée.

Je me débattis pour me dégager de l'emprise de Jasmine, mais cette fille avait assez de force pour se battre contre Max Green sous stéroïdes.

— Lâche-moi ! criai-je.

— Ça suffit, dit la doyenne d'un ton cassant.

Elle pointa un doigt vers Jasmine et Killian.

— Vous êtes tous les deux de corvée d'écurie pendant un mois.

— Mais je… commença Jasmine avant d'être interrompue par la doyenne.

— Dehors, intima-t-elle d'un ton si tranchant que ma mâchoire se referma d'un coup.

Jasmine jeta un coup d'œil à la doyenne avant de se retourner et de sortir à grands pas. Killian continua de m'ignorer en regardant l'épée en or avec insistance, puis se retourna pour la suivre. La porte se referma derrière eux, et je tressaillis.

La doyenne se détendit visiblement et m'offrit ce que je supposai être un sourire amical.

— Tu vas devoir les excuser. Ils ont beaucoup de responsabilités sur les épaules. Et Jasmine… Eh bien, j'espère qu'elle te racontera son histoire un jour.

— Qu'est-ce qu'elle voulait dire ? demandai-je, ne pouvant retenir mes questions alors que je frottais la marque exposée sur mon bras. Est-ce que c'est une mauvaise chose… d'être ce que je suis ?

La doyenne fit un geste vers l'un des sièges et attendit que je m'asseye avant de prendre la parole.

— C'est une question à laquelle il est difficile de répondre, Vivienne, mais je vais faire de mon mieux. T'as la marque de la déesse et cela peut être une bénédiction… ou une malédiction.

Je me mordillai l'intérieur de la lèvre. Il y avait définitivement du vrai là-dedans. D'un côté, mon sang de déesse avait détruit la vie de Killian lorsque j'avais créé Solstice et que je l'avais manipulé pour qu'il devienne mon compagnon, même si cela avait été inconscient de ma part. Mais aujourd'hui, dans le tunnel, je lui avais aussi sauvé la vie.

— Ça a l'air compliqué.

Je levai les yeux vers la doyenne et vis mon propre reflet suppliant dans les siens.

— Qu'est-ce que Jasmine sait de moi ? De quoi est-ce qu'elle a aussi peur ?

À mon avis, elle avait un faible pour Killian et j'étais en train de tout gâcher, mais il me détestait, alors à part le lien entre dragonniers et tout ça… il n'y avait aucune raison pour que je me mette en travers de son chemin.

Mon estomac se noua en pensant à l'idée anodine d'abandonner ce qui ne m'appartenait pas en premier lieu. Je glissai mes doigts sous mes jambes pour ne pas me ronger les ongles.

La doyenne soupira.

— Elle te racontera peut-être sa version de l'histoire un jour, mais tu dois comprendre qu'elle a perdu toute sa famille lors des destructions menées par les dragons sauvages.

Je réprimai un cri de surprise.

— Quoi ? Vraiment ?

Aussi horrible que cela fût, je ne pouvais certainement pas être blâmée pour ça.

— Quel est le rapport avec moi ?

Elle se leva et se dirigea vers la bibliothèque avant de passer sa main sur le dos des livres. Elle s'arrêta sur un tome relié en cuir. Elle le sortit et l'ouvrit sur son bureau, puis pointa du doigt une carte avec une île au centre et de minuscules fils qui reliaient des cercles plus petits.

— Voilà Avalon, un endroit où les personnes comme toi vivaient autrefois. C'est la plaque tournante qui réunit tous les royaumes entre eux.

Elle fit courir son doigt sur les différents fils en me souriant.

— C'est un grand honneur, Vivienne, et c'est pour ça que j'ai de grands espoirs à ton égard. Mais ceux qui, comme Jasmine, ont été personnellement blessés par les dragons sauvages en veulent à ceux qui étaient censés protéger ce lieu de convergence. Quand on a perdu Avalon, de nombreux mondes ont été envahis et celui de Jasmine était l'un d'entre eux.

Je me mordillai à nouveau la lèvre en ignorant la plaie qui s'y formait. Je ne savais pas quel genre d'être surnaturel, Jasmine pouvait bien être, toutefois si je devais deviner, c'était quelque chose de bien plus impressionnant que les protecteurs infructueux d'Avalon.

— Alors elle en veut à ma famille ? demandai-je.

— Elle en veut à la déesse, je crois, dit la doyenne en se redressant et en posant ses mains sur ses hanches.

Elle étudia la carte comme si elle pouvait y trouver les secrets qui résoudraient tous nos problèmes.

— Elle a beaucoup de haine, Vivienne, et tu vas rencontrer d'autres personnes avec cette même douleur et cette même rage. Tu ne feras que leur rappeler ce qu'ils ont perdu, mais cela ne change rien au fait que t'as en toi un pouvoir capable de changer les choses d'une manière dont on n'a jamais été capables. C'est pour ça que je fonde de si grands espoirs en toi.

Elle jeta un coup d'œil vers la porte.

— J'espère juste que Killian finira par voir les choses dans leur ensemble.

Je touchai ma tache de naissance, me sentant attirée par la grandeur et les aspirations que la doyenne avait à mon égard, mais était-ce vraiment mon combat ? Je n'avais pas demandé à avoir ce pouvoir.

— Et si je ne veux pas être ici ? murmurai-je alors que de la honte teintait mes joues de rouge. Et si tout cela n'était qu'une énorme erreur ? Killian n'a pas eu l'occasion de vous dire ce que j'ai fait…

Ce n'était pas quelque chose que je voulais vraiment aborder avec quelqu'un comme la doyenne, mais elle méritait de savoir que je n'étais pas la sauveuse qu'elle espérait.

— Je me fiche de ce que t'as fait, déclara-t-elle catégoriquement. J'ai quelque chose à te montrer.

Elle mit ses mains en coupe, et une lueur terne jaillit entre le bout de ses doigts. Ouvrant les bras, elle agrandit le faisceau de lumière sous mes yeux ébahis, jusqu'à projeter une sorte d'écran géant dans la pièce. Le rugissement d'un dragon au loin retentit dans l'air comme un coup de tonnerre, tandis qu'un groupe de dragons filait à travers des tunnels impétueux. Ils voyageaient entre des royaumes scintillants alors que des civilisations s'élevaient et s'effondraient et que les cris de leurs victimes me perçaient les oreilles. Je retins mon souffle pendant que des gratte-ciel futuristes en verre volaient en éclats et que des dômes dorés se détachaient d'une cascade de collines.

Je regardai avec horreur les dragons sauvages semer la destruction. La doyenne interrompit la scène épouvantable en levant un doigt et en désignant un dragon bleu dont le museau ruisselait d'eau.

— Ce sont les dragons d'eau qui ont revendiqué Avalon.

Son doigt se déplaça tandis qu'elle continuait à montrer les différences entre les dragons contaminés. Ils avaient tous un regard empreint de folie, des cicatrices dans le dos et d'autres signes de maladie ou de mauvaise santé. Les dragons rouges venaient de Vyorin, un monde de feu qui apparut brièvement dans l'hologramme. Elle passa en revue les différentes races et leurs royaumes d'origine et me dépeignit les différences entre les animaux amicaux et leurs homologues malades.

Si je n'étais pas terrifiée avant, je l'étais certainement maintenant.

— Je dois rentrer chez moi, dis-je d'une voix chevrotante. Ma mère…

Comme pour faire écho à mes craintes, l'image changea et montra les dragons empruntant un tunnel pour se diriger vers la Terre. Ils franchissaient le vortex et décrivaient des cercles de nuages sombres.

Je me penchai plus près, le cœur serré. Le décor me semblait familier… puis cela me frappa. C'était dans le passé.

— C'est Mattsfield High, murmurai-je. Je l'avais vu aux informations, mais sans les dragons. Il y avait eu une explosion de gaz, non ?

— T'as raison, dit solennellement la doyenne alors que les dragons libéraient leur feu d'un seul coup sur le gymnase, tuant instantanément tout le monde… à l'exception de deux silhouettes au centre.

Je me penchai davantage malgré l'horreur.

— C'est Lily, dit la doyenne avec un petit sourire.

Elle claqua des doigts et l'image disparut dans une lueur de puissance.

— Tu peux entrer maintenant, annonça-t-elle en haussant la voix.

Je tournai sur moi-même lorsque la porte s'ouvrit et qu'une fille magnifique pénétra dans le bureau.

— Salut. Vivi, c'est ça ? demanda-t-elle avec un léger sourire, comme si je ne venais pas d'assister à des scènes de destruction et de mort à travers tous les royaumes.

Engourdie, je hochai la tête tandis que la doyenne me guidait vers un siège. Je m'y affalai avec reconnaissance et m'appuyai sur les accoudoirs.

Lily prit le siège adjacent au mien.

— Je sais que c'est probablement bouleversant, mais je tiens à te dire à quel point je suis heureuse de t'avoir ici. Tu n'as pas idée de ce qu'on a vécu.

Ses yeux brillèrent un instant, transformant ses pupilles en fentes reptiliennes, avant qu'elle ne secoue la tête.

Je couinai et m'adossai à mon siège.

— Qu'est-ce que… ?

La doyenne resta cantonnée à mes côtés, bloquant commodément la porte.

— Il y a beaucoup de différents types de dragons, Vivienne. Certains sont bienfaisants, comme Lily, d'autres sont nos partenaires, comme les wyvernes qui se sont liées aux élèves, et d'autres encore se sont égarés.

Elle sourit et posa sa main sur mon épaule avant d'effleurer ma tache de naissance avec son pouce.

— Tout pouvoir est une bénédiction… ou une malédiction.

Et voilà, c'était le point que la doyenne essayait de m'enfoncer dans le crâne. J'étais en mesure de faire quelque chose contre la destruction. Je venais d'une lignée de pouvoir qui avait autrefois protégé les royaumes et maintenu l'ordre en place.

Mes problèmes et venger mon père n'étaient que secondaires. La Terre était en danger. Tous les royaumes étaient en danger et je pouvais être une force pour le bien, ou je pouvais m'enfuir, me cacher et les abandonner tous.

Je recroquevillai mes doigts et enfonçai mes ongles dans le bois.

— Qu'est-ce que je dois faire ?

Lily et la doyenne échangèrent un sourire.

Pour l'instant, je n'allais nulle part.

RAVIVÉE

Une fois la réunion terminée, je sortis en titubant, hébétée.

Des dragons avaient déjà attaqué mon monde… Qu'est-ce qui allait les empêcher d'attaquer à nouveau ?

Je réalisai avec effroi que la doyenne voulait que je pose cette question. La réponse était simple.

J'étais censée les arrêter.

Je comprenais enfin l'importance de l'académie des dragonniers. Ils avaient besoin de moi, et si je pouvais les aider de quelque manière que ce soit, j'avais le devoir de le faire.

C'était peut-être mon sang de déesse qui parlait, étant une ancienne protectrice des royaumes et tout ça, mais ça me paraissait logique.

La doyenne dut croire en ma détermination, car personne ne m'attendait à l'extérieur. Je pris un moment pour observer les dragons qui s'élevaient au-dessus de moi et se mêlaient aux nuages qui passaient continuellement au-dessus des tours. Les élèves en contrebas se dépêchaient de se rendre à leurs cours, et malgré l'horreur dont je venais de prendre conscience et à laquelle ils étaient tous confrontés, ils avaient l'air heureux. Ils riaient et plaisantaient, se pourchassant les uns les autres et faisant semblant de se battre avec leurs épées. Le proviseur de mon lycée aurait eu une crise cardiaque, mais je supposais que les choses étaient gérées légèrement différemment quand c'était une Viking qui dirigeait l'école.

— J'aime bien cet endroit, dit Lily alors qu'elle me rejoignait pour scruter les alentours. Ce n'est pas ce à quoi je m'attendais, mais dans le bon sens du terme.

Je déglutis difficilement en essayant de ne pas prêter trop d'attention au fait que cette fille était en réalité un dragon. Elle passa ses doigts dans ses cheveux soyeux qui tombaient sur ses épaules. Une courte jupe plissée descendait sur ses longues jambes, et elle était l'une des rares élèves à ne pas avoir d'épée.

Je réalisai avec effroi que c'était parce qu'elle n'avait pas besoin d'arme… Elle était une arme.

Lily gloussa alors que je la regardais fixement.

— Je suppose que je ne suis pas non plus ce à quoi tu t'attendais, hein ?

Je me forçai à parler et lâchai un rire nerveux.

— Euh, oui. On peut dire ça.

J'inclinai la tête pour l'observer.

— T'as l'air plutôt humaine.

Mais j'avais vu ses yeux changer… Elle était définitivement tout sauf humaine.

Elle haussa les épaules.

— Je ne savais pas que j'étais un dragon jusqu'à récemment, en fait.

Elle se mit à marcher, et je la suivis en respectant sa cadence.

— J'ai un lien avec l'un des autres élèves, James.

Elle fronça les sourcils comme si cela l'irritait.

— C'est un chevalier de l'Ordre d'Argent. Humain, mais imprégné de magie chevaleresque grâce à sa lignée qui remonte à l'époque de Merlin et du roi Arthur. Ouais, sérieusement, ajouta-t-elle devant mon air béat. Tu savais qu'il était censé me tuer à l'origine ? L'Ordre d'Argent voit les dragons différemment. Il m'a amenée ici parce qu'il pensait que je pourrais être une arme contre les dragons sauvages. Enfin, contre tous les dragons, pour être honnête.

Elle inspira profondément, retint son souffle, puis le relâcha par la bouche. Un filet de fumée passa sur sa langue.

— Mais la doyenne a eu une bonne influence. Elle l'a aidé à mûrir et elle m'a aidée à accepter qui et ce que je suis.

Elle me surprit en me prenant la main et en la serrant.

— Elle t'aidera aussi, si tu la laisses faire.

Je ne me sentais plus aussi terrifiée par Lily et parvins à lui adresser un faible sourire. Nous marchâmes en silence, à l'exception de quelques plaisanteries. Elle était en route vers les dortoirs et m'accompagnait de son plein gré. Elle m'expliqua avec un petit rire que la « corvée d'écurie » mettrait Killian de plus mauvaise humeur qu'il ne l'était déjà.

— Est-ce que « corvée d'écurie » veut dire ce que je pense ? demandai-je sans pouvoir cacher mon sourire en coin.

Après la façon dont Killian s'était comporté, même si je l'avais en quelque sorte mérité, ça me semblait être une punition convenable.

— Oh oui, dit-elle avec un hochement de tête sérieux. Les plus grandes wyvernes quittent les dortoirs et s'installent dans leurs propres écuries. Elles mangent beaucoup et, eh bien, il faut bien que ça sorte et que ça aille quelque part.

Nous gloussâmes ; le rire détendit mes épaules et fut comme un répit après la journée que je venais de vivre.

Elle serra à nouveau ma main lorsque nous entrâmes

dans le dortoir. L'air était plus frais et plus humide dans le bâtiment de pierre.

— Killian sera bientôt de retour. D'ici là, prends un peu de temps pour toi. Digère ce que t'as appris aujourd'hui et sache que tu peux venir me parler de n'importe quoi.

Elle montra du doigt le haut de l'immeuble.

— Je suis au dernier étage, dans la pièce la plus éloignée du côté ouest, si jamais t'as besoin de moi.

— D'accord, merci, répondis-je tandis que Lily me faisait un signe de la main en guise d'au revoir et prenait les escaliers.

Je soupirai. Ils n'avaient vraiment pas d'ascenseurs dans ce royaume ?

Après avoir pris le temps de rassembler mon courage, j'empruntai à mon tour les escaliers et déambulai dans les couloirs. Lorsque j'atteignis la porte, je souris, parce que mes pieds m'avaient ramenée directement à la chambre de Killian, même si je ne me souvenais pas exactement du chemin.

J'avais suivi mon cœur… parce que nous étions liés.

J'ouvris la porte et aperçus la wyverne de Killian en train de gémir dans son nid, luttant contre un cauchemar qui la tourmentait. Mon estomac se noua, car mon lien entre dragonniers fonctionnait à la fois avec Killian et avec sa wyverne. Cela me fendit le cœur de voir Topaze dans cet état. Jasmine avait dit que le temps passait différemment dans les tunnels, donc le délai pendant lequel j'étais partie avait suffi pour que la guérison que j'avais apportée à la wyverne se soit complètement dissipée.

— Pauvre bébé, dis-je en entrant dans la pièce.

Je m'approchai d'elle et promenai mes mains sur ses écailles décolorées, mais le pouvoir ne voulait pas venir à moi.

— J'ai dû utiliser tous mes dons de déesse sur Killian tout

à l'heure, murmurai-je, déçue de ne pas être une créature surnaturelle toute-puissante comme la doyenne me l'avait laissée entendre.

J'avais des limites, des limites auxquelles j'allais devoir m'habituer.

Incapable de me rendre utile grâce à la magie, je passai mon temps à ranger la chambre. Killian semblait relativement propre, mais nous nous étions absentés un moment et sa wyverne avait été livrée à elle-même. Quelqu'un avait dû venir s'occuper d'elle, car le réfrigérateur contenait encore de la nourriture humaine et de la viande crue. Je lançai l'un des morceaux de steak à la wyverne, et elle l'engloutit, satisfaite, avant de se réinstaller dans son nid. Je trouvai des chaussures mâchouillées et les tins du bout des doigts.

— T'es un dragon ou un chien ? lui demandai-je à voix basse.

Elle leva la tête, puis enfouit son museau sous son aile avant de se rendormir.

Je nettoyai les fenêtres, réorganisai l'armoire de Killian, puis je découvris que ma propre armoire et ma commode avaient été garnies de diverses choses. Je mis des chaussures après m'être lavé les pieds. La pièce commençait enfin à être présentable lorsque Killian fit irruption dans la pièce.

Nous nous regardâmes un moment tandis que j'observais son apparence. Il était torse nu, ses cheveux étaient mouillés et ses iris bleus étaient remplis d'agitation.

— Euh, salut, dis-je en me forçant à détourner les yeux.

Il me lança un regard noir.

— J'espérais que la doyenne t'aurait renvoyée chez toi, énonça-t-il d'une voix bourrue.

Il entra et claqua la porte derrière lui.

— Je ne peux même pas prendre une douche sans que tu me mates.

— C'est toi qui es à moitié nu, lui fis-je remarquer tout en portant un immense intérêt à la fenêtre.

— Tu peux parler, grommela-t-il, ce qui me fit esquisser un sourire.

Peut-être l'avais-je troublé autant qu'il me troublait en ce moment.

Topaze lança un cri à Killian, ce qui lui valut un grattement affectueux sous le menton de la part du chevalier.

— C'est bon, ma belle. T'as faim ?

— Je l'ai nourrie, dis-je.

Killian fulmina, et ses yeux brillèrent de rage, puis cela passa.

— Merci, répondit-il sèchement en fouillant dans sa commode.

Il fronça les sourcils en voyant que j'avais plié ses vêtements, mais il ne dit rien. Au lieu de cela, il retourna ses affaires jusqu'à ce qu'il trouve au fond la chemise qu'il voulait, ruinant ainsi mon travail, puis il l'enfila.

Topaze gémit et se déplaça comme si quelque chose lui faisait mal.

— Elle va bien ? demandai-je en réalisant que c'était une question stupide au moment où elle sortit de ma bouche.

— À ton avis ? lança Killian en se laissant tomber sur le bord de son lit.

Il mit la wyverne sur ses genoux et passa soigneusement son pouce sur le museau de la créature, comme j'avais vu Jasmine le faire avec Jade.

Je tressaillis face au ton dur de sa remarque.

— Est-ce qu'on peut faire quelque chose ? J'ai essayé de la soigner… comme je l'ai fait avant, mais je crois que ça n'a pas marché.

Killian ne leva pas les yeux vers moi, toutefois ses épaules se détendirent.

— C'est parce que notre lien est faible et que ta magie a

besoin de temps pour se reconstruire. Tu n'es pas assez forte, comme on l'a tous les deux déjà appris.

Il leva les yeux vers moi avec un regard accusateur.

— Les dragons ont besoin de communauté, d'amour et surtout de magie pour survivre. Sans toutes ces choses, ils ne survivent pas… ou deviennent sauvages.

Je grinçai des dents, irritée. Il rejetait beaucoup trop la faute sur moi.

— Cet endroit regorge de magie, non ? Et la doyenne ?

Après la démonstration qu'elle m'avait faite aujourd'hui, personne ne pouvait me dire qu'elle n'avait pas de la magie à revendre.

Killian secoua la tête.

— Le lien entre dragonniers est ce qui alimente le dragon, et même si je voulais compléter avec de la magie de substitution, l'académie n'en a pas assez. Elle est à court de tout depuis un moment déjà. On a moins d'élèves, moins d'œufs qui éclosent, et tellement de dragons…

Sa voix faiblit et il hésita un instant avant de poursuivre :

— Beaucoup d'entre eux tombent malades et meurent avant d'arriver à maturité, qu'ils soient liés à un dragonnier ou non.

Nous ne nous regardâmes pas l'un l'autre alors que le silence me rongeait de l'intérieur. Killian était vraiment inquiet, comme si Topaze était tout son univers. C'était un aspect de lui tellement différent de la violente machine à tuer que j'avais vue dans les tunnels.

— Topaze est forte, lui assuré-je en me retournant vers lui avec détermination. Elle peut s'en sortir.

Je voulais tellement que ce soit vrai. Je voulais que nous soyons capables de nous en sortir.

Killian me lança un rire amer.

— J'oublie toujours à quel point les humains sont d'un optimisme écœurant.

— Hé, dis-je en m'asseyant à côté de lui avant de lui donner un léger coup dans les côtes. T'es en partie humain aussi, tu sais.

Killian haussa les épaules comme s'il ne pouvait pas réfuter cette affirmation. Je tendis la main pour câjoler Topaze, qui se mit à gazouiller joyeusement. Killian me laissa faire, alors je caressai le museau de la créature comme je l'avais vu le faire. Elle blottit son museau dans ma main, et je gloussai.

— C'est moi qui ne suis pas assez fort, prononça Killian d'une voix si faible que je l'entendis à peine. Je n'arrive pas à récolter assez de magie pour garder Topaze en bonne santé, et maintenant j'ai peur que ce ne soit qu'une bataille perdue d'avance. Quand je t'ai trouvée, c'était censé être la solution… C'était…

Il se tut alors que sa mâchoire se crispait, faisant fondre mon cœur.

Je tendis la main vers lui, incapable de le regarder souffrir ainsi. Dès que mes doigts effleurèrent ses bras, de l'énergie jaillit entre nous et Topaze se mit à battre des ailes. Cette force réchauffa ma peau, comme si Killian et moi étions les deux parties d'un câble qui allait enflammer la pièce.

Ses yeux bleus rencontrèrent les miens, et je sus qu'il le sentait aussi. Notre lien était plus fort qu'il ne le laissait supposer, et quelque chose d'autre était là… Quelque chose qui remplissait à nouveau ce vide dans ma poitrine, jusqu'à ce que j'inspire et expire, libérant de la vapeur dans l'air surchauffé.

— Ne fais pas ça, implora faiblement Killian.

Mais c'était trop tard, nous étions tous les deux envoûtés par l'instant. Je posai une main sur le dos de Topaze avant que nos lèvres ne se rencontrent.

Comme précédemment, mon monde bascula et un déferlement de puissance inonda mes oreilles.

Killian n'écrasa pas ses lèvres sur les miennes comme il l'avait fait auparavant ; son contact était doux et hésitant, comme s'il avait peur d'aller trop loin, mais qu'il ne pouvait pas s'éloigner. Ce lien entre nous était réel, tangible, et me faisait ressentir des choses que je n'avais encore jamais ressenties.

Une puissance m'envahit, remplissant mon cœur et réchauffant mes extrémités jusqu'à ce que je sois persuadée que j'allais m'enflammer. Je pris une partie de l'énergie pour moi, puis j'en redirigeai une partie vers le bout de mes doigts et sur le dragon qui poussait de petits cris en nous regardant, si confiant dans le giron de son dragonnier.

La sensation de plénitude m'indiqua que j'avais terminé. Je m'éloignai de Killian, même si mon corps picotait et que le désir de m'abandonner à lui pour toujours était indéniablement tentant.

Ses yeux bleus implacables avaient pris un éclat plus doux et je fus récompensée par les prémices d'un sourire avant qu'il ne s'éclaircisse la gorge et ne se détourne.

Nous fixâmes tous deux Topaze qui se secouait. Une fine couche de poussière dorée la recouvrait. Killian balaya la substance, révélant des écailles bleues saines qui reflétaient la lumière. La créature battit des ailes et pépia avant de cracher une petite bouffée de feu. Killian rit.

— Ouah, ne mets pas le feu au dortoir, ma belle, ou je vais me retrouver de corvée d'écurie encore une fois.

Le soulagement me fit sourire, mais une vague de vertige m'envahit et je pris ma tête entre mes mains.

Killian me surprit en m'attrapant le bras pour me stabiliser.

— Hé, ça va ?

Sa colère avait temporairement disparu, son amertume supplantée par sa gratitude à l'idée que sa wyverne puisse encore être sauvée.

— Tu n'aurais pas dû faire ça.

Sa réprimande tomba à plat. Il désapprouvait ma magie, mais il ne pouvait pas contester les résultats.

— Pourquoi ? demandai-je en attendant que le sort passe. C'est pour ça que je suis ici, non ?

La doyenne avait une idée de moi que j'avais l'intention de maintenir. Je serais une force pour le bien, et non une malédiction pour ceux qui méritaient mon aide.

— T'es un conduit, dit-il comme si j'étais censée savoir ce que cela signifiait. Quand le pouvoir de la déesse en toi se tarit, tu peux en canaliser davantage de tes ancêtres... et d'autres royaumes.

Sa gorge oscilla tandis qu'il déglutissait.

— Je suis un Nephilim, et canaliser le pouvoir de mon royaume peut être dangereux. S'ils le découvraient, ils s'en prendraient à toi.

— Oh, répondis-je en me sentant lasse. Ça a l'air... compliqué.

Il gloussa.

— Oui, on peut dire ça.

Il se leva, et Topaze gazouilla avant de s'enrouler autour de son cou.

— D'après ce que je sais des conduits, il y a d'autres moyens de faire le plein.

Il remua les sourcils.

— Euh... commençai-je avant qu'il ne s'étouffe de rire.

— En mangeant, Vivi. Arrête d'avoir l'esprit mal placé.

Je fronçai les sourcils.

— OK, en mangeant.

Ses yeux brillaient de malice. Je ne savais pas combien de temps ce sort allait durer, mais j'allais profiter de cette facette de Killian jusqu'à ce que je fasse quelque chose qui lui rappelle à quel point je n'étais *pas* faite pour lui.

— Tu vas te régaler. La nourriture de l'académie des

dragonniers est améliorée par la magie, disons. Elle aura le même goût que ton plat préféré.

Il me tendit la main. J'étudiai les lignes sur sa paume avant de la prendre.

Je ne savais pas si cela comptait comme un rendez-vous, mais mon estomac gargouilla alors, me rappelant que manger était une idée spectaculaire.

SANG DE DRAGON

La cafétéria était commodément située au rez-de-chaussée de ce que je ne pouvais décrire que comme un château.

— Vous ne comprenez pas la subtilité ici ? demandai-je alors que Killian me guidait vers la longue file d'attente.

Je m'attendais presque à ce qu'il coupe la queue, tout hautain et arrogant qu'il était, mais il prit sa place au bout et patienta en gratouillant Topaze qui lui grignotait l'oreille. Après une minute pendant laquelle je le fixai, il haussa les épaules.

— Je suis un chevalier honorable. Ça veut dire qu'on attend.

Il sourit et détacha Topaze du lobe de son oreille.

— Même si ça implique que ma wyverne essaie de me dévorer.

Je commençais à avoir l'eau à la bouche lorsque l'arôme de viandes tendres et de macaronis au fromage atteignit mon nez, mais aucune des assiettes ne correspondait à la description des plats que mon cerveau s'efforçait d'assimiler. Je me souvins que Killian avait dit que la nourriture était magique ici, et je regardai les élèves qui occupaient les longues tables fourrer des cuillerées de bouillie blanche dans leur bouche. Elle brillait et prenait différentes formes de sandwichs, d'entrées de charcuterie et même de soupes.

— Je croyais que t'avais dit que l'académie était à court de magie, m'émerveillai-je.

— On a quelques nains qui servent les repas, dit Killian en désignant les têtes qui dodelinaient et que je n'avais pas vues derrière la longue table de buffets qui semblaient se réapprovisionner miraculeusement. Leur magie ne sert pas à grand-chose d'autre qu'à forger des armures et à préparer de la nourriture épatante.

— Euh… OK, dis-je en décidant que je n'allais pas assimiler plus de faits magiques bizarres à propos de cet endroit pour la journée.

Après ce qui me parut être des millénaires, nous nous assîmes pour manger, et je repérai Jasmine qui nous lançait un regard noir depuis l'autre bout de la pièce. Elle attendit que Killian la voie et écarquilla les yeux, l'air de dire « Qu'est-ce que tu fous ? ».

Il haussa les épaules avant de se tourner vers son plat et de piocher dedans en prenant soin de glisser quelques bouchées à Topaze. J'avais envie de lui poser les mêmes questions que celles que Jasmine affichait sur son visage, mais avec moins d'animosité. Où en étions-nous ? Étions-nous un couple à présent ? M'avait-il pardonné ?

— Mange ta nourriture, m'ordonna-t-il comme s'il pouvait entendre mes pensées.

Lorsque je pris une bouchée, je ne me préoccupai plus des questions qui tourbillonnaient dans mon esprit.

— Oh, mon Dieu, murmurai-je avant de relever la tête. Je suppose que je devrais dire « Oh, ma déesse », non ?

Killian gloussa.

— Oh, ne laisse pas les autres élèves t'entendre dire ça. On a un cours de théologie sur les divinités et certains pensent que la déesse des royaumes n'est rien de plus qu'un être surnaturel surpuissant. Ce n'est pas parce qu'elle protège les royaumes qu'elle les a créés.

— Hmm, dis-je en prenant une autre bouchée de ce qui ressemblait à de la bouillie blanche, mais qui avait le goût du meilleur steak accompagné de macaronis au fromage que j'avais jamais mangé.

Cette association avait vu le jour lorsque je ne savais plus quoi cuisiner avec ma mère, et cela avait été une blague avant de se transformer en mon plat fétiche. Même si j'étais contente de ne pas avoir à renoncer à mon éducation catholique, je me rappelai que j'avais décidé de ne pas assimiler d'autres faits bizarres aujourd'hui.

Une fois le repas terminé, Killian parcourut les couloirs en trombe, Topaze accrochée à son cou, le nez en l'air, comme si elle appréciait chaque instant où elle se sentait à nouveau en bonne santé. Le bâtiment central abritait la majorité des salles de classe, d'après Killian, ainsi que d'autres pièces importantes qui devaient être protégées, comme le Sanctuaire des Œufs.

— T'es prête pour l'orientation ? me demanda-t-il. Ça peut être intense.

— Plus intense que ce que j'ai déjà vécu ?

Il gloussa, ouvrit la bouche pour dire quelque chose, puis projeta son bras devant moi, m'empêchant de faire un pas de plus.

— Aïe ! lâchai-je lorsque son bras puissant me coupa le souffle.

— Désolé, dit-il en me relâchant. C'est enchanté. J'ai oublié que tu n'es pas en phase tant que tu n'es pas liée à une wyverne.

Il baissa les yeux vers la brume rose qui s'élevait de la marche sous nos pieds. Je ne voulais pas savoir ce qui se serait passé si j'avais foncé dedans. Il agita sa main au-dessus et des étincelles jaillirent sur le sol tandis que la brume se dissipait.

— Pourquoi est-ce qu'il y a des pièges à l'intérieur du campus ? soufflai-je en me frottant le ventre. Est-ce qu'il y a d'autres surprises dont je devrais être au courant ?

— C'est nécessaire, et oui, tu dois toujours être sur tes gardes, dit-il comme si c'était évident. Les œufs de dragon sont des objets puissants en soi, même non éclos. Ils pourraient causer beaucoup de mal entre de mauvaises mains.

Je me mordis l'intérieur de la lèvre, puis grimaçai et passai ma langue sur l'entaille. Il fallait vraiment que je perde cette mauvaise habitude.

Cela me rappela une fois de plus la dualité que la doyenne avait essayé de me décrire.

Ça peut être une bénédiction ou une malédiction.

Je suivis Killian dans les escaliers en tâchant de ne pas me plaindre une fois de plus du manque d'ascenseurs. Plusieurs autres enchantements prirent vie à mesure que nous descendions. Des lampes sans ampoules s'embrasèrent de flammes magiques et éclairèrent notre chemin, suivies d'une cascade qui encadrait une petite entrée. Killian la franchit sans hésiter, et je lui emboîtai le pas. Aucun de nous n'en sortit mouillé de l'autre côté, bien qu'une odeur légèrement acide s'accrochât à mon uniforme.

— C'était la Cascade d'Intention, m'expliqua Killian tandis que ses épaules se détendaient et qu'il m'évaluait. Une autre invention des nains. Si l'un d'entre nous avait de mauvaises intentions à l'égard du Sanctuaire des Œufs, elle aurait tenté de nous bloquer.

— Cool, dis-je en m'accrochant une fois de plus à ma décision de ne pas trop cogiter sur des révélations magiques que je ne comprenais pas. Ça a l'air high-tech.

Il leva un sourcil.

— High… tech ?

Je souris.

— Tu sais, la technologie ? Les téléphones ? Les ordinateurs ? Les ascenseurs ?

Je ne pus m'empêcher d'ajouter le dernier.

Une ligne se forma lorsqu'il fronça les sourcils.

— Je n'ai jamais entendu parler de ces choses.

J'oubliais toujours que Killian et moi avions été littéralement élevés dans des mondes différents.

— Je me vengerai à fond quand tu reviendras sur Terre avec moi, dis-je en lui tapotant le nez avec mon doigt.

Il fronça à nouveau les sourcils et recula alors que l'énergie du bref contact grésillait dans l'air.

— Ne compte pas là-dessus, murmura-t-il avant de se tourner vers une porte fermée et de frapper.

Je n'eus pas le temps de lui demander s'il voulait dire que nous n'irions pas sur Terre ensemble, ou s'il était arrogant au point de se croire à l'abri du choc culturel. Un bruit de tâtonnement retentit, suivi de l'ouverture du judas. Une paire d'yeux verts nous regarda tandis qu'une voix masculine grincheuse nous aboya dessus.

— Qui est là ?

— Une étudiante pour l'orientation, dit Killian. Tu connais les règles, Finn. Ne me fais pas attendre ici toute la journée.

Il plissa le nez.

— En plus, je crois que ta Cascade d'Intention est en train d'accumuler de la moisissure.

Un juron s'ensuivit alors que le judas se refermait. D'autres tâtonnements retentirent avant que la porte ne s'ouvre en grinçant. Killian se fraya un chemin à l'intérieur tandis que le nain nous regardait d'un air renfrogné. Il traînait derrière lui un escabeau tout en grommelant quelque chose à propos des chevaliers bons à rien.

— Vivi, je te présente Finn, dit Killian avec un sourire en coin. Je suis sûr qu'il est ravi de rencontrer une nouvelle élève.

— Perte de temps ! maugréa Finn en reculant dans l'immense pièce remplie d'étagères sur lesquelles des objets colorés et ovoïdes dépassaient de nids parfaitement sphériques.

Je balayai du regard cet étalage surnaturel et admirai les rouges rubis, les verts émeraude et même quelques diamants et perles à l'intérieur des nids.

— Arrête de les fixer bêtement, aboya Finn tout en se dirigeant vers un seau, en traînant des pieds.

Il installa son escabeau d'un coup sec.

— Rends-toi utile.

Il me mit dans la main un pinceau qui dégoulinait d'une substance brillante.

Je lançai un regard suppliant à Killian, mais le nain lui avait aussi donné un pinceau et il enduisit consciencieusement l'un des œufs situés sur l'une des étagères les plus hautes, que Finn avait du mal à atteindre.

— Je peux savoir ce que c'est que ce truc ? demandai-je en trouvant moi-même un œuf à enduire.

— Pas de questions ! insista Finn. Plus d'enrobage !

Si c'était ça mon orientation, je n'étais pas impressionnée.

Killian ne sembla pas perturbé par les demandes du nain et passa à l'œuf suivant tandis que Topaze s'installait autour de son cou pour une sieste, se maintenant en place à l'aide de ses serres. Killian ne paraissait pas s'en préoccuper.

— C'est un mélange d'huiles enchantées et de sang de dragon, expliqua-t-il.

J'interrompis mes coups de pinceau et inspectai la substance humide et brillante qui pénétrait l'œuf sur lequel je travaillais.

— Du sang ?

Finn ricana.

— Ne fais pas mine d'être surprise. Qu'est-ce qui pourrait nourrir des œufs de dragon à part la force vitale des leurs ?

Il appliqua une autre couche sur la coquille.

— Ce n'est pas comme si je recouvrais les œufs pour les faire frire.

Killian me sourit.

— Ne fais pas attention à Finn, il est juste grognon parce qu'il doit faire des heures sup' pour garder les œufs en vie.

Il y avait une note d'humour dans sa voix, mais la pointe de mélancolie qu'elle contenait ne m'échappa pas.

Il ne reste plus beaucoup de magie.

— Je t'entends, tu sais, dit Finn d'un ton cassant.

Il sauta de son escabeau pour enduire à nouveau son pinceau lorsque des cendres se mirent à tomber sur le sol.

Mon sang afflua à mes oreilles et ma tache de naissance commença à me brûler, mais Killian posa une main légère sur mon bras pour me calmer alors que l'énergie fourmillait entre nous.

— C'est l'œuf qui fait le tri entre les composants corrompus du sang de dragon sauvage et la magie utilisable pour garder les parties saines et jeter le reste. Il sait ce qu'il fait, ne t'inquiète pas.

— Euh… murmurai-je tandis que Finn balayait distraitement la cendre dans une pelle à poussière en ignorant ma stupéfaction.

— On t'a aidé à faire tes corvées, se plaignit Killian en haussant le ton. Est-ce qu'on peut passer à l'orientation maintenant ? On a des choses concrètes à faire, Finn.

Le nain fit les gros yeux à Killian.

— Ne t'attends pas à ce que j'arrête de travailler juste parce qu'un chevalier et une Valkyrie en herbe se pointent.

Il trempa à nouveau son pinceau.

— Personne d'autre n'a la finesse magique pour garder ces œufs en vie.

— Il n'y a pas d'autres personnes qui peuvent t'aider ? demandai-je, honnêtement inquiète pour le nain surmené.

— Nan, répondit-il en retournant à son travail. Je suis le dernier des guérisseurs. Mes parents voulaient que je devienne forgeron, mais j'ai toujours eu un faible pour les vieilles pratiques.

Il passa son pouce sur une fissure dans l'un des œufs et appliqua le liquide sur la fente jusqu'à ce qu'elle se referme.

— Peu de gens se soucient des dragons de nos jours, pas après la destruction qu'ils ont causée. Mais il y a du bon en eux, chez les jeunes et les innocents, s'ils sont élevés de la bonne façon.

Il me jeta un coup d'œil, puis regarda la marque sur mon épaule.

— Bon, d'accord.

Il fourra son pinceau dans le seau et s'approcha de moi en trombe avant de me prendre les mains. Il les retourna et les inspecta jusqu'à ce qu'il soit satisfait.

— Je n'arrive pas à lire avec quel royaume tu devrais t'allier.

— L'eau ? suggéra Killian dont le sourire disparut pour laisser place à une grimace sinistre. C'est une descendante du royaume d'Avalon.

Le nain secoua la tête.

— Ce n'est pas comme ça que la magie fonctionne, mon garçon, tu le sais bien. C'est une question de cœur.

Il donna un coup dans la poitrine de Killian.

— Alors, quoi ? demandai-je en regardant à nouveau mes mains. Comment est-ce que je peux savoir avec quel type de dragon je suis censée me lier ?

Jasmine avait un dragon émeraude. D'après ce que je me souvenais de la présentation de la doyenne, c'était un royaume de guerriers et de vie. Cela reflétait bien sa personnalité. Killian, lui, avait un dragon d'eau, ce qui me surprenait. Les origines d'Avalon évoquaient la paix, la sérénité et la capacité à s'adapter à de nouvelles situations. Peut-être que cela lui correspondait, maintenant qu'il était passé du stade de me détester à celui d'accepter notre lien. Sa colère était toujours là, je la sentais sous la surface, mais je pouvais aussi percevoir son espoir que nous parvenions à une sorte de compréhension.

— Elle est complètement ignorante ? cracha le nain comme si je le dégoûtais.

— Je suis nouvelle dans tout ça, dis-je en essayant de ne pas paraître trop sur la défensive.

— Ça, c'est clair, fit-il en ricanant.

— Là, dit Killian en prenant doucement ma main dans la sienne pour amener mes doigts sur l'une des coquilles chaudes.

Une énergie fourmilla entre nous et il se dégagea pour me permettre de me concentrer sur la sensation de la coquille rugueuse.

— Tu ressens quelque chose ?

— Je suis censée le faire ? demandai-je.

Je ne savais pas si j'étais supposée ressentir une épiphanie ou une poussée de magie comme cela avait été le cas avec le lien de dragonniers avec Killian. À part la chaleur et le léger battement de cœur à l'intérieur, je ne sentais rien d'autre.

— Essaie le suivant, proposa Killian.

Et ce fut ainsi que nous entamâmes le long processus de vérification de chaque œuf, à la recherche d'un lien mystique dont je commençais à croire qu'il n'existait pas.

Lorsque nous atteignîmes le dernier œuf, Finn avait terminé sa tâche d'enduire les coquilles et tapait du pied avec impatience, les bras croisés sur sa poitrine. J'essuyai la sueur qui perlait sur mon front avec le dos de ma main avant de poser le bout de mes doigts sur la coquille.

Rien.

— Bon, dit Finn avec une certaine résignation. On dirait que tu nous as apporté une tare, Killian.

Killian fronça les sourcils.

— C'est pas possible.

Il me regarda et passa son pouce sur ma tache de naissance. Une énergie surgit instantanément entre nous, me faisant recourber les orteils.

— J'ai vu la magie dont t'es capable. Il doit bien y avoir un dragon qui s'accorde à ton aura…

Il jeta un coup d'œil à Finn.

— Est-ce qu'il y en a d'autres ?

Le nain se frotta les mains sur un chiffon sale.

— Pas qui soient encore en vie, non. Il y a… Hé !

Finn me cria dessus alors que je m'avançais dans l'obscurité, attirée par un picotement le long de ma colonne vertébrale qui s'intensifiait à chacun de mes pas. Je me glissai entre deux étagères étroitement rapprochées, puis je me dirigeai vers une porte dont la poignée était rouillée. Je la tournai, mais elle était fermée à clé. Un bourdonnement retentit dans mes oreilles, suivi d'une sensation de chaleur et du besoin de protéger… quelque chose.

— Il faut que j'entre là-dedans, clamai-je avec certitude.

— Il n'y a rien pour toi là-dedans, jeune fille, dit le nain.

Mais il retira tout de même un trousseau de clés de sa ceinture. Il s'attaqua à la serrure et entrouvrit la porte avant de claquer des doigts pour que d'autres lanternes magiques s'allument. J'entrai dans la pièce où une étrange sensation se répandit sur ma peau. Des œufs étaient alignés sur les étagères de la pièce faiblement éclairée, mais ils n'avaient ni couleur ni vie. Des fissures bordaient les coquilles, leur donnant l'apparence d'avoir été laissées trop longtemps au soleil.

Mon nez se fronça lorsque l'odeur me parvint. Killian le remarqua aussi. La faible puanteur que nous avions relevée à l'entrée de la cascade n'était pas de la moisissure…

C'était la mort.

— Vivi, dit Killian avec une certaine urgence. T'es… attirée par l'un d'entre eux ?

Mes doigts se tendirent comme si mon âme cherchait quelque chose. J'avançai lentement jusqu'à ce que je tombe sur un œuf qui ne contenait aucune vie, mais qui m'appelait tout de même. Une étrange pulsation provenait de l'intérieur, comme l'écho d'un battement de cœur perdu depuis long-temps. Des larmes que je ne pouvais pas expliquer s'accumu-lèrent dans mes yeux et coulèrent le long de mes joues.

— Oui, murmurai-je d'une voix rauque.

Mais comment était-ce possible ? Cet œuf était manifes-tement mort.

— Il faut qu'on parle à la doyenne, déclara Killian d'un ton tranchant comme de l'acier.

Il tendit le bras pour m'attraper, mais recula ses doigts à la dernière seconde, comme s'il avait peur de me toucher.

— C'est très dangereux de se lier à un dragon mort. Cet œuf n'est qu'une coquille, Viv. Il n'y a pas d'âme à l'intérieur. Tu pourrais mourir si t'essayais de le récupérer de l'au-delà.

— C'est possible au moins ? chuchotai-je en pensant à mon père et à la distance immuable qui me séparait de lui.

Si je pouvais ramener quelque chose de lui… n'importe quoi, je le ferais sans hésiter.

— Je ne sais pas, dit Killian en toute honnêteté. T'as le sang de la déesse en toi. Je ne sais pas de quoi t'es capable.

Je pris l'œuf pour le libérer de sa prison et l'amenai contre ma poitrine.

Je savais que je ne le laisserais jamais partir.

— S'il te plaît… suppliai-je silencieusement.

C'était mon mantra du soir, ma prière.

Rien d'autre ne comptait. Mon monde s'était réduit à moi et à mon œuf de dragon.

C'était plutôt une coquille, en fait. Killian n'aurait pas osé l'appeler ainsi, mais je savais qu'il le pensait.

Je m'en moquais. Quelque part au fond de mon esprit, mes autres priorités réclamaient mon attention et je me contentai de faire taire cette petite voix pour retourner à mes marmonnements. Oui, je voulais toujours retrouver ma mère et lui faire savoir que j'allais bien… mais je n'allais pas bien, n'est-ce pas ? Pas dans ces conditions. Pas avant d'avoir fait éclore mon dragon.

Le mystère entourant la mort de mon père passa également au second plan, du moins pour le moment. Tout cela était lié à lui, d'une manière ou d'une autre, et si je pouvais résoudre ce mystère, le reste se mettrait en place. Je le savais.

Tout était lié.

C'était ma réponse à tout.

Killian me regardait tandis que je sombrais dans le désespoir. Peut-être prenait-il plaisir à me voir souffrir ainsi, même si je soupçonnais qu'il souffrait aussi avec moi. Je l'avais appelé afin qu'il devienne mon compagnon, juste pour pouvoir l'utiliser pour ses pouvoirs de Nephilim, et à cause de notre lien, il se souciait de moi. Ou peut-être qu'il se souciait de moi en dépit de ça, parce qu'il comprenait mon raisonnement.

Même s'il m'avait pardonné une chose aussi odieuse, il ne devrait pas.

Parce que je ne pouvais pas me le pardonner à moi-même.

Malgré mes échecs, il m'observait dans l'obscurité de notre chambre, se comportant toujours comme une sentinelle silencieuse pendant que je me murmurais à moi-même devant mon œuf mort. Je ne pouvais pas le voir, mais je sentais ses yeux sur moi tandis que mes lèvres bougeaient d'elles-mêmes, scandant mon mantra encore et encore.

Notre chambre était devenue un havre de paix que je ne quittais que rarement. Je ne savais pas exactement combien de temps s'était écoulé depuis que j'avais trouvé l'œuf, ou plutôt depuis qu'il m'avait trouvée.

Des jours ?

Des semaines ?

… Plus longtemps ?

Cela n'avait pas vraiment d'importance. Les jours et les nuits se succédaient, et si Killian n'avait pas rapporté à manger de la cafétéria, je serais probablement morte de faim.

Au début, il essaya d'impliquer la doyenne. Elle respectait mon choix, quelles qu'en soient les conséquences. Qu'elle approuve ou non ne changeait rien ; je n'allais pas abandonner. Ce n'était plus possible. Le lien se renforçait de jour en jour, et mon désespoir augmentait du même coup.

Il tenta de me faire parler à Lily ou à quelqu'un qui pourrait me faire entendre raison lorsque je cessai de m'alimenter.

Mais ce que les autres pensaient n'avait pas d'importance. Je n'allais pas renoncer à essayer de ramener l'esprit perdu lié à cet œuf. Je le serrais contre ma poitrine avec la ferme détermination de ne pas échouer, même si cela semblait sans espoir.

Cela ne fit que frustrer Killian. À la fin, nous n'avions plus rien à nous dire, et le silence était tout ce qui restait entre nous.

Il demeura malgré tout à mes côtés. Même s'il était en colère, même s'il voulait m'empêcher de faire ce qu'il croyait être une énorme erreur, il refusait de m'abandonner.

Il aurait pu partir. Il aurait *dû* partir. Ma dégradation ne faisait que l'entraîner avec moi dans ma chute en raison de notre lien.

Il aurait pu voler l'épée dans le bureau de la doyenne et l'utiliser sur moi pour briser notre lien. Un lien qui ne faisait que se renforcer à mesure que je puisais de l'énergie en lui chaque fois qu'il me touchait. Je ne pouvais plus le soigner, ni soigner Topaze, pas dans cet état. Toute la force que je trouvais allait directement dans l'œuf que je voulais désespérément sauver.

Ce partage de puissance à sens unique ne pourrait pas être éternellement maintenu par notre lien de dragonniers. Il s'affaiblissait à mesure que j'alimentais une cause désespérée. Topaze dormait en émettant des sifflements plaintifs. Killian dépérissait ; de nouvelles douleurs se manifestaient dans tout son corps et l'empêchaient de se reposer. Il ne voulait pas admettre à quel point c'était grave, mais je pouvais voir les plaies sur son corps quand il s'habillait le matin. Mon influence rongeait son immortalité, et ce n'était qu'une question de temps avant que je ne le draine trop pour qu'il puisse en revenir.

Pourtant… il ne partait pas. Il restait et m'observait toutes les nuits pendant que je luttais pour ressusciter mon œuf.

La lumière du soleil frôlait le rebord de la fenêtre, inhabituelle dans son odieuse gaieté. L'académie des dragonniers avait une sorte d'allure sablonneuse, une pénombre dans l'aube matinale qui donnait l'impression que les dragons qui se réveillaient sortaient d'un rêve.

Je les contemplais à présent tandis que leurs écailles scintillaient sous les rares rayons de soleil. Cela rendait cet endroit encore plus magique, et ma mélancolie habituelle s'en trouvait atténuée. Les dragonniers qui s'envolaient pour commencer leur ronde de la journée avaient un effet hypnotique. Au début, j'avais été jalouse d'eux, mais maintenant, je me raccrochais à l'espoir absurde de pouvoir me joindre à eux, un jour ou l'autre.

— Regarde ça, chuchotai-je à mon œuf en pointant du doigt l'un des plus jeunes dragons qui s'élançait maladroitement dans le ciel avec des soubresauts. C'est Chypre, dis-je alors qu'un petit sourire se dessinait sur mon visage. Il vient d'apprendre à voler.

L'adorable dragon prit suffisamment de hauteur pour heurter un courant, puis tangua dans les airs, impatient de frimer pour son dragonnier.

J'avais observé Chypre faire ses premiers sauts laborieux et je comprenais maintenant pourquoi cette journée était si spéciale. Même le soleil était sorti pour mettre en lumière un événement aussi exceptionnel. Un dragon qui apprenait à prendre son envol était une bonne chose… C'était un bon présage.

Les gazouillis excités des autres dragons filtraient à travers la fenêtre ouverte, et un petit sourire apparut sur mon visage tandis que je caressais la coquille froide de mon œuf.

— Bon, je devrais aller en cours, dit Killian d'une voix

rauque et sèche, qui contrastait avec la scène réjouissante qui se déroulait à l'extérieur.

Il n'avait pas fermé l'œil de la nuit, et sa fatigue ne fit que me rappeler à quel point j'étais moi aussi épuisée.

Lorsque je ne répondis pas, il posa une main sur mon épaule. La décharge électrique me fit rentrer les épaules et grincer des dents.

— Tu ne devrais pas me toucher, le prévins-je alors que des gerbes de lumière dorée ondulaient sur ma peau avant de pénétrer la fine coquille pressée contre ma poitrine. Je ne peux pas le contrôler.

— Je sais, dit-il d'une voix anormalement bienveillante. Ça n'a pas d'importance.

Je levai les yeux vers lui, agacée par son ton.

— Évidemment que ça a de l'importance.

Il sourit et effleura ma joue de ses doigts, laissant des étincelles le long de ma peau.

— Ta… persévérance a amplifié ton impact sur le lien qui nous unit.

Il fit un pas en arrière pour me montrer de quoi il parlait. Mes yeux s'écarquillèrent lorsque j'aperçus de petits scintillements dorés dans l'air qui dérivaient de son cœur vers le mien. Il passa ses doigts à travers le faisceau de lumière.

— Tu vois ? Ça n'a pas d'importance, parce que tu me draines même quand je ne te touche pas, maintenant.

Il dit cela d'un ton complètement détaché, comme si je n'étais pas en train de le tuer à petit feu.

Je baissai les yeux vers mon œuf qui n'avait pas du tout évolué, malgré tous mes efforts. Ma peau était devenue pâle, et je me sentais mal.

C'était en train de nous tuer tous les deux.

— Hé, c'est bon, dit-il avec une telle assurance que je levai les yeux vers lui.

Ses beaux yeux étaient envoûtants dans cette lumière. Ils

me fixaient avec une telle intensité que je ne parvins pas à détourner le regard.

— Bouder ne te mènera nulle part, ajouta-t-il avec un sourire en coin. Et si tu veux me tuer à petit feu avec cette torture silencieuse, le moins que je puisse faire est d'accélérer la chose.

— Pourquoi est-ce que ça se produit ? questionnai-je, en essayant d'empêcher le picotement dans mes yeux d'évoluer en larmes.

Il se pencha, envahissant mon espace personnel alors que l'air autour de nous bourdonnait d'une douce teinte dorée. Mon cœur se serra et mon estomac se noua tandis que je le regardais dans les yeux. Je ne pouvais pas nier l'attirance qui existait entre nous, et son physique odieusement parfait n'arrangeait pas les choses.

— Tu ne te rends même pas compte que c'est toi qui fais ça, hein ? demanda-t-il, sincèrement curieux alors qu'il étirait sa magnifique bouche en un rictus. Un conduit naturel. Les femmes d'Avalon se seraient battues pour toi.

Il jeta un coup d'œil vers le bas et son sourire s'estompa.

— J'ai bien peur que ce soit trop tard maintenant. Tu t'es complètement liée à une cause perdue.

Je ne savais pas s'il parlait de mon œuf de dragon... ou de lui-même.

Il était devenu silencieux au cours des derniers jours, ou des dernières semaines, ou pendant le temps qui s'était écoulé depuis le début de ce cauchemar. J'avais cru qu'il était en colère contre moi.

Peut-être était-il simplement en colère contre lui-même.

Je regardai l'œuf enveloppé dans mes bras en essayant de ne pas laisser l'humeur de Killian m'atteindre. La coquille n'avait pas changé depuis que je l'avais recueillie. Des taches ternes formaient un motif abstrait sur le dessus et s'étiraient vers le bas, comme des veines malades. J'avais mémorisé le motif depuis longtemps, et je passai un doigt sur l'une des fissures saillantes.

L'écho d'un battement de cœur persistait toujours sous la surface. Peu importe ce que pensait Killian, il y avait toujours une âme qui s'accrochait à cette coquille… et je refusais d'abandonner.

Je regardai à nouveau par la fenêtre avec un soupir en essayant d'ignorer la pression de Killian sur ma peau alors que ses doigts couraient avec légèreté sur mon épaule. Je savais que je devrais affronter cette supplication dans ses yeux si je lui faisais face, et je n'étais pas sûre d'en avoir la force.

Mais il avait raison sur un point. Bouder dans cette pièce jour après jour ne me menait nulle part.

— Je vais t'accompagner, décidai-je.

Peut-être que cette journée serait différente. Peut-être que je trouverais une réponse qui arrangerait le bazar dont j'étais à l'origine.

— Tu vas… m'accompagner ? répéta Killian avec surprise.

Sa wyverne pépia de plaisir et s'envola maladroitement de son nid pour se poser sur son épaule avec un rare élan d'énergie.

Je gloussai quand Topaze descendit le long du bras de Killian pour me lécher la joue.

— Ouais, ouais, dis-je en faisant signe à la créature sauvage de s'éloigner. T'es contente que je quitte cette pièce pour une fois, hein ?

Topaze gazouilla ; sa voix avait acquis des tonalités nuancées au cours des dernières semaines de ma bouderie, malgré l'état de mal-être général qui les accablait, elle et son maître. Elle devait encore beaucoup se développer, et mon cœur se brisait à la simple idée de la perdre.

Je ne pouvais pas imaginer ce que Killian traversait. Raison de plus pour que je trouve une solution à ce pétrin.

— Bon, je crois que je dois cinq pièces à Lily, dit Killian en se retirant. C'est vraiment bien qu'elle m'ait apporté une de ces choses.

La poussière dorée dans la pièce s'éleva lorsqu'il alla jusqu'à son armoire pour fouiller dans ses affaires. Il en sortit une besace qu'il me tendit. Je pris l'offrande d'une main et la retournai.

— C'est un peu grand pour un sac à main, observai-je.

Il gloussa.

— C'est pour ton œuf, Viv.

Il prit les sangles, les enroula autour de ma taille et fit passer le bout le plus long par-dessus mon épaule pour l'attacher. J'essayai de ne pas remarquer à quel point son geste frôlait les parties sensibles de mon corps alors que je détournais timidement le regard. Il s'éclaircit la gorge en tirant dessus.

— Voilà. C'est fait.

Je glissai avec précaution l'œuf dans la besace et me levai en constatant que le dispositif maintenait fermement la coquille contre mon corps pour lui apporter de la chaleur.

Cette sensation me fit prendre conscience que l'œuf ne contenait aucune vie à l'intérieur. L'extérieur refroidi n'était qu'une enveloppe avec rien d'autre qu'un écho de ce qui aurait pu être.

Je ravalai la boule dans ma gorge et ajustai la sangle de façon à pouvoir enrouler un bras autour de la base de la sacoche. Je ne la jugeais pas totalement capable de supporter le poids de l'œuf, même si elle semblait solidement arrimée.

— Merci, dis-je après que Killian m'eut ouvert la porte.

Nous marchâmes dans le couloir, à un rythme régulier, accompagnés par les légers gazouillis de Topaze, seuls annonciateurs de notre passage aux autres élèves.

En dehors de notre chambre, rien ne paraissait avoir

changé, et en même temps, j'avais l'impression qu'une décennie entière s'était écoulée. J'avais manqué tellement de cours que je ne les rattraperais probablement jamais, mais cela n'avait pas beaucoup d'importance si je ne pouvais pas faire éclore mon dragon. Je ne savais pas pourquoi la doyenne ne m'avait pas forcée à choisir l'un des autres œufs de Finn.

Cela signifiait-il que la doyenne avait confiance dans ma capacité à réussir ? Ou bien savait-elle que j'étais déjà une cause désespérée et qu'elle m'avait abandonnée à mon sort ?

Les rayons du soleil frappèrent mon visage dès que nous sortîmes du bâtiment, et je levai une main pour me protéger les yeux.

Killian gloussa.

— Si t'étais restée là-dedans plus longtemps, tu te serais transformée en vampire.

Je laissai retomber ma main et plissai les yeux vers lui d'un air renfrogné, essayant d'ignorer à quel point le soleil le rendait encore plus beau dans toute sa gloire de Nephilim. N'importe quelle fille pouvait apprécier ses yeux clairs comme du verre, assortis à ses cheveux blancs extraordinaires. Son uniforme moulait ses muscles puissants, qui trahissaient le fait qu'il n'était pas entièrement humain. La seule preuve de l'impact que mon drainage avait eu sur lui était la façon dont il privilégiait une jambe, et la légère ombre qui courait sous ses yeux autrement saisissants. Ces défauts n'enlevaient rien à l'ensemble, surtout avec son attitude arrogante et Topaze endormie autour de son cou comme un ornement. Il était parfois difficile de ne pas le contempler tant il était d'une beauté unique.

— Les vampires n'existent pas, affirmai-je avec véhémence avant de me heurter à un haussement d'épaules détaché de la part de mon compagnon prédestiné.

— Si tu le dis.

Ce fut tout ce qu'il prononça avant de s'engager dans la rue.

Je fronçai les sourcils, hissai mon œuf un peu plus près de mon corps et le suivis. Je détestais qu'il me provoque, mais je savais qu'il valait mieux ne pas lui demander ce qu'il insinuait. Si les vampires existaient vraiment, je ne voulais pas le découvrir tout de suite et ajouter encore plus de folie à ma vie.

Killian me guida jusqu'à la classe sans faire de remarques sur les élèves qui me montraient du doigt ou me fixaient ouvertement. Il était facile d'oublier qu'il ne s'agissait pas d'élèves ordinaires. Ils pouvaient sentir la mort que je transportais dans ma besace à œuf. Leurs regards se posèrent sur la coquille vide que je portais en bandoulière avec une expression de pitié avant que Killian ne leur aboie l'ordre de passer leur chemin.

Il se racla la gorge lorsque nous arrivâmes devant ma classe.

— La méditation est le premier cours au programme d'aujourd'hui, dit-il en ouvrant la porte et en me faisant signe d'entrer. Toi d'abord.

Je levai les yeux vers lui et, pour la première fois, je me sentis nerveuse.

— Tu viens avec moi ? demandai-je. Je croyais que t'étais en deuxième année.

Il sourit.

— La méditation est un cours obligatoire à tous les niveaux.

Il se pencha pour tenir la porte, et son autre main se posa dans le creux de mon dos et me poussa à l'intérieur.

Son contact discret me donna le vertige. Le geste me paraissait naturel, comme si nous nous étions rapprochés pendant la période où je m'étais inquiétée pour mon œuf, au lieu de nous éloigner l'un de l'autre.

Trop étourdie pour réfléchir, je m'aventurai distraitement dans la salle de classe.

Une fois que je repris mes esprits, je m'aperçus que tout le monde s'était retourné pour me dévisager. Je n'eus pas le temps de m'en préoccuper, car mon regard se fixa sur l'enseignante.

De petits crocs sortaient de sa bouche et sa peau brillait d'une étrange couche d'étincelles. Je me rendis compte lorsqu'elle se déplaça qu'une fine couche d'écailles recouvrait ses joues.

— Eh bien, si ce n'est pas la nouvelle élève, dit-elle avec un léger grondement dans la voix. Vivienne, c'est ça ? Je suis contente que t'aies enfin décidé de rejoindre les rangs des vivants.

Son regard se posa sur mon œuf. Elle fronça les sourcils, comme si elle venait de réaliser son mauvais choix de mots. Les élèves murmurèrent jusqu'à ce qu'elle tape dans ses mains.

— Bon, prenez place au fond, tous les deux. On dirait que t'as enfin une partenaire aujourd'hui, Killian.

Killian me jeta un coup d'œil avec un sourire en coin avant de prendre place au fond de la classe. Je me dépêchai de le suivre.

À ma grande surprise, Jasmine me salua d'un signe de la main. Elle était plus gentille avec moi ces derniers temps ; elle venait me rendre visite et apportait même des offrandes comestibles. Killian m'avait dit que c'était l'équivalent de meilleure amie chez les dragonniers juniors.

Elle sourit, même si le geste était sinistre. Je pense qu'elle prenait plaisir à voir ma réaction choquée en classe.

Elle se pencha et chuchota quelque chose à l'oreille d'un garçon qui était assis sur son banc. Il me fixa de ses yeux sombres d'un air calculateur.

— C'est Vern, m'informa Killian en faisant référence au

séduisant compagnon de Jasmine qui réussissait à avoir l'air dangereux dans le même uniforme que tout le monde portait. C'est la troisième tentative de Jasmine de lien avec un dragonnier, j'en ai bien peur.

Killian inclina la tête en évaluant le nouveau compagnon.

— Celui-là pourrait bien convenir, décida-t-il.

Oui, pensai-je en regardant Jasmine faire danser un couteau sur ses phalanges. *Ces deux-là étaient faits l'un pour l'autre.*

Vern s'adossa au mur en ignorant par ailleurs le reste d'entre nous, car Jasmine retenait son attention. Ses cheveux rasés et ses énormes bras croisés l'un sur l'autre lui donnaient l'air d'un type silencieux et terrifiant, quelqu'un que je n'aurais pas envie de contrarier.

— Génial. Comme si Jasmine avait besoin d'un garde du corps, me lamentai-je.

— Plutôt d'un assassin, dit Killian en ricanant.

Je lui jetai un coup d'œil, essayant de déterminer s'il était sérieux, juste avant que deux dragons ne passent en piqué devant la fenêtre et ne fassent glousser Jasmine.

Ah, au moins leurs dragons s'entendaient bien.

Professeure Emhart fit passer un plateau avec des flacons contenant un liquide à l'aspect visqueux. Je remarquai Lily et Damian à un banc de nous et leur fis un signe de la main, même si Lily se mordillait la lèvre d'un air distrait. Ils formaient clairement un drôle de couple.

Damian, le chevalier tueur de dragons de l'Ordre d'Argent, se distinguait du groupe avec ses tatouages tribaux qui ondulaient sur ses biceps et qu'il n'essayait pas de cacher. Lily avait aussi un éclat brillant que je reconnaissais maintenant comme étant son pouvoir primitif inné de dragon métamorphe. Je ne savais pas trop quoi penser d'eux, et le reste de la classe non plus apparemment, car tous les bancs autour d'eux, à part celui de Killian et moi, étaient vides.

Je me décalai, autant pour prendre de la distance par rapport à Vern que pour m'approcher de Lily. Je veillai à ce que mon œuf ne heurte pas la table et donnai un coup de coude à Lily.

— Hé, ça va ? chuchotai-je.

Elle sursauta comme si elle ne m'avait pas remarquée. Elle baissa les yeux sur mon œuf, puis les posa sur les miens.

— C'est gentil de t'en préoccuper, dit-elle avec un sourire sincère. Je vais bien. Et toi ? T'as… eu de la chance ? demanda-t-elle doucement en indiquant la chose sur ma poitrine d'un geste de la main.

Je secouai la tête et reportai mon regard sur Professeure Emhart qui nous dévisageait désormais.

— C'est juste que… Je ne sais pas. Je cherche quelque chose, mais je ne l'ai pas encore trouvé.

Elle fredonna en signe de compréhension, comme si c'était tout à fait logique.

— Eh bien, je ne suis pas sûre que tu le trouveras dans ce cours.

Elle accepta la fiole de Professeure Emhart avec une grimace et la posa sur la table en la protégeant de ses deux mains.

Maintenant que je pouvais la voir de près, je reconnus la substance comme étant la même que les œufs de Finn avaient rejetée.

De la corruption.

Je comprenais maintenant ce qui rendait Lily si nerveuse.

— On n'est pas censés… boire ça, n'est-ce pas ? demandai-je.

Elle resta silencieuse pendant un long moment avant de répondre.

— Personne ne connaît la corruption mieux que moi.

Elle leva ses yeux vitreux vers moi, et ces derniers se

transformèrent en une fente reptilienne, ce qui me fit sursauter.

— Une partie de la corruption vient de l'obsession des dragons pour le pouvoir. Ça peut dévorer leurs propres émotions...

Elle se mordit la lèvre lorsque James posa une main sur son épaule.

— Quel genre d'émotions ? m'enquis-je en me penchant vers elle.

— Des émotions fortes, comme l'amour, répondit James d'un ton bourru.

Sa main serra l'épaule de Lily, qui détourna le regard.

— Ils deviennent de véritables bêtes, et ils transforment leur empathie innée en magie et force brute, ajouta-t-il.

Je comprenais maintenant pourquoi l'académie voulait quelqu'un comme James. Les dragons sauvages s'étaient perdus dans la corruption et il n'y aurait pas moyen de les sauver.

On ne pouvait que leur survivre.

— Assez bavardé, ordonna Professeure Emhart après avoir posé son plateau vide et tapé dans ses mains. Il est temps de vous mettre par deux avec vos partenaires.

Elle attendit que je sois retournée près de Killian, qui me sourit, avant de continuer :

— Dans cet exercice, vous allez vous plonger dans les rêves de votre wyverne pour mieux vous connecter avec elle. Vous pouvez choisir la wyverne sur laquelle vous souhaitez vous concentrer, la vôtre ou celle de votre compagnon.

La professeure donnait l'impression que c'était facile, comme si nous avions le choix.

Killian me regarda me mordre la lèvre tandis que son sourire en coin me mettait sur les nerfs.

— Je suppose qu'on va essayer de se connecter à Topaze ?

demandai-je en caressant le museau qu'elle nous tendait affectueusement.

Killian fredonna, mais son regard se posa sur mon œuf.

Il prit sa fiole et attendit que je saisisse la mienne.

— Santé, dit-il avec un clin d'œil avant d'en avaler le contenu.

Je l'observai, attendant qu'il pose sa fiole vide avant d'ouvrir le bouchon de la mienne et de renifler. Une odeur âcre s'infiltra dans mes poumons et me fit reculer alors que j'essayais de ne pas avoir de haut-le-cœur.

— Oh, c'est horrible !

Killian rit.

— Imagine que c'est un shot de whisky, proposa-t-il.

— Je n'ai jamais bu de whisky.

Il haussa les épaules.

— Du jus d'orange qui a tourné, alors.

Je le fusillai du regard, n'appréciant pas son expression suffisante, puis je portai la fiole à ma bouche et bus à grandes gorgées le liquide dégoûtant.

Mon cœur manqua un battement, et une vive douleur tarauda mes tempes, suivie d'une accalmie.

Killian me tendit les mains, paumes en l'air.

— Commençons alors, d'accord ?

Je haussai un sourcil vers lui, plaçai mes mains sur les siennes et attendis.

Il ne se passa rien au début, à part le courant d'électricité qui traversait toujours nos corps lorsque nous nous touchions. J'effleurai ses doigts avec les miens et notai la chaleur, la dureté de ses callosités dues aux combats à l'épée et la façon dont il réagissait à mon contact.

Nous restâmes assis ainsi pendant un moment, à nous caresser les doigts. Nous nous regardâmes dans les yeux jusqu'à ce que la pièce commence à disparaître.

La sensation était agréable, presque naturelle, d'une

certaine façon. Un tintement retentit dans ma tête et le monde me sembla lourd, presque comme si je tombais dans un profond sommeil, jusqu'à ce que les mains de Killian se dérobent.

Un sentiment de solitude me frappa de plein fouet, suivi d'une impression de séparation que je ne pouvais pas décrire.

— Killian ! criai-je.

Mais la sensation d'isolement soudain m'enveloppa tandis que je sombrais dans l'abîme.

PERDUE

*J*e flottais dans un monde entre-deux, perdue, confuse.

Seule.

Ma main se porta à ma poitrine et n'y trouva rien.

Mon œuf. Où est mon œuf ?

— Killian ! criai-je à nouveau alors qu'un rugissement s'élevait au loin et s'amplifiait jusqu'à déferler sur moi comme un raz-de-marée.

Je basculai sous l'assaut brutal et tombai par terre. J'enfonçai mes doigts dans les racines au sol et me mis en boule. Un chaos se déchaînait autour de moi comme une violente tempête, plaquant mes cheveux sur mon visage et envoyant une pluie cinglante s'abattre sur mes joues.

— Killian, suppliai-je.

Son nom n'était plus qu'une imploration.

Où était-il ?

Pourquoi m'avait-il laissée toute seule ?

Une vague de froid déferla sur moi, suivie d'un nouveau rugissement. Je hurlai et perdis prise alors que le monde autour de moi se désintégrait et me précipitait dans le vide.

Un gouffre sombre s'ouvrit sous moi, scintillant comme des flots, et je fermai les yeux.

De l'eau salée s'engouffra dans mon nez alors que je m'enfonçais et me fit cracher et tousser. Mais lorsque j'essayai d'inspirer, j'aspirai de l'eau dans mes poumons.

Je connaissais cet endroit…

Ce cauchemar m'avait tourmentée pendant toute mon enfance après que mon père se fut noyé. C'était la nuit dont je n'arrivais pas à me souvenir.

À part dans mes rêves.

Papa !

Ma supplique changea à présent. Je me rappelais que mon père était là, dans ces ténèbres, entraîné sous l'eau parce qu'il était venu me chercher.

Papa, non !

Là, une silhouette dans les profondeurs, se débattant contre un esprit éthéré qui le faisait couler en tournant et en vrillant. Je battis des jambes et nageai jusqu'à lui, même si mes poumons protestaient. Lorsque je tendis la main, quelque chose me repoussa en me frappant violemment à la poitrine, et je fus projetée à travers l'eau.

Des dragons d'eau.

Je ne savais pas ce que c'était à l'époque, mais je les reconnaissais maintenant, avec leur éclat bleu profond et la façon dont l'eau se réchauffait autour d'eux lorsqu'ils passaient en trombe. Ils se déplaçaient avec une extrême fluidité et brouillaient ma vision en déformant les profondeurs.

Et m'empêchaient de voir le combat qui se déroulait en contrebas.

Lâchez-le !

Mon ordre mental fut accompagné d'un bruit sourd, et une onde de choc jaillit de moi, créant une fissure le long du fond de l'océan.

C'était à ce moment-là que mon sang de déesse s'était activé.

L'eau se réchauffa et des bulles se formèrent tandis que les dragons hurlaient et réagissaient à ma magie.

Un autre coup m'éloigna du danger et de mon père qui était devenu immobile.

Une fureur m'envahit, s'accumulant en moi comme une bombe sur le point d'exploser. Je remontai à la surface lorsque quelque chose me poussa, et une brise froide m'enveloppa tandis que je respirais de l'air frais. Je crachai l'eau que j'avais fait entrer dans mes poumons en toussant sur le rivage.

De l'or bourdonnait tout autour de moi, augmentant en intensité alors que ma mère me criait d'arrêter. Elle devait savoir ce qui se passait, que je m'étais perdue au profit de mon sang de déesse à ce moment-là.

Elle me gifla, fort, et mon visage tressaillit. Elle sanglotait et hurlait mon nom, me suppliant de revenir auprès d'elle.

De quoi avait-elle si peur ?

Je ne pouvais pas l'écouter. Au lieu de cela, mes yeux se fixèrent sur l'horizon. Tout était trop calme, trop silencieux, alors que les vagues sombres s'entrechoquaient, inconscientes de la vie qu'elles avaient avalée.

Le bourdonnement dans mes oreilles me brûlait tandis que je serrais les poings. Ce n'était pas comme cela que ça devait se passer. Ce n'était pas comme cela que mon père était mort, en me sauvant d'un avenir que je n'avais jamais demandé.

Je fermai les yeux et me laissai aller à ma rage.

Le froid se dissipa. Il ne restait plus qu'une sensation flottante de chaleur et ce bourdonnement incessant de puissance. Ma rage fondit lorsque de douces lèvres rencontrèrent les miennes.

Killian.

Sa chaleur me ramena au présent lorsque ses lèvres se posèrent à nouveau sur les miennes. Il soufflait dans ma bouche, dilatant mes poumons qui, je m'en rendais compte, avaient cessé de fonctionner.

Ses mains vinrent se poser sur ma poitrine et appuyèrent avec une force subtile jusqu'à ce que j'inspire un grand coup.

Ses lèvres rejoignirent les miennes, mais je n'avais plus besoin de respirer ; j'avais juste besoin de son baiser. J'enveloppai sa bouche avec la mienne et fis battre mes paupières de bonheur tandis que de l'énergie circulait entre nous. Sa bouche s'entrouvrit, me laissant libre de l'explorer. Ce fut donc ce que je fis, savourant son goût, la sensation qu'il me procurait, tout ce qui me ramenait dans le monde des vivants, là où je voulais rester.

Quelqu'un se racla la gorge, brisant ce moment.

Mes yeux s'ouvrirent alors que Killian se détachait de moi avec un léger sourire en coin sur ses lèvres gonflées.

— Alors, t'es en vie, fit-il remarquer.

Mes doigts se portèrent à mes lèvres, réalisant ce que je venais de faire.

Euh...

— Tu me faisais du bouche-à-bouche ? demandai-je, ne sachant pas trop quoi dire d'autre.

Je jetai un coup d'œil autour de moi, sentant les yeux de toute notre classe fixés sur nous. Nous étions liés, alors le bouche-à-bouche ne devait pas être si inhabituel, même si je m'étais laissée emporter. Cependant, c'était ma réaction à la corruption qui avait dû tous les inquiéter.

J'eus un moment de panique lorsque je me rendis compte que je n'avais plus mon œuf sur moi. Je me redressai d'un coup.

Comme s'il savait ce qui m'affolait, Killian me tendit l'œuf enveloppé qu'il avait placé sur le côté, et je le serrai dans mes bras.

Killian se racla la gorge, puis se leva et se dirigea vers la professeure.

— Qu'est-ce qui s'est passé ? demanda-t-il. Elle ne respirait plus.

Professeure Emhart fronça les sourcils, mais ne le réprimanda pas pour son ton.

— Je ne sais pas trop, dit-elle au bout d'un moment.

Ses yeux se transformèrent en fentes reptiliennes tandis qu'elle m'observait.

— Je vais devoir en discuter avec la doyenne.

Je me rassis avec l'aide de Lily, dont les doigts étaient étonnamment doux malgré la fine couche d'écailles qui recouvrait sa peau. Elle semblait prendre davantage l'apparence d'un dragon dans les moments de stress, et vraisemblablement, je venais de faire flipper tout le monde.

Je souris, voulant détendre l'atmosphère.

— Bon, je ne vais définitivement pas boire plus de corruption de sitôt.

Elle sourit, révélant des dents légèrement pointues.

— Définitivement pas, convint-elle.

AMOUR PAR NATURE

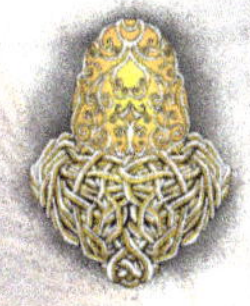

Killian et moi retournâmes à notre chambre en silence, tandis que je caressais l'œuf toujours dans mes bras. Les sangles pendaient lâchement autour de mes flancs. Je n'allais pas le lâcher, alors les remettre en place n'avait pas d'importance.

La tension entre Killian et moi montait à chaque pas. Ma bouche s'ouvrit, puis se referma quand je ne trouvai rien à dire.

Mes doigts se portèrent à nouveau sur ma lèvre inférieure.

Merci de m'avoir sauvé la vie ?

Non. C'était trop froid.

Hé, alors, ce baiser ?

Non, définitivement pas.

Lorsque nous atteignîmes notre chambre, je n'avais toujours rien trouvé à dire, et mon cœur bondit lorsqu'il claqua sa main sur la porte, sans pour autant l'ouvrir. La manche de son uniforme remonta et révéla son tatouage bleu qui s'enroulait en spirale sur son bras. Il avait commencé à devenir blanc, comme si toute la couleur était en train de s'en aller à cause de l'état d'affaiblissement de Killian.

Et s'il était en colère contre moi ? Et si je l'avais mis mal à l'aise ?

— Il faut que je dise quelque chose, annonça-t-il en me tournant toujours le dos.

— Enfin, quelqu'un dit quelque chose, marmonnai-je.

Je levai le menton et fixai son dos.

— Tu vas te retourner ?

— Non, répondit-il en recroquevillant ses doigts contre la porte avant de gratter ses ongles le long du bois comme si quelque chose en lui lui faisait mal.

Dans son sommeil, Topaze se décala sur le cou de Killian et laissa échapper un petit son plaintif.

Je fronçai les sourcils et caressai mon œuf par habitude. Il resta froid à mon contact.

— Bon, d'accord. Peu importe. Qu'est-ce qu'il y a ?

Killian redevint silencieux, et j'attendis, de plus en plus irritée à chaque seconde qui passait.

— Je suis tiraillé, admit-il. T'es ma compagne. Quand tu...

Il s'interrompit, puis se racla à nouveau la gorge.

— Ça m'a terrifié quand t'as réagi comme ça à la corruption. Je me soucie de toi.

Il se retourna enfin, et ses yeux décolorés pétillaient de défi.

— C'est par nature, pas vrai ? Je suis programmé pour me soucier de toi.

Je me pinçai les lèvres. Nous avions déjà parlé de ça.

— Si tu veux rompre le lien, tu n'as qu'à le dire.

J'en avais assez de ses menaces et de son ressentiment.

Il me lança un regard noir. Sa rage montait, mais j'avais d'autres chats à fouetter que de me préoccuper de ses émotions en dents de scie.

Mon dragon.

Il baissa les yeux, et je pouvais toujours sentir sa colère.

— Allez, viens. Allons nous reposer.

Il ouvrit la porte d'un coup sec et entra en trombe.

Je n'arrivais pas à savoir s'il était furieux contre moi, contre lui-même, ou les deux.

Il installa Topaze dans le nid près de son lit et rabattit soigneusement la queue de la wyverne sur son nez avant de s'allonger sur son lit, complètement habillé.

— Alors tu vas juste dormir dans ton uniforme ? demandai-je.

Il interprétait beaucoup trop notre baiser. Il m'avait plus ou moins embrassée alors que j'étais à moitié morte. Je méritais un peu de répit.

Il ferma les yeux et m'ignora, mettant un point d'honneur à placer ses mains derrière sa tête pour montrer qu'il n'allait nulle part.

Je lâchai un grognement et sortis en trombe de la pièce en claquant la porte.

— On n'a pas à supporter ses conneries, dis-je à mon œuf en le serrant fort contre ma poitrine.

Mon corps protesta, plus habitué au sommeil de type hibernation auquel Killian et moi avions succombé ces derniers jours, ou semaines, ou quel que soit le temps que cela avait duré. Je luttais pour garder les yeux ouverts alors que je me dirigeais vers la cafétéria.

Je repérai Lily dans la file d'attente et marchai jusqu'à elle, sans me soucier des regards foudroyants que me lancèrent les autres élèves lorsque je coupai la queue.

Lily ne fit aucun commentaire et me salua d'un signe de tête. Après la matinée que j'avais passée, personne n'avait intérêt à me chercher des noises.

— Qu'est-ce qu'il a fait ? demanda-t-elle d'un ton conspirateur tandis que nous récupérions nos plateaux. Il a essayé de te faire du rentre-dedans ?

Je ricanai. C'était plutôt moi qui avais essayé de lui faire du rentre-dedans. Et il m'avait clairement fait comprendre qu'il n'était pas intéressé.

— Cet imbécile ne sait pas ce qu'il veut, dis-je en attrapant le premier plat que je vis.

La cafétéria n'avait pas de bouillie blanche magique aujourd'hui, mais des couches de légumes, des tranches de viande et des sortes de pommes de terre coupées en dés.

Lily soupira.

— Je vois très bien ce que tu veux dire.

Elle prit une petite portion de viande et rien d'autre.

— On dirait presque que James se fait laver le cerveau par son épée. Et cette chose ne m'aime vraiment pas.

Elle haussa les épaules.

— Ah, les problèmes de dragon, hein ?

Je la regardai fixement en prenant d'un air ahuri quelque chose de froid pour le mettre dans mon assiette.

— Son épée… ne t'aime pas ?

C'était une sorte d'euphémisme ?

Elle gloussa.

— Oui. Il est issu d'une lignée royale de chevaliers, alors il a une épée faite à partir de fragments d'Excalibur. C'est *l'arme* qui permet de tuer les dragons, alors notre relation est parfois… tendue.

Et moi qui pensais que *j'avais* des problèmes avec Killian.

— Ça craint, dis-je en trouvant des chaises à côté de son compagnon.

James m'adressa un sourire en coin lorsque nous nous assîmes.

— Tu nous as offert un sacré spectacle aujourd'hui, dit-il avant de prendre une bouchée de son sandwich.

Il jeta un coup d'œil à l'œuf accroché à ma poitrine.

— T'es vraiment bizarre.

— James, réprimanda Lily. Ne sois pas désagréable.

Il haussa les épaules.

— Elle est intrigante. C'est tout ce que je dis.

Elle leva les yeux au ciel.

— Eh bien, arrête de la mettre mal à l'aise. On est déjà assez isolés comme ça.

Il ricana et se remit à manger.

Lily se tourna vers moi, tout sourire, tandis que je poussais la nourriture autour de mon assiette. J'avais essayé de manger un peu de viande, mais elle avait un goût de caoutchouc pour moi.

— Alors, t'es partante pour d'autres cours aujourd'hui ? s'enquit-elle en prenant délicatement un de ses morceaux de viande avant de le grignoter. On a un combat de lance ensuite.

Elle jeta un coup d'œil à son compagnon.

— C'est l'un de mes cours préférés, parce que je gagne toujours.

James lui fit un clin d'œil.

— On verra comment tu te débrouilles aujourd'hui, ma belle.

Je fronçai le nez.

— Combat de lance ? demandai-je, n'ayant pas hâte de dépenser plus d'énergie alors que mes paupières étaient si lourdes.

Je pris une autre bouchée de la viande mystérieuse et ressentis une nouvelle poussée d'énergie.

Hum, c'est intéressant.

James sourit.

— On dirait que tu n'es pas la seule à aimer le mouton, dit-il à sa compagne. Les dragons aiment toujours ça.

— Je ne suis pas un dragon, répliqué-je, la bouche pleine de viande, qui commençait à avoir bon goût à présent.

Lily se pencha vers moi et jeta un coup d'œil à mon œuf.

— Non, mais t'es la mère de l'un d'entre eux, alors tu dois garder tes forces.

Je souris en décidant que j'aimais bien Lily. Elle ne me jugeait pas pour avoir choisi un œuf sans âme à l'intérieur et ne me disait pas que c'était une cause désespérée. Elle croyait en moi.

Contrairement à Killian.

— C'est logique, acquiesçai-je en dévorant ma nourriture tandis que mes forces revenaient peu à peu.

Je *pourrais* peut-être y arriver.

Mon esprit dériva alors que j'envisageais les possibilités si je réussissais, me laissant aller au rêve éveillé de faire éclore une wyverne et de faire équipe avec Killian. J'étais persuadée qu'il finirait par se raviser. Il le fallait. Topaze comptait sur lui et moi aussi, même si je détestais l'admettre.

Comme aujourd'hui, quand la corruption m'avait précipitée dans le pire souvenir de ma vie.

Il m'avait ramenée des ténèbres. J'aurais pu m'y perdre à jamais, mais il m'avait redonné vie.

Et puis il y avait ce baiser.

— Allô, la Terre à Viv, lança Lily en agitant sa main devant mes yeux.

— Hein ? demandai-je en sortant de mes pensées.

Je levai les yeux pour voir que Jasmine me regardait fixement. Elle sourit et repoussa son repas sans le manger.

Quand était-elle arrivée ici ?

— Combat de lance, hein ? fit-elle, visiblement amusée par l'idée. T'as déjà tenu une lance, au moins ?

Je fronçai les sourcils.

— Non, mais je n'avais jamais tenu de dague avant non plus. Ça ne m'a pas empêchée de te botter les fesses.

Au lieu d'être déstabilisée par ma vanne, Jasmine sourit. Elle adorait les défis.

— On verra comment tu te débrouilles aujourd'hui, petite maligne.

Je pris une autre bouchée de mon mouton et décidai que j'étais prête à relever le défi. C'était peut-être ainsi que je ramènerais mon œuf à la vie : en étant ce que ma wyverne avait besoin que je sois.

Une vraie dragonnière.

DÉFI À LA LANCE

— Je croyais que tu faisais une sieste, dis-je en plaisantant lorsque Killian traversa le champ, lance à la main.

Il me sourit. Nous étions tous les deux attirés l'un vers l'autre comme par un fil invisible.

— Et rater ça ? fit-il en plantant la lance dans le sol meuble. Je ne crois pas.

Quelle que fût la rancœur qu'il avait entretenue, elle semblait être un souvenir oublié tandis que nous nous tournions autour l'un de l'autre. Le professeur, un grand homme maigre, arriva.

— Très bien ! aboya-t-il en faisant tournoyer une longue lance au-dessus de sa tête.

Un dragon massif gémit à ses côtés.

— Mettez-vous par deux !

Les autres élèves se mirent en binôme. Le bruit de leurs lances frappant les unes contre les autres me rendit instinctivement nerveuse.

— Tu vas devoir poser ton œuf, m'informa Killian.

Ma main se porta à la coquille froide à ma poitrine. Je

jetai un coup d'œil autour de moi pour voir s'il y avait d'autres élèves de première année qui étaient venus avec des œufs non éclos. Je repérai un nid près du bord du bâtiment où quelques œufs étaient blottis les uns contre les autres.

Killian me tendit la main.

— C'est bon. S'en séparer pour un petit moment ne fera pas de mal. On sera juste là.

Je déglutis difficilement ; je n'avais jamais quitté l'œuf plus de quelques secondes.

— T'es sûr ? demandai-je tandis qu'une pointe de douleur traversait ma poitrine à l'idée de me séparer de l'œuf.

Il sourit.

— Oui. Tu crois que les dragons s'occupent constamment de leurs petits ? Ils doivent chasser, alors laisser les petits livrés à eux-mêmes est naturel.

Il posa sa main sur mon épaule, me faisant tressaillir alors qu'une énergie nous parcourait. Ses doigts se resserrèrent momentanément avant de se détendre. L'énergie que j'avais puisée dans le mouton nous aidait tous les deux.

— Tu veux que j'y aille avec toi ?

Je lui jetai un coup d'œil en me demandant pourquoi il était si gentil.

Killian Dents de Scie. Ce serait son nouveau surnom.

— Je m'en occupe, dis-je d'un ton irrité.

Le frapper avec une lance me semblait être une bonne idée en cet instant.

Je me précipitai vers le nid des premières années et choisis un endroit pour mon œuf avant de le nicher au milieu d'un groupe d'autres œufs pour qu'il reste au chaud. Un orbe magique diffusait de la chaleur au-dessus du nid, mais je voulais m'assurer que la brise froide ne l'atteigne pas.

Mes doigts effleurèrent les autres œufs, et je sentis la vie à l'intérieur s'agiter avec force et impatience. Ça allait bien se passer. Ils avaient de la chaleur à revendre et semblaient accueillir mon œuf dans leur nid.

Satisfaite, je serrai ma lance et retournai auprès de Killian.

— Je vais te botter les fesses, lui dis-je.

Il sourit ; ses yeux décolorés brillaient de plaisir.

— Voyons ce que t'as dans le ventre, la nouvelle.

Je m'élançai et fus surprise lorsque Killian réagit rapidement en se décalant. Sa lance pivota vers l'arrière pour me frapper au visage.

— Point ! cria le professeur.

Je m'élançai à nouveau en grognant tandis que ma vision latérale s'assombrissait. Killian se décala à nouveau sans sembler déployer le moindre effort pour esquiver mon coup.

— Il va falloir que tu fasses mieux que ça, railla-t-il.

De la colère bouillonnait en moi, envoyant un bourdonnement familier à mes oreilles.

Je ne me souvenais d'aucun roman fantastique où il était question de combats à la lance. Juste des combats de joutes, peut-être, alors je me levai d'un bond avec une idée en tête. Je courus jusqu'au bout du terrain en ignorant les cris qui me demandaient si je battais en retraite.

Non, mais j'allais donner une leçon à Killian.

Je me retournai pour lui faire face et réajustai ma lance avant de commencer à avancer à grandes enjambées.

Un pas.

Deux.

Trois.

Je le visai en prenant de l'élan à mesure que je courais. Il pouvait se décaler pour m'esquiver, mais je savais qu'il ne le ferait pas.

Il mordit à l'hameçon et aligna sa lance vers mon cœur avant de se mettre à courir.

J'avais déjà lu quelque chose à ce sujet. La clé de la joute était la force. Je sentais déjà le poids de ma lance entraîner l'extrémité vers le bas, mais quelque chose en moi avait pris vie. Ce bourdonnement dans mes oreilles était mon sang de déesse qui me fournissait un regain d'énergie. Il permettrait à ma lance de rester stable et de viser juste.

Je pouvais cependant déjà repérer que la lance de Killian baissait, ce qui me donnerait un avantage sur lui. Il était faible, et même si j'étais à blâmer pour ça, j'utiliserais toute faiblesse en ma faveur. S'il ne voulait pas perdre, il aurait dû m'esquiver au lieu de relever mon défi.

Sa fierté l'empêchait d'accepter notre lien de compagnons, le rendait imprévisible et agissait comme un obstacle invisible entre nous.

Pour un Nephilim comme Killian, il n'y avait pas assez de place pour nous deux, nos wyvernes et sa fierté. Il fallait que quelque chose cède, et si pour en arriver là, je devais le battre, alors qu'il en soit ainsi.

Le sol tremblait alors que Killian et moi nous approchions l'un de l'autre, des ondes de choc se propageant à chacun de mes pas tandis que le bourdonnement se transformait en rugissement dans mes oreilles. Mon sang de déesse allait m'abandonner après ça, mais je n'avais besoin que d'un seul coup.

Killian se fatigua au dernier moment, et sa lance s'abaissa juste assez pour que je puisse en glisser la pointe sous mon bras, évitant ainsi l'impact et me permettant de le frapper avec force.

Crac.

Ma lance se brisa en deux sous l'effet de l'impact, et je ressentis la secousse jusque dans mes deux bras. Killian poussa un hurlement de douleur et bondit sur le côté.

Le rugissement dans mes oreilles disparut et les bords sombres de mon champ de vision se réduisirent tandis que je me précipitais à ses côtés. J'avais voulu le battre, pas le tuer.

— Killian ? demandai-je, inquiète d'y être allée trop fort.

Il porta sa main à sa poitrine et ouvrit son uniforme pour révéler une cotte de mailles.

— C'était… un sacré coup, dit-il en guise de félicitations avant de gémir et de laisser sa tête heurter le sol meuble.

Il gloussa.

— Arrête de me regarder comme ça. Je vais bien.

Je poussai un soupir de soulagement.

— Bien, dis-je avant de me frotter les yeux, des étoiles parsemant ma vision.

— Viv ? demanda-t-il alors que je commençais à avoir la nausée.

Je tombai à genoux et vacillai tandis que des vertiges menaçaient de me terrasser.

— Quelque chose ne va pas, répondis-je, sentant des picotements parcourir mon corps.

— Qu'est-ce qu'il y a ? questionna Lily au moment où des bruits de pas résonnaient autour de nous.

— Laissez-lui de l'espace ! ordonna le professeur.

Je ne levai pas les yeux pour voir si quelqu'un lui obéissait.

— Elle m'a asséné un sacré coup de joute, puis elle s'est effondrée, expliqua Killian. Viv ? s'enquit-il à nouveau en posant sa main sur mon épaule.

Un bruit électrique retentit lorsque l'énergie entre nous contre-attaqua désagréablement. Il retira sa main avec un juron. Je me recroquevillai sur moi-même en gémissant tandis qu'un étrange sentiment de solitude m'enveloppait comme un linceul, une sensation inéluctable qui menaçait de me faire sombrer.

Comme cette nuit dans l'océan.

— Où est son œuf ? demanda Lily avec une voix à la limite de l'énervement. Elle a besoin de son œuf. Tu n'aurais pas dû l'en éloigner.

— Je l'ai ! cria quelqu'un, ce qui me fit relever les yeux pour voir Jasmine courir vers moi avec mon œuf dans les mains.

Pour une raison quelconque, voir quelqu'un d'autre toucher mon œuf me remplit de rage. Je me levai d'un bond et lui arrachai l'œuf en sifflant comme un animal sauvage avant de m'effondrer sur le sol et de m'enrouler autour de la coquille qui semblait encore plus froide qu'avant.

Des bras puissants m'entourèrent et me plaquèrent contre un torse dur, tandis que l'odeur de Killian me submergeait.

Je ne m'en étais jamais rendu compte auparavant, mais je reconnaissais son odeur à présent. Étant un dragonnier lié à un dragon d'eau, son odeur avait une note musquée et salée.

Cela aurait dû me ramener à mon pire souvenir.

Au lieu de cela, ça me faisait du bien. Comme s'il pouvait faire disparaître la tristesse avec quelque chose de nouveau.

Rassurée, je posai ma joue contre son corps chaud et fermai les yeux avec reconnaissance tandis qu'il me reconduisait dans notre chambre.

TEL UN PAPILLON VERS UNE FLAMME

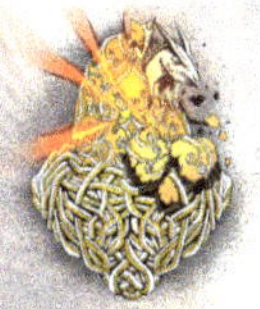

Je ne te lâcherai plus jamais.

Mon nouveau mantra effleura mes lèvres, une promesse à ma wyverne non éclose. Je n'échouerais pas une seconde fois.

Qu'est-ce qui m'avait pris ?

Laisser mon œuf seul dans cet état avait été une idée épouvantable. Je ne pouvais pas en vouloir à Killian ; je ne pouvais m'en prendre qu'à moi-même. Peut-être que d'autres dragons laissaient leurs œufs dans leur nid quelques heures pendant qu'ils allaient chasser, mais mon œuf avait besoin de moi à chaque instant. Il avait en lui l'écho d'une âme perdue, et j'étais sa seule attache. Je ne pouvais pas m'arrêter de la chercher maintenant.

Killian me laissa seule dans mon lit alors que je me retournais dans tous les sens, perdue dans une hibernation fébrile qui m'entraîna plus loin que jamais auparavant. Une horrible obscurité m'enveloppa, créant une ombre permanente sur mon esprit.

Sa voix me parvenait, lointaine, tout comme la vague

sensation de ses doigts qui effleuraient ma joue. Parfois il était en colère, parfois il était gentil.

Killian Dents de Scie dans toute sa splendeur.

Le chagrin me pesait trop pour que je me soucie du dilemme intérieur de Killian. Même si je ne savais pas exactement à quoi était dû ce chagrin. Le chagrin d'avoir laissé tomber mon œuf ? Le chagrin de savoir que nous allions mourir tous les deux ?

Ou peut-être le chagrin de réaliser que finalement, mon père avait donné sa vie pour rien ? Il aurait pu continuer à vivre avec ma mère et m'abandonner dans l'obscurité froide. C'était là qu'était ma place, après tout.

Des voix lointaines me réveillèrent, leur gravité me forçant à ouvrir les yeux. Les rideaux de la fenêtre étaient ouverts, me laissant voir les étoiles qui scintillaient au milieu d'une légère bruine. Une ombre passait de temps en temps, et je fronçai les sourcils, jusqu'à ce que je me rende compte que les silhouettes étaient des dragons montés par leurs cavaliers pour une course de minuit.

Je sentis mon cœur se réchauffer en pensant qu'un jour peut-être, il pourrait s'agir de ma wyverne et moi.

— C'est ça ton plan ? demanda Jasmine d'un ton tranchant.

Ses mots passèrent à travers la porte entrouverte. Je tendis le cou pour mieux voir et aperçus Killian appuyé contre l'embrasure de la porte, ses bras tatoués croisés sur sa poitrine.

— T'en as un meilleur ? rétorqua-t-il d'un ton fatigué.

Avait-il dormi, ne serait-ce qu'un peu ?

Combien de temps j'avais passé dans les vapes, d'ailleurs ?

— On va tous les deux se faire renvoyer, dit-elle en se frottant les tempes.

— Alors, t'es partante ? s'enquit Killian.

Elle soupira en rabattant sa main sur son flanc.

— Voler l'épée de la doyenne et rompre un lien pour sauver ta compagne, ce qui te tuera probablement au passage ? Non, je ne suis pas partante, Killian. Tu dois trouver un meilleur plan.

Quoi ? Voler l'épée de la doyenne ?

J'avais envie de me lever d'un bond et d'exiger des réponses. Killian me détestait au point de préférer mourir plutôt que d'être lié à moi une seconde de plus ? Malgré ma colère, je voulais accorder à Killian le bénéfice du doute. Il avait sûrement une idée derrière la tête. Une idée qui ne consistait pas à détruire tout ce que nous avions créé et à perdre Topaze au passage.

Il se décala, et la lumière de la lune l'éclaira de sorte que je pus voir son sourire. Il n'avait pas l'air d'être le genre de type qui allait perdre son dragon, ce qui me détendit.

— Il y a un tunnel de classe 7 ce soir.

Elle le regarda fixement.

— Et alors ?

Il tapota ses doigts sur son avant-bras.

— Je suis un Nephilim. Je pourrais survivre à un voyage dans le Royaume de Lumière.

Elle l'étudia un instant avant d'écarquiller les yeux.

— Attends, tu n'es pas sérieux. Tu vas demander de l'aide à papa ?

— Pourquoi pas ? demanda-t-il. Si les choses continuent à évoluer comme ça, je vais mourir de toute façon. Au moins, si on rompt le lien, ça nous donnera une chance.

Il décroisa les bras et tendit la main pour gratter le nez de Topaze. La wyverne semblait plus petite, et elle se pressa contre sa joue en frissonnant.

— Et puis, ajouta Killian en baissant la voix, je ne supporte pas de voir Topaze dans cet état. Elle ne tiendra pas longtemps, et même si je dois la perdre, elle pourra au moins vivre dans le Royaume de Lumière. Il y a assez de magie là-bas pour la faire vivre.

Oh...

Un sentiment de culpabilité m'envahit tandis que je serrais mon œuf plus fort contre ma poitrine. J'avais espéré trouver une sorte de solution magique, mais c'était à cela que ressemblait l'échec.

Mais quand même... non. Je ne pouvais pas laisser Killian rompre le lien, même s'il avait un plan. Ça briserait mon lien avec ma propre wyverne avant même qu'elle n'éclose.

— Et Viv ? demanda Jasmine au bout d'un moment avec le ton le plus doux qu'il m'ait été donné d'entendre.

— Elle retournera chez elle, trancha-t-il d'un air décidé. Une fois que le lien sera rompu, la doyenne n'aura plus de raison de la garder ici et elle la renverra.

Il se racla la gorge et se poussa de l'embrasure de la porte.

— Tu t'assureras qu'elle rentre chez elle en toute sécurité, hein ?

Jasmine se mordilla la lèvre.

— Ouais, OK.

Elle fit un geste de la tête pour désigner l'escalier.

— Bon, viens. Allons nous faire expulser. J'ai toujours voulu vivre dans le Royaume des Humains de toute façon.

Il gloussa et s'apprêta à fermer la porte derrière lui. Il marqua une pause, juste un instant, pour me fixer. Je pouvais sentir son regard sur moi, désespéré, avide. Je l'observai dans l'obscurité, sachant qu'il ne pouvait pas me voir, mais notre lien réclamait d'être nourri, connecté. Il se retint et serra les poings avant de fermer la porte, provoquant un sanglot dans ma gorge.

Il allait vraiment faire ça.

J'attendis un long moment après que les bruits de pas de Killian et de Jasmine eurent disparu avant de tester mes jambes. Une d'abord, puis l'autre. Toutes deux se révélèrent fonctionnelles, bien que vacillantes.

Des fourmis coururent le long de mes bras lorsque je bougeai pour me mettre en position assise tout en m'agrippant à mon œuf.

— On a dormi pendant un moment, hein ? demandai-je en tournant mon œuf de façon à pouvoir réchauffer l'autre côté, même si je n'étais pas sûre de pouvoir fournir beaucoup de chaleur.

Je n'avais plus d'énergie, et les bouts de mes doigts étaient engourdis.

Ignorant l'effroi qui me gagnait l'estomac, je me forçai à me lever et fermai les yeux un instant lorsque je fus prise de vertiges, mais une détermination sans faille me permit de rester debout.

— Je ne laisserai personne briser notre lien, jurai-je en parlant à la fois de mon lien avec Killian et de celui avec ma wyverne. Ce n'est pas encore terminé.

J'avais prêté attention à quelques conversations sur les tunnels, et je savais que la classe 7 était la plus élevée qui soit. Alors que les tunnels de niveau inférieur pouvaient mener dans plusieurs royaumes, y compris le Royaume des Humains, les niveaux six et sept n'avaient qu'une seule destination en tête. Avant aujourd'hui, je ne savais pas exactement où ils allaient, mais d'après ce qu'avait dit Killian, le niveau sept conduisait apparemment au « Royaume de Lumière ».

Voulait-il dire… le paradis ?

Si c'était le cas, il fallait que je m'y rende avant eux. Peut-être pourrais-je y trouver mon père… peut-être saurait-il quoi faire ?

Ma mission en tête, je mis un pied devant l'autre en grimaçant. Mes pieds nus semblaient racler le sol, et même le bois lisse me faisait l'effet d'échardes.

— Tout ce qu'on a à faire, c'est atteindre le rivage, assurai-je à mon œuf, même si cela ressemblait à un marathon impossible dans l'état où je me trouvais.

J'ouvris la porte en serrant les dents alors que l'engourdissement du bout de mes doigts se transformait en soubresauts de douleur. Un léger bourdonnement retentit dans mes oreilles tandis que je repoussais mes limites et traversais le couloir pour rejoindre l'extérieur.

Je n'allais pas tenir longtemps... mais peut-être que ça suffirait.

Des étudiants de dernière année passaient au-dessus de ma tête dans la nuit, chevauchant leurs dragons comme des sentinelles surveillant le campus. J'avais l'impression d'avoir acquis un sixième sens avec les dragons, et je savais quand ils étaient sur le point de voler à proximité. Je me précipitai derrière un pilier et y appuyai ma tête lorsqu'un dragon passa près de moi en émettant un faible vrombissement.

— C'était moins une, dis-je à mon œuf en le réajustant pour m'assurer que je ne le tenais pas trop serré.

Les légères fissures sur ses côtés semblaient s'être agrandies.

Je ravalai la boule dans ma gorge et continuai à reproduire le même processus en esquivant les sentinelles jusqu'au portail. Je le fixai, lamentablement mal préparée à sauter par-dessus une seconde fois, lorsqu'un déclic retentit et me fit sursauter. Les portes s'ouvraient pour moi.

L'académie me reconnaissait comme une élève officielle, une dragonnière qui s'élèverait un jour dans les cieux et serait digne de ce titre.

Cette prise de conscience me donna un sentiment de fierté, même si le rêve risquait d'être éphémère.

Si la magie croyait en moi, j'avais peut-être une chance.

Je serrai les dents et accélérai le pas en ignorant les gouttes de pluie qui tombaient et durcissaient le sable à l'extérieur du campus.

Plus je m'éloignais de l'académie, plus le vent se levait, comme si les éléments désapprouvaient mon choix. Il grondait, m'envoyant du sable au visage et me piquant les yeux. Je ne relâchai pas ma prise sur mon œuf pour m'en débarrasser et continuai plutôt à avancer.

L'eau apparut et l'air se chargea d'une odeur salée et âcre. Je repérai également le tunnel ; celui-ci brillait d'une lumière dorée qui contrastait avec le vortex sombre du tunnel précédent dont je me souvenais.

Le Royaume de Lumière…

Même si je pouvais apercevoir ma destination, un certain désespoir me gagna. Je ne voyais pas trop comment j'allais pouvoir nager dans mon état actuel. Je mettais tant bien que mal un pied devant l'autre. Une détermination à toute épreuve me permit de tenir le coup tandis que ma vision s'assombrissait et que je me concentrais sur la lueur dorée au loin.

Tel un papillon vers une flamme.

La phrase me frappa alors que je me traînais. Un pressentiment m'envahit : j'allais mourir si je continuais ainsi, mais je m'accrochai à mon œuf, bien décidée à ce que les choses ne se terminent pas de la sorte.

— Juste… un peu… plus loin, soufflai-je en faisant un pas, puis un autre.

Mes jambes cédèrent lorsque j'atteignis le rivage et mes paupières se firent lourdes. Je peinais à garder les yeux ouverts.

— S'il te plaît, suppliai-je en tendant mon œuf vers la lumière.

Le tunnel semblait tellement loin, mais il brillait si fort que j'avais le sentiment que je pourrais le toucher si je pouvais juste tendre la main un peu plus loin.

— S'il te plaît, prends-le. Sauve-le.

Je ne me souciais plus de ce qui m'arrivait. Tout ce qui comptait, c'était mon dragon.

La lumière dorée réagit à ma supplique et s'intensifia jusqu'à ce que mes yeux brûlent. Je regardai, pleine d'espoir, alors qu'une chaleur m'enveloppait.

Le bourdonnement dans mes oreilles résonna de plus en plus fort, augmentant en intensité à mesure que le tunnel gagnait en luminosité, jusqu'à ce qu'il atteigne son paroxysme...

Et disparaisse.

— Non... murmurai-je.

Un sentiment de désespoir m'envahit.

Je crus avoir tout perdu, que l'œuf froid entre mes mains ne donnerait jamais vie à la wyverne à laquelle il était destiné, lorsque ma vision s'ajusta et que j'aperçus une tache brillante au loin.

Elle grandit et devint de plus en plus claire jusqu'à ce que je me rende compte qu'il s'agissait d'un oiseau.

Non... pas n'importe quel oiseau.

— Solstice ! m'écriai-je, n'ayant jamais été aussi heureuse de ma vie de voir ce petit oiseau robuste.

Je me levai d'un bond sur mes jambes vacillantes en brandissant l'œuf, sachant que c'était ce que j'étais censée faire.

— Vas-y ! l'encourageai-je. Vole !

Solstice gazouilla, et ses sons délicats se répercutaient sur le clapotis des vagues. Mon cœur se gonfla, et l'excitation me fit me hisser sur la pointe des pieds... jusqu'à ce qu'une explosion retentisse.

Un énorme dragon surgit des eaux en projetant des gouttelettes partout. La gueule grande ouverte, il tentait d'attraper l'oiseau.

— Solstice ! criai-je avec un sentiment d'impuissance alors que je vacillais au bord du rivage.

Je n'avais plus beaucoup d'énergie, mais je tendis tout de

même la main et sentis le peu de force vitale qui me restait se répandre dans l'air pour encourager mon oiseau à voler.

Non… pas mon oiseau.

L'esprit de ma wyverne.

J'avais été vraiment stupide. Pendant toutes ces années, ma wyverne avait toujours été avec moi. Toujours là pour moi. Ses gazouillis, qui ne manquaient jamais de me faire sourire, m'avaient toujours soutenue.

Je brandis l'œuf et puisai dans tout ce que j'avais pour donner de la vitesse à Solstice. Ses ailes se transformèrent en flammes dorées tandis que sa forme de dragon prenait vie, laissant entrevoir ce qu'il deviendrait une fois l'œuf éclos.

Une fois qu'il serait revenu là où était sa place.

Le dragon sauvage à sa poursuite poussa un cri lorsqu'une flèche surgissant au-dessus de mon épaule lui transperça l'œil. Je ne me retournai pas pour voir qui l'avait tirée. Au lieu de cela, je levai mon œuf et déversai mon cœur dans le petit oiseau qui fonçait au-dessus des vagues.

Solstice me frappa de plein fouet, non, frappa l'œuf ; ce qui eut pour effet de projeter de la lumière et de la chaleur à travers la coquille. Je pris une profonde inspiration, comme si je pouvais respirer à nouveau pour la première fois.

Solstice.

Il est vivant.

Une fissure se forma à travers l'œuf, comme si c'était le moment qu'il attendait. Un minuscule museau doré en sortit, suivi de cornes. Je patientai et me demandai si je devais aider la créature, mais mon instinct me dit de ne pas intervenir. Il fallait qu'elle le fasse toute seule pour ne pas risquer d'être faible toute sa vie.

Le couinement douloureux qui émana de Solstice sous sa forme de wyverne fit chavirer mon cœur, cependant je me forçai à demeurer immobile tandis que je tenais la base de l'œuf. Ses yeux restèrent fermés pendant qu'il se démenait.

Ses cornes scintillantes s'agitèrent au moment où il se contorsionnait, cherchant un moyen de se libérer. Il parvint à s'accrocher à un autre bord de la coquille et à la briser alors qu'il poussait pour en sortir complètement.

Voilà.

— Viens ici, chuchotai-je lorsqu'il fut sorti.

Je pris la minuscule wyverne dans le creux de mon bras.

Solstice couina de nouveau, mais cette fois-ci, c'était un son plein de gratitude. Il se pressa contre mon corps et poussa un faible grognement qui ressemblait à un ronronnement. Des larmes me piquèrent les yeux.

Le moment aurait été magnifique s'il n'avait pas été terni par un autre rugissement d'avertissement qui déchira l'horizon.

— On ne peut pas rester ici, dis-je alors que la panique me prenait à la gorge.

Je venais de récupérer Solstice. Je ne pouvais pas le perdre à nouveau.

Ayant l'impression que je risquais de m'effondrer, je me forçai à bouger. Je me retournai, étourdie et désorientée, et percutai un torse dur. Comme s'il avait toujours été là, prêt à me rattraper avant que je ne tombe, Killian m'immobilisa.

Mes yeux se portèrent sur l'épée en or qu'il tenait dans l'autre main, une lame tachée de sang. Elle bourdonnait d'une magie dangereuse. Une magie qui était censée briser notre lien.

Mais plus maintenant.

À présent, elle serait la seule chose qui se dresserait entre nous et les dragons sauvages qui avaient suivi Solstice jusqu'à l'académie.

— Tiens-toi à moi, ordonna Killian en glissant mon bras autour de son cou.

Je berçai Solstice contre nous en veillant à ne pas le faire tomber.

Jasmine passa au-dessus de nous et pointa son arc sur le dragon sauvage qui avait refait surface. Une brume l'enveloppait tandis que les ailes de son dragon se déployaient, lui donnant l'allure d'une terrifiante Valkyrie.

Une cascade de rugissements puissants répondit à la menace et résonna contre l'étendue de sable, faisant bourdonner mes oreilles. Killian se tourna pour que je puisse voir le cauchemar surgir des profondeurs.

Des flammes bleues embrasaient le ciel tandis que d'énormes dragons sauvages s'élançaient dans les airs et se dirigeaient droit sur nous.

Killian me donna une seule instruction, que j'étais plus qu'heureuse de suivre.

— Il est temps de courir.

MORT À L'HORIZON

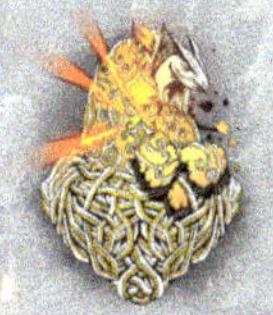

Mon dragon se réchauffait contre ma poitrine tandis que je me coupais du monde qui sombrait dans le chaos autour de nous. Les dragons sauvages avaient suivi l'esprit de Solstice jusqu'à ce royaume. À cause de moi, ils avaient trouvé le moyen d'utiliser une Porte puissante pour se frayer un chemin dans ce monde.

Je devais me battre, ou ma joie d'avoir retrouvé mon dragon serait de très courte durée.

— Concentre-toi, ordonna Killian alors que des alarmes retentissaient et que le rugissement de dragons meurtriers tonnait dans ma poitrine.

Il jeta un coup d'œil au rivage en serrant les dents.

— Le lien n'est pas censé s'établir comme ça, poursuivit Killian. Tu vas tomber dans le coma si tu n'arrives pas à le bannir de ton esprit quelques instants.

Je clignai des yeux vers lui ; ma vision était trouble. Même si mon esprit était révolté par sa suggestion, mon corps était d'accord. Solstice s'accrocha à moi et gémit, ce qui renforça ma détermination.

Je n'abandonnerais plus jamais Solstice.

Des alarmes stridentes retentirent, et mes yeux se portèrent sur l'horizon. Des nuages rouges et mouvants donnaient l'impression que la mer avait pris feu. Des chevaliers et des Valkyries chevauchaient leurs wyvernes, fendant la scène alors qu'ils affrontaient les bêtes vicieuses qui surgissaient des profondeurs.

Du sang peignait le ciel.

La mort pleuvait tandis que des corps s'écrasaient sur le sable et sombraient dans les eaux violentes.

Qu'est-ce que j'avais fait ?

— On doit aller jusqu'au portail, dit Killian.

Sa voix s'éleva au-dessus du chaos tandis qu'il me saisissait le bras.

— La doyenne a dressé un champ de force, ajouta-t-il en indiquant le voile brillant qui s'élevait jusqu'aux nuages. Il tiendra pour l'instant, mais on doit te ramener sur le campus.

Ma bouche s'ouvrit, mais un autre rugissement inhumain perça mes oreilles. Il parcourut mon corps et m'emplit le cœur de terreur, m'empêchant de faire le moindre geste. Je n'avais pas été entraînée pour ça. Je n'avais pas grandi avec une lance dans une main et une épée dans l'autre. La chose la plus aventureuse que j'avais faite pendant mon enfance était de coller du chewing-gum dans les cheveux de Julie Emmerson. En y repensant, elle avait été obligée de les couper, ce qui expliquait la haine profonde qu'elle me vouait.

Killian me souleva sans ménagement dans ses bras en grommelant, et je me mis à couiner.

— On n'a pas le temps de jouer à la statue, Viv.

Solstice émit un son plaintif et enfonça ses griffes dans ma peau en se blottissant dans mon cou. Killian grogna de douleur et bascula son poids sur son autre jambe, trahissant ainsi le fait qu'il n'était peut-être pas en bien meilleur état que moi.

— Arrête, protestai-je.

Mais le rugissement d'un dragon couvrit ma voix tandis que Killian me serrait contre lui.

Il se mit à marcher dans le sable, et je ne me plaignis pas. Tout mon corps s'affaissa contre lui, affaibli et chargé d'émotions contradictoires. J'avais passé tellement de temps à me tourmenter pour l'œuf mort auquel je m'étais liée. J'avais perdu toute mon énergie en essayant de faire éclore un dragon qui n'avait pas d'esprit… Une tâche qui semblait vaine.

Pourtant, Solstice avait trouvé son chemin jusqu'à moi.

Je serrai la petite créature aussi fort que mes bras le permettaient tandis que la vitesse de Killian augmentait.

— Accroche-toi, cria-t-il en se décalant sur la gauche pour éviter une flamme verte qui transforma le sable en verre dans une explosion.

Sa main se porta sur l'épée à sa hanche, cependant il ne pouvait pas se battre, pas avec moi dans ses bras. Il grogna et me serra davantage contre lui tandis qu'il reprenait sa course à travers le sable. Je savais qu'il voulait dégainer son épée et se battre, mais je le freinais. Je l'affaiblissais depuis le début de notre lien maudit.

L'épée qu'il portait à la hanche était sa solution à tout. L'épée qu'il avait volée à la doyenne… Une lame destinée à nous séparer, à renoncer à Solstice et à notre destin.

Comment pourrais-je un jour lui pardonner d'avoir envisagé d'abandonner Solstice… De m'abandonner ?

— Il revient à la charge ! cria Killian, les yeux rivés sur le ciel, son attention fixée sur la menace au-dessus de nous.

Un rugissement s'ensuivit et une vague de chaleur nous enveloppa.

L'air changea, et Killian grogna. Topaze poussa un petit cri lorsque le dragon décrivit des cercles à basse altitude avant de disparaître à nouveau dans les nuages. Topaze s'enroula autour du cou de Killian et le serra plus fort pour éviter de tomber. Je sentais que sa fatigue égalait la mienne, et la petite créature ne demandait qu'à se laisser tomber dans son nid et à dormir.

On ne va pas y arriver.

— Killian, murmurai-je.

Son nom était une supplique sur mes lèvres, même si je ne savais pas ce que je voulais qu'il fasse. Qu'il me laisse tomber et qu'il s'enfuie ? Qu'il se sauve lui ? Qu'il oublie mon existence ?

Non, ce n'était pas ce que je voulais, aussi égoïste que cela puisse paraître. J'avais besoin de lui. Son regard se posa sur le mien, faisant écho à mes propres émotions.

— On va survivre à tout ça, affirma-t-il, ses mots me ramenant à la réalité.

Il soutint mon regard, même lorsque le dragon s'élança pour une nouvelle attaque, cette fois-ci ciblée sur nous.

Un vif éclat émeraude traversa les nuages rouges, un détail que Killian avait dû voir alors que je me complaisais dans ma peur.

Mes yeux s'écarquillèrent lorsque j'aperçus Jasmine sur le dos de sa wyverne. Elle était suspendue sur le côté et visait avec son arc. Sa flèche fusa dans les airs avant de frapper le dragon sauvage au cou. Un point faible, réalisai-je lorsque la créature tomba comme une pierre et roula sur le sable avant que son long museau ne s'arrête à quelques centimètres des pieds de Killian.

Jasmine nous dévisagea en se remettant en place sur sa wyverne.

— Bougez-vous, bande d'abrutis ! cria-t-elle avant de tirer sur les rênes de Jade pour rediriger la wyverne vers la mer, où le pire de la bagarre faisait rage.

— Ne regarde pas en arrière, m'avertit Killian, mais c'était trop tard.

La vue d'un mur de dragons sauvages surgissant de la mer comme un cauchemar fit palpiter mon cœur. Ils envahissaient la plage tel un essaim ; leurs serres brillaient et leurs crocs déchiraient la chair. Les chevaliers et les Valkyries de garde n'étaient pas équipés pour un tel combat et se vidaient de leur sang sur le sable en fusion.

Tout cela à cause de moi.

— Je ne peux pas laisser faire ça, murmurai-je alors que des larmes me piquaient les yeux. Je ne peux pas…

Une chaleur déferla dans mon corps tandis que Solstice poussait un cri aigu et que Killian gémissait. Je les regardai alors que le poids de mon erreur m'apparaissait clairement.

— Je suis désolée, soufflai-je en réfrénant l'instinct qui m'incitait à puiser de l'énergie à la source la plus proche.

Je suis un conduit.

Le mot persistait dans mon esprit comme une malédiction, quelque chose que Killian ne serait jamais capable d'aimer. Tout ce que je savais faire, c'était prendre.

— On doit battre en retraite, Viv, dit Killian en me faisant contourner la gueule hideuse du cadavre du dragon sauvage que Jasmine venait d'abattre. Laisse le combat aux élèves. Ils se sont entraînés pour ce genre de chose. Ils savent quoi faire.

Ce n'était pas l'impression que j'avais d'après les râles d'agonie qui résonnaient tout autour de nous. Ils n'étaient pas prêts, et je ne l'étais certainement pas plus. Je poussai contre la poitrine de Killian alors qu'il se dirigeait vers le campus, même si cela ne me servit pas à grand-chose. Mon corps refusait d'écouter, la fatigue me recouvrant comme un linceul.

À en juger par les cernes sous les yeux de Killian, il ne se portait pas beaucoup mieux.

De la colère s'empara de moi.

— Il faut que j'arrange ça, annonçai-je d'un ton tranchant. Je devrais me battre.

— Tu ne peux même pas tenir debout, me fit-il remarquer, ce qui me fit me mordre la joue. On va retourner sur le campus et laisser les chevaliers et les Valkyries faire leur travail.

Un peu autoritaire, non ?

Killian me souleva à nouveau dans ses bras en grognant, mais je ne pouvais pas exiger qu'il me repose. Ma vision fourmillait de points noirs, et Solstice gémissait dans mon étreinte. Nous n'allions pas tenir beaucoup plus longtemps comme ça.

Killian se fraya un chemin dans le sable en évitant le plus gros des attaques tandis que Jasmine et les autres élèves tenaient la horde à distance.

Les dunes semblaient sans fin alors que nous continuions à nous diriger vers le portail de l'académie. Tandis que le chaos prenait de l'ampleur, la chaleur augmentait et des gouttes de sueur coulaient dans mon cou à mesure que la menace se rapprochait de nous.

Nous n'allions pas assez vite.

Mon esprit s'emballait et la panique embrouillait mes sens. Je regrettais de ne pas être allée en cours pendant toutes ces semaines. Je n'avais pas l'entraînement nécessaire pour tout ça.

Réfléchis. Qu'as-tu appris ?

Le souvenir du nain versant du sang de dragon sur les œufs du sanctuaire me revint en tête. Ils avaient absorbé la magie tout en séparant la corruption.

Et si je pouvais faire la même chose ?

Et si je pouvais tirer mon pouvoir des dragons sauvages ?

— Killian, grommelai-je.

Mais il m'ignora tandis que ses yeux décolorés guettaient

le moindre signe de danger alors qu'il nous rapprochait péniblement des portes de l'académie.

— Killian ! réessayai-je. Pose-moi.

— On y est presque, insista-t-il alors que Solstice poussait un couinement d'avertissement juste avant qu'un souffle de chaleur ne nous fasse tomber sur le sable.

Les hommes n'écoutent-ils donc jamais ?

Je me relevai tant bien que mal, Solstice toujours accroché à ma poitrine. Trois dragons grouillaient au-dessus de nous, et Jasmine vociférait au loin, piégée derrière un mur d'ennemis qui avaient percé les rangs.

Nous étions seuls face à la menace.

— OK, Solstice. On va s'en sortir, lui chuchotai-je en passant mes doigts sur son museau doré tandis qu'il gazouillait en guise de soutien.

Killian envoya valser du sable en se relevant péniblement et dégaina son épée en criant mon nom.

L'ignorant, je fermai les yeux et me concentrai.

Les sources de pouvoir s'allumèrent tout autour de moi. Certaines brillantes et sacrées, d'autres sombres et malsaines.

Vous voilà.

Je me concentrai sur les taches sombres et m'y accrochai dans mon esprit. Au lieu de me dérober, je m'ouvris à elles. Une terreur glaciale se répandit dans ma poitrine, et mes dents se mirent à claquer. Killian tendit le bras vers moi et saisit ma main en sifflant de douleur, mais il ne me lâcha pas.

— Qu'est-ce que tu fais ? lança-t-il d'un ton sec. T'es gelée.

Solstice poussa un gémissement et se blottit contre ma poitrine comme pour essayer de me réchauffer, mais je savais que c'était notre seule chance. Les ténèbres tremblèrent et refluèrent en s'éloignant de moi.

— Ils se sont arrêtés, m'informa Killian tandis que sa prise sur mes doigts se resserrait. C'est toi qui fais ça ?

Je ne pouvais pas lui répondre, car la panique m'étouffait. Une masse sombre balaya le ciel avec une énergie contre nature et néfaste. Je me forçai à ouvrir les yeux et clignai des paupières ; ma vision était partagée entre le monde réel et l'aura de ma magie.

Killian saisit ma main, me faisant haleter alors que le flux d'énergie déferlait sur moi. Il grogna tandis que je luttais pour prendre le contrôle des forces.

— Viv, m'avertit-il d'une voix grave et lourde alors que de minuscules gouttelettes noires se formaient sur mes bras.

De la corruption.

Je ravalai la boule dans ma gorge et une nausée envahit mon estomac. Je pouvais utiliser cette énergie, mais je devais d'abord la purifier. Mes jambes se tendirent et mes épaules se redressèrent. J'accueillis cette régénération en poussant un soupir de soulagement.

— Ce n'est pas bien, lança Killian alors que je passais le dos de ma main sur mes yeux brûlants…

Mes doigts en ressortirent noirs.

J'essuyai la corruption sur ma chemise et entraînai Killian vers le campus.

— Fais-moi confiance, d'accord ? lui demandai-je d'une voix rauque.

Le chaos autour de nous s'était calmé dans un silence de mort.

Jusqu'à ce qu'un rugissement retentisse.

— Bouge ! cria Killian tandis que ses tatouages brillaient d'une lueur bleue et d'une énergie renouvelée.

Alors que je l'avais drainé pendant tout ce temps, je pouvais aussi partager ma puissance avec lui.

Une créature plongea des nuages en déployant d'horribles ailes noires tandis que ses yeux rouges se fixaient sur moi.

C'est pas bon !

Je me mis à courir avec Solstice accroché à ma poitrine et

Killian à mes côtés. Je brûlai comme une allumette le peu d'énergie que j'avais puisée dans les forces obscures qui nous entouraient, alimentant notre course alors que nous réduisions la distance qui nous séparait de l'académie.

Le dragon sauvage descendit en piqué et les poils de ma nuque se hérissèrent. J'avais l'impression que ses serres pourraient transpercer ma peau jusqu'à ma colonne vertébrale si j'hésitais ne serait-ce qu'un instant. Une chaleur se déploya tout autour de nous tandis qu'il libérait un râle tonitruant.

— Continue comme ça, Viv ! m'encouragea Killian alors que je réalisais que j'étais en train de nous protéger de la flamme d'un dragon sauvage.

Moi. C'était tout ce qui se dressait entre nous et le fait d'être réduits en cendres. Pas de pression.

Enfin parvenus à la ligne d'arrivée, nous franchîmes la porte de l'académie et pénétrâmes dans la bulle de protection tandis que le bouclier magique se refermait autour de nous avec un bruit sec. La créature derrière nous rugit en percutant la barrière et battit de ses ailes dentelées avant de s'envoler dans un mugissement enragé.

Mes poumons me brûlèrent lorsque je cherchai à respirer. L'énergie que j'avais retirée des dragons sauvages avait été dépensée et ma vision était envahie d'étoiles éclatantes. Le combat faisait rage au loin, et mon estomac se noua d'un sentiment d'effroi.

Nous avions réussi… Mais à quel prix ?

PETIT OISEAU

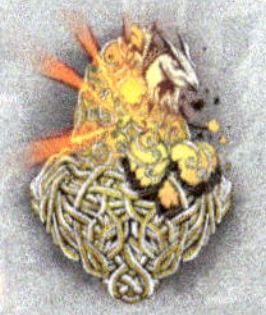

— On doit aller au bunker, dit Killian en m'aidant à me relever.

— Au bunker ? murmurai-je tandis que Solstice nichait son museau sous mon menton.

J'étais là depuis des semaines, peut-être même des mois, et je n'avais jamais entendu parler d'un bunker.

Je vacillai tandis que Killian m'entraînait dans une rue étrangement vide.

— Tous ceux qui ne se battent pas ou ne se préparent pas à se battre seront là-bas. Ce n'est que pour les urgences, et tu le saurais si t'avais suivi le cours sur les sièges.

D'accord.

— Tu me traites de fainéante ? dis-je d'un ton cinglant, alors que mes jambes se dérobaient et que Killian m'attrapait par la taille. Parce que la fainéante vient de te sauver la vie, ajoutai-je en le fusillant du regard.

Voilà ce que c'était que d'être lié à un conduit.

Un bruit sourd retentit, et Killian leva les yeux. Une traînée rouge s'étendait là où les dragons avaient craché du feu sur la barrière.

— Si tu veux qu'on reste *en vie*, je propose qu'on bouge. Je n'ai jamais vu autant de dragons au même endroit. La magie de l'académie est faible ; elle l'est depuis un certain temps, et cette barrière ne tiendra pas éternellement.

Je fis un geste de la main devant nous.

— Ouvre la voie, alors.

Killian m'entraîna avec lui, son emprise sur ma taille me rappelant qu'il n'allait pas me laisser derrière lui. Il lui suffisait d'utiliser son épée pour me libérer, mais je ne parvenais pas à faire fonctionner ma langue pour le lui rappeler.

Nous passâmes devant la cafétéria, puis devant l'armurerie et les écuries des wyvernes, qui bourdonnaient d'activité. Je regardai avec envie des élèves enfiler leur armure et sauter sur leur monture avant de franchir la barrière et de se joindre à la bataille pour protéger l'académie. L'alarme stridente résonnait jusqu'ici, ce qui rendait les dragons impatients que leurs cavaliers finissent de se préparer.

Solstice gémit à mon oreille. Ce n'était qu'une wyverne qui venait de naître et qui n'avait encore aucun moyen de se défendre, mais cela ne l'empêchait pas de vouloir se battre.

Les petites ailes de Topaze se déployèrent, son instinct la poussant à rejoindre le groupe.

— Pas aujourd'hui, Topaze, dit Killian en caressant la petite tête de la créature avant de la blottir dans le creux de son cou.

— Il n'y a pas de temps à perdre ! hurla un professeur dans les rues.

Je reconnus ce grand professeur maigre qui nous avait entraînés à la lance.

— Mettez-vous en formation et en équipes de deux !

Je souris en entendant la consigne. Jasmine n'avait définitivement pas suivi la directive « équipes ».

L'emprise de Killian sur ma taille se resserra tandis qu'une autre série d'élèves s'élançait dans les airs.

— Continuons à avancer, dit-il, son souffle chaud contre mon oreille.

L'étroit chemin entre les écuries et l'armurerie se dégagea tandis que nous passions en trombe devant le bâtiment des dortoirs. Je trébuchai, et Killian me rattrapa. Une certaine fébrilité m'envahit alors que je vacillais et me heurtais à son torse.

— Viv, commença-t-il à voix basse, t'es…

Son inquiétude fut interrompue lorsqu'un son strident déchira l'air. Je me bouchai les oreilles en hurlant. Un afflux d'énergie brute et sombre menaça de me faire tomber.

La barrière. Ils ont franchi la barrière.

L'alarme augmenta de tempo, retentissant avec un regain de panique qui coïncidait avec le rythme de mon cœur.

Killian jura entre ses dents tandis qu'une vague d'ombres s'abattait sur les portes pour plonger l'académie dans l'obscurité.

Je tendis les mains.

— Non ! criai-je. Vous n'allez pas me prendre ça !

Ces ténèbres m'avaient déjà pris tant de choses. Mon père était mort dans les ténèbres de la mer. Mon passé était enterré comme un cauchemar qui n'en finissait pas. Mon avenir reposait sur des promesses non tenues et de la peur.

Je ne pouvais pas vivre comme ça.

Je ne *voulais pas* vivre comme ça.

Un cri jaillit hors de moi pendant que je repoussais l'obscurité de tout mon cœur et de toute mon âme. Un rugissement me répondit alors que les dragons sauvages battaient en retraite et que la barrière cicatrisait là où elle avait été brisée.

— Viv, dit Killian d'une voix empreinte d'admiration.

Le peu d'énergie qu'il me restait avait fini par s'épuiser et mes yeux roulèrent dans leurs orbites.

Je vacillai, mais Killian ne me laissa pas tomber. Il passa

un bras sous mes genoux et me souleva contre son torse. Une chaleur déferla alors que notre lien s'enflammait et que mon cœur palpitait.

Mes oreilles résonnaient tandis que je serrais Solstice contre ma poitrine, cependant j'entendis clairement la voix calme de Killian couper court à ma terreur.

— Je te tiens, petit oiseau.

Mon esprit s'accrocha à cette marque d'affection, alors même que mon monde s'assombrissait.

Petit oiseau.

Ce surnom affectueux contrastait radicalement avec les railleries que j'avais toujours subies en grandissant.

Je n'étais plus le *drôle d'oiseau.*

J'étais maintenant le petit oiseau de Killian.

Cette pensée délirante fut la dernière chose qui s'imposa à mon esprit avant que l'obscurité ne prenne le dessus.

IMMORTELLE

Le temps passait tandis que j'oscillais dans un état entre la lucidité et le sommeil.

Je ne pouvais pas bouger.

Un néant noir se mêlait aux éclats rouges de l'agonie dans un flou désorientant.

J'appréciais l'absence de bruit et de chaos. Ce monde était frais et paisible ; un répit par rapport au feu qui faisait rage dans mon corps.

J'avais abusé de mes pouvoirs en tant que conduit. La brûlure froide provenait de la corruption que je n'avais pas réussi à expulser, mais grâce à mes actions, j'étais toujours en vie. L'académie était toujours en sécurité et nous avions tous survécu.

Du moins, c'était ce que j'espérais. Je n'arrivais pas à ouvrir les yeux ou à lutter pour retrouver une lucidité totale afin de savoir si les dragons sauvages nous avaient déjà tous consumés.

La douleur arrivait par vagues, s'aggravant progressivement jusqu'à ce que l'obscurité reprenne le dessus. Je tentai désespérément de bouger ou de crier à l'aide, mais j'étais paralysée. J'étais forcée d'endurer chaque instant. Chaque terminaison nerveuse me brûlait, et j'étais certaine que quelque part dans la réalité, je devais être en feu. J'étais persuadée que je ne sortirais pas de là autrement qu'en une carcasse carbonisée.

Au début, j'étais entourée de dragons qui n'étaient pas encore nés.

Le Sanctuaire des Œufs.

C'était ce que Killian avait voulu dire en parlant du bunker. L'endroit le plus protégé du campus.

Cependant, la tension dans l'air avait disparu et j'avais dû finir par être déplacée.

De brefs flashs de ma chambre me permirent de rester en contact avec la réalité. J'aperçus les yeux décolorés de Killian qui me regardaient. Ils étaient remplis d'inquiétude et d'une supplication, mais d'une supplication pour quoi, je n'en savais rien. Une supplication que je vive, peut-être, une supplication que je ne le quitte pas, que je lui pardonne, que je me pardonne à moi-même.

Le poids de Solstice enroulé sur ma poitrine me rappelait que j'étais encore en vie et que tout cela avait un but.

Je devais survivre pour mon dragon et pour mon compagnon, à défaut de quelqu'un d'autre.

Au cours d'un de mes accès de lucidité, une mélodie lointaine traversa le brouillard obscur de mon esprit. Je décidai qu'elle m'était familière et qu'elle contenait les notes mélodieuses d'un souvenir enfoui depuis longtemps, que je n'arrivais pas à atteindre.

Mon esprit s'éclaircit à mesure que la mélodie gagnait en assurance et révéla une vieille image : celle de ma mère chantant l'une de ses berceuses celtiques préférées alors qu'elle me bordait pour la nuit. Mon père se tenait derrière elle et souriait avec une joie si pure que cela me donna envie de pleurer.

Pourtant, la chanson continua, de plus en plus forte et de plus en plus claire, et me tira de mon gouffre obscur pour m'amener vers la lumière.

Je ne l'imaginais pas, elle était bien là.

Maman !

Mes yeux s'ouvrirent d'un coup, et la lumière du soleil qui passait par la fenêtre me fit tressaillir. Mes yeux s'ajustèrent, et la chanson s'interrompit brutalement tandis que de doux doigts caressaient mon visage.

— Vivi, dit-elle dans un souffle.

Elle m'entoura de ses bras pour m'enlacer en pressant le minuscule dragon entre nous.

— T'es réveillée !

Je clignai des yeux plusieurs fois tandis que Solstice couinait sous l'effet du geste brusque, ce qui fit rire ma mère. Lorsque je tentai de lui rendre son étreinte, une main posée sur la mienne m'en empêcha.

Killian.

Ma mère se dégagea et essuya des larmes sur mon visage, ne semblant pas perturbée par le fait que Killian dormait à côté de nous, ses doigts entrelacés aux miens.

— T'es là, m'émerveillai-je d'une voix rauque.

— Oui, confirma-t-elle avec un sourire éclatant, comme si c'était normal. Évidemment que je suis là.

Je n'arrivais pas à y croire. Ma mère était là… mais qu'en était-il de la bataille ? Mes yeux s'écarquillèrent alors que je me remémorais mes derniers souvenirs où je me battais pour ma vie.

— Les dragons sauvages !

Elle me fit taire en me caressant le bras pour me rassurer.

— Ils ne peuvent pas te faire de mal, Vivi. Tu les as repoussés, tu te souviens ? Et la doyenne a pu rétablir la barrière. Elle les tient à distance pour l'instant. Ils sont toujours dans ce royaume, mais ils finiront par avoir tellement faim qu'ils devront partir.

Il s'agit donc d'un siège.

Je déglutis en dépit de la boule dans ma gorge. Je voulais entendre tout ce que j'avais manqué, comment elle avait réussi à me rejoindre, si la menace des dragons sauvages était vraiment passée, mais surtout, je voulais m'accrocher à ce souvenir qu'elle avait réveillé en moi.

— Ça faisait des années que tu n'avais pas chanté, dis-je en me frottant la gorge alors que ma voix sortait brute et éraillée.

Ma mère tendit la main vers la table et récupéra un verre d'eau qui attendait, prêt pour moi une fois que je me serais réveillée.

— Ça... me rappelle trop ton père, expliqua-t-elle avec un sourire teinté de tristesse. T'avais l'air d'être en train de te noyer. Je ne pouvais pas le supporter une seconde de plus, Vivi, alors j'ai chanté une chanson pour te ramener à moi.

Solstice couina à nouveau en essayant de se mettre à l'aise sur mes genoux maintenant que j'étais assise, et mordit la main de Killian. Topaze, enroulée autour du cou de Killian, remua pour siffler sur la wyverne dorée.

— Ne fais pas ça, grondai-je mon dragon en dirigeant son museau doré dans le creux de mon bras.

Il se blottit dans ma chaleur et fit vibrer ses ailes, ce que je pris pour un signe de contentement.

Killian tenait toujours ma main, et je la serrai.

— Est-ce qu'il va bien ?

Peut-être était-il tombé dans le coma lui aussi.

— Il est juste épuisé, dit ma mère, ce qui fit se relâcher mes épaules. Il ne t'a pas quittée depuis des semaines. Je n'ai pas arrêté d'essayer de lui dire de se reposer, et je suppose que la fatigue a enfin eu raison de lui.

Elle sourit.

— C'est un compagnon dévoué, ma fille. T'as bien choisi.

Je gardai mes réserves pour moi, mais voir Killian ainsi me réchauffa le cœur, et je ne pus m'empêcher d'esquisser un petit sourire.

Je repoussai ses cheveux de son visage et lui envoyai une once de mon énergie, qui semblait ravivée par la présence de ma mère.

— Killian, chuchotai-je. Réveille-toi.

Il gémit tandis que ses paupières s'ouvraient. Ses yeux s'écarquillèrent et ses pupilles se dilatèrent lorsqu'il aperçut mon visage. Il m'entoura de ses bras, perturbant à la fois Solstice et Topaze qui poussèrent des cris de protestation au moment où mon compagnon enfouissait son visage dans mon cou.

— Tu m'as fait peur, chuchota-t-il d'une voix tout aussi rauque que la mienne.Quand il s'éloigna, il gloussa, sans doute à cause de la rougeur de mes joues. Je jetai un coup d'œil à ma mère, qui ne semblait qu'amusée par mon embarras.

Ma mère croisa les mains tandis que Solstice se pelotonnait à nouveau sur mes genoux et que Topaze se réinstallait autour du cou de Killian.

— Maintenant qu'elle est réveillée, la magie du lien entre dragonniers devrait se stabiliser, non ? demanda-t-elle.

La magie du lien entre dragonniers ?

Killian hocha la tête et écarta ses cheveux de son visage, et je vis enfin ce que ma mère voulait dire. Il avait clairement été vidé, ce qui avait rendu ses traits tirés et ses cheveux autrefois si beaux et si fournis, affaiblis et ternes. C'était son soulagement qui lui avait donné un air énergique, mais il s'affaissait à présent contre la tête de lit alors que ma mère s'asseyait à côté de moi.

— Qu'est-ce qu'elle veut dire ? demandai-je en haussant la

voix. Et pourquoi est-ce que t'as l'air aussi malade ? Tu vas bien ?

Il semblait avoir frôlé la mort, et je ne parvins pas à exprimer la dernière partie de ma question.

C'est de ma faute ?

— Ça ira, m'assura-t-il en m'observant sous ses paupières voilées. J'ai dû partager une partie de ma magie avec toi pendant ta transition, mais maintenant que t'es stabilisée, je vais récupérer ce qui a été drainé.

Réponse : oui, c'est totalement de ma faute.

Je gémis et ramenai mes genoux contre ma poitrine en laissant assez d'espace à Solstice qui se tortilla pour se rapprocher de moi et voler autant de ma chaleur que possible à travers ses écailles dures.

— Quel genre de transition ? demandai-je alors qu'un sentiment de culpabilité m'envahissait.

Killian sourit.

— Si t'étais allée en cours…

— Oui, oui, je sais, grommelai-je. Explique-moi juste.

Il hocha la tête.

— T'étais inconsciente parce que t'as essayé d'utiliser la magie des dragonniers, ce que tu n'es censée faire qu'en tant que dragonnière à part entière, une fois complètement liée à ta wyverne. Solstice venait à peine d'éclore, et le lien est… différent dans ton cas. Il y a d'autres variables en jeu étant donné que t'es un conduit, mais en fin de compte, la magie des dragonniers fonctionne de la même façon. T'avais besoin d'une certaine puissance, que tu n'avais pas, et tu as dû passer par un état d'immortalité avec des ressources limitées. Normalement, ce processus est lent et naturel, mais toi, tu as dû te battre à deux doigts de la mort pendant quatre semaines.

— Avec l'aide de Killian, précisa ma mère, rayonnante de fierté.

Je ne pouvais que les regarder bouche bée.

Immortelle ?

Quatre semaines ?

— Tu ne peux pas me balancer tout ça d'un seul coup ! m'écriai-je, prise soudainement de vertiges. Je suis… *immortelle* maintenant ?

Killian pencha la tête sur le côté.

— Pas entièrement, mais en ce qui concerne ta durée de vie, oui t'es immortelle. Tu ne mourras pas de vieillesse et tu ne vieilliras pas physiquement au-delà de la trentaine.

Eh bien, c'était définitivement un avantage des dragonniers dont personne n'avait pris soin de m'informer.

Je déglutis difficilement.

— Alors, euh, j'ai été dans les vapes pendant un mois pour devenir immortelle.

Killian jeta un coup d'œil à Solstice, qui reposait son museau sur mon genou.

— Et j'ai complété ton lien avec ton dragon. Prends une minute pour digérer tout ça, Viv. T'as réussi. Ton dragon est là.

Il sourit.

— Il a un nom ?

Je baissai les yeux et souris lorsque Solstice poussa un petit cri vers moi.

— Solstice, dis-je.

Mon dragon croisa mon regard ; ses yeux dorés brillaient d'une magie saine. Le fin revêtement de ses ailes plia sous mon contact et il se blottit contre moi en ouvrant son esprit au mien.

Il était mort avant que je puisse apprendre à le connaître, mais ma magie avait appelé son esprit. Il m'avait trouvée, se présentant sous la forme d'un pinson doré, stimulé par la promesse de notre lien qui pourrait un jour s'épanouir et grandir.

Puis j'avais trouvé son œuf... Je l'avais trouvé, lui, et il avait fait tout ce qui était en son pouvoir pour revenir vers moi.

— Oh, Solstice, dis-je tandis que des larmes coulaient sur mes joues. Je suis tellement désolée de ne pas t'avoir trouvé plus tôt.

Ma mère posa une main sur mon épaule.

— Tout s'est déroulé comme c'était censé le faire, Vivi. Tu dois le croire.

Elle sourit et redressa les épaules.

— Tu dois mourir de faim. Killian, on n'avait pas préparé un repas ?

Il hocha la tête.

— Oui, je vais aller...

Le sol trembla, le coupant dans son élan alors qu'un rugissement perçait l'air.

Ma mère se précipita à la fenêtre et son expression s'assombrit. Je sortis du lit tandis que Solstice s'enroulait autour de mon cou, son poids réconfortant sur mes épaules.

Je trébuchai, mes jambes menaçant de céder, et Killian m'attrapa par le bras. Il m'aida à aller jusqu'à la fenêtre. Le campus était ravagé par la bataille : de l'autre côté de la barrière étincelante, on ne voyait que sable calciné et sang séché. Un sentiment de culpabilité m'envahit, et Solstice gémit, ses émotions étant liées aux miennes.

C'était à cause de moi que les dragons sauvages avaient fait ça. Ils me voulaient... Mais pourquoi ?

Mes questions furent interrompues lorsque l'océan se mit à gonfler au loin, se précipitant vers l'académie sous l'effet d'une marée alimentée par une magie noire qui semblait froide et malsaine. Des dragons sauvages tournoyaient au-dessus de l'eau, la suivant dans sa course vers la barrière de l'académie. L'eau la frappa avec un bruit sourd, et les dragons libérèrent un torrent de flammes vertes en hurlant. Mon cœur se serra tandis que j'observais la scène avec horreur.

Je gémis alors qu'une nouvelle douleur se répandait dans ma poitrine. Chaque attaque de la barrière me faisait l'effet d'un couteau, et je poussai un cri. Killian et ma mère posèrent leurs mains sur moi, mais c'était une erreur.

— Ne me touchez pas ! hurlai-je tandis que ma magie fluctuait et cherchait une source où puiser.

Ils obéirent à contrecœur, et je fermai les yeux tandis que Solstice criait sous l'effet de ma douleur.

— Arrête, dit Killian pour couper court à mon agonie. On s'est trompés pendant tout ce temps. C'est ta magie qui a maintenu la barrière en place. Arrête, Viv, avant qu'elle ne te tue.

Je ne voulais pas qu'il ait raison, mais c'était la raison pour laquelle ma transition avait pris tant de temps. La majeure partie de ma magie allait à la barrière qui protégeait l'académie, mais je ne pouvais pas continuer comme ça, et je relâchai mon emprise avec une longue expiration.

Un bruit sec traversa l'air, et les alarmes stridentes de l'académie se déclenchèrent.

Ce n'était pas un siège. C'était une bombe à retardement, et maintenant nous allions tous mourir.

SE BATTRE OU FUIR

— Il faut qu'on bouge, dit Killian d'un ton plat.

Il enfila ses bottes et mit son armure sur ses épaules.

— Tu n'es pas en état de te battre, déclarai-je en chancelant vers lui. Et moi non plus. Est-ce que je dois te rappeler que je viens de sortir d'un coma d'un mois, dans lequel j'ai été plongée après les avoir combattus ?

Il nous fallait un meilleur plan. Un plan qui impliquerait de préférence des armes de qualité militaire.

— Et la Terre ? suggérai-je. Ils ne peuvent pas nous aider ?

Killian ricana.

— Tu veux dire les Chevaliers de l'Ordre d'Argent ? Ils sont trop occupés à s'inquiéter de leur propre royaume pour se soucier des autres.

— Les Chevaliers de quoi ? demandai-je.

Il leva les yeux au ciel.

— Tu vas devoir suivre le double de cours après ça.

— Il faut qu'on se dépêche, intervint ma mère en glissant une veste autour de ses épaules. Ils vont venir chercher Vivi et Solstice.

— Je sais, lâcha sèchement Killian.

Je fronçai les sourcils.

— Je suis contente que vous ayez l'air de savoir ce qui se passe, mais ce n'est vraiment pas le cas pour moi.

Killian prit l'épée en or et la rengaina à sa hanche. La doyenne l'avait apparemment autorisé à la garder.

— On aura tout le temps d'en parler plus tard. Pour l'instant, on doit t'amener à Finn.

Il resserra son fourreau puis tendit la main vers moi, mais Solstice se crispa à mon cou et siffla. Il fit claquer sa mâchoire, cependant Killian recula à temps pour éviter les dents minuscules, mais très acérées, de la wyverne.

— Solstice ! le réprimandai-je.

— C'est bon, dit Killian avec un sourire en coin, comme s'il approuvait le comportement de la wyverne. Il veut te protéger. Je peux comprendre.

Il me lança mes chaussures en jetant un coup d'œil à la fenêtre.

— On a perdu assez de temps.

L'eau déferlait au-delà des portes et s'engouffrait rapidement alors que je déglutissais bruyamment. Les dragons sauvages affluaient et se heurtaient à la première vague d'élèves dans une réplique d'une bataille que je ne voulais pas revoir.

Mort.

Destruction.

Culpabilité.

— Killian, murmuré-je la gorge serrée. Je ne sais pas si je peux refaire ça.

Killian m'éloigna de la fenêtre et cette fois, Solstice le laissa me toucher. L'apparence de mon compagnon avait changé sous la couche d'armure et d'armes. Ses yeux contenaient un éclat de ma magie qui lui conférait suffisamment d'énergie pour se battre.

— On ne va pas se laisser abattre sans se battre, Viv. L'académie a eu un mois pour se préparer, tout comme moi.

Quel idiot ! pensai-je. Je n'allais pas le laisser faire ça. J'ouvris la bouche pour le dire.

Son désir de me protéger était semblable à celui de mon dragon, et la force de cette émotion me fit refermer la bouche.

Je sus alors, sans aucun doute, qu'il mourrait pour moi. Il ferait n'importe quoi pour que Solstice, Topaze et moi soyons en sécurité.

Cette révélation me choqua. N'avait-il pas l'intention de rompre le lien ? D'où venait cette loyauté indéfectible, tout d'un coup ? Si ses sentiments pouvaient changer aussi radicalement, qu'est-ce qui les empêcherait de changer à nouveau ?

— Il faut qu'on bouge.

La voix de ma mère interrompit mes rêveries et brisa le moment présent.

— Elle a raison, dit Killian, ses yeux toujours fixés sur les miens. Je vais les distraire depuis le sol pendant que vous irez toutes les deux au sanctuaire.

Sur ce, il prit mon visage entre ses mains et m'attira dans un baiser. Ce dernier fut court, mais passionné. Il se retira, ouvrit la porte et sortit sans un mot de plus.

Je le suivis du regard pendant un moment avant de me tourner vers ma mère.

— Tu vas le laisser partir tout seul comme ça ?

Ma mère serra mes épaules avant de se diriger vers la porte en me prenant la main au passage pour m'entraîner derrière elle.

— Ma chérie, Killian comprend ton importance, ainsi que celle de ta wyverne. Si l'une de vous deux meurt, tout espoir d'arrêter les dragons sauvages meurt avec vous.

Je voulais demander pourquoi. Comment pouvais-je être si importante ? Je n'en eus pas l'occasion, car ma mère m'attrapa par le bras et me traîna hors de la pièce. Solstice avait bien fait de garder ses dents pour lui, parce que ma mère était redoutable lorsqu'elle avait quelque chose en tête.

En ce moment, ce quelque chose était de me maintenir en vie à tout prix.

Ce sentiment me semblait trop familier. Cela me rappelait la mort de mon père. Alors que nous fuyions par l'escalier et que le rugissement des dragons sauvages et de la bataille se rapprochait, je ne pus m'empêcher de penser que ma vie était en train de répéter la même tragédie. Mon père avait peut-être été le premier à mourir à ma place, mais il ne serait certainement pas le dernier.

Nous arrivâmes dans la rue principale et fonçâmes vers le bâtiment central en pataugeant dans l'eau. Un dragon atterrit derrière nous, et le cri de guerre de Killian suivit.

— Ne te retourne pas, me dit ma mère en me pressant la main. Fais-lui confiance, Viv. Il se débrouillera très bien. Ta présence ne ferait que le distraire. Tu l'as dit toi-même, tu n'es pas en état de te battre.

Je serrai les dents, détestant que ma mère ait raison.

J'aperçus Lily alors que nous tournions au coin du terrain d'entraînement. Je ne pus m'empêcher de me souvenir de la vidéo où elle se tenait parmi les décombres de son école, rare survivante au milieu de tant de vies détruites.

Fidèle à cette image, elle se tenait là, le regard fixé sur l'eau et les dragons sauvages qui arrivaient. Je ne voyais aucune arme sur elle, mais elle ne semblait pas inquiète.

Au moment où j'allais crier son nom, sa peau se mit à briller. Mes yeux s'écarquillèrent, et je la regardai se métamorphoser avec fascination. Sa peau se transforma en écailles rouge rubis et ses membres s'allongèrent, jusqu'à ce qu'un dragon adulte se tienne à la place de Lily.

Est-ce que quelqu'un d'autre a vu ça ?

À ce moment-là, James se précipita vers l'énorme bête. Il

tendit le bras entre ses foulées. J'eus envie de me frotter les yeux d'incrédulité en le voyant sortir une épée de son poignet. Il plongea littéralement la main dans son tatouage et en sortit une putain d'épée.

Il atteignit Lily sous sa forme de dragon et s'élança dans les airs sans perdre une seconde. Il l'enfourcha tandis qu'elle s'envolait. Leurs mouvements étaient synchronisés, comme s'ils avaient répété cet exercice à maintes reprises. Je les observai par-dessus mon épaule tandis qu'ils fonçaient vers la bataille.

Un gazouillis directement dans mon oreille me sortit de ma stupeur. Je me remis à courir à toutes jambes en envoyant un signal de gratitude à travers le lien qui m'unissait à Solstice. Péniblement, je me frayais un chemin dans l'eau de l'océan qui m'arrivait jusqu'aux chevilles.

— Allez, Viv ! On y est presque !

Ma mère me tira par la main en accélérant le pas alors que nous parvenions enfin au bâtiment central.

Nous ouvrîmes la porte sans ménagement, peut-être avec plus de force que nécessaire, puis la refermâmes d'un coup sec et nous précipitâmes à l'intérieur. Un soulagement m'envahit lorsque je me rendis compte que le sol était sec. Enfin, à part l'eau que nous avions apportée. J'espérais qu'elle n'était pas corrompue d'une manière ou d'une autre.

Un bruit sourd nous fit toutes les deux sursauter.

— Eh bien, venez donc, dit Finn. J'ai pas toute la journée.

J'entraînai ma mère à la suite du nain et lui jetai un coup d'œil. Elle n'avait pas du tout l'air déconcertée.

Choses qui ne surprennent pas ma mère : les dragons, les compagnons tactiles et les nains. C'est bon à savoir.

Je me raclai la gorge alors que nous descendions dans un escalier désert.

— Où est tout le monde ?

— En train de se battre, j'imagine, répondit Finn en haussant les épaules. Maintenant que t'as fait éclore une reine, la doyenne n'y va pas de main morte. Tout le monde est sur le pont, comme on dit.

Je m'arrêtai, mais ma mère me poussa de nouveau vers l'avant.

— Pardon… une reine ?

Il éclata de rire.

— Tu ne lui as pas dit, hein ? s'enquit-il.

Ma mère grimaça lorsque je la fixai avec incrédulité.

— Oui, désolée, chérie. Je ne voulais pas te le dire tout de suite…

Je jetai un coup d'œil au dragon doré qui me regardait.

Apparemment… Solstice était une fille.

Et en plus de cela… une *reine*.

BIJOU DE FAMILLE

Les poings serrés, je suivis le nain bourru et ma mère dans le Sanctuaire des Œufs, qui s'étalait devant moi dans toute sa grandeur brute, regorgeant d'innombrables étagères d'œufs de wyverne colorés.

Solstice poussa un cri d'approbation et s'enroula autour de mon cou en enfonçant ses minuscules griffes dans ma peau.

— Alors, à propos de cette histoire de reine… commençai-je.

— Le terme est généralement explicite, dit Finn en ricanant.

Ma mère soupira.

— Solstice est l'une des dernières reines dragons, ma chérie. Grâce à ton héritage d'enchanteresse d'Avalon, tu as eu suffisamment de force pour réunir son esprit avec son œuf et l'amener dans ce monde. En faisant équipe toutes les deux, et avec un compagnon dragonnier comme Killian à vos côtés, vous serez enfin une force assez puissante pour combattre la corruption des dragons sauvages.

Elle posa une main sur mon épaule et me fit un sourire triste.

— C'est pour ça qu'on doit, coûte que coûte, te garder en sécurité pour l'instant. Tu dois développer tes pouvoirs, et Solstice doit également s'épanouir.

Ses doigts traînèrent sur le museau de ma wyverne, et la créature lui donna un petit coup affectueux au lieu de se débattre.

Elle avait un bon instinct.

Les bruits de la bataille filtrèrent dans la pièce, atténués par les murs au-dessus de nous. J'enroulai mes bras autour de moi et levai les yeux en espérant que Killian aille bien.

— Je déteste rester ici à ne rien faire pendant qu'ils se battent là-haut, avouai-je.

Finn grimpa à toute vitesse sur une échelle et redressa un œuf sur le point de tomber, en grommelant quelque chose à propos de dragons inconsidérés.

— Tu ferais mieux de te mettre à l'aise, jeune fille. On ne connaîtra pas l'issue de cette bataille avant un bon moment.

Il garda son regard sur l'œuf en le caressant doucement.

— S'ils réussissent à descendre ici, eh bien, le vieux nain que je suis a un dernier tour dans son sac.

Un tatouage que je n'avais pas remarqué auparavant se mit à briller sur son bras, et s'enroula en spirale sur son poignet jusqu'à former une bande solide.

Ma mère me tira à l'écart et me fit passer entre les étagères jusqu'à ce qu'elle trouve du rembourrage servant à faire des nids. Elle me fit asseoir et éloigna quelques mèches de cheveux de mon visage.

— Les nains ont un pouvoir ancien qui provient du sol et de la roche, m'expliqua-t-elle. Il ne t'arrivera rien.

Je levai mon regard vers elle.

— Comment est-ce que tu sais tout ça ?

Elle haussa les épaules.

— Je suis moi-même une enchanteresse. Je n'ai pas grandi sur Terre.

Mes yeux faillirent sortir de leurs orbites.

— Sérieusement ?

Elle sourit et commença la longue histoire de son enfance, réussissant à me distraire de la bataille qui faisait rage au-dessus de nos têtes. Avalon avait été conquise avant son époque, mais la Terre était un endroit qu'elle n'avait découvert qu'à l'âge adulte. C'était censé faire partie de sa formation, mais elle avait alors rencontré mon père et m'avait eue.

— Tu le regrettes ? demandai-je, les yeux écarquillés. Ton royaume d'origine a l'air plutôt… incroyable.

Elle gloussa.

— Eh bien, les Faë de Lumière ont une très haute opinion d'eux-mêmes, mais c'est lassant de vivre dans un monde où il n'y a pas de nuits.

— Le soleil ne se couche pas du tout ? m'étonnai-je.

— Il n'y a pas de soleil, clarifia-t-elle, me clouant le bec de plus en plus. Tu le verras peut-être un jour.

Nous passâmes le reste de la journée dans le sanctuaire, à attendre une quelconque indication sur l'issue de la bataille qui faisait rage à l'extérieur. Ma mère me parla des autres royaumes qu'elle avait visités. Lorsque je lui demandai si les « Faë des Ténèbres » existaient, elle fronça les sourcils et me dit qu'ils utilisaient une magie appelée Malice, mais qu'elle ne savait pas grand-chose sur le sujet.

Les murs vibrèrent de temps en temps au cours de notre conversation, faisant trembler les œufs dans leur nid. Finn se déplaçait frénétiquement dans la pièce lorsque cela se produisait, en maugréant qu'il fallait que quelqu'un maîtrise ces dragons sauvages avant qu'il ne leur mette son pied au cul.

J'aurais payé cher pour le voir essayer.

Les bruits de la bataille finirent même par faire taire Finn, et nous tâchions tous de ne pas fixer le plafond. Le rugissement d'un dragon enragé. Le choc d'une épée sur des écailles. Un bâtiment en train de s'écrouler, ou peut-être une explosion.

Les bruits de la bataille et les secousses des murs me tinrent en haleine toute la journée. J'alternai entre faire les cent pas et rester assise en me rongeant les ongles.

Killian et Topaze étaient dehors, en danger, alors que j'étais en sécurité dans le sanctuaire. Jasmine, Jade, Lily, James et tous mes camarades de classe étaient eux aussi là-bas. Tout le monde se battait pour moi pendant que je me cachais. Un sentiment de culpabilité me tenailla toute la journée, alors que je cherchais dans mon esprit ce que je pouvais faire pour les aider.

Je pensai soudain à la montée de l'eau qui se précipitait vers l'académie.

— Est-ce que l'eau peut entrer dans le sanctuaire ?

Finn se retourna pour me regarder brièvement avant de se remettre à enduire les œufs de sang de dragon.

— Non, jeune fille. Le sanctuaire est l'endroit le plus sûr du campus, aussi bien physiquement que magiquement. Si les wyvernes n'avaient pas besoin d'air frais, j'aurais insisté pour que tu fasses ton hibernation ici.

Je fronçai les sourcils, confuse.

— Mon hibernation ?

Il se contenta de secouer la tête et de lever les yeux au ciel avant de grommeler :

— Je n'ai pas la moindre idée de la façon dont t'as réussi à faire éclore une reine, jeune fille. Ça me dépasse.

Solstice se déroula légèrement pour lui montrer les dents. Je la caressai sous le menton. Je pouvais comprendre la frustration de Finn face à mon manque de connaissances. C'était une frustration que je partageais et à laquelle j'avais l'intention de remédier si nous nous en sortions vivants.

Je soupirai tandis que Finn se remettait à enrober les œufs en silence.

— Viens, dit ma mère, il est temps de se dégourdir les jambes.

Elle passa son bras sous le mien et m'entraîna loin de la table à laquelle j'étais assise. Nous commençâmes à marcher lentement à travers les étagères d'œufs.

— Est-ce que tu vas m'expliquer tout ça ? demandai-je à mi-voix.

Il était clair que ma mère m'avait caché toute une vie.

Elle me fit face, son visage empreint de culpabilité.

— Je voulais juste que t'aies une vie normale, dit-elle, comme si cela pouvait excuser ses actes. Tu n'étais pas censée devenir une dragonnière ou être impliquée dans tout ça.

— Mais je suis impliquée, répondis-je d'une voix brisée.

Je ne pus m'empêcher de prendre un ton accusateur. Et si j'avais été élevée dans un autre royaume ? Et si mon père avait pu être sauvé ?

Son expression coupable m'indiquait qu'elle se posait les mêmes questions, alors je me mordis la lèvre.

— J'aurais dû te le dire, admit-elle. J'aurais dû prédire à quel point tes dons seraient puissants.

Je levai un sourcil.

— Mes dons ?

Elle hocha la tête.

— Oui. Les femmes de notre famille ont des dons, mais ils peuvent varier. Certaines peuvent voir l'avenir, d'autres peuvent guérir, et certaines peuvent même respirer sous l'eau ou conjurer le feu.

Elle sourit en passant ses doigts dans mes cheveux.

Je réalisai qu'elle parlait de tout cela au présent.

— Ta famille est toujours en vie ?

— Dispersée à travers les royaumes pour notre protection. Tant qu'Avalon ne sera pas rétablie, nous ne serons jamais en sécurité.

Je fronçai les sourcils. Les événements actuels confirmaient bien ses dires. Ce fut alors que je réalisai subitement autre chose.

— Quel est ton don, alors ? Attends, laisse-moi deviner. C'est ton sandwich au fromage grillé.

Elle gloussa.

— Tu m'as démasquée. J'ai la chance d'avoir des talents de tueuse en matière de sandwichs au fromage.

Elle prit ma main et passa son pouce sur mes doigts.

— C'est mon chant. Ma voix apporte la paix et des rêves agréables. Ce n'est pas grand-chose, je sais, mais ton père adorait que je chante.

Je ne pus retenir le sourire stupide qui s'étendit sur mon visage.

— Alors t'es une sorte de… sirène, ou un truc dans le genre ?

Elle rejeta la tête en arrière et rit ouvertement cette fois.

— Celles qui ont mon don ont été appelées comme ça, oui, mais ça ne fait pas tomber les hommes amoureux. Enfin, à l'exception de ton père. Il m'aimait *avant* que je chante, mais il me l'a dit pour la première fois après m'avoir entendue.

Je souris tout en regrettant de ne pas avoir été là pour ce moment.

Elle soupira tandis que ses souvenirs nostalgiques s'effaçaient, laissant place au présent sinistre. Les murs grondaient toujours à cause de la bataille qui se déroulait au-dessus de nous.

— Je pensais que ton sang serait peut-être assez mêlé pour que tu puisses avoir une vie normale.

— Ça a bien marché, répliqué-je sèchement.

— T'as raison d'être aigrie, répondit-elle.

Elle fouilla dans sa veste.

— Je ne vais pas te cacher ton héritage plus longtemps, et c'est pour ça que tu dois avoir ceci.

Elle sortit une amulette montée sur une chaîne en or. Le pendentif, en or massif, brillait. Il avait la forme d'un nœud celtique, qui s'enroulait autour d'une opale ovoïde en son centre.

Elle sourit en me la tendant.

— C'est une vieille relique d'Avalon qui a été transmise de génération en génération. Tu peux l'utiliser pour ouvrir un portail vers l'endroit que tu veux, et c'est comme ça que je suis arrivée ici une fois que j'ai découvert où t'étais. Tu n'as pas besoin d'attendre un tunnel si tu as la magie nécessaire pour la faire fonctionner. C'est pour ça que j'ai mis autant de temps à arriver à l'académie. J'ai dû économiser de la magie pour l'activer à nouveau, m'expliqua-t-elle tout en me donnant le magnifique collier.

Je m'apprêtais à la remercier pour ce précieux héritage lorsqu'un grand boum secoua le sanctuaire. Les étagères tremblèrent, et Finn cria en attrapant de justesse un œuf qui tombait.

De l'eau s'infiltra par la porte. Je regardai avec horreur en réalisant que tout le sanctuaire était souterrain, ce qui signifiait qu'il se remplirait facilement d'eau.

— Je croyais que t'avais dit que cet endroit était protégé par la magie ! criai-je à Finn.

Finn poussa un juron.

— Cette eau est mauvaise ! Elle est corrompue. Je le sens. Elle franchit la barrière !

Je regardai, paralysée, l'eau fraîche se répandre autour de mes chevilles. Le sanctuaire allait rapidement se retrouver complètement inondé.

— Ne restez pas plantées là, espèces d'idiotes ! cria Finn. Les œufs ne peuvent *pas* être corrompus.

Même maintenant, Finn faisait passer les œufs en premier.

Finn parcourut frénétiquement la pièce et ouvrit les trappes à déchets pour libérer un peu d'eau, mais cela ne fit pas grand-chose pour endiguer le flot. Une plus grande quantité d'eau s'écoula le long des étagères, mais je me sentais obligée d'aider Finn et de ramasser les œufs des étagères inférieures pour les placer plus haut. Solstice gémissait d'inquiétude, insistant tout autant pour que nous sauvions les dragons à naître.

Un autre gros boum ébranla à nouveau les murs, et le filet d'eau qui coulait par la porte se fit plus abondant. Un sentiment de frustration face à mon impuissance s'accumula dans ma poitrine.

Je devrais faire plus que garder les œufs au sec ! Je devrais aider mon peuple à survivre à cette situation !

Ça suffit !

Mes sens s'affûtèrent et je me concentrai uniquement sur la porte. Le temps sembla ralentir alors que je l'ouvrais. L'eau coulait à flots tandis que je me frayais un chemin dans les escaliers jusqu'à l'entrée principale. Les cris de ma mère qui me suivaient furent submergés par le rugissement de l'eau.

Les gigantesques portes en pierre du bâtiment central étaient fissurées et gisaient en morceaux alors que l'eau inondait l'édifice. Je courus vers l'ouverture en ignorant ma mère et Finn qui m'imploraient de me mettre à l'abri.

Lorsque je franchis le seuil, une puanteur de chair carbonisée et de fumée me frappa au visage. Les rugissements et le bruit des épées s'entrechoquant étaient une cascade assourdissante de sons par rapport au silence du sanctuaire. Un paysage sombre m'accueillit, éclairé de temps à autre par une gerbe de feu vert.

Quelques mètres plus loin, un ricanement s'éleva.

— Tu te crois si spéciale que ça, hein ?

Le rire narquois fut ponctué d'un cri de douleur étranglé.

Je tournai au coin pour découvrir une femme couverte d'écailles bleues qui surplombait Lily.

— Lily ! hurlai-je, horrifiée par les coupures et les croûtes de sang sur tout son corps.

Je ne savais pas comment ses pouvoirs fonctionnaient, ni pourquoi elle n'était pas restée sous sa forme de dragon, mais la femme qui l'attaquait n'était manifestement pas l'une des élèves.

Et où était James ?

— Ne lui fais pas de mal ! criai-je.

Les deux femmes se retournèrent pour me faire face. Solstice siffla tandis que ma colère montait en flèche.

— Vivi ! s'écria Lily. Rentre au sanctuaire !

La femme aux écailles bleues rit.

— Tiens, tiens, tiens.

Elle enjamba Lily.

— Merci de me faciliter la tâche.

Elle me fit un clin d'œil et se dirigea tranquillement vers moi. Ma mère choisit ce moment pour me suivre dans la rue, et je tendis un bras pour la retenir.

— Zelda, murmura ma mère.

Elle connaissait tout le monde ou quoi ?

La femme haussa un sourcil en direction de ma mère.

— On dirait que ma réputation me précède. Je ne te connais pas.

Elle rejeta ses cheveux par-dessus son épaule.

— Les présentations ne seront pas nécessaires. Tu seras morte bien assez tôt, de toute façon.

— C'est une générale de la reine des dragons sauvages, celle qui s'est emparée d'Avalon, souffla ma mère. Fais attention, Vivienne.

La femme posa son regard sur Solstice et afficha un sourire en coin.

— Ma mission est de récupérer la reine des dragons. Vous vous êtes tous révélés plus difficiles que vous ne le valez, alors si vous me remettez simplement cette créature, je pourrai faire en sorte que vos morts soient rapides.

Solstice gémit et se resserra autour de ma gorge. Je lui tapotai le flanc.

— T'es folle, grognai-je. Tu devras me passer sur le corps.

Les lèvres de Zelda se soulevèrent pour révéler des dents acérées.

— Comme tu veux, pesta-t-elle en s'élançant.

Je reculai et mis ma mère hors de danger. Je n'avais pas pensé à prendre une arme avec moi.

Bien joué, Viv. T'as bien réfléchi à tout ça.

Solstice grogna, le bruit se répercutant sur mon cou. Elle se resserra autour de moi, et une chaleur intense se répandit dans mon corps. Zelda s'élança à nouveau vers nous, mais elle se heurta à une barrière dorée scintillante. Elle fut projetée en arrière et atterrit dans l'eau avec une éclaboussure.

Je tapotai le nez de Solstice.

— Bien joué, ma belle. Et… désolée d'avoir cru que t'étais un garçon pendant tout ce temps.

Solstice émit ce qui ressemblait à un rire.

Zelda se leva d'un bond avec une expression de pure fureur sur le visage. Elle avançait dans l'eau lorsqu'un cri au-dessus de nos têtes nous fit toutes regarder vers le ciel.

Un dragon émeraude plongea d'en haut et déversa une énorme vague de feu sur la métamorphe.

Jasmine !

Zelda rugit, un bruit qui n'aurait pas dû être physiquement possible de la part d'un corps humain. Elle leva la main, et de l'eau d'un vert malsain la protégea du plus gros des flammes de Jade. L'eau s'évapora en un nuage de vapeur.

Jade descendit en piqué pour atterrir, révélant Jasmine et Killian sur son dos.

Killian poussa un cri en sautant du dos de Jade, son épée tendue et pointée droit sur la poitrine de Zelda.

Zelda tourna et se tordit à un angle incongru, mais cela ne suffit pas. L'épée sembla suivre son mouvement et lui transperça le flanc. Killian la percuta ensuite, les envoyant tous deux valdinguer dans un enchevêtrement de membres et de griffes alors que Zelda tentait de se transformer.

Je m'approchai d'eux et sortis le collier que ma mère m'avait donné. Il brillait de puissance, et je croisai le regard de ma mère assez longtemps pour qu'elle puisse voir ce que je faisais.

Je suis désolée, pensai-je en espérant qu'elle comprenne mon plan.

Nous ne pouvions pas continuer à nous battre comme ça. Nous n'allions pas survivre.

Mais j'avais appris quelque chose que même ma mère n'avait pas compris. Ils voulaient Solstice vivante… ce qui signifiait que mon plan fou pouvait fonctionner.

Mon désespoir résonna dans mon lien avec Solstice, envoyant une onde de choc dorée se répandre dans l'air.

— Arrête, Vivi ! cria Jasmine du haut de son dragon. Ton lien ne peut pas supporter ça !

Oh, elle avait tort. Solstice s'enroula autour de mon cou ; son cœur battant plus fort que jamais.

Je fermai les yeux et concentrai toute mon énergie dans le collier que j'avais en main.

Ramène-moi à la maison…

— Non ! hurla Zelda alors que l'eau à mes pieds tourbillonnait et s'élevait pour former un portail.

Les bruits de la bataille s'arrêtèrent et je sentis un ordre tacite se répandre parmi les dragons sauvages.

Ne la laissez pas partir.

Suivez-la.

Tous ceux que je laisserais derrière moi seraient en sécurité. Les dragons sauvages voulaient Solstice, pas les autres.

Je pris une profonde inspiration et traversai le portail sans me retourner.

HOME SWEET HOME

Je jaillis du portail pour atterrir sans cérémonie sur le sol en roulant, heureuse que Solstice se soit glissée sous mon bras pour ne pas être blessée.

Je gémis et me mis à genoux pour essayer de reprendre mon souffle après cette chute brutale. Apparemment, j'avais besoin de perfectionner mes compétences en matière de création de portails.

— Il faut qu'on bouge, dis-je à Solstice.

Le portail derrière moi gronda. J'avais espéré qu'il se referme et que les dragons soient obligés de trouver un autre moyen pour m'atteindre. Quoi qu'il en soit, ils laisseraient sans aucun doute l'académie tranquille.

Solstice poussa un cri juste au moment où quelque chose de dur me frappa par-derrière et me fit retomber à plat ventre sur la plage. Solstice se dégagea de sous moi et siffla contre mon agresseur.

J'élançai mon coude en arrière dans un mouvement désordonné et frappai durement mon agresseur à la tempe.

Vivi un, ennemi mystérieux zéro !

— Aïe ! dit une voix masculine en s'éloignant de moi.

Ce fut alors que je me rendis compte que je venais de frapper Killian au visage.

— Oups, désolée, fis-je en grimaçant. À ma décharge, tu ne devrais vraiment pas me prendre par surprise comme ça.

— Les dragons ont immédiatement battu en retraite, mais pas Zelda. Elle essaie de traverser le portail, lança Killian en frottant un bleu naissant sur le côté de son visage. Ferme-le. On est des dragons sans défense, là.

— Des cibles faciles, tu veux dire, le corrigeai-je en jetant un coup d'œil au tourbillon d'eau. Euh, je ne suis même pas sûre de savoir comment je l'ai ouvert en premier lieu, avouai-je. Et…

Killian leva les yeux au ciel avant de m'arracher l'amulette des mains.

Le portail retomba immédiatement, m'éclaboussant le visage d'eau.

J'en recrachai un filet.

— Bon, c'est une façon de faire.

Killian mit l'amulette dans sa poche, se débarrassa du sable et de l'eau sur lui, puis balaya du regard le paysage sombre.

— Alors, c'est chez toi ?

J'observai la parcelle de terre que je ne connaissais que trop bien. Les faibles lumières du Silver Lake Resort brillaient au loin, marquant cet endroit comme celui où mon père était mort, ainsi que celui où j'avais failli me noyer à cause de Max Green et de ses potes psychopathes.

— Quelque chose comme ça, grommelai-je en ramassant Solstice, qui répondit par un gazouillis avant de s'enrouler autour de mon bras.

Je fronçai les sourcils. Heureusement, il faisait nuit, mais je ne pouvais pas vraiment me balader avec un dragon.

Un problème à régler demain matin.

— Allons chez moi, dis-je en faisant signe à Killian. C'est par là.

Je conduisis Killian jusqu'à la route, qu'il prit le temps de scruter.

— Intéressante rivière noire, observa-t-il avant de froncer les sourcils tandis que je me mettais à rire.

— Ça s'appelle de l'asphalte, répondis-je en gloussant.

Il leva un sourcil blanc.

— Tu ne m'as pas vu me moquer de toi quand tu t'es pointée à l'académie en sous-vêtements.

Il sourit en lorgnant mon corps.

— Non pas que je m'en sois plaint.

Je levai les yeux au ciel.

— C'était un maillot de bain.

Il sourit.

— Peu importe le nom que ça a, ça m'a plu.

— T'es vraiment un mec. Viens.

J'entraînai Killian hors de la chaussée et à travers la forêt en direction de la maison de mon enfance.

Nous venions de passer de l'autre côté, là où je pensais que se trouvait mon quartier, lorsque des phares apparurent. Nous étions encore cachés par une ligne d'arbres, mais je ne comptais pas rater la réaction de Killian face aux voitures.

Je ne fus pas déçue.

Il se mit immédiatement en position de combat et dégaina son épée.

— C'est un démon, dit-il dans un murmure rauque alors que je me retenais de rire. Ou peut-être encore pire que ça... un Faë de Lumière.

Un camion passa près de nous en grondant si fort que je me demandai si le pot d'échappement n'était pas cassé.

— Mets-toi derrière moi ! s'exclama Killian avant d'hésiter lorsque j'éclatai de rire.

Killian fronça les sourcils lorsque je fus prise d'une crise de fou rire. Le véhicule disparut inoffensivement dans la nuit, laissant les yeux décolorés de Killian me fixer, comme illuminés par le clair de lune.

— Ce n'était pas drôle, maugréa-t-il en rengainant son épée.

— Oh, si, ça l'était.

Il fronça à nouveau les sourcils tandis que Topaze frissonnait, ce qui me fit enfin éprouver de la sympathie. Je caressai la petite créature et les écailles de son cou s'abaissèrent lorsque Solstice se blottit contre elle.

Au moins, nos dragons s'entendaient bien.

— Alors, c'était quoi ce truc ? demanda-t-il.

— Un camion, l'informai-je, mi-sérieuse. C'est un moyen de transport. Je n'arrive vraiment pas à croire que tu n'en aies jamais vu.

Il croisa les bras sur sa poitrine.

— Qui a besoin d'un appareil quand on a un dragon ?

Je me tapotai la lèvre.

— C'est pas faux.

Nous nous engageâmes sur la route sombre et, pour une fois, je fus reconnaissante de l'absence de lampadaires. Cela nous permettait de rester cachés alors que nous traversions silencieusement mon ancien quartier.

Même si tout semblait très différent maintenant. Un vent solitaire fit bruisser des feuilles, et une ombre passa au-dessus de nos têtes, ce qui me fit lever les yeux vers le ciel noir.

Les dragons sauvages auraient-ils déjà réussi à me suivre ?

Solstice gémit et se blottit contre ma mâchoire pour me réconforter par le biais de notre lien. Elle ne voulait pas que je m'inquiète, et mes propres poussées d'adrénaline lui donnaient mal à la tête.

— Désolée, ma belle, chuchotai-je en la grattant sous le menton.

Elle semblait aimer ça.

Lorsque nous atteignîmes ma maison, celle-ci me parut étrangement petite, posée sur le jardin envahi par la végétation. Je tâtonnai sous l'un des pots et sortis le double de la clé.

— Ça a l'air bien protégé, dit Killian d'un ton moqueur.

— Ne juge pas, répliquai-je en brandissant l'extrémité pointue de la clé vers lui avant de déverrouiller la porte.

J'entrai dans ma maison et inhalai des odeurs familières. J'allumai une lumière et me dirigeai vers la table à manger où les papiers de ma mère étaient restés éparpillés. Je les mis un peu en ordre, et je ressentis un étrange creux dans le ventre à l'idée qu'elle n'était pas là.

Elle avait fini par me retrouver, mais pour quoi ? Pour se mettre en danger ?

Killian glissa sa main autour de ma taille, me faisant sursauter.

— Tu penses à ta mère, hein ?

Je hochai la tête, incapable de parler au cas où je me mettrais à pleurer. Je ne voulais surtout pas que Killian me voie pleurer.

— C'est grâce à elle que t'as pu quitter l'académie comme ça, me rappela-t-il en tapotant l'amulette dans sa poche. C'est une enchanteresse d'Avalon, donc elle est là où elle est censée être, quand elle est censée y être. Il en va de même pour toi.

Je souris, trouvant ce degré de foi amusant pour un type comme Killian.

— T'es poète maintenant ?

Il sourit, mais son estomac lâcha un violent gargouillement, auquel le mien fit écho.

Je fis un geste du pouce en direction du réfrigérateur.

— Je propose qu'on mange quelque chose avant que nos

ventres n'alertent les dragons sauvages de l'endroit où on se trouve.

Killian gloussa.

— Je suis d'accord.

J'ouvris le réfrigérateur et le trouvai complètement vide. Je le refermai en fronçant les sourcils et repérai sur la porte le numéro d'un livreur de pizza.

— Quelques semaines sans moi, et elle arrête de manger. Dieu merci, les pizzas existent.

— C'est quoi une pizza ? s'étonna Killian.

— T'es sérieux, là ? m'écriai-je, stupéfaite. Tu vas te régaler !

Je composai le numéro de téléphone et commandai à manger tout en fouillant dans le tiroir pour trouver une carte de crédit qui ne soit pas bloquée. Encore une autre raison de recommencer ma vie à zéro dans un nouveau royaume… Pas de dette de carte de crédit.

Après avoir raccroché le téléphone, je montrai à Killian la salle de bains de ma mère avant de monter à l'étage pour aller dans la mienne. Heureusement, les salles de bains sont assez simples, donc je n'eus pas à lui expliquer les principes de base de la plomberie, Dieu merci.

Je remplis le lavabo pour Solstice, et elle s'y glissa avec un adorable gazouillis. Elle battit des ailes pour s'éclabousser d'eau, et je gloussai.

— T'aimes ça, hein ?

Elle couina en me regardant avant de plonger sa tête pour ensuite passer son museau sur ses écailles jusqu'à ce qu'elles brillent.

Je souris et laissai Solstice à son bain pendant que je me nettoyais. Je trouvai ensuite un t-shirt et un jean propres afin de me changer. La sonnette de la porte retentit alors que j'étais en train de remonter mes cheveux en une queue de cheval.

— Oui, juste une minute ! criai-je en sortant de la chambre avant de dévaler l'escalier.

Killian sortit de la salle de bains et je lui rentrai dedans. Mes mains se posèrent sur son torse nu tandis que je fixais son regard blanc.

— C'était quoi cette alarme ? murmura-t-il d'une voix rauque.

Je me rendis compte que je m'écrasais contre lui et hésitai un instant de plus que je ne l'aurais dû avant de me racler la gorge et de me dégager de son emprise.

Killian torse nu avait tendance à provoquer la défaillance des cerveaux féminins. Pas du tout de ma faute.

— C'est juste la sonnette, expliquai-je en passant rapidement à côté de lui.

J'entrouvris suffisamment la porte pour récupérer la pizza et signer le reçu en laissant un généreux pourboire. Qu'est-ce qu'une petite dette de carte de crédit supplémentaire ?

L'odeur délicieuse me chatouilla les narines et manqua de me faire défaillir. Je n'avais pas mangé de repas solide depuis un mois, et il était temps d'y remédier.

L'eau à la bouche, je montai l'escalier en toute hâte.

— On peut manger dans ma chambre, proposai-je alors que des papillons s'animaient dans mon ventre lorsque je réalisai que ce serait la première fois qu'un garçon se trouverait dans ma chambre.

Killian me suivit en silence, ne semblant pas comprendre la dimension monumentale de la situation. Étant donné que nous vivions techniquement ensemble depuis quelques mois, je supposais que ce n'était pas une affaire si importante, mais c'était tout de même l'impression que j'en avais.

Je m'empressai de monter sur le lit, ouvris la boîte et lui offris une part de pizza. Il se contenta de la regarder en haussant les sourcils.

— Si tu ne comptes pas la manger, je vais le faire, dis-je en l'enfournant dans ma bouche.

Je tressaillis lorsqu'elle me brûla la lèvre, mais j'étais bien trop affamée pour m'en préoccuper.

Solstice sortit de la salle de bains, scintillante du museau à la queue, et se percha sur ma cuisse. Elle redressa la tête et ouvrit sa gueule, alors j'arrachai un morceau de ma part et le laissai tomber dans sa bouche.

Killian et Topaze émirent tous deux un son indigné.

— Les dragons sont censés manger de la viande crue.

Solstice poussa un gémissement et ouvrit la bouche pour en avoir davantage. Je gloussai et lui donnai un autre morceau.

— Eh bien, mon dragon sera aussi élevé à la pizza.

J'engloutis un autre bout en écarquillant les yeux de plaisir.

— C'est le paradis à l'état pur, dis-je.

Killian plia une part entre ses doigts et du fromage dégoulina sur la boîte.

— Je ne vois pas l'attrait.

— Essaie juste, suggérai-je.

Il remit la part dans la boîte avant de se décaler un peu et de s'appuyer contre la tête de lit. Il croisa les bras et me regarda fixement.

— Mangez-en autant que vous voulez, Solstice et toi. On ira chasser demain matin.

Je levai les yeux au ciel.

— On ne peut pas « chasser » ici.

Il fronça les sourcils comme si deux têtes m'avaient poussé.

Je soupirai et mangeai en silence tandis que Solstice avalait goulûment la moitié de la pizza.

Mon regard se fixa sur l'épée qu'il avait posée contre la porte. Ce n'était pas un sujet dont je voulais parler, mais si

Killian et moi voulions vraiment faire ça, il fallait qu'on essaie de collaborer et de comprendre nos sentiments. Je sentais son profond désir de me protéger. Il l'avait plus que prouvé en se lançant à l'assaut des dragons sauvages pour que je puisse me mettre à l'abri.

Pourquoi faire tout cela alors qu'il était si disposé à s'éloigner ?

— Qu'est-ce qui t'a fait changer d'avis ? demandai-je en gardant mon regard rivé sur l'épée.

Il se décala et ne répondit pas tout de suite. Il resta silencieux pendant si longtemps que je finis par le dévisager. Son expression douloureuse montrait clairement qu'il était tourmenté par cette question.

Sa mâchoire se contracta avant qu'il ne prenne la parole.

— T'étais en train de mourir, Viv. À ce moment-là… je pensais que c'était la seule solution.

— Tu ne m'as même pas donné une chance, rétorquai-je, blessée par le fait qu'il serait allé jusqu'à rompre notre lien si je n'avais pas retrouvé Solstice cette nuit-là. Pourquoi est-ce que tu ne m'as pas simplement fait confiance ?

La question sortit doucement, et je fixai mes genoux avant de croiser à nouveau son regard.

Ses yeux perçants et mystérieux contenaient un mélange de détermination et d'amour.

— Je ne referai pas cette erreur, m'assura-t-il en tendant la main pour entrelacer ses doigts aux miens.

Notre lien s'intensifia. Je sentis la vague d'émotions monter lorsqu'il s'ouvrit à moi, pleinement et entièrement. Je haletai sous le choc. Il était plus que prêt à mourir pour moi, mais ce qu'il voulait vraiment, c'était une vie avec moi, une vie où nous volions dans le ciel avec nos dragons et protégions les royaumes.

Ensemble, ne faisant qu'un.

Une chaleur soudaine s'empara de mon visage alors que je m'éloignais de lui.

— Alors… tu me feras confiance ? m'enquis-je.

Il acquiesça, complètement sincère.

— Oui.

Je jetai un coup d'œil à la pizza restante, brandis une part et la lui offris.

— Alors, essaie !

Il gloussa et prit mon offrande.

— Très bien, petit oiseau.

En entendant ce surnom, mon cœur balbutia. Il mangea sa pizza en silence, en me regardant dans les yeux tout du long.

Le moment aurait été parfait sans le grondement sourd qui persistait dans mon âme.

Les dragons sauvages étaient en route pour ce royaume… et je n'avais aucune idée de ce que nous allions faire ensuite.

LEÇONS DE VOL

C'était étrange de dormir dans mon propre lit après tout ce temps. Une éternité s'était écoulée depuis que j'étais allée pour la première fois à l'académie des dragonniers. Tout avait changé.

Pourtant, en me réveillant d'un sommeil brumeux et en clignant des yeux face au plafond de mon enfance parsemé d'étoiles en plastique phosphorescentes, j'eus l'impression que tout n'avait été qu'un rêve.

Un rêve agréable, peut-être, même si ma vie était désormais remplie de dangers et de nouvelles menaces.

Je me frottai les yeux et cherchai mon compagnon et nos dragons dans la pièce. Je trouvai la chambre vide, à l'exception d'une boîte de pizza abandonnée sur le sol.

Un gazouillis aigu provenant de l'extérieur attira mon attention vers la fenêtre. Je sortis du lit et me précipitai pour jeter un coup d'œil dehors. Je m'arrêtai net lorsque je vis Solstice en train de vaciller dans un grand arbre.

— Solstice ! criai-je en me penchant par-dessus le rebord de la fenêtre. Fais attention !

M'ignorant complètement et ne faisant preuve d'aucune

prudence, Solstice s'élança. Mon estomac se noua avant qu'elle n'ouvre ses ailes au dernier instant et qu'elle ne plane vers Killian.

Il tendit les mains vers elle et elle atterrit directement dans ses bras. Elle gazouilla d'excitation et descendit immédiatement pour retourner à la branche d'où elle avait sauté, comme une enfant qui vient d'apprendre à utiliser le toboggan de la cour de récréation.

Je soupirai lorsque Killian leva la tête vers moi. Il y avait dans ses yeux une lueur que je n'avais pas encore vue.

De la fierté.

Topaze sauta de la même branche et plana jusqu'à Killian en gardant ses ailes saphir grandes ouvertes. Un rire m'échappa lorsque Topaze frappa son maître de plein fouet et que Killian lâcha un souffle. Topaze se tortilla d'excitation dans ses bras et bondit à terre en giflant le visage de Killian avec sa queue avant de se diriger à nouveau vers l'arbre.

Killian rit lui aussi et secoua la tête avec dépit face à l'excès de zèle des wyvernes. Mon cœur se gonflait de bonheur tandis que je m'appuyais sur le rebord de la fenêtre et que je regardais les wyvernes tenter leurs premiers sauts, qui finiraient par se transformer en vol.

J'attendais ce jour avec impatience.

Lorsque Solstice gazouilla à nouveau en signe de victoire après avoir effectué un autre tour dans les airs, je jetai un coup d'œil à la clôture autour de la maison.

Ce n'était peut-être pas une bonne idée.

Alors que je m'apprêtais à descendre et à enfermer les créatures à l'intérieur, un portail magique s'ouvrit.

Juste là, dans mon jardin.

Killian réagit rapidement en serrant Topaze contre sa poitrine de façon protectrice tout en ordonnant à Solstice de rester dans son arbre.

Qui cela pouvait-il être ? Étaient-ce les dragons sauvages ? Nous avaient-ils déjà trouvés ?

M'arrachant au tourbillon rouge qui emplissait peu à peu la cour, je me précipitai dans l'escalier en descendant les marches deux par deux. J'attrapai la rampe comme je le faisais quand j'étais petite et utilisai mon élan pour me balancer par-dessus jusqu'à la porte de derrière. Je déboulai dans le jardin, le souffle court et prête à me battre.

Solstice piailla plusieurs fois de suite en me voyant. Elle sauta de la branche et s'élança dans les airs en changeant de trajectoire pour planer vers moi. Je tendis les bras vers elle ; l'anxiété faisait trembler mes mains, mon regard allant d'elle au portail qui prenait vie.

Il crépitait et vacillait, semblant plus instable que ceux que j'avais utilisés auparavant.

Un corps passa à travers et heurta durement le sol, mais je me détendis lorsque je vis de qui il s'agissait.

— Lily ! m'exclamai-je.

Je plaçai Solstice autour de mes épaules et me précipitai pour aider mon amie.

Avant que je ne puisse l'atteindre, un autre corps émergea du portail et vint s'écraser sur elle. Je grimaçai avec sympathie lorsque l'air s'échappa de ses poumons dans un sifflement. Je reconnus James. Le portail se referma derrière lui avec un étrange bruit sourd.

— Dégage ! dit Lily en repoussant James.

Elle porta une main à sa poitrine en inspirant profondément.

— Je savais qu'il y avait une raison pour que Professeur Finn n'ait plus le droit d'utiliser la magie des nains ! Ce portail m'a presque catapultée dans un autre royaume !

Elle se leva en titubant et agita un doigt.

— Plus jamais ça !

James rit en se mettant debout et en s'époussetant.

— Qu'est-il arrivé à ton sens de l'aventure ? L'académie t'a rendue poltronne.

Lily leva les yeux au ciel.

— Il y a une différence entre être aventureux et être imprudent.

Killian les interrompit en posant la question qui était sur le bout de mes lèvres.

— Qu'est-ce que vous faites ici ? La magie des portails a été interdite il y a des années quand Finn a ouvert un portail vers le Royaume de la Malice.

Le Royaume de la Malice ?

Je n'avais pas besoin d'être une experte en matière de royaumes pour savoir que ce n'était probablement pas une destination de vacances.

Lily hocha gravement la tête, l'air soudain sérieux, avant de fouiller dans sa poche et d'en sortir un bout de papier.

— On a suivi la trace du collier de Vivi pour vous retrouver. Tout est expliqué là. Je pense qu'il vaut mieux que tu lises ça d'abord.

Ses yeux se portèrent sur moi, et son visage traduisait son inquiétude.

Je sentis mon ventre se nouer alors que Killian s'emparait de la note. Son expression s'assombrissait à mesure qu'il lisait, ce qui ne fit qu'aggraver mon anxiété. Il fronça les sourcils lorsqu'il eut terminé, puis croisa mon regard.

— Qu'est-ce que ça dit ? lui demandai-je en essayant de rester calme jusqu'à ce que je sache ce qu'il en était.

Il me tendit solennellement le mot sans rien dire.

Je pris le papier en les regardant tous d'un air méfiant avant de me concentrer sur la lettre. Solstice se pencha sur mon épaule et mordilla le coin de la page. Je lui donnai un léger coup pour la faire reculer.

— T'as faim à nouveau ? demandai-je en frottant la longue ligne de son museau.

Elle répondit par un gazouillis.

— On va bientôt te nourrir, lui promis-je.

Tous ces entraînements de vol lui avaient sans doute ouvert l'appétit, mais pour l'instant, nous devions nous préoccuper de la situation.

Je reportai mon attention sur la lettre et survolai les mots. L'effroi m'envahit peu à peu. Dès que j'eus terminé, je levai les yeux vers Lily et James.

— Ma mère a été prise en otage ?

Lily grimaça en se tordant les mains.

— Pas exactement. C'est plus compliqué que ça. Elle est allée en terrain neutre, à Vyorin, pour parler à Zelda.

Je me hérissai.

— Pourquoi est-ce que ma mère est allée de son plein gré parler à Zelda ?

Le dragon sous forme humaine avait failli tous nous tuer.

— Elle est le bras droit de la reine d'Avalon, expliqua Lily. Elle n'allait pas quitter l'académie les mains vides. Son échec aurait sûrement signifié sa mise à mort. Alors, ta mère a accepté d'y aller volontairement, comme moyen de pression, mais à condition qu'ils laissent l'académie tranquille.

— Un moyen de pression pour quoi ? demandai-je.

Lily jeta un coup d'œil à Solstice qui avait commencé à picorer mes cheveux.

— Elle n'aura pas Solstice, grondai-je. Ma mère ne serait pas partie avec les dragons sauvages si elle n'avait pas un plan.

— Ce n'est pas ce qu'elle veut, intervint James.

Il croisa les bras et ses tatouages ondulèrent sur ses avant-bras musclés.

— Pas quand elle a appris que tu venais ici, en tout cas.

Je fronçai les sourcils.

— Je croyais qu'ils voulaient Solstice parce qu'ils avaient besoin d'une reine en devenir ?

— Ils veulent l'humanité, interrompit Killian. Lily est en fait elle-même une reine des pur-sang. Les pur-sang sont des dragons qui peuvent se transformer en humains à volonté. Elle peut donner ce pouvoir à d'autres dragons, ou du moins, elle devrait en être techniquement capable. La reine d'Avalon veut l'étudier, ainsi que tous ses semblables. Mais apparemment, ils ont déjà une pur-sang dans leur camp vu que Zelda était humaine ; et elle n'est sûrement pas la seule. Il doit s'agir d'autre chose.

Lily acquiesça.

— J'ai déjà rencontré d'autres dragons humains, mais on les appelait des renégats et ils étaient humains en permanence. Il y avait aussi des Hovakim, des humains qui troquaient leur âme pour vénérer les dragons dans l'espoir qu'eux-mêmes ou leurs générations futures puissent devenir des dragons. Personne ne semble satisfait de sa situation, je vous le dis.

James lui donna un coup de coude et agita ses sourcils.

— Je suis très satisfait.

Lily leva les yeux au ciel avant de se tourner à nouveau vers moi. Elle pointa du doigt le bas de la note. J'avais sauté cette partie après avoir lu que ma mère avait été prise en otage.

— Ils veulent un certain Max Green en échange de ta mère. Tu le connais ?

Je fronçai les sourcils et la regardai d'un air de plus en plus confus.

— Quoi ? Pourquoi est-ce qu'ils veulent Max ?

Lily haussa les épaules.

— J'espérais que tu pourrais nous le dire.

Elle jeta un coup d'œil à la clôture lorsqu'une ombre passa.

— On peut aller à l'intérieur pour en discuter ?

— Euh, ouais, dis-je en faisant un geste vers la porte de derrière qui était encore ouverte. Par là.

Killian m'attrapa par le bras.

— Qui est Max ? questionna-t-il en détachant chacun de ses mots.

Je me figeai. *Bon sang, ça ne va pas être drôle à expliquer...*

Je dansai d'un pied sur l'autre en me creusant la tête pour trouver une façon délicate de le lui dire. Il plissa ses yeux pâles vers moi et croisa les bras.

— C'est qui, Vivi ? Je n'entrerai pas en compétition avec un autre homme.

— Quoi ? Non ! Killian…

J'hésitai un instant.

— Max est le garçon qui a essayé de me noyer.

Il me regarda fixement ; ses yeux décolorés brillaient d'une rage pure.

Bon, ça n'allait pas être beau à voir.

ADDICTION AU CAFÉ

Killian faisait les cent pas derrière moi dans la cuisine en marmonnant furieusement pour lui-même pendant que je versais quatre tasses de café fumant à partir du pot frais que je venais de préparer.

Il n'était pas content, pas après que je lui ai raconté tout ce qui s'était passé entre Max et moi. C'était une histoire peu amusante, après tout, et qui impliquait quand même une violation, une mort imminente et une rencontre avec la Dame du Lac, qui avait elle-même failli mal se terminer.

Pendant que mon compagnon prédestiné ruminait avec une fureur meurtrière, je portai ma tasse à mon nez et inspirai. Mes paupières papillonnèrent lorsque l'odeur de torréfaction s'imposa à mes sens.

L'odeur du café m'avait toujours réconfortée. Elle me rappelait les samedis matin avec mes parents. Aujourd'hui, ce souvenir s'accompagnait d'un sentiment de tristesse. Il n'y avait que moi ici, sans eux deux, mais ma mère avait encore une chance. Je n'allais pas la laisser tomber.

Les oreilles de Solstice se dressèrent et elle renifla. Je mis la tasse hors de sa portée avant qu'elle ne grignote la céramique.

Killian traversa le salon en trombe derrière moi, ne semblant pas vouloir se calmer de sitôt. Je lui tendis la tasse pour l'apaiser, et il me jeta un regard noir.

— Tu me l'avais pas dit, grogna-t-il d'une voix colérique où perçait tout de même une pointe de tristesse.

Il avait le droit d'être en colère. Je lui avais caché quelque chose, toutefois c'était pour sa propre protection et la mienne. S'il provoquait le chaos dans le royaume des humains, cela se terminerait mal pour nous deux.

— Pour commencer, ce ne sont pas tes affaires, répliquai-je en levant un doigt.

— Ce ne sont pas mes affaires ? s'indigna-t-il avec incrédulité. T'es ma compagne. Si quelqu'un te veut du mal, c'est très certainement mes affaires.

Je levai un second doigt en fronçant les sourcils.

— Cela m'amène à mon deuxième point, à savoir qu'en tant que ta *compagne*, je savais que tu réagirais comme ça.

Cela sonnait comme l'excuse que c'était, mais je ne regrettais pas ma décision.

— C'est la Terre, Killian. Tu ne peux pas simplement aller tuer des humains.

Parce qu'après ce qu'avait fait Max, Killian essaierait définitivement de le tuer. En tant que Nephilim, il ne connaissait rien d'autre. Dans son monde, la punition serait rapide et violente. Il n'y avait pas d'alternative.

— Les règles sont différentes ici, insistai-je quand Killian se contenta de me dévisager avec un regard meurtrier.

C'était précisément la raison pour laquelle je ne voulais pas qu'il s'approche de Max. Pas quand il me regardait comme ça.

Je jetai un coup d'œil à Lily pour m'assurer que j'avais son soutien. James et elle nous observaient d'un air désolé, souhaitant manifestement être ailleurs. Je leur tendis des tasses de café pour les occuper, et Lily me gratifia d'un faible sourire. À en juger par l'expression de pur plaisir qui se lisait sur son visage après qu'elle en eut bu une gorgée, le café lui manquait autant qu'à moi.

— Dis-lui que j'ai raison, lança Killian à James. T'as vécu dans ce monde. Comment est-ce que les humains gèrent les pires individus de leur espèce ? Les kidnappeurs et les vio…

James leva la main.

— Moi aussi je suis contrarié, Killian, mais on ne peut pas se déconcentrer. Il faut qu'on découvre ce que les dragons sauvages veulent à cet humain, quoi qu'il ait fait.

Il se pencha et croisa ses doigts en posant ses coudes sur ses cuisses.

— Réfléchis-y. On découvre ce que les dragons sauvages lui veulent. Ensuite, une des possibilités est qu'il n'y ait pas lieu de s'inquiéter et on le leur remet. Dans ce cas, il affrontera son destin et on récupérera la mère de Vivi.

Killian renifla à cette idée tandis que l'éclat de ses yeux indiquait qu'il trouverait cette punition convenable.

— Ce serait la meilleure issue.

Lily posa son café sur la table d'appoint.

— Ou alors, il y a une raison pour laquelle on doit le garder, dit-elle en exprimant l'alternative. Dans ce cas, c'est la doyenne qui s'occupera de lui.

Et ma mère serait seule pendant que la doyenne se chargerait de Max.

Nous frissonnâmes tous à l'idée d'être à la merci de la doyenne, une ancienne Viking avec un penchant pour les épées.

Les épaules de Killian s'abaissèrent.

— Bon, je suppose qu'on peut se concentrer sur la tâche à accomplir. Pour l'instant.

Il baissa les yeux lorsque je lui proposai à nouveau le café, ayant désespérément besoin d'une distraction, quelle que soit la voie que nous finirions par emprunter. Il regarda avec méfiance mon offrande.

— Qu'est-ce que c'est, et pourquoi c'est noir ? T'essaies de m'empoisonner ?

— C'est du café, dis-je alors que Topaze le reniflait et que Solstice grognait.

Je lui donnai un petit coup.

— Nos wyvernes ont l'air d'aimer ça. Pourquoi t'essaies pas ?

Il leva un sourcil.

— Ça a l'air dégoûtant.

— Fais-moi confiance, dis-je en riant et en lui imposant la tasse.

Il la leva sous son nez et ses narines se dilatèrent.

— Ça a une odeur intéressante, reconnut-il.

Je hochai la tête et l'encourageai à continuer.

Il but une petite gorgée tout en gardant son regard fixé sur le mien. Son visage se tordit en une grimace avant qu'il ne recrache et ne s'essuie la bouche.

— T'essaies de me tuer !

Topaze gazouilla d'intérêt lorsque Killian lui tendit la tasse, et elle sautilla le long de son bras pour y plonger son museau.

— Topaze a l'air d'aimer ça, fit remarquer Lily en riant.

La wyverne se mit à boire gaiement en poussant des gargouillis satisfaits.

Solstice piailla vers moi pour se plaindre, je soupirai et lui offris ma tasse. Elle la vida en quelques secondes.

— Calme-toi, ma belle, dis-je en gloussant.

James s'éclaircit la gorge.

— Bon, parle-nous un peu de ce Max. Il faut qu'on comprenne pourquoi les dragons sauvages le veulent avant de décider ce qu'on va faire de lui. Il est humain, n'est-ce pas ?

Humain ? pensai-je. Théoriquement, oui, mais après ce que Max avait fait, à savoir me tripoter et presque me noyer, il me paraissait tout sauf humain.

— C'est un monstre, murmurai-je.

Le regard de Killian s'assombrit tandis que Solstice poussait un cri.

Comme si elle sentait mon humeur s'aigrir, Solstice enfouit son museau dans mon cou, juste à l'endroit le plus chatouilleux. Je ris et caressai la douce wyverne en signe de gratitude.

Je posai ma tasse de café, et Solstice s'approcha de la table, la renifla, puis se plaignit quand elle la trouva vide.

Topaze lui répondit en gazouillant avant de sauter sur la table et de s'approcher de ma tasse, maintenant que celle de Killian avait été vidée.

— C'est un monstre, oui, mais c'est aussi un humain, conclut Killian.

James haussa un sourcil.

— Qu'est-ce qui te fait dire ça ?

Killian garda les yeux rivés sur les miens pendant qu'il racontait son interprétation de mon histoire.

— Il voulait quelque chose de Vivi, mais s'il avait vraiment voulu la tuer, il ne l'aurait pas amenée dans l'eau où la Dame du Lac savait qu'elle devait veiller sur elle. Elle a toujours été sur la liste de recrutement de l'académie, mais à cause de sa mère, elle ne savait pas qu'elle était de toute façon censée rencontrer la Dame du Lac.

L'accusation dans le ton de Killian me fit grincer des dents.

— Mes parents sont la seule raison pour laquelle je suis encore en vie, grognai-je.

Mon père avait donné sa vie pour me protéger de toutes ces conneries surnaturelles. Peut-être était-ce pour m'éloigner de l'académie, ou peut-être était-ce pour me tenir à l'écart du radar des dragons sauvages le plus longtemps possible ? Je soupçonnais vaguement qui était responsable de son meurtre à présent, et j'avais bien l'intention de me venger.

Le souvenir de la nuit où mon sang de déesse s'était activé était gravé dans mon esprit. Il était venu à moi pendant ma crise de fièvre, lorsque je m'étais liée à l'œuf vide de Solstice. Retrouver l'âme perdue de ma wyverne avait failli me tuer, mais y survivre m'avait beaucoup appris, notamment que mon destin était si effroyable que mes parents étaient prêts à mourir pour m'en protéger.

J'avais déjà perdu mon père. Je n'avais pas l'intention de perdre également ma mère.

— Ma mère est retenue en otage et on va la récupérer, dis-je en fixant Killian du regard.

Il devait savoir que j'étais sérieuse, indépendamment de ce que Max méritait. Il ne s'agissait pas d'un stupide athlète de Oakland High. Il s'agissait de ma famille.

— Oui, convint Killian. Et on doit d'abord comprendre pourquoi les dragons sauvages veulent cet humain.

Il inclina la tête comme si quelque chose lui venait à l'esprit.

— Tu dis qu'il t'a forcée à aller sous l'eau.

Ses iris se mirent à brûler à cette déclaration et à tout ce qu'elle impliquait, mais il avait une idée en tête.

— C'est la seule raison pour laquelle t'es arrivée à l'académie, n'est-ce pas ?

Je ravalai la boule qui s'était formée dans ma gorge. Je n'avais pas envisagé que Max était la seule raison pour laquelle je m'étais retrouvée dans tout ce pétrin. Ce n'était pas une sorte de destin tordu, mais les bras de Max qui me poussaient dans l'eau et me conduisaient à la Dame du Lac, et à cette nouvelle vie qui ne m'offrait aucun répit.

— Bien que ses actes soient monstrueux, poursuivit Killian, il est humain. Du moins, d'après ce que je peux dire.

Il se tourna vers James.

— Et si on le remettait aux dragons sauvages, dans ce cas ?

Ses yeux se voilèrent d'une lueur meurtrière.

— Ce serait un meilleur sort que ce que je lui ferais, dit-il en serrant les poings jusqu'à ce que ses phalanges deviennent blanches.

Lily s'agrippa aux accoudoirs de sa chaise alors que ses ongles s'étaient transformés en griffes. Ses yeux brillaient d'un éclat doré tandis qu'elle réfléchissait à la proposition de Killian.

— Malheureusement, on ne peut pas le livrer sans savoir pourquoi ils le veulent, même s'il est mortel.

Elle se tortilla sur son siège, comme si elle luttait contre la logique de sa déclaration.

— Même si, pour être honnête, je n'aimerais rien de plus que de le mettre en lambeaux.

James écoutait la conversation, les coudes appuyés sur ses genoux. Il joignit les mains, et son expression devint grave.

— Lily a raison. C'est pour ça qu'on est là. On aurait pu te transmettre le message en utilisant beaucoup moins de magie que de traverser un portail, mais la doyenne savait que c'était suffisamment important pour envoyer des renforts.

Il me lança un coup d'œil avec un regard bleu intense.

— Ta mère ne peut pas rester avec les dragons, surtout qu'ils ont probablement déjà compris ce qu'elle est maintenant. Ils ne la lâcheront pas dans le cadre d'un échange honnête, même si on leur remettait cet humain. Je ne vois pas ce qui aurait plus de valeur qu'une descendante directe de la déesse.

Je grattai le tourbillon brûlant sur mon épaule gauche, la tache de naissance s'étant animée depuis notre retour sur Terre. Les uniformes de l'académie des dragonniers la couvraient généralement, et il m'arrivait de l'oublier, mais maintenant, dans un t-shirt ample, j'étais douloureusement consciente de ce que ma lignée impliquait.

— Ça n'a pas de sens, répondis-je.

— Ils ne pourront peut-être pas utiliser ta mère comme ils pourraient t'utiliser toi, dit Lily alors que sa peau scintillait de tons rubis et que des écailles menaçaient de recouvrir son corps.

Elle inspira profondément, comme pour se retenir de se transformer.

— Un être de plein sang et en pleine possession de ses moyens est une ressource puissante. Mais un demi-sang ?

Elle me jeta un coup d'œil et ses pupilles se dilatèrent en fentes.

— Ton pouvoir est moins protégé, à cet égard. Les dragons sont une espèce parasite, à la base, et ils finiront par trouver un moyen de l'utiliser à leur avantage. Peut-être que ce n'est qu'un piège élaboré pour te ramener dans leurs griffes.

Son regard brillait de chaleur, comme si elle parlait par expérience. Étant elle-même un dragon, je savais qu'elle pensait chaque mot.

— Alors pourquoi est-ce qu'ils ne viennent pas me chercher ? Pourquoi cette ruse pour échanger ma mère contre un humain ?

— Oh, ils le veulent, conclut Killian. Il y a plusieurs angles en jeu ici. On a besoin de plus d'informations.

— Mais ma mère… commençai-je.

— Ta mère sait comment se défendre, interrompit Lily. Elle préférerait mourir plutôt que de renoncer à sa magie, si c'est vraiment une descendante de la déesse. Ils n'obtiendront rien d'elle et ils la garderont en vie tant qu'ils ne t'auront pas.

Solstice gémit alors qu'un sentiment de panique menaçait d'envahir mon corps, me réduisant en un tas de chair inutile.

Killian me prit la main, et une vague de chaleur chassa le froid, la puissance de notre lien entre dragonniers se mêlant à la magie dorée de ma lignée.

Un sentiment d'urgence m'envahit et éclata sous la forme d'une déclaration désespérée.

— Alors on doit faire quelque chose !

Lily acquiesça.

— Je suis d'accord. C'est pour ça qu'on va s'infiltrer dans ton lycée et faire toute la lumière sur cette affaire.

Je fronçai les sourcils et tirai Killian plus près de moi, ne voulant pas lâcher son soutien pour l'instant.

— Comment ? On ne peut pas entrer comme ça dans l'école. J'ai disparu, tu te souviens ?

Lily sourit et de petits crocs dépassèrent de ses lèvres.

— Je suis une reine dragon, tu te souviens ? J'ai fait du chemin depuis l'époque où j'étais humaine.

Elle jeta un coup d'œil à James, qui lui adressa un sourire complice.

— L'académie des dragonniers est un endroit unique, qui m'a appris à utiliser mes dons. Je suis capable d'utiliser des enchantements de contrainte de base.

James fredonna en signe d'accord.

— Elle pourra convaincre le personnel qu'on est des élèves et placer un voile de brume sur l'école pour favoriser un désintérêt général vis-à-vis de notre présence. Les Chevaliers de l'Ordre d'Argent ont des alliés dragons et ont déjà sollicité ce genre de services.

Lily ricana.

— Tu ne te fondais pas vraiment dans la masse à Nimrock

High, selon moi. Tu n'as pas dû utiliser un dragon très puissant.

Il inclina la tête.

— C'est parce que t'es ma reine. On ne peut pas te duper, même si ma mère avait engagé un renégat en échange d'une amnistie.

Il se frotta le menton et ses tatouages émergèrent de sous sa manche.

— Evelyn est un dragon puissant, et elle est loyale comme le sont les Hovakim, mais elle n'est apparemment pas assez forte.

Killian et moi échangeâmes un regard tandis qu'une conversation tacite semblait se dérouler entre nous.

Même si Lily parvenait à convaincre l'école que nous y avions notre place, il ne faisait aucun doute que Killian grillerait notre couverture en deux secondes chrono.

Mon anxiété se dissipa lorsque le pouce de Killian vint caresser mes doigts. Nos regards se portèrent sur nos wyvernes qui étaient à présent en train de dégringoler sur le sol en se disputant la dernière goutte de café. Après la copieuse quantité de caféine qu'elles avaient déjà ingurgitée, je doutais qu'elles fassent une sieste aujourd'hui, comme elles en avaient l'habitude.

Je ne pensais pas que l'enchantement de Lily pourrait cacher Solstice et Topaze, et nous ne pouvions pas vraiment les laisser ici. Qui sait dans quel genre d'ennuis elles pourraient s'embarquer ?

Je me frottai les tempes qui commençaient à palpiter.

— Et qu'est-ce que tu proposes qu'on fasse à *leur* sujet ?

SE FONDRE DANS LA MASSE

La solution de Lily à notre problème de wyvernes me mettait mal à l'aise, surtout parce que je n'aimais pas que Solstice soit sous une forme aussi vulnérable.

Elle tourna autour de ma tête avant de se poser sur mon épaule. Sa forme de pinson doré était une magie purement visuelle qui cachait à l'œil nu ce qu'était réellement Solstice, mais elle me sembla aussi lourde qu'à l'accoutumée lorsqu'elle se blottit contre mon cou. Lily ne pouvait pas la rendre totalement invisible, pas quand Solstice était une jeune reine à part entière.

Topaze, elle, semblait s'amuser un peu trop à être invisible lorsque Killian poussa un juron et que le lobe de son oreille devint rouge vif juste après. Sous l'effet de l'irritation, les tatouages de Killian se teintèrent de magie bleue, mais Lily m'avait assuré qu'elle pouvait convaincre les mortels que ce n'était qu'un effet de la lumière.

— Je crois qu'il veut plus de café, dis-je en gloussant.

Killian se contenta de me dévisager.

— Plus de *café*. Plus jamais.

Les wyvernes étaient en effet turbulentes après la boisson addictive et nous piaillaient dessus sans arrêt pour en avoir plus. Je devais admettre que le café n'était peut-être pas la meilleure chose à donner à un lézard mythologique.

Lily frappa dans ses mains tout en continuant d'avancer dans la rue.

— Assez traîné ! On va être en retard en cours si vous continuez à flirter, tous les deux.

— Je ne flirte pas, rétorqua Killian.

James lui donna une tape dans le dos, ce qui fit vaciller Killian. Une déchirure se forma sur la manche de mon compagnon ; une Topaze invisible s'obstinait vraisemblablement à maintenir son perchoir.

— Tu t'habitueras aux uniformes humains, promit-il tandis que son regard se posait avec intérêt sur Lily.

Sa jupe remontait et son chemisier se soulevait pour exposer son ventre lorsqu'elle marchait, ce qui était parfait pour s'intégrer aux pom-pom girls.

Killian posait lui aussi un regard enflammé sur moi.

— Je me souviens du dernier uniforme, dit-il en souriant alors qu'il passait avec assurance une main autour de ma taille. Tu t'es pointée à poil sur la plage de l'académie en me suppliant pratiquement d'être ma compagne.

Je poussai un soupir.

— Je n'étais pas à poil. Je portais un maillot de bain.

Je levai un doigt.

— Et je ne t'ai définitivement pas supplié.

Killian haussa les épaules.

— Si tu le dis.

Sa main se glissa dans le creux de mon dos, transformant mon cerveau en œufs brouillés. C'était difficile de rester en colère contre lui quand il savait exactement comment briser mes défenses.

De plus, l'idée de Lily pour faire en sorte que Killian s'intègre me faisait pratiquement saliver. Lily leur avait concocté de nouvelles tenues. Killian portait un t-shirt de Radiohead, l'un de mes groupes préférés, avec des manches courtes dévoilant ses tatouages. Elle avait rabattu ses cheveux blancs derrière ses oreilles et, après quelques hésitations, avait décidé qu'il devrait adopter un look punk. Aucun enchantement ne pourrait cacher ses yeux de Nephilim ou son tatouage de dragonnier, et tout ce qu'elle parvint à faire fut d'en supprimer l'éclat caractéristique lorsqu'il se montrait émotif.

Son jean moulait ses hanches, et il me serra contre lui en souriant, comme s'il savait l'effet qu'il produisait sur moi.

Une voiture passa en trombe, faisant tressaillir Killian, mais je lui reconnaissais le mérite de s'être acclimaté plus vite que prévu à la technologie moderne. Son oreille se remit à rougir, et Killian donna une pichenette dans l'air avec un sifflement.

— Tu profites de cette invisibilité pour m'embêter, petit lézard malicieux.

Je gloussai tandis que Solstice gazouillait en direction de Topaze, ce que j'imaginais être sa version d'une réprimande pour garder la wyverne dans le droit chemin. Je tendis la main vers elle et lui caressai la tête.

L'école apparut à mesure que la ligne d'arbres disparaissait à l'horizon.

— Vous êtes absolument sûrs que ça va marcher ? m'inquiétai-je.

Dans les dix minutes à venir, nous serions à la vue de tous les élèves et il n'y aurait pas de retour en arrière possible. Nous n'avions qu'une seule chance d'atteindre Max, et si quelqu'un apprenait ce qui se passait, je ne doutais pas que son père l'empêcherait de mettre les pieds ici. Il pouvait se payer une école privée si nécessaire, et d'après ce que je savais, la seule raison pour laquelle Max allait à Oakland High, c'était parce qu'il aimait l'équipe de sport.

Killian se raidit lorsque nous arrivâmes sur le parking goudronné et que les élèves cessèrent leur activité et leurs conversations pour se tourner vers nous.

— Je savais que ça n'allait pas marcher, soufflai-je alors que tous les regards étaient braqués sur nous.

— Euh, je suis presque sûr que ce n'est pas nous qu'ils observent, dit James en jetant un coup d'œil derrière nous de la même façon que le reste du corps étudiant.

Je me retournai pour découvrir une femme magnifique, flanquée de deux hommes tout aussi beaux qu'elle.

Elle n'essayait même pas de cacher ses attributs de dragon ; ses écailles aux reflets de joyaux scintillaient par zones sur sa peau pendant qu'elle marchait. Ses pupilles fendues se dilatèrent, et ses yeux émeraude se fixèrent sur moi en un instant. Elle sourit, montrant de petits crocs, et s'arrêta à quelques mètres de nous. Elle passa un doigt dans ses cheveux et laissa apparaître ses cornes, comme pour me narguer.

— Eh bien, bonjour, dit-elle avec un accent irlandais qui complétait son aura extraordinaire.

Elle se pencha pour jeter un coup d'œil derrière moi, et son sourire s'élargit.

— Lily, c'est toi ?

— Evie ? demanda Lily d'un ton stupéfait tout en me bousculant pour me contourner.

Solstice couina en signe de protestation et s'accrocha douloureusement à mon épaule tandis que je retrouvais mon équilibre.

— Mais qu'est-ce que tu fais ici ?

Vu son ton amical, je n'aurais pas dû être surprise lorsque Lily jeta ses bras autour de la métamorphe dragon, ce qui me fit hausser les sourcils.

Les quatre gars se trouvant derrière elle observèrent l'échange amical avant de tous nous regarder de haut en bas. Ils semblaient particulièrement méfiants à l'égard de James, le Chevalier de l'Ordre d'Argent, qui se frottait sciemment le poignet à l'endroit d'où sortirait son épée magique en cas de provocation.

Je jetai un coup d'œil derrière nous et découvris que tous les élèves chuchotaient ; les ragots allaient bon train.

Ouaip. On pouvait oublier l'idée de se fondre dans la masse.

HOVAKIM ET PETIT DÉJEUNER

Étant donné que personne ne prit ses jambes à son cou en hurlant, il était évident qu'Evie utilisait une sorte d'enchantement qui dissimulait ses traits de dragon.

Elle semblait ravie que cela ne fonctionne pas sur moi ni sur aucun de mes amis, car elle me sourit depuis l'autre bout de la table de la cafétéria. Solstice voletait dehors devant la fenêtre, impatiente de me rejoindre, mais je ne voyais pas bien comment justifier la présence d'un pinson sur mon épaule, alors j'avais accepté qu'elle attende à l'extérieur lorsque Lily me l'avait suggéré.

À en juger par ses forts gazouillis, cette situation ne l'enchantait guère.

— Vous êtes arrivés assez tôt pour le petit déjeuner, se réjouit Evie en prenant un muffin sur son plateau.

Mais elle ne mordit pas dedans. Au lieu de cela, elle le fit tourner dans sa paume, semblant l'admirer.

— Les petits déjeuners humains me manquent vraiment.

— Les petits déjeuners d'Oakland High, tu veux dire, la corrigea l'homme roux nommé Yosef en parcourant la salle d'un regard méfiant.

Même si tout le monde s'intéressait aux nouveaux arrivants, personne n'avait été assez courageux pour s'approcher à portée de voix.

Son frère jumeau, Jakob, remua les sourcils en attrapant le muffin pour en prendre une bouchée.

— Tu t'inquiètes trop, Yosef. L'enchantement d'Evie fonctionne aussi sur les sens auditifs. Personne ne nous entendra. Mais même si c'était le cas, on a une *amnistie*. Evelyn pourrait mettre le feu à cet endroit qu'on s'en sortirait sans un seul chevalier à nos trousses.

James se frotta le poignet et lança à Jakob toute la force de son regard désapprobateur.

Jakob avala sa bouchée.

— Bon, OK, peut-être *un* chevalier.

— Pas de feu, déclara un des hommes musclés en croisant les bras.

Je ne savais pas trop si celui-là était Liam ou Marcus. Les deux frères n'étaient pas jumeaux, mais ils avaient tous les deux l'air de pouvoir soulever cinq fois mon poids sur un banc de musculation.

— On est là pour finir notre mission, et ensuite on retourne à Avalon.

Je reposai mon verre de jus d'orange d'un coup sec.

— Vous travaillez pour Avalon ? les interpellai-je.

La seule raison pour laquelle je ne m'étais pas préoccupée de ces types, c'était parce que Lily semblait faire confiance au dragon, mais peut-être que je ne devrais faire confiance à aucun dragon.

— Donnez-moi une seule raison pour laquelle je ne devrais pas vous tuer tout de suite.

Comme si elle avait entendu le fil de mes pensées, Lily fronça les sourcils, les yeux remplis de douleur.

— Parce qu'Evie est mon amie, Viv, et que ses Hovakim sont sa famille. On peut aussi leur faire confiance.

Elle tendit le bras et posa une main sur la mienne ; son contact était agréablement chaud.

— C'est un agent double. On peut apprendre des choses sur les dragons sauvages et avoir un avantage.

— Ou les dragons sauvages peuvent apprendre des choses sur *nous*, rétorquai-je en jetant un coup d'œil à Evie. Comme ma relation avec Max Green.

Je penchai la tête.

— Si t'es vraiment là pour nous aider, alors dis-nous, pourquoi est-ce que ta reine le veut ?

Evie soutint mon regard avec une immobilité sinistrement reptilienne.

— Je te promets de te dire ce que je sais, mais si tu continues à utiliser ta magie de déesse, tu vas griller notre couverture.

Je remarquai alors la vive lueur sur mon épaule gauche qui transparaissait à travers ma chemise. Je posai une main dessus et fronçai les sourcils.

La tension à la table était palpable. James dévisageait Evie en repliant ses bras tatoués sur sa poitrine. Killian n'avait pas l'air plus heureux alors qu'il fixait du regard le groupe en face de nous.

Killian leva un sourcil vers Lily.

— Tu vas m'expliquer comment vous êtes devenues amies toutes les deux ? Je sais que t'es un dragon, mais l'académie t'a acceptée parce que t'avais un chevalier pour compagnon. Cette fille a quatre Hovakim humains. Ce n'est pas vraiment un comportement acceptable aux yeux de la doyenne.

— Pourquoi est-ce que ce n'est pas acceptable ? m'enquis-je avec une curiosité sincère.

Killian ne détacha pas son regard glacial d'Evelyn.

— Ce sont des esclaves qui ont vendu leur âme aux dragons en échange de longévité, de santé et… de folie.

L'un des hommes musclés aux cheveux noirs s'arrêta de manger pour rétorquer :

— Je suis tout à fait sain d'esprit, merci.

Les jumeaux roux acquiescèrent, et l'autre type musclé se contenta de nous jeter un coup d'œil comme s'il voulait être n'importe où ailleurs.

Evelyn semblait à l'aise entre ses quatre compagnons, plutôt contente malgré la tension croissante. Elle tendit la main vers une pomme et recula lorsqu'une Topaze invisible la dévora.

Elle haussa un sourcil et se tourna vers Lily.

— Tes pouvoirs ont évolué.

Lily sourit en regardant les cornes d'Evie.

— Tout comme les tiens.

Killian localisa Topaze grâce au trognon de pomme et la récupéra. Il roucoula en direction de la wyverne et gratta ses endroits préférés.

— Bonne fille.

Lily soupira.

— Killian, Evie et ses compagnons ont aidé à obtenir des renseignements sur la Terre grâce à son influence de dragon renégat. Tout comme Yosef et Jakob.

Elle désigna les roux identiques, puis fit un geste vers les hommes musclés.

— Marcus et Liam offrent également leur protection. Ils sont infiltrés auprès de la reine d'Avalon et nous fournissent des informations précieuses.

Elle redressa le dos et fixa mon compagnon d'un air de défi.

— Comment est-ce que tu croyais que je savais qu'il fallait venir ici ? La seule raison pour laquelle on a reçu une demande de rançon, c'est parce qu'Evie a convaincu la reine que c'était la meilleure chose à faire. Sinon, elle aurait simplement tué la mère de Vivi et serait allée chercher Max elle-même.

Elle me jeta un coup d'œil tandis que je déglutissais.

— Depuis l'incident à Nimrock High, je savais que ce n'était qu'une question de temps avant que les dragons ne viennent s'en prendre à moi. Ils me voulaient, je suis partie, et ils l'ont senti dès mon retour sur Terre, mais je ne vais pas laisser Vivi affronter ça toute seule une seconde.

James lui lança un regard noir.

— Tu ne m'avais pas dit que t'étais en contact avec un dragon. Ni le danger que tu courrais si on revenait.

Lily soupira à nouveau et se retourna pour faire face à son compagnon.

— Je suis une reine dragon, James. Fais avec. Tous les dragons ne sont pas mauvais, sinon tu ne m'aurais pas laissée vivre. Et Evie s'est assurée d'être chargée de cette mission pour garantir ma sécurité, ainsi que celle de Vivi. Pas vrai, Evie ?

Evelyn acquiesça en regardant entre nous quatre.

— Plus ou moins. J'ai dû me débarrasser de ma partenaire, mais pour l'instant, je suis le seul dragon dont vous devez vous inquiéter.

Elle haussa les épaules.

— Pour quelques jours, en tout cas.

James plissa les yeux.

— Ta partenaire ?

Evelyn poussa un long soupir.

— Oui. La reine m'écoute peut-être, mais ce n'est pas moi qui commande. La reine m'a demandé de faire équipe avec Zelda.

Elle leva les yeux au plafond.

— Elle est folle. Ce n'est pas étonnant qu'elle n'ait pas trouvé de compagnon. La seule raison pour laquelle j'ai pu venir seule, c'est parce que je lui ai causé des ennuis. Elle n'était pas censée essayer de tuer Vivi. La reine la veut vivante, alors elle était assez énervée par tous les massacres, les incendies et tout le reste. Elle pense que seule Vivi est assez forte pour kidnapper Max, ce qui pourrait bien être vrai, si mes soupçons sont exacts.

— Et tu veux bien nous éclairer sur tes soupçons ? demandai-je.

Evie posa ses coudes sur la table et se pencha en avant.

— On y viendra, mais d'abord, il faut que tu saches ce qui est en jeu ici et que *je* ne suis pas ton ennemie. La reine d'Avalon a d'autres ambitions que de simplement prendre le contrôle d'Avalon. Les dragons sauvages préparent une invasion de tous les royaumes, et l'attaque de l'académie des dragonniers n'était que la première phase. Ils en ont après toutes les reines dragons.

Lily tressaillit.

— C'est pour ça que Zelda s'en est prise à moi.

Evie hocha la tête avec sérieux.

— Exactement. Je n'ai découvert que récemment son plan. Elle veut vaincre l'équilibre en accumulant du pouvoir.

James grogna.

— Les dragons adorent accumuler du pouvoir.

L'ignorant, Evie poursuivit :

— La reine d'Avalon veut que tous les royaumes s'inclinent devant elle. Elle pense que si elle rassemble toutes les reines dragons et les oblige à se soumettre, elle pourra atteindre ses objectifs en absorbant leur pouvoir collectif.

Elle jeta un coup d'œil à la fenêtre vers Solstice qui ne semblait pas ravie d'être à nouveau sous la forme d'un pinson. Son regard se posa ensuite sur Lily.

— Deux reines au même endroit, c'est sûr que ça va la faire saliver, mais il n'y a qu'une chose qu'elle veut pour l'instant. Et c'est qu'il ne t'arrive rien.

Elle tourna son regard vers Max qui était à l'autre bout de

la cafétéria en train de plaisanter avec ses potes. Je suivis ses yeux et me raidis tandis que des flashs de cette fameuse nuit défilaient dans ma tête.

Killian se tourna sur son siège, et son regard s'assombrit.

— C'est lui, n'est-ce pas ?

Avant que je puisse répondre, il se leva d'un coup de son siège, ayant clairement des intentions menaçantes envers le groupe d'humains. James fit de même et posa une main sur son épaule pour le pousser à se rasseoir.

— Reste.

Killian grogna.

— Je ne suis pas l'un de tes dragons à qui tu peux donner des ordres, chevalier.

James ne sourcilla pas.

— Ce n'est pas le moment, Killian. On s'occupera de Max et de ses potes plus tard, je te le promets. Ils auront ce qu'ils méritent en temps voulu.

Killian et James se dévisagèrent, et une conversation silencieuse sembla avoir lieu entre eux avant que Killian ne finisse par céder et se rasseye, les poings serrés.

— On pourrait simplement le capturer tout de suite, se plaignit Killian.

— Vous ne pourriez pas, rétorqua Evie.

— Pourquoi ? m'étonnai-je. Qu'est-ce que Max pourrait bien faire pour repousser un dragonnier Nephilim énervé ?

Yosef croisa mon regard.

— Max n'est pas ce qu'il paraît.

— Et qu'est-ce qu'il *est* ? demandai-je.

Jakob se frotta le menton.

— On soupçonne que c'est un gène de dragon inactif qui a déclenché la recherche de dragons puissants par la reine, ce qui le rendrait imprévisible et dangereux.

Il jeta un coup d'œil à James.

— Je suis surpris que les Chevaliers de l'Ordre d'Argent ne soient pas impliqués dans cette affaire.

James croisa les bras.

— Ils le sont probablement, si ce que tu dis est vrai.

Evie sourit.

— Ah, donc il y a un petit drame familial maintenant que tu t'es accouplé avec l'ennemi ? Ils te tiennent à l'écart, c'est ça ?

James répondit par un regard noir.

— Ils essaient, mais ils ne cachent pas très bien leurs activités. Si Max a le gène, l'Ordre va s'en mêler. Mon frère a fait en sorte que l'Ordre d'Argent maintienne un contrôle assez strict sur le royaume de la Terre. Tout dragon qui fait du mal à un humain ou que l'on soupçonne d'être dangereux est traqué et éliminé.

Lily lui tapota le nez avec son doigt.

— Ou du moins, ils essaient.

Il lui sourit et passa son bras autour de sa taille.

— Certains dragons se révèlent plutôt résistants, je suis d'accord.

Je haussai un sourcil. J'avais entendu parler de leur histoire, mais je n'avais pas réalisé les conditions désastreuses dans lesquelles James et Lily s'étaient rencontrés.

— Alors… Lily était ta cible ?

La question implicite resta en suspens. Si James avait été envoyé à ses trousses… cela signifiait qu'il aurait dû essayer de la tuer.

Lily effleura son poignet d'un doigt, et une faible lueur bleue brilla comme du feu sous son contact.

— Oui, et il a réussi. Au début.

James passa son pouce sur sa lèvre inférieure.

— Heureusement que la mort ne veut pas de toi.

Killian et moi échangeâmes un regard tandis que Lily gloussait d'un air amusé, avant de se pencher pour embrasser son compagnon. James profita pleinement de l'instant en approfondissant l'innocente démonstration d'affection.

Et moi qui pensais que ma relation était compliquée.

Alors qu'Evie semblait captivée par la démonstration d'affection entre le dragon et le chevalier, mon regard se posa à nouveau sur Max, comme attiré par son côté mystérieux et sombre. Grâce à la magie de Lily, il ne m'avait pas encore remarquée. Tout était comme dans mes souvenirs : il plaisantait avec ses potes, attirant l'attention de la salle par son bruit et sa popularité. Tout le monde l'adorait.

Mais personne ne le connaissait vraiment ; pas comme moi.

Et à mon avis, même lui ne savait pas à quel point il était spécial. Découvrir ce que la reine d'Avalon lui voulait exactement pourrait s'avérer un défi, mais si cela signifiait récupérer ma mère, je trouverais un moyen de sonder son âme noire et de percer tous ses secrets.

La cloche du matin sonna, me sortant de mes pensées. Nous nous levâmes tous et nous dirigeâmes vers notre premier cours.

Solstice gazouilla à la fenêtre, me rappelant que contrairement à la dernière fois où j'avais été élève ici, je n'étais plus seule désormais.

NOUVEL ÉLÈVE

— Hein ? demanda Sally lorsque j'essayai d'attirer son attention pour la troisième fois.

Tous ceux à qui j'avais parlé aujourd'hui paraissaient avoir du mal à me prêter attention, j'avais d'abord pensé que cela était dû à l'enchantement de Lily, mais maintenant je commençais à soupçonner que quelque chose d'autre était en jeu.

— Max Green ? répéta-t-elle, semblant mieux se concentrer lorsque la conversation ne portait pas sur moi.

Personne n'avait l'air de savoir quoi que ce soit sur ma disparition, ni même n'était capable de parler de moi, ou de me parler tout court. Sally ne me regardait même pas. Elle était une pom-pom girl, donc le fait qu'elle m'ignore n'était pas vraiment étrange, mais la mention du nom de Max finit par réussir à établir la communication.

— Je n'ai rien remarqué qui sorte de l'ordinaire.

Elle se pencha vers son casier pour en extraire un livre d'anglais. Un magazine *Vogue* dépassait des pages. Elle jeta un coup d'œil dans le miroir et ajusta sa queue de cheval sans me regarder.

— Il organise une autre fête, mais uniquement sur invitation.

Le ton de sa voix et son incapacité à me regarder en face suggéraient qu'elle savait qu'une fille aussi insignifiante que moi ne serait pas invitée.

Non pas que je voulais vraiment une invitation. La dernière fois que j'en avais eu une, j'avais failli être violée et assassinée. Ce n'était pas vraiment ce que j'appellerais un bon moment.

— Merci, marmonnai-je en reculant lorsque Sally salua avec enthousiasme l'un des sportifs.

Ils se ressemblaient tous, à l'exception de Max et de ses potes. J'avais mis un point d'honneur à les éviter pendant que je faisais mon repérage.

Je traînai des pieds tout en me dirigeant vers mon dernier cours de la journée, découragée de n'avoir rien appris de nouveau. Solstice suivait mon chemin depuis les fenêtres, ses gazouillis sourds me rappelant que je n'étais toujours pas seule.

Je levai les yeux en soupirant et lui fis un signe de la main.

— Oui, merci, ma belle.

Elle était prête à ce que cette journée se termine, et moi aussi, mais j'avais espéré trouver au moins *quelque chose* d'utile. Nous étions déjà assez pressés par le temps comme ça.

Je me mordis la lèvre et réalisai que j'avais peut-être appris quelque chose d'intéressant. Aucun des élèves ne semblait réagir aux informations concernant ma disparition, je soupçonnais que cela était dû à quelque chose de plus qu'un simple effet de l'enchantement de Lily.

Leurs souvenirs avaient été altérés.

Si c'était le cas… qui pouvait avoir le pouvoir d'altérer les souvenirs ? Un dragon, sûrement. Evie, peut-être ? Je me fis une note mentale de lui poser la question plus tard.

La journée s'éternisait, reprenant un rythme académique monotone que j'avais oublié à quel point je détestais.

Surtout parce que je n'avais pas besoin de cours. Je n'en avais jamais eu besoin, ce qui expliquait pourquoi je me réfugiais à la bibliothèque d'Oakland High chaque fois que je le pouvais et que je suppliais Mlle Jenny de commander de nouveaux romans fantastiques sur les dragons aussi souvent que possible.

Solstice donna un coup de bec à la fenêtre, me rappelant que ces livres ne m'étaient plus d'aucune utilité. Toutes ces aventures que j'aimais lire ? Oui, je les vivais.

Sauf que maintenant, la vie de ma mère était en danger.

Et mon compagnon n'assistait pas à la majorité de mes cours, ce qui me faisait désespérément m'inquiéter de savoir comment il s'intégrait.

Lily était parvenue à ce que j'aie deux cours avec Killian : d'abord notre matière principale, puis il était livré à lui-même toute la journée jusqu'à la dernière heure pour le cours d'algèbre. Celui-là ne m'avait décidément pas manqué. Elle l'avait probablement fait exprès pour nous aider à nous « disperser », mais j'avais tout de même le sentiment qu'elle avait surestimé la capacité de Killian à agir… normalement.

Il démontra sa nature inhumaine en résolvant une feuille d'exercices en dix secondes, s'attirant ainsi des regards éberlués de la part des élèves et du professeur alors qu'il s'adossait confortablement à son siège.

Lily soupira de l'autre côté de la salle et ses écailles s'illuminèrent brièvement. Une onde de choc chaude traversa l'air, puis l'attention se détourna de nous, ce qui me permit de dévisager mon compagnon.

Bien que les autres élèves n'étaient pas de taille à me défier, ma feuille d'exercices n'était qu'à moitié résolue. Je ne pouvais pas terminer des problèmes aussi complexes aussi rapidement.

— Comment t'as fait ça ? demandai-je, curieuse de savoir où un dragonnier Nephilim aurait appris l'algèbre.

Il leva les yeux au ciel, comme si la réponse à ma question devait être évidente.

— J'ai déjà appris ce genre de maths « de base » quand j'étais petit.

Je croisai les bras.

— C'est des maths avancées. On est dans un cours avancé de préparation à la fac.

Il balaya l'air d'un geste de la main, sans doute parce que Topaze lui mordillait à nouveau l'oreille, lassée de rester trop longtemps au même endroit.

— Peut-être pour un humain, dit Killian en baissant la voix. Mais si t'avais grandi à Paradiso comme moi, t'aurais été réellement stimulée au lieu de t'ennuyer à mourir.

Il jeta un coup d'œil à ma feuille d'exercices.

— T'as réussi à apprendre les bases même avec une formation aussi rudimentaire, mais si t'avais pu grandir à Avalon, t'aurais été avec d'autres personnes de ton espèce. Comprise. Respectée.

Cela me paraissait… eh bien, incroyable. J'essayai de garder une expression neutre. Je ne voulais pas que Killian sache à quel point cela me peinait de savoir que je ne vivrais jamais l'image qu'il venait de peindre. Mon éducation avait été à l'écart et solitaire, douloureuse et ennuyeuse, avec seulement quelques moments excitants.

Même maintenant, au cœur de ces aventures, je tenais la vie de certaines personnes entre mes mains. Si je me plantais, ma mère pourrait mourir, tout comme mon père.

— Parle-moi de Paradiso, dis-je, souhaitant que la conversation porte plutôt sur mon compagnon.

Il me fascinait, et j'avais encore l'impression d'en savoir très peu sur lui.

Il sourit et attendit, me faisant me demander s'il allait me dire quelque chose. Ses yeux opalescents croisèrent les miens, comme s'ils cherchaient quelque chose.

— Tu pourrais le voir par toi-même, tu sais.

— Peut-être, convins-je, mais ce ne sera pas avant un certain temps. J'aimerais d'abord que tu m'en parles.

Il acquiesça à ma requête.

— C'est un autre royaume. Un royaume fait pour les Nephilim comme moi. Les anges ne sont pas censés procréer, mais ceux qui ont un libre arbitre cèdent parfois à la tentation. Je n'ai jamais connu mes parents. Ils ont été obligés de m'envoyer à Paradiso pour me protéger. J'ai été élevé par une communauté de Nephilim comme moi, ceux qui comprenaient exactement ce que j'étais et ce dont j'avais besoin pour m'épanouir, et ils m'ont fourni l'entraînement nécessaire pour que je puisse me protéger.

— Te protéger de quoi ? m'enquis-je, les yeux écarquillés.

Il fit un geste de la main comme pour écarter la question.

— Les menaces sont nombreuses dans les royaumes. Les Nephilim ont des ennemis naturels, mais les dragons sauvages sont devenus un problème de plus en plus préoccupant auquel il fallait s'attaquer. Quand j'ai atteint l'âge adulte, j'ai eu le choix. Rejoindre la Sainte Armée, ou rejoindre l'académie des dragonniers.

Il s'adossa à sa chaise en croisant les bras.

— Ça m'a semblé être un choix facile à l'époque.

— Et maintenant ? interrogeai-je, littéralement sur le bord de mon siège. Est-ce que tu regrettes de ne pas avoir rejoint la Sainte Armée ?

Il secoua la tête.

— Non. Ils sont occupés à faire face à d'autres menaces, dont une potentiellement pire que les dragons sauvages, si tu peux le croire, mais ce n'est pas ton problème pour l'instant. Les gens de mon espèce sous-estiment de quoi les dragons sauvages sont capables. Si la reine d'Avalon parvient à obtenir ce qu'elle veut, elle sera plus puissante que quiconque n'aurait pu l'imaginer.

Sa mâchoire se crispa et son regard se fit lointain.

— J'ai fait le bon choix. La reine sauvage doit être arrêtée, sinon tous les royaumes risquent d'être détruits.

La reine sauvage.

Notre mystérieuse ennemie avait l'air terrifiante, et j'imaginais qu'elle l'était. Je ne sous-estimerais pas la menace, pas comme la famille de Killian. Je ferais tout ce qui était en mon pouvoir pour m'assurer que personne d'autre ne souffre comme moi.

Il étudia ma feuille d'exercices.

— Tu veux que je t'aide à résoudre tes problèmes d'algèbre ?

Je soupirai.

— Je ne vois pas l'intérêt. Ce n'est pas comme si j'avais besoin de ça pour botter les fesses des dragons sauvages.

Killian sourit.

— Tu serais surprise. C'est bon pour le cerveau.

Je ricanai.

— C'est bon pour les maux de tête.

Un grattement se fit entendre sur le bureau de Killian et une partie de sa feuille d'exercices disparut sous les coups de dents d'une Topaze invisible. Killian poussa un juron et l'éloigna.

Je ne pus m'empêcher de rire.

— J'avais tort. Apparemment, c'est aussi bon comme encas pour une wyverne.

Solstice gazouilla à l'extérieur de la fenêtre, se plaignant clairement de ne pas pouvoir être à l'intérieur avec nous, surtout maintenant que Topaze avait trouvé quelque chose à manger.

Malgré l'enchantement de Lily qui diffusait une chaleur dans la pièce pour nous garder sous couverture, je sentis des yeux sur moi et levai la tête. Julie Emmerson était en train de me dévisager avec un regard suspicieux.

Je me penchai vers Killian pour lui chuchoter à l'oreille.

— Je crois qu'on a un problème.

Killian se contenta de me sourire.

— Elle est probablement en train de lutter contre l'enchantement. Quand les émotions sont fortes, la magie de dragons a plus de mal à tenir. Mais ça n'a pas d'importance si elle se souvient que t'es partie. Qui la croirait ? Une seule personne n'a pas beaucoup d'importance. C'est quand les brèches se produisent en masse que l'Ordre d'Argent intervient.

— L'Ordre d'Argent est l'endroit d'où vient James, non ? Il est important pour eux ?

Killian éclata de rire.

— Tu ne sais pas qui il est ? Ça explique certaines choses.

Je fis rouler un crayon d'avant en arrière sur mon bureau.

— Tu sais que je ne viens pas de ton monde, Killian. Arrête de me charrier et éclaire-moi.

Il baissa la tête en signe d'excuse.

— James est un membre de la famille royale. Il a abdiqué le trône quand il s'est accouplé avec un dragon. Maintenant, son frère Ivar est le roi des Chevaliers de l'Ordre d'Argent. Leur mission est de protéger l'humanité des dragons, et les avis divergent sur la façon d'y parvenir.

Je réfléchis un instant.

— Donc, James a été envoyé pour tuer Lily, mais il ne l'a pas fait ?

— Oh, il l'a fait, rétorqua Killian, me laissant bouche bée. C'est une puissante reine dragon. Il faudra plus qu'un chevalier comme James pour vraiment mettre fin à sa vie. Elle sera définitivement l'une des reines que les dragons sauvages voudront attraper, alors on doit rester vigilants.

— C'est dingue, dis-je.

Killian sourit.

— Si tu penses que James est dangereux, son frère est bien pire.

— Comment est-ce qu'il pourrait être pire ? demandai-je en portant la gomme à ma bouche.

— C'est un traditionaliste, répondit-il en reprenant mon crayon avant que je ne puisse le mâcher. Ivar pense que tous les dragons et leurs alliés doivent être éliminés. James, lui, est un loyaliste, un chevalier qui fonde ses décisions en se basant sur le code d'Excalibur et de la Dame du Lac. James ne parle pas de ce code, mais d'après ce que j'ai compris, il s'agit d'un ensemble de valeurs vagues qui peuvent être interprétées différemment. Il considère les dragons comme Lily comme des créatures amendées et évoluées qui méritent d'être protégées. Lily ne veut pas tuer les dragons sauvages. Elle veut les sauver.

Je grognai.

— Ils ne peuvent pas être sauvés.

— Je suis d'accord.

Nous nous tûmes. Cette conversation me donnait beaucoup matière à réflexion. Je ne pouvais pas dire que j'étais d'accord avec Ivar. Lily était mon amie. Je ne lui ferais jamais de mal, mais les dragons sauvages étaient des êtres maléfiques sans âme. Ils m'avaient pris mon père et ils en paieraient le prix.

Si ma mère mourait aussi… je n'éprouverais aucune pitié pour eux.

La professeure frappa dans ses mains pour réclamer les feuilles d'exercices, et nous les passâmes dans les rangs. La classe devint silencieuse, rendant impossible toute conversation sur le surnaturel sans être entendue, même avec l'enchantement de Lily.

Killian tressaillit lorsque l'enseignante alluma la télévision. La tâche suivante était une vidéo éducative expliquant les problèmes que nous venions d'essayer de résoudre.

Les yeux de Killian restèrent rivés sur les images en mouvement, et son froncement de sourcils s'accentua lorsqu'une lettre « X » de dessin animé apparut.

— Qu'est-ce que c'est que cette créature ? demanda-t-il, m'arrachant un éclat de rire.

Au milieu de la vidéo, la porte s'ouvrit et tous les regards se portèrent sur le nouvel arrivant. Nous contemplâmes tous fixement le grand et magnifique garçon aux yeux bleus de glace et aux cheveux blonds lorsqu'il entra. Ses tatouages argentés le long de ses bras indiquaient sans équivoque qu'il était un Chevalier de l'Ordre d'Argent.

Killian soupira, et ses épaules s'affaissèrent en signe d'agacement.

— Génial ! Ivar est là.

DUEL AU BIÈRE-PONG

*I*var savait assurément comment faire une entrée.

Il n'avait fait appel à aucune sorte d'enchantement de protection, et Lily se frottait maintenant le visage de frustration tandis que James nous entraînait tous dans la cour à la fin de notre journée.

— Qu'est-ce que tu crois faire ? lança-t-il à son frère.

Le défiant du regard, Ivar dégagea son bras d'un coup sec.

— Tu n'as plus le droit de me donner des ordres, James, pas après le coup que t'as fait.

Il fusilla Lily des yeux pour faire bonne mesure, et cette dernière lui tira la langue.

Les élèves gardèrent une distance respectueuse alors que nous nous rassemblions à l'ombre d'un de mes chênes préférés, un endroit où j'aurais normalement lu un roman fantastique pendant des heures.

À présent, insatisfaite, je grognais, car des obstacles persistaient à nous empêcher d'avancer dans notre mission. Nous n'avions rien pu apprendre d'utile et des êtres surnaturels n'arrêtaient pas de nous mettre des bâtons dans les roues.

Des dragons. Des chevaliers. Des rois. Qu'est-ce qui pourrait encore aller de travers ?

Je remarquai qu'Evie et ses Hovakim se tenaient à une certaine distance en observant l'échange. Pendant ce temps, Max et ses potes étaient assis à une table de l'autre côté de la cour, leur attention tournée vers nous malgré les efforts de Lily.

— Il faut que vous régliez ça, les gars, siffla-t-elle. Vous attirez beaucoup trop l'attention.

Solstice poussa un cri d'approbation dans mon oreille ; sa forme de pinson avait du mal à supporter à quel point Lily devait nous couvrir en ce moment. Ma wyverne se déplaça sur mon épaule et je la fis passer sur l'autre. Au rythme où elle grandissait, elle devenait trop lourde pour rester sur mes épaules trop longtemps. Pas étonnant qu'elle et Topaze étaient toujours affamées.

Ivar tendit une lettre à Killian en ignorant ostensiblement son frère.

— La solution est simple. Vous devez tous partir.

— Pourquoi ? grogna James.

Ivar fit comme si son frère n'existait pas et adressa sa réponse à nous autres.

— Vous êtes tous en violation de l'article huit, section cinq de l'accord des royaumes entre l'académie des dragonniers et les Chevaliers de l'Ordre d'Argent. Chacun d'entre vous doit retourner dans son propre royaume immédiatement.

Il plissa les yeux vers moi.

— Toi y compris. Ce n'est plus ton monde, dragonnière.

Killian le dévisagea en retour, mit le papier en boule et le leva au niveau de son épaule, où la forme de Topaze scintillait. La note disparut une seconde plus tard, probablement dévorée par la wyverne affamée. L'expression d'Ivar s'assombrit.

James croisa les bras.

— On a des affaires à régler et on ne partira que quand on sera prêts à partir. Je représente l'Ordre au même titre que toi, et l'article huit ne s'applique pas en l'occurrence. On n'est pas dans votre juridiction, par conséquent vous ne pouvez pas nous dire de nous retirer.

— Ce royaume tout entier est notre juridiction, grogna Ivar en faisant enfin face à son frère. Tu n'as même pas le droit d'être ici. Toi et moi réglerons ça par un duel, et ta trahison envers notre espèce sera résolue une bonne fois pour toutes.

Je levai les mains en signe d'exaspération, me dirigeai vers la balançoire suspendue au grand chêne et m'y installai.

— Génial, encore un duel. Vous ne pouvez pas régler vos différends avec quelque chose de plus moderne ? Pourquoi pas un match de fléchettes ou un truc du genre ?

Killian me lança un regard perplexe.

— C'est quoi des fléchettes ?

Je soupirai et secouai la tête. Ivar nous jeta un coup d'œil, puis regarda Evie qui agitait ses doigts vers lui.

— J'ai ordonné la mort de ton amie dragon renégat et de ses alliés dans ce royaume, dit-il encore à son frère. Je ne m'attendais pas à ce que tu fasses partie de ces alliés.

C'était une information intéressante, et probablement la raison pour laquelle nous avions reçu la visite du nouveau chef des Chevaliers de l'Ordre d'Argent en personne. Peut-être se souciait-il davantage de son frère qu'il ne l'admettait ouvertement.

— Elle a l'amnistie, précisai-je en me souvenant qu'un de ses Hovakim s'était vanté de ce fait.

Ivar secoua la tête.

— Plus maintenant. Plus depuis qu'elle s'est alliée aux transgresseurs d'Avalon qui sévissent dans les royaumes. C'est peut-être *toléré* dans d'autres royaumes, mais la Terre est interdite, et des mesures strictes seront prises à l'encontre des contrevenants.

James ricana.

— Le dragon renégat travaille pour nous, espèce d'imbécile.

Ivar serra les poings.

— Redis-moi ça quand on se battra en duel dans les règles de l'art et que je pourrai te mettre à terre. Je ne suis plus un gamin.

James s'avança vers son frère jusqu'à ce que leurs nez se frôlent.

— Essaie de me battre en duel, petit frère. On verra ce qui se passera.

Je levai les yeux au ciel.

— On dirait qu'on devrait tous travailler ensemble. La reine des dragons sauvages retient ma mère en otage et veut un élève du lycée d'Oakland en échange. Il faut qu'on comprenne ce qu'elle veut faire de lui avant de passer à l'acte.

Ivar sembla réfléchir à mes paroles avec un regard bleu calculateur.

Killian apporta son explication en détaillant l'invasion à l'académie, l'enlèvement de ma mère et en terminant par Max. Il insista sur le fait que nous ne pouvions pas partir avant d'avoir au moins plus d'informations.

Ivar hocha la tête en signe de compréhension lorsque Killian eut fini, puis il se tourna vers moi.

— Ta mère, répéta-t-il tandis que ses yeux s'assombrissaient. Et ils veulent cet humain en échange ? C'est bizarre.

— Oui, on n'arrive pas à comprendre pourquoi ils le veulent, renchéris-je en jetant un coup d'œil à l'humain en question.

Le visage d'Ivar se froissa de confusion, et je fus déçue de constater qu'il semblait tout aussi désemparé que nous. J'avais espéré que l'Ordre se révélerait utile.

— Je ne sais pas en quoi cet humain est important ni pourquoi ils le veulent, dit-il, mais il y a un truc qui cloche chez lui…

Il plissa les yeux en direction de la table remplie d'adolescents.

Encore une personne qui était d'accord sur le fait qu'il y avait quelque chose qui clochait chez Max. Pourquoi est-ce que je n'avais pas réussi à le voir ? me lamentai-je avec frustration.

Comme s'il pouvait sentir que nous parlions de lui, Max se retourna et croisa mon regard pour la première fois. Une lueur de reconnaissance sembla briller dans ses yeux, et Lily poussa un juron à côté de moi.

Il se leva de table et se dirigea vers nous en trottinant. Une certaine panique me noua l'estomac, et je me tournai vers Killian en quête de soutien.

Max ralentit pour s'arrêter devant moi et m'adressa un sourire sordide en ignorant Killian et Ivar.

— Salut, bébé. Ça faisait un moment que je ne t'avais pas vue dans le coin. Comment se sont passées tes vacances ?

Sa voix et sa proximité suffirent à me faire commencer à trembler. Je n'avais pas été aussi proche de lui depuis qu'il m'avait agressée et qu'il avait ensuite essayé de me tuer. Je jetai un coup d'œil à Lily en me demandant pourquoi son enchantement ne fonctionnait plus. Elle haussa les épaules d'un air impuissant et s'excusa à voix basse.

Killian glissa son bras autour de ma taille et dévisagea l'humain avec un regard meurtrier.

— Ce n'est pas ton bébé.

Topaze siffla, mais Max ne sembla pas pouvoir l'entendre.

Max sourit et leva les mains en signe de reddition.

— Oh, désolé ! Je n'avais pas réalisé qu'elle s'était trouvé un nouveau petit ami.

Il me donna un coup de poing amical dans l'épaule.

— Je suis content pour toi, Viv.

Il se gratta la tête.

— Mais maintenant que j'y pense, je ne me souviens plus où t'es allée en vacances. C'était sur une plage, non ?

Il claqua des doigts.

— Ça me rappelle que tu n'as pas pu venir à ma dernière soirée. C'est vraiment dommage, c'était sympa, même si je ne me souviens plus de rien. Je dois avoir un trou de mémoire à cause de l'alcool.

C'est ça, ou plutôt à cause de la magie des dragonniers.

— Dommage, marmonnai-je. Je suis sûre que c'était génial.

Il acquiesça. Killian semblait prêt à lui sauter à la gorge, mais cet idiot parlait. Peut-être que la seule façon d'apprendre quelque chose sur lui se trouvait directement à la source, alors je serrai les doigts de Killian autour de ma taille et l'écoutai.

— Comme je l'ai dit, poursuivit Max, on s'est tous éclatés. J'organise une autre fête chez moi ce week-end. T'es la bienvenue. Tu sais où c'est, pas vrai ?

Il jeta un coup d'œil à Killian, puis à Ivar et à James, qui avaient tous l'air de ne pas être à leur place parmi les élèves.

— Euh, tes amis sont aussi les bienvenus.

Mon cœur tonna dans ma poitrine tandis que je me forçais à croiser son regard. Il attendait ostensiblement que je réponde.

— Oh, euh… Oui, bien sûr. Je sais où c'est.

Il était difficile de manquer le manoir Green, un joyau qui trônait au sommet de l'horizon, à l'extrémité du Silver Lake.

Il m'offrit un de ses sourires charmeurs pour lesquels j'aurais autrefois fondu.

— Génial ! Je te verrai là-bas.

Killian le suivit des yeux alors qu'il s'éloignait, imaginant probablement toutes les façons dont il pourrait le torturer, avant de se retourner vers moi.

— Sérieusement, on ne va pas y aller, si ?

Ivar fit un signe de tête vers lui.

— Oh, vous allez vous y rendre, et moi aussi. J'ai bien l'intention de faire en sorte que cette affaire soit écartée de mon royaume.

Il dévisagea son frère pour faire bonne mesure.

— Et on a toujours un duel à programmer.

— Pourquoi pas un duel au bière-pong ? proposai-je avec un petit rire tandis que Killian me lançait un regard interrogateur.

La perspective avait l'air hilarante, même si cela allait se passer à une autre fête de Max.

Avec un peu de chance, personne n'essaierait de me tuer cette fois-ci.

FÊTE MÉMORABLE

Le reste de la semaine traîna en longueur et je me retrouvai à compter les jours jusqu'à la fête de Max.

Même si je n'avais pas hâte de revivre la pire nuit de ma vie, je savais que cette fois-ci serait différente. J'avais Killian. Solstice. Lily et tous mes amis qui préféreraient prendre une raclée plutôt que de laisser quelque chose de mal m'arriver.

De plus, j'avais affronté de véritables dragons et j'avais survécu. Affronter Max était bon pour moi ; cela me forcerait à faire face à mes anciennes peurs.

Nous tombâmes dans une sorte de routine étrange passée à plaisanter le soir, à manger beaucoup de pizzas et à enchaîner les cours comme si rien n'avait jamais changé.

Sauf que tout avait changé, et c'était peut-être mieux ainsi. J'aimais cette nouvelle vie, faite de rires et d'amis.

Avant même que je m'en rende compte, le vendredi nous rattrapa et la fête de Max était imminente.

Mon cœur tonnait dans ma poitrine tandis que nous montions la colline. Le manoir était un endroit que j'avais vu de loin, comme sur une carte postale, mais je n'y étais jamais allée moi-même.

Jusqu'à aujourd'hui.

— OK, peut-être que je ne suis pas prête pour ça, avouai-je.

Killian embrassa le sommet de ma tête.

— J'assure tes arrières.

Je pressai sa main en retour.

— Zelda sera là, juste pour que vous le sachiez tous, nous informa Lily à côté de moi. Evie m'a dit qu'elle viendrait à la fête.

Killian leva les yeux au ciel et secoua la tête en me serrant plus fort.

— Génial. Exactement ce dont on a besoin. Plus de dragons.

— Elle sera probablement assez concentrée sur Max, nous rassura Lily. On fait tous équipe à ce stade, alors elle ne devrait pas poser trop de problèmes.

Je poussai un petit rire.

— Alors tu vas juste ignorer le fait qu'elle a essayé de te tuer ?

Ses yeux se plissèrent avant de revenir à la normale.

— Définitivement pas, mais je m'occuperai d'elle plus tard.

Noté. Ne pas se mettre Lily à dos.

De la musique techno déferlait sur la colline tandis que nous nous immergions dans le brouhaha de la fête. Il semblait que toute l'école avait été invitée, mais je ne reconnaissais pas tous les visages. Les Hôteliers avaient tendance à attirer les familles qui passaient leurs vacances d'été au bord du lac, alors il était impossible de savoir qui était présent ce soir.

J'aperçus alors des silhouettes autour du périmètre. Des gardes portant l'uniforme du service de sécurité de l'hôtel surveillaient l'événement. Étonnamment, ils semblaient être là pour aider, et non pour dénoncer la consommation d'alcool par des mineurs.

— Je ne sais pas trop comment on a fait pour les rater, commenta Killian en remarquant la sécurité renforcée en même temps que moi.

— C'est bizarre, admis-je.

Le fait que les gardes aient échappé à un groupe de dragonniers et de wyvernes déclencha mon alarme surnaturelle et conforta la théorie selon laquelle Max et sa famille n'étaient peut-être pas totalement humains.

La musique retentissait, et quelqu'un me brandit un verre sous le nez, interrompant mes rêveries. Killian le repoussa d'un revers de la main et menaça de tuer le fêtard.

— Ça n'en vaut pas la peine, lui assurai-je. On a une mission à accomplir. Reste concentré.

Killian grogna, mais acquiesça avant que nous nous frayions un chemin jusqu'aux marches pour entrer dans la maison.

Les parents de Max n'étaient manifestement pas là. Ils étaient très probablement en voyage d'affaires, comme d'habitude, en train d'acheter d'autres hôtels ou de faire quelque chose d'autrement néfaste. Le Silver Lake Resort n'était qu'un des nombreux hôtels qu'ils possédaient et géraient. Humains ou non, ils devaient maintenir leur richesse d'une manière ou d'une autre.

Nous traversâmes le hall d'entrée ; la musique forte était presque assourdissante. Je balayai la salle du regard en serrant la main de Killian pour ne pas le perdre dans la foule de gens ivres. Je repérai Evie dans toute sa splendeur glamour, entourée de ses Hovakim et de plusieurs sportifs. Elle leur souriait à tous avec une lueur espiègle dans les yeux.

Je me penchai vers l'oreille de Killian et mis ma main autour de ma bouche pour qu'il puisse m'entendre.

— Évitons à ces pauvres humains de tomber fous amoureux d'Evie.

Il suivit mon regard, puis sourit.

— Ils ne savent pas dans quoi ils s'embarquent, mais on a un travail à faire. Ils finiront par le découvrir.

Alors que nous nous dirigions vers l'extravagant salon où trônaient de coûteuses sculptures, une femme se mit en travers de notre chemin. Je reconnus immédiatement Zelda.

Mon cœur manqua un battement, puis accéléra le rythme lorsque je repensai à la dernière fois où j'avais vu cette pur-sang. Elle me sourit, mais son rictus était plus féroce qu'amical.

Je remarquai alors qu'elle était flanquée de Julie Emmerson et du reste des pom-pom girls.

Évidemment qu'elles seraient amies.

— Qu'est-ce qui vous prend autant de temps ? Tu ne veux pas sauver ta maman ?

Zelda se pencha tout près de moi tandis que son visage se tordait en un rictus sadique.

Une fureur m'envahit, et je ne pus m'empêcher de crisper les poings, broyant au passage les doigts de Killian.

— On y travaille, lâchai-je en serrant les dents à cause de l'effort qu'il me fallait faire pour ne pas péter les plombs.

Son sourire s'élargit.

— Eh bien, ne tarde pas trop, ou ta mère…

Elle laissa sa phrase en suspens et passa son doigt griffu sur son cou pour s'assurer que je comprenais bien l'enjeu.

— Deux jours, *Vivi*.

Elle prononça mon nom avec une intention empreinte de cruauté.

Zelda rejeta la tête en arrière en riant. Les pom-pom girls n'avaient probablement pas pu l'entendre, que ce soit à cause de la musique ou de l'enchantement, mais elles l'imitèrent néanmoins, même si elles n'avaient aucun moyen de savoir de quoi elles riaient. C'était une démonstration flagrante de pouvoir, une exhibition de l'étendue de son pouvoir de dragon. Elle pourrait monter toute l'école contre moi si elle le voulait.

Zelda me fit un clin d'œil, puis tourna les talons et s'éloigna avec Julie et les pom-pom girls dans son sillage.

Je les suivis du regard pendant un moment avant que Killian ne me tire doucement la main, me faisant réaliser que j'étais toujours en train de lui broyer les doigts. Je relâchai ma prise, et il me donna un coup d'épaule.

— On *va* la libérer, Vivi. Ne t'inquiète pas, dit-il, en se penchant pour que je puisse l'entendre.

Je croisai son regard, et l'assurance qui se dégageait de ses mots et de son expression me calma suffisamment pour que je me remette à penser à notre objectif de la soirée.

Je lui adressai un signe de tête brusque, respirai profondément, puis me reconcentrai. Solstice s'accrochait comme un poids lourd à mon épaule, m'offrant son propre soutien tout en me mordillant l'oreille. Je me moquais bien d'avoir l'air bizarre avec un pinson sur mon épaule ; j'avais besoin de sa force en ce moment.

Je hochai la tête, pris une grande inspiration et me mis au travail.

— Il faut qu'on trouve Max, décidai-je en avançant.

Nous traversâmes plusieurs pièces avant que je ne l'aperçoive enfin devant une table de bière-pong remplie de gobelets rouges. J'étudiai la scène pendant un instant avant de me tourner vers Killian.

— Tu penses pouvoir le distraire assez longtemps pour que je puisse fouiner et trouver des informations sur la raison pour laquelle les dragons le veulent ? demandai-je.

— Le distraire comment ? s'enquit-il.

Je jetai un coup d'œil au sportif, sachant qu'il n'y avait que deux choses qui pouvaient occuper son attention. Des seins ou une bagarre.

Je ne pouvais pas rester dans les parages, et je n'allais pas soumettre Lily à un tel supplice, alors une bagarre s'imposait.

— Énerve-le ou un truc du genre, suggérai-je avant de pointer un doigt devant lui. Mais ne t'emballe pas trop, d'accord ? C'est juste une diversion.

Les lèvres de Killian se retroussèrent en un rictus malicieux.

— Je m'en occupe, bébé.

Je levai les yeux au ciel, sur le point de lui dire de ne pas m'appeler ainsi, lorsqu'il lâcha ma main et se dirigea prestement vers Max, définitivement ravi d'avoir reçu la permission d'assouvir son besoin de violence à l'égard du garçon.

Il arriva jusqu'à lui et lui attrapa l'épaule, obligeant Max à lui faire face. Killian commença à gesticuler sauvagement, avant de planter son doigt dans la poitrine de Max. L'expression de Max fut d'abord empreinte de la confusion la plus totale, puis il se mit en colère. Le changement fut si rapide qu'on aurait dit qu'un interrupteur avait été actionné. Max lança un coup vers Killian, mais ce dernier l'esquiva avant d'envoyer son poing dans le visage de Max. Je me tapai la main sur le front et secouai la tête en voyant la « diversion » de mon compagnon.

J'imagine que j'aurais dû le voir venir...

Comme c'est souvent le cas dans la plupart des bagarres d'ivrognes lors d'une fête, la violence se propagea. Un véritable pugilat éclata rapidement, et des gens formèrent un cercle autour d'eux en scandant des encouragements. Je sortis de la pièce et montai l'escalier en regardant autour de moi pour vérifier que personne ne me remarquait. Mais à ce moment-là, la majorité des gens étaient trop occupés à participer à la mêlée ou à la regarder.

Je parcourus le couloir en jetant un coup d'œil à travers

chaque porte devant laquelle je passais. Après avoir marché pendant un moment, je finis par trouver ce qui semblait être la chambre principale.

Hum, c'est peut-être celle de ses parents ?

J'entrai lentement, fermai la porte derrière moi et la verrouillai pour m'assurer que personne ne me surprendrait en train de fouiner.

Je me dirigeai d'abord vers leur armoire et fouillai dans les vêtements et les boîtes, à la recherche de quelque chose de suspect. J'inspectai le reste de la pièce aussi vite que possible, consciente que je n'avais probablement pas beaucoup de temps. Les bagarres étaient de bonnes distractions, mais elles ne duraient généralement pas très longtemps. Du moins, j'imaginais que ce serait le cas avec Killian à la barre.

Un sentiment de frustration m'envahit tandis que je refermais le tiroir de la table de chevet et que je passais mes doigts dans mes cheveux. Rien.

Un gazouillis derrière moi attira mon attention, et je me tournai vers Solstice qui voltigeait sous sa forme de pinson doré. Elle planait près de la base de la bibliothèque en pépiant sans relâche.

— T'as trouvé quelque chose ? demandai-je en me précipitant vers elle avant de m'agenouiller à côté de la bibliothèque.

Elle bondit sur le sol, et je suivis la trace avec mes doigts jusqu'à découvrir une rainure dans le bois.

La bibliothèque s'ouvre !

— Solstice, t'es une merveilleuse petite wyverne géniale ! m'exclamai-je en commençant à sortir des livres des étagères.

Elle pépia joyeusement en tourbillonnant autour de ma tête. Je sentis un déclic lorsque je tirai un livre rouge et qu'il resta coincé dans une position inclinée.

L'étagère gronda, puis se mit à pivoter vers moi tandis

que le fond raclait le sol au même endroit que la rainure. Ma mâchoire se décrocha à l'instant où j'aperçus la pièce secrète.

Un nombre révoltant d'armes scintillaient sur le mur. Des fusils, des couteaux, des épées, des arcs et... Était-ce un lance-grenades ?

— C'est quoi ce bordel ? murmurai-je en entrant dans la réserve d'armes.

Une fois le choc face aux armes dissipé, je remarquai le coffre-fort encastré dans le mur central. Une certaine excitation m'envahit lorsque je me rendis compte que nous avions peut-être trouvé ce que nous cherchions.

Je m'agenouillai devant le coffre et regardai fixement la serrure pendant un moment. Mes épaules s'affaissèrent de déception quand je me souvins que je n'étais pas maître dans l'art d'ouvrir des coffres-forts, en fait. Avec la fortune que possédaient les Green, ce coffre-fort devait être de haute qualité.

Solstice se détacha de mon épaule en gazouillant et s'envola vers la serrure. Une lumière dorée jaillit sur son bec, puis l'énergie dégagée se glissa dans le coffre-fort. Un moment s'écoula en silence, puis le coffre-fort s'ouvrit.

— Bien joué, Solstice ! dis-je en la tapotant avant de regarder le contenu.

Alors que je m'attendais à trouver plus d'armes, voire des bijoux, je haussai les sourcils devant un simple classeur. Je parcourus les onglets jusqu'à ce que je tombe sur quelque chose qui me coupa le souffle.

Reid, mon nom de famille.

J'attrapai le dossier et l'ouvris lentement, sans trop savoir ce que j'allais dénicher. Le premier document de la chemise était daté d'il y a plus de dix ans. De la colère monta en moi comme un raz-de-marée à mesure que je lisais la page. La mort de mon père n'avait pas été un accident, et le Silver

Lake Resort avait étouffé l'affaire. Plus précisément, *les parents de Max* l'avaient étouffée.

— Salauds, grognai-je.

J'examinai la feuille avec stupéfaction en relisant les mots. Ce fut alors que je vis l'en-tête du document.

Chevaliers de l'Ordre d'Argent.

Le père de Max était un Chevalier de l'Ordre d'Argent, et il avait dissimulé la mort de mon père.

Le document suivant m'expliqua pourquoi.

À cause de moi.

En tant que chevalier infiltré, M. Green avait détecté mon lien avec la magie dragonienne et avait passé un accord avec les dragons d'eau pour qu'ils me noient avant que je ne puisse la développer. Mon père était mort en me sauvant de sa traîtrise, alors bien sûr, il avait dû étouffer l'affaire.

Le document détaillait son accord initial avec les dragons d'eau ainsi que sa complicité dans l'acte en question. Il s'avérait que c'était lui qui avait retenu la Dame du Lac pour qu'elle ne puisse pas aider ; du moins, pas cette nuit-là.

Les documents se succédaient et confirmaient que les parents de Max étaient complètement dérangés. C'étaient des traditionalistes qui, après les déboires avec James, Lily et la destruction de son lycée par le feu des dragons, pensaient qu'Ivar était devenu trop laxiste. Ils préparaient un coup de force, ironiquement avec l'aide de la magie des dragons qu'ils méprisaient tant, ce qu'Ivar n'était pas disposé à faire.

Après l'échec de la première tentative, ils avaient commencé à faire accuser ma mère de fraude fiscale, dans l'espoir d'utiliser le système contre elle pour me placer dans une famille d'accueil. Ainsi, s'il m'était arrivé quelque chose, cela aurait été considéré comme une fugue, un autre cas de disparition d'enfant.

Un plan sournois, tout cela à cause de ce que j'étais. Une fille avec une âme de dragon.

Ironiquement, c'était en tuant mon père qu'ils m'avaient réveillée. J'avais créé la forme de pinson de Solstice et avais appelé son âme pour obtenir justice.

Une justice que j'avais toujours l'intention d'obtenir.

En remettant les documents en place, je vis un dossier noir qui m'avait échappé. Les poils de ma nuque se dressèrent lorsque je l'ouvris.

Il contenait des photos de ma mère et moi. Dans notre maison, à l'école, au travail. Il y avait une photo de tous les endroits où nous étions allées au cours des dix dernières années. Ils aimaient particulièrement me photographier avec Solstice sous sa forme de pinson. Il y avait un point d'interrogation géant sur l'une des photos où elle était sous sa forme dorée.

Ils avaient su.

Et ils avaient essayé d'y mettre fin.

Une fureur froide parcourut mes veines, et je m'efforçai de me calmer avant de réaliser que la diversion de Killian ne durerait pas éternellement. Je replaçai tout comme je l'avais trouvé et refermai la bibliothèque derrière moi. Je remis tous les livres à leur place, du mieux que je m'en souvenais, du moins.

En redescendant l'escalier, je passai devant des photos encadrées que je n'avais pas remarquées auparavant. Ma fureur augmentait chaque fois que je voyais une photo des Green ressemblant à une famille heureuse alors qu'ils avaient détruit la mienne.

J'entrai dans la salle où s'était déroulée la bagarre pour constater qu'elle avait été maîtrisée, avec Max d'un côté de la pièce retenu par ses potes sportifs et Killian de l'autre, immobilisé par les Hovakim d'Evie.

Des sirènes de police retentirent en bas de la route, ce qui provoqua un branle-bas de combat dans la pièce remplie de mineurs en état d'ébriété. Je me frayai un chemin vers Killian à travers le chaos et lui attrapai le bras. Je courus jusqu'à la cuisine, l'entraînai par la porte de derrière et contournai la propriété jusqu'à la route principale, heureuse pour une fois d'avoir grandi ici et de connaître mon chemin.

— Je n'en ai pas fini avec lui, grogna Killian.

— T'en as fini, dis-je d'un ton catégorique.

Nous ne pouvions pas nous permettre de nous retrouver en prison, sinon nous n'arriverions à rien avant qu'il ne soit trop tard et que ma mère ne soit blessée. Ou pire.

TRADITIONALISTES ET LOYALISTES

Killian s'arrêta sur place alors que nous tournions à gauche sur la route principale.

— On va où ? Ta maison est par là, non ?

Nous avions perdu tous les autres dans le chaos, mais mon esprit était trop en ébullition pour que je m'en préoccupe.

— On ne va pas chez moi, bafouillai-je tandis que mon cerveau me hurlait de me dépêcher avant que les parents de Max ne découvrent que j'étais de retour en ville.

Ils n'étaient pas humains, et je ne savais pas si Max était impliqué dans leurs plans ou s'il n'était qu'un pion. Dans tous les cas, il fallait que je tire les choses au clair, et vite.

— On va au Silver Lake Resort. Le père de Max est derrière tout ça, affirmai-je entre mes dents serrées. Si on veut obtenir plus d'informations sur ce qui se passe vraiment ici, c'est là-bas qu'on les trouvera.

Killian m'interrogea sur ce que j'avais découvert, et je lui fis le récit de tout ce que j'avais vu.

— On devrait aller raconter ça à James, murmura-t-il d'un ton lugubre.

S'il était en colère avant, il était maintenant furieux.

— Non.

Je n'allais pas laisser quelqu'un d'autre résoudre mes problèmes. Les parents de Max m'avaient pris mon père. C'était à cause d'eux que j'avais souffert, et j'allais à présent m'en occuper moi-même. Je ne pouvais pas risquer que la politique des Chevaliers se mette en travers de la justice, aussi ironique que cela pouvait paraître.

De plus, les dragons sauvages voulaient Max. Je ne savais toujours pas pourquoi, mais d'une manière ou d'une autre, tout était lié.

Il ne pouvait pas en être autrement.

Killian s'arrêta net, et ses yeux s'écarquillèrent sous l'effet d'une nouvelle illumination.

— C'est de ça qu'elle parlait.

Je marquai une pause.

— Qui ?

Il me lança un regard ; ses yeux brillaient presque dans la lumière décroissante.

— La Dame du Lac. Elle m'a dit qu'elle avait les mains liées, que la guerre entre les chevaliers était allée trop loin. Je croyais qu'elle parlait de la guerre entre les chevaliers et les dragons, mais elle faisait référence à une bataille interne, entre les loyalistes et les traditionalistes.

— Les Green sont des traditionalistes, dis-je en fronçant les sourcils. Selon leurs croyances, tout ce qui est lié de près ou de loin à la magie dragonienne doit mourir, par tous les moyens, et je possédais l'esprit d'une future reine dragon, là, juste sous leur nez.

Ils voulaient me tuer à cause de ce que j'étais, parce que mon âme s'était liée à Solstice.

Elle poussa un cri dans mon oreille. Je tendis la main et lui grattai la tête.

— C'est bon, ma belle. Ce n'était pas ta faute.

Killian ricana.

— Et ils étaient prêts à collaborer avec la reine sauvage pour t'éliminer, toi, une enfant inoffensive ?

Je serrai les poings.

— Plus si inoffensive que ça.

Ils avaient aussi des photos de ma mère. Je soupçonnais qu'ils savaient ce qu'elle était, ce qui signifiait qu'ils savaient ce que je pouvais devenir.

Pour eux, mélanger de la magie dragonienne à du sang de déesse, le même sang qui avait créé Excalibur, serait un blasphème.

— Viens, dis-je, ma décision étant prise. Allons découvrir les autres secrets qu'ils cachent.

Parce que Max était encore un point d'interrogation que j'avais bien l'intention d'élucider.

Nous fîmes le reste du chemin jusqu'à l'hôtel en silence. Lorsque nous arrivâmes sur la propriété, je coupai à gauche et nous conduisis à travers la forêt, en gardant cette fois un œil sur le dispositif de sécurité, même si j'avais l'impression que nous étions parfaitement seuls.

— Tu sais où tu vas ? demanda Killian.

Je connaissais cette forêt comme ma poche.

— J'ai grandi ici, expliquai-je. Solstice et moi jouions dans ces bois à trouver des chemins secrets.

Dont une porte arrière pour entrer dans l'hôtel et rendre visite à ma mère avant qu'elle ne commence à travailler à domicile.

C'était là que je menais Killian en évitant toutes les mesures de sécurité de la porte d'entrée. C'était Solstice qui avait trouvé la faille, maintenant que je me souvenais des aventures de mon enfance. Je n'avais jamais réalisé à quoi elle était confrontée et que, même à l'époque, elle essayait de m'aider à survivre.

Je trouvai la même vieille fenêtre avec le loquet cassé à

l'arrière, la débloquai d'un coup sec, mais fronçai les sourcils en ouvrant la vitre. Il n'y avait pas autant d'espace que dans mon souvenir.

— Je suis trop grande pour entrer par cette ouverture, constatai-je en jetant un coup d'œil à Killian. Et il n'y a aucune chance que tu puisses passer.

Killian gloussa.

— J'imagine que non.

Solstice gazouilla et donna un coup de bec à la serrure de la porte pour la faire exploser avec de l'énergie dorée. Je haussai un sourcil en la regardant, puis je testai la poignée. La porte céda sans difficulté.

— Bonne fille, murmurai-je.

Nous montâmes l'escalier jusqu'à l'étage réservé à la direction. Il n'y avait aucun agent de sécurité en vue, ils étaient probablement encore en train de rôder autour du manoir. S'ils savaient que notre cible était Max, ils resteraient près de lui, heureusement pour nous.

Profitant de l'occasion, je me dirigeai directement vers le bureau de M. Green. Je me souvenais où il se trouvait pour y être allée quand j'étais petite, et j'y repérai la même plaque nominative criarde brillante au-dessus des doubles portes. Solstice exerça de nouveau sa magie sur la serrure et nous nous empressâmes de pénétrer à l'intérieur.

Nous nous dispersâmes tous les quatre, y compris Topaze dont l'enchantement s'était dissipé, pour chercher ce que les Green pouvaient bien cacher. En quête de rainures dans le sol, je parcourus la pièce. Cette fois, je les découvris devant la cheminée.

— Je vous tiens, annonçai-je.

Je poussai des briques et déplaçai les objets posés sur le dessus de la cheminée en essayant de repérer le déclencheur. Topaze sauta de l'épaule de Killian et donna un coup de cornes sur le tisonnier qui se trouvait à côté de la cheminée.

Le manche revint à un angle de quarante-cinq degrés et la cheminée grinça en pivotant sur le sol.

— Oh, petit dragon génial ! roucoulai-je en le prenant dans mes bras pour lui faire des gratouilles.

Elle se délecta de mon affection, surtout lorsque Solstice tournoya autour de ma tête en gazouillant de jalousie.

Une pièce apparut, similaire à celle que j'avais trouvée dans la chambre à coucher du manoir, mais plus grande et dotée d'un petit bureau dans le fond.

Killian siffla en regardant l'arsenal accroché aux murs.

— Ils en ont tout autant chez eux, dis-je sèchement.

Killian et moi nous mîmes au travail en commençant par ouvrir des classeurs. Nous découvrîmes d'autres photos de ma mère et moi, ainsi que quelques-unes de Solstice dans son arbre près de ma fenêtre et son perchoir préféré au bord du lac.

— Est-ce qu'ils s'en sont déjà pris à toi, ma belle ? demandai-je à Solstice, inquiète de ce qui avait pu se passer quand j'avais le dos tourné.

Avant que je ne sache ce que j'étais, le pinson doré n'apparaissait que de façon aléatoire et disparaissait parfois pendant des heures.

Elle émit un gémissement, suggérant qu'elle avait fait de son mieux pour rester en sécurité, mais qu'il y avait définitivement eu un danger présent.

Killian grogna tout bas dans sa gorge en prenant connaissance du contenu du dossier qu'il était en train de lire. Des éclairs de fureur passaient sur son visage comme des nuages d'orage. Je lus par-dessus son épaule et sursautai.

C'était le dossier de mon meurtre par Max. Enfin, de sa tentative de meurtre.

Sauf que… Max n'était au courant de rien. Il avait été utilisé et manipulé par un éclat d'Excalibur, dont le croquis n'était qu'une tache sombre sur le papier.

— L'Ordre n'aurait définitivement pas approuvé ça, lâcha Killian en brandissant le document incriminé. Est-ce qu'on peut impliquer James maintenant ? C'est monstrueux.

Killian pointa du doigt l'inscription.

— Ce sort est permanent, et c'est une arme puissante contre les dragons, ce qui expliquerait parfaitement pourquoi les dragons sauvages veulent Max.

— Alors, il peut… les tuer ? demandai-je, complètement confuse.

Je ne voyais pas pourquoi les dragons voudraient une arme conçue pour être utilisée contre eux.

— Les dragons sont une espèce parasite. Ils consomment et absorbent. La reine sauvage a prouvé ce dont elle était capable et elle se moque sûrement des effets secondaires liés à l'absorption de la puissance que renferme Max Green. Si elle met la main sur lui, elle extraira sa magie et s'en servira contre les Chevaliers de l'Ordre d'Argent et contre les dragonniers.

— Qu'est-ce que ce pouvoir fait, exactement ? questionnai-je, les yeux écarquillés.

Il fronça les sourcils en pointant du doigt la page.

— C'est de la corruption fusionnée avec un éclat d'Excalibur. C'est une forme de magie perverse qui utilise le pouvoir de la folie et en fait une arme. La reine sauvage pourrait l'utiliser si elle est prête à devenir encore plus folle qu'elle ne l'est déjà, ce qui, j'imagine, n'est pas un problème.

— Génial, soufflai-je. Alors, qu'est-ce qu'on fait ? On ne peut pas simplement lui livrer Max.

— Non, approuva-t-il. Pas sans un moyen de réfréner la folie qui est en lui.

— Et comment on fait ça ? demandai-je.

Avant que Killian ne puisse répondre, une forte détonation retentit dans le bureau principal. Mon cœur s'emballa et mon estomac se noua lorsque Max apparut, l'air positivement menaçant avec un œil au beurre noir sur le visage et des éclaboussures de sang sur le devant de son t-shirt bleu. Killian se redressa et s'interposa entre Max et moi.

Max s'approcha de nous et détourna le regard pour fixer les armes sur le mur.

— C'est quoi ce bordel ? murmura-t-il, les traits crispés.

Il aperçut alors Topaze et Solstice qui sifflaient à nos pieds. Topaze était devenue entièrement visible tandis que Solstice scintillait entre le pinson et la wyverne. Max recula d'un pas, les yeux ronds.

— Tu ne connaissais pas cet endroit ? s'enquit Killian avec scepticisme.

— Vous êtes…

Il tendit un doigt et releva son regard vers nous, choqué.

— Vous êtes des dragonniers. De vrais dragonniers, n'est-ce pas ? Mon père m'a parlé de vous… Il m'a dit que vous étiez dangereux.

— C'est lui qui est dangereux, répondis-je.

Je contournai Killian et remis le dossier à Max.

— Il s'est servi de toi. Lis par toi-même.

Il prit le dossier avec hésitation et nous observa avant de l'ouvrir et de commencer à lire.

Son visage se décomposa, puis devint furieux. Il tremblait lorsqu'il eut fini de parcourir les pages en terminant par le croquis de l'éclat.

— J'avais déjà vu ça, murmura-t-il avec un regard sombre. Je croyais que ce n'était qu'un mauvais rêve.

— C'est réel, affirma Killian d'un air meurtrier qui me fit comprendre que Max n'était pas encore tiré d'affaire. T'as une part de noirceur en toi, Max. Une noirceur qui a blessé quelqu'un à qui je tiens.

Il retira l'une des lames du mur et la brandit vers lui.

— Je ne peux pas te laisser sortir d'ici.

Max était peut-être une brute et un sportif arrogant, mais

certainement pas un guerrier entraîné. Stupéfait et sans voix, il fixait Killian avec des yeux écarquillés.

Je posai une main sur le poignet de Killian et abaissai son arme.

— Il doit y avoir un autre moyen, proposai-je. Emmenons-le auprès des autres. James saura peut-être quoi faire.

De plus, Max était ma seule chance de récupérer ma mère. Je ne pouvais pas laisser Killian le tuer, même si j'en avais envie.

Killian soupira et réfléchit à la question avant de se détendre.

— Très bien.

Ses yeux se plissèrent sur les ombres qui serpentaient autour des poignets de Max. La corruption suintait de lui sous une forme visible, tourbillonnant autour de lui en vagues paresseuses.

— T'as le contrôle dessus, n'est-ce pas ?

Max jeta un coup d'œil vers le bas et replia ses doigts.

— J'ai cru que je devenais fou, admit-il. Je n'arrêtais pas de voir des aperçus de l'océan… et de moi en train de faire quelque chose que je…

Il leva les yeux vers moi.

— Ce n'était pas moi, Vivi. Je le jure. Je…

Je levai une main. Je ne voulais pas de ses excuses, et je ne voulais surtout pas revivre ces souvenirs.

— Tu veux arranger les choses ? Viens avec nous. Coopère.

Il croisa mon regard, et son visage se tordit de rage avant qu'il ne se retourne et ne donne un coup de poing à l'arrière de la cheminée en briques, laissant un trou dans la pierre dont plusieurs morceaux volèrent dans toutes les directions.

Donc définitivement pas humain.

Killian me poussa à nouveau derrière lui et écarta les bras pour s'assurer que j'étais en sécurité.

— La corruption lutte contre son libre arbitre de collaborer avec nous, expliqua Killian alors que la température de la pièce s'effondrait.

Il dégaina de nouveau son arme en reprenant une posture de guerrier.

Max rugit, et Solstice éclata sous sa forme de wyverne, se débarrassant du reste de l'enchantement de Lily.

Solstice sauta du sol et se jeta sur la tête de Max. Le poids soudain de mon dragon le fit se figer, puis sa magie dorée rayonna sur lui comme un lever de soleil.

Sa peau se mit à scintiller et à briller sous l'effet de sa lumière, et il émit un son étranglé lorsque ses bras commencèrent à étinceler. Un éclat noir couvait à l'intérieur de sa poitrine, grésillant contre la lumière.

Solstice poussa un cri et tapa de la patte sur sa tête, lui ordonnant clairement de ne pas bouger. Étonnamment, il comprit le message et obéit.

Solstice ferma les yeux et déploya ses ailes. La lumière devint de plus en plus brillante. Plusieurs instants passèrent, puis le doré commença à parcourir son corps avant de se rassembler au-dessus de son cœur et d'éclater dans un flash aveuglant.

Max trébucha en arrière sous la force de ce que ma wyverne venait de faire, et Solstice voltigea autour de sa tête. Il se retourna pour nous faire face, et toute la colère démentielle avait disparu de son visage. Il ne restait que de la tristesse, du chagrin et du regret.

— Oh mon Dieu, Vivi. Oh mon Dieu. Qu'est-ce que j'ai fait ?

Il me regardait dans les yeux tandis que son visage se décomposait.

— Je me souviens de tout si clairement maintenant. La fête, la baignade et… tout le reste.

Je grimaçai alors que les souvenirs se bousculaient en

moi. Même le fait de savoir qu'il n'était pas vraiment maître de lui-même à ce moment-là n'aidait pas à surmonter le traumatisme auquel je devais encore faire face.

— Elle l'a débarrassé de sa corruption, du moins temporairement, expliqua Killian en désignant Solstice. Ça l'aidera à coopérer pour l'instant.

Max secoua la tête comme s'il essayait de l'éclaircir.

— Je suis vraiment désolé. Je ne comprends pas pourquoi mon père m'a fait ça. Pourquoi est-ce qu'il veut à ce point-là te voir morte ? Ça n'a aucun sens. Les Chevaliers de l'Ordre d'Argent sont des défenseurs du bien. On protège les innocents.

Sa mâchoire se crispa.

— Au lieu de ça… il a essayé de m'obliger à te tuer.

Killian et moi échangeâmes un regard pendant un instant, jaugeant mutuellement la quantité de choses à lui révéler. Killian me fit un signe de tête, puis à Max. Je soupirai et me tournai à nouveau vers ce dernier pour commencer mon récit par ma sortie de l'eau dans un autre royaume et le conclure par les informations que nous venions d'apprendre.

Son air paraissait déterminé lorsque j'eus terminé. Il opina du chef sans hésiter.

— Je vais y aller.

— Aller… où ? m'informai-je, n'étant pas sûre d'avoir bien entendu.

— À Avalon.

La surprise dut se lire sur mon visage, car il redoubla d'ardeur.

— Je *vais* y aller. Il le faut. T'aider à retrouver ta mère est le moins que je puisse faire après tout ce que ma famille et moi t'avons fait subir.

— Merci, répondis-je, ne sachant pas quoi ajouter d'autre.

— Mais pour l'instant, il faut qu'on parte d'ici, dit-il en nous poussant hors de la pièce. Vous avez déclenché une alarme silencieuse quand vous vous êtes introduits dans le bureau de mon père. C'est comme ça que j'ai su que vous étiez ici. Les agents de sécurité, mes parents et moi avons tous des applications qui transmettent des notifications à nos téléphones en cas de déclenchement d'une alarme. Donc les gardes ne vont pas tarder à arriver. Ils étaient au manoir sur l'ordre de mon père de rester avec moi, mais je les ai semés quand j'étais dans les bois à votre recherche. Ils vont comprendre où je suis allé, et ils vont bientôt débouler ici.

Il quitta la pièce. Killian prit ma main pour m'attirer vers l'extérieur, mais je me dégageai.

— Attends, dis-je en attrapant un dossier.

Killian leva un sourcil, mais je n'eus pas le temps de m'expliquer. Nous devions d'abord sortir d'ici sans nous faire prendre.

Nous nous précipitâmes à travers les couloirs et dans l'escalier. Nous fonçâmes droit sur les agents de sécurité, mais Solstice libéra une autre vague de lumière aveuglante et les étourdit pour nous donner une chance de nous enfuir.

Tandis que nous courions à travers la forêt avec la menace à nos trousses, une vague de soulagement me submergea.

Max avait accepté d'y aller.

Ma mère serait en sécurité.

Mais d'abord… nous devions nous assurer que Max n'était pas une arme que la reine sauvage pourrait utiliser. J'avais le pressentiment qu'Evie pourrait nous aider sur ce point.

TROIS PETITS MOTS

Nous arrivâmes chez moi après avoir finalement semé les agents de sécurité. Lorsque nous franchîmes la porte, je souris à notre comité d'accueil fatigué. James et Lily étaient assis ensemble sur le canapé deux places, tandis qu'Evie et ses quatre acolytes étaient affalés sur le sofa. Leur conversation s'arrêta lorsque nous entrâmes dans la maison, Max en tête.

— Eh bien, voyez ce que les cavaliers ont rapporté, dit sèchement Lily en observant Max avec un sourcil levé. Je croyais que c'était l'ennemi.

— Peut-être pas, expliquai-je. Max n'avait pas toute sa tête quand tout a basculé sur la plage. Il était… corrompu.

Nous nous assîmes tous les trois et je relatai ce que nous avions découvert. Lorsque j'eus terminé, James était debout en train de faire les cent pas, et Evie était assise à côté de Max en train de le regarder dans les yeux, comme fascinée.

Max la fixait en retour, tout aussi subjugué, mais Evie semblait avoir toujours cet effet sur les hommes.

— Green ! Je n'ai jamais aimé ce type, fulmina James en faisant les cent pas. Évidemment que c'est lui qui est derrière tout ça. Pourquoi est-ce que personne ne m'a dit le nom de famille de Max ? J'aurais pu vous dire qui il était.

Killian jeta un regard noir à James.

— On l'a fait, en fait. T'étais là quand on a lu la demande de rançon. Tu devrais peut-être être plus attentif.

James grogna.

— J'étais un peu occupé à me désembrouiller le cerveau après le passage du portail de Finn. Excuse-moi de ne pas avoir percuté tout de suite.

— Alors, t'as accepté d'être échangé contre la mère de Vivi ? demanda Evie à Max en faisant courir ses doigts le long de son poignet tout en ignorant complètement la compétition de testostérone qui se jouait entre James et Killian.

Max se détendit à son contact.

— C'est le moins que je puisse faire pour expier tout ce qu'elle a subi à cause de moi et de ma famille.

Elle le dévisagea un long moment, semblant réfléchir sérieusement à quelque chose.

— Eh bien, les dragons ne sont généralement pas de tendres créatures, surtout là où tu vas. Si t'y vas seul sans personne pour te protéger, tu ne survivras probablement pas longtemps.

Elle se redressa et lui adressa un sourire laissant apercevoir ses crocs.

— Je peux te protéger, si cette idée t'intéresse.

Max croisa son regard, puis hocha à nouveau la tête.

— Tu rejoindras mes Hovakim, décida-t-elle, ce qui lui valut un haussement de sourcils de ma part.

De combien d'adorateurs ce dragon avait-il besoin ?

— Tu seras protégé comme l'un des miens, et tu ne seras plus jamais seul.

Elle lui sourit chaleureusement et fit un geste en direction de ses autres partenaires.

Lily leva les yeux au ciel tandis que James ricana.

— C'est une offre épineuse, mec, mais je l'accepterais si j'étais toi.

Killian acquiesça.

— Ça lierait Max à Evie et empêcherait la reine sauvage d'absorber le pouvoir de l'éclat.

Il inclina la tête.

— Enfin, elle pourrait peut-être le tuer et l'extraire de cette façon.

— Ça détruirait l'éclat, fit remarquer James.

Il claqua des doigts et fit signe à Max de se lever. Max obéit, et James repoussa le col de sa chemise pour montrer une veine sombre qui s'étendait sur son torse.

— C'est un sort qui lie l'éclat au cœur. Si le cœur cesse de battre, l'éclat se brisera et le pouvoir qu'il contient cessera d'exister.

Il retira sa main.

— Comment est-ce que tu t'es retrouvé avec un éclat corrompu ? Ivar n'aurait pas autorisé ce genre de magie au sein de l'Ordre.

Max se frotta l'arrière de la tête.

— Je n'étais même pas au courant. C'est mon père qui m'a fait ça… Quand je dormais, peut-être ?

Evie fredonna en lui tournant autour avec des mouvements fluides et reptiliens.

— Il y a de la magie dragonienne en toi. Tes souvenirs ont été modifiés. Ton père a fait ça avec l'aide d'un dragon.

Ce n'était pas bon signe.

— Est-ce que ça aurait pu être les dragons sauvages ? demandai-je.

Lily se mordit la lèvre avant de hocher la tête.

— Oui, sûrement. Les Green ont dû collaborer.

James secoua la tête.

— C'est le problème avec les traditionalistes. Ils pensent

que la fin justifie les moyens. Ils sont prêts à faire équipe avec les dragons sauvages si ça leur est profitable.

Il fit claquer sa langue.

— C'est comme ça que les traditionalistes ont essayé de détrôner mon frère. Bande d'idiots.

La conversation tourna vite autour de l'inévitable plan d'action. Evie convertirait Max pour en faire l'un de ses Hovakim, un processus qui prendrait toute la nuit et permettrait au reste d'entre nous de se reposer avant de se séparer. Evie était toujours sous l'apparence d'un des dragons d'Avalon, et elle retournerait auprès d'eux en racontant qu'elle avait sauvé Max d'une mort certaine en se liant à lui. Ce n'était pas une histoire difficile à vendre étant donné à quel point Killian le détestait.

Evie et ses Hovakim, y compris Max, se retirèrent dans la chambre principale, qu'ils avaient utilisée toute la semaine. Lily parvint également à convaincre James, qui était toujours en colère, d'aller dormir un peu sur le canapé.

Et ainsi, il ne restait plus que Killian et moi, ce qui n'était pas nouveau, mais semblait différent cette fois-ci. Nous avions trouvé ce dont nous avions besoin. Max était là et prêt à aller voir les dragons de son plein gré. Le stress auquel nous étions confrontés depuis des mois touchait enfin à sa fin, ce qui laissait de la place à d'autres émotions négligées.

Comme par exemple nos sentiments l'un pour l'autre.

Killian se leva du canapé et me tendit la main.

— On devrait aussi aller se coucher. On a tous une journée chargée demain.

Je le laissai me relever, et nous nous rendîmes dans ma chambre. Nous nous préparâmes à aller dormir en silence en nous relayant dans ma salle de bains avant de nous installer dans le lit, nos wyvernes lovées entre nous.

Je fixai Killian et étudiai son visage. Je le trouvais tellement beau. Bon, il était littéralement à moitié ange, donc c'était logique. La coupure sur sa lèvre attira mon attention, et je levai la main pour l'effleurer doucement du bout des doigts.

— Qu'est-ce qui t'a fait penser que déclencher une bagarre était la meilleure idée ? lui demandai-je, exaspérée qu'il ait été blessé.

— Il t'a fait du mal, répondit-il simplement.

Il leva sa main pour caresser ma joue.

— Vivienne Reid, t'es la personne la plus importante pour moi. Je ne peux pas supporter l'idée que tu sois blessée, et je ferais des choses indescriptibles à quiconque en serait la cause.

Mon cœur palpita à sa déclaration.

— Espérons simplement qu'on n'en arrivera pas là.

Son regard croisa le mien, et je ne parvins pas à détourner les yeux. Mon monde se referma autour de moi, ne laissant rien d'autre que son âme et la mienne, les deux faces d'une pièce de monnaie destinées à être ensemble pour toujours.

Je m'étais liée à lui, et à Solstice et à Topaze qui étaient blotties entre nous. Nous étions une famille, et il était mon compagnon.

Lorsqu'il se rapprocha de moi et pressa ses lèvres contre les miennes, ce fut comme une évidence. Je fermai les yeux et m'abandonnai à la sensation qui m'envahissait chaque fois que nos peaux se touchaient, une chaleur ardente qui me traversait comme du feu et de la glace. De l'électricité brûla au bout de mes doigts, et Solstice remua dans son sommeil en poussant un cri d'approbation face à l'unification de mon lien avec Killian. Notre connexion alimentait nos liens et nos dragons, nous renforçant tous de vie.

Mon sang de déesse aurait dû être un obstacle, un drain, mais quelque chose en moi était en train de changer.

Peut-être que notre union n'était pas vouée à l'échec après tout.

Un feu d'artifice se déclencha derrière mes paupières lorsqu'il approfondit le baiser. Des picotements parcoururent chaque centimètre de mon corps tandis que ses émotions envahissaient les miennes, notre lien me permettant de ressentir tout ce qu'il éprouvait. Ce qui me frappa au plus profond de mon âme fut la force avec laquelle il pensait chaque mot qu'il venait de prononcer. Je m'ouvris à lui à mon tour et lui fis sentir à quel point j'étais reconnaissante qu'il soit ici avec moi. Qu'il ait atteint un stade où il pouvait me pardonner de l'avoir piégé dans cette relation et qu'il m'ait fait confiance assez longtemps pour redonner vie à Solstice.

Il me donnait l'impression de pouvoir tout faire avec lui et nos wyvernes à mes côtés.

Il se retira en me laissant à bout de souffle avant que nous ne nous noyions tous les deux dans les sensations, puis il m'attira plus près de lui. Il passa son bras sous ma tête et berça Solstice et Topaze entre nous.

Je souris en le regardant, souhaitant que cette nuit ne se termine jamais.

Il n'avait pas besoin de prononcer les mots. Je les sentais.

Je t'aime, Viv, maintenant et pour toujours.

T'es mienne.

JUSTICE

Le dossier que j'avais pris dans le bureau de M. Green était l'un des rapports de police initiaux sur la mort de mon père, qui indiquait qu'il s'agissait potentiellement d'un homicide. Je ne pouvais pas prouver que Max Green avait étouffé l'affaire, mais j'avais un rapport qui portait probablement les empreintes digitales de son père.

Ce fut extrêmement satisfaisant d'aller au poste de police et de leur donner toutes les preuves dont ils avaient besoin pour mettre M. Green à l'ombre pour un long moment. J'eus cependant de la peine pour Max lorsqu'il vit son père se faire menotter et conduire au poste de police.

En regardant l'homme aux cheveux blonds se raidir pendant que la police lui énonçait ses droits, je réalisai que je ne l'avais jamais rencontré. Le milliardaire dominait le fonctionnaire avec une arrogance débordante, assurant à tous ceux qui l'observaient qu'il engagerait le meilleur avocat que l'argent puisse acheter.

Son regard bleu croisa le mien, et ses yeux se plissèrent lorsqu'il me reconnut.

Toi, sembla-t-il dire. *Ce n'est pas terminé.*

J'avais le mauvais pressentiment que la police ne retiendrait pas longtemps un Chevalier de l'Ordre d'Argent, surtout s'il était riche, mais James était allé parler à son frère, alors tout s'arrangerait d'une manière ou d'une autre. Une prise de pouvoir ne serait pas tolérée, surtout maintenant qu'on avait la preuve qu'un éclat d'Excalibur corrompu avait été utilisé de cette manière.

Nous nous réunîmes dans mon jardin après que toutes les formalités légales eurent été réglées, aussi bien du côté des humains que de celui des êtres surnaturels. Même si je voulais m'assurer que M. Green obtiendrait ce qu'il méritait, j'avais une mère à sauver.

Je sortis mon collier de sous ma chemise avec des sentiments mitigés.

Solstice poussa un cri.

— Oui, oui, dis-je en levant les yeux au ciel. Je ferai un meilleur portail cette fois-ci.

Evie passa son bras sous celui de Max, qui lui sourit ; une nouvelle familiarité s'installait entre eux. Les autres hommes se pressèrent autour d'eux et donnèrent une tape dans le dos de Max pour lui souhaiter la bienvenue dans leur groupe étrange mais très soudé.

— T'es sûr que la reine sauvage ne pourra pas utiliser l'éclat corrompu qui est à l'intérieur de Max ? demandai-je tout bas.

James me fit un signe de tête sérieux.

— Il appartient à Evie, maintenant. On va respecter notre part du marché sans donner à la reine sauvage quoi que ce soit d'utile en retour.

Il jeta un coup d'œil au magnifique dragon.

— Evie risque de payer le prix pour avoir dressé cet obstacle, mais je préfère laisser les dragons se livrer à leurs propres jeux politiques. Ça nous fera gagner du temps, au moins.

— Du temps pour quoi ? m'enquis-je, n'ayant pas pensé à autre chose qu'à récupérer ma mère.

Il sourit.

— Pour que tu deviennes une véritable dragonnière. Tu vas tous nous sauver, Vivi, et je vais faire ma part pour te donner une chance de te battre.

Lily sourit et se blottit contre lui.

— Je suis d'accord.

Cette pensée me réchauffa le cœur, et je fermai les yeux avant de laisser échapper une longue expiration que j'avais retenue.

De l'énergie traversa le bout de mes doigts jusqu'au métal qui frôlait ma peau. Le portail s'ouvrit à mon commandement et tourbillonna comme un bain à remous, et l'un après l'autre, nous sautâmes tous dedans.

Sans le stress de Zelda en train d'essayer de m'assassiner et d'une armée à mes trousses, le tunnel se referma autour de moi, stable et paisible. Nous le traversâmes, et un frisson de fierté me parcourut. J'avais fait ça toute seule. Solstice était enroulée autour de mon cou avec sa queue le long de ma clavicule comme un ornement, m'abreuvant de son énergie dorée.

Et j'eus le sentiment que ce n'était que le début.

J'observai l'académie pour la première fois depuis plus d'une semaine et souris à moi-même. J'avais la sensation d'être chez moi maintenant. Un endroit où j'avais enfin ma place.

En jetant un coup d'œil autour de moi, je constatai avec surprise que personne ne nous attendait sur la plage. Une brise chaude se glissa sous la racine de mes cheveux et des rugissements de dragons grondèrent au loin, un son étrangement réconfortant pour moi ces derniers temps.

— Ils sont où ? demandai-je à Evie, pensant qu'elle serait la plus à même de savoir comment se déroulerait l'échange d'otages.

Evie brandit un collier avec une pierre noire semblable à la mienne.

— On doit les appeler.

Je haussai un sourcil en regardant le bijou.

— T'as assez de magie pour invoquer un portail ?

Elle secoua la tête.

— Pas un portail, un tunnel.

Lily grimaça.

— Ils sont instables. Les tunnels sont censés être des brèches naturelles dans le temps et l'espace. En créer un sans les barrières que peut ériger la magie de déesse de Vivi est dangereux.

Evie sourit.

— J'aime ce qui est dangereux.

Elle serra la pierre dans son poing, et sa peau se couvrit de magie noire tandis que ses traits se modifiaient. Des écailles surgirent sur sa peau, et des ailes fantomatiques se déployèrent dans son dos.

C'était étrangement beau… et terrifiant.

Le tunnel prit vie et tourbillonna dans une brume noire tandis que l'air lui-même grondait. Quelques instants plus tard, Zelda sortit du tunnel, accompagnée par deux dragons plus imposants et dégoulinants de corruption.

Nous nous mîmes tous en position de combat, ne faisant pas confiance aux dragons sauvages pour respecter leur part du marché.

Zelda ignora notre agression et son regard se posa sur Max. Il recula tandis qu'un sourire malicieux s'affichait sur le visage de la jeune femme.

Je plissai les yeux en la regardant.

— Où est ma mère ?

Elle détacha son regard de son butin pour me dévisager, visiblement irritée par ma présence.

— En sécurité, pour l'instant, lança Zelda. On fera l'échange une fois que l'humain sera revenu avec moi.

— Tu vas l'amener tout de suite, exigea Killian.

Je serrai les poings de colère.

Evie fit un pas en avant, et ses Hovakim se déplacèrent avec elle comme un seul homme. Max avança avec elle en se mordillant la lèvre tandis qu'il observait l'apparence drago-nienne de Zelda et ses longs crocs.

— Je peux garantir sa sécurité, dit Evie en se redressant majestueusement.

Elle n'était pas une reine, mais elle se comportait comme telle.

— Max est maintenant l'un des miens.

Zelda haussa les sourcils.

— Je ne pense pas que la reine sera très contente que t'aies fait de la cible l'un de tes Hovakim.

Evie braqua un regard noir sur nous, comme si tout ce que nous faisions la dégoûtait.

— Ils l'auraient tué si je ne l'avais pas attrapé en premier, mais j'ai réussi à leur faire honorer notre accord initial. Max va venir avec nous, et ils ne s'en prendront plus à lui si on leur remet la sirène.

Elle leva le menton vers moi.

— N'est-ce pas, dragonnière ?

Je lui fis un signe de tête brusque.

— Oui. Si vous me rendez ma mère, je ne m'en prendrai plus à Max.

Zelda observa notre échange. Je n'étais pas sûre qu'elle gobait notre petit numéro, mais tout ce qui semblait l'inté-resser était d'emmener Max à Avalon.

— Très bien.

Elle se tourna pour aboyer un ordre à l'un des dragons.

— Amenez la mère de la fille.

Le dragon se glissa encore à travers le portail et lorsqu'il émergea à nouveau, il traînait ma mère avec ses dents. Je l'examinai pour essayer de déterminer si elle avait été blessée ou non au cours de la semaine où elle avait été retenue captive. À part quelques égratignures et ecchymoses, elle semblait relativement indemne.

Le dragon la jeta sur le sol et je tressaillis, mais elle me sourit avec un regard rassurant.

— Ne te mets pas trop à l'aise, dit Zelda en arborant un rictus qui ressemblait plus à un grognement qu'à un sourire. Notre reine ne supportera pas bien longtemps le blasphème de l'académie des dragonniers. Vous vous *prosternerez*, d'une manière ou d'une autre.

Je la dévisageai en retour avec du défi dans les yeux.

Je ne me prosternerais devant personne.

Les dragons partirent, et le tunnel siffla jusqu'à ce qu'il se volatilise.

Je courus vers ma mère, m'effondrai à genoux et enroulai mes bras autour de son cou.

— Tu vas bien ? demandai-je avec une voix soudain rauque et éraillée.

Elle me caressa les cheveux tandis que Solstice gémissait entre nous.

— Je vais bien, ma chérie.

Elle se recula un peu, les larmes aux yeux, et prit mon visage dans ses mains.

— Tu t'es bien débrouillée. J'avais peur que tu livres le garçon sans comprendre ce qu'il était.

Elle jeta un coup d'œil à Killian, James et Lily.

— J'aurais dû savoir que tes amis ne nous laisseraient pas tomber. Merci à vous tous pour tout.

Des rugissements de dragons percèrent le ciel, signe qu'un comité d'accueil était en route depuis l'académie. Je repérai Jasmine sur Jade, son dragon émeraude, et Vern derrière elle, son propre dragon scintillant comme des étoiles dans la nuit. Des douzaines d'ailes balayaient l'horizon, et un rugissement collectif s'éleva pour célébrer notre retour. Je souris.

Killian posa une main sur mon épaule. De l'énergie brûla entre nous tandis que nos wyvernes se joignaient à l'appel de leurs pairs.

Mes proches étaient en sécurité, et j'allais enfin pouvoir découvrir comment j'allais vivre cette nouvelle vie qui était la mienne.

Du moins… jusqu'à ce que les dragons sauvages décident de frapper à nouveau.

L'HEURE DU DÉPART

Deux ans plus tard...

Le soleil réchauffait mon visage tandis que je fermais les yeux et inhalais l'air de la montagne. Une paix profonde m'envahit alors que je m'allongeais sur le sommet de la montagne à côté de mon compagnon. Nous avions décidé de faire l'école buissonnière aujourd'hui et nous nous étions échappés à Vyorin, le magnifique royaume d'où venait Lily. Je n'avais jamais été assez courageuse ou assez puissante pour faire le voyage.

Mais mes pouvoirs s'étaient clairement développés. La croissance de Solstice était devenue plus facile, et même si j'étais un conduit, Killian et Topaze semblaient s'épanouir à mesure que je devenais plus proche d'eux.

Je ne savais pas exactement ce qui avait changé, ni comment je ne les vidais plus de leur énergie ; au contraire, je semblais les alimenter à présent. C'était peut-être un coup de chance, ou peut-être que quelque chose d'autre s'était produit en moi que je ne comprenais pas encore.

Quelle qu'en fût la cause, j'avais le sentiment qu'il y avait encore un autre secret à mon sujet que je ne tarderais pas à découvrir.

J'ouvris les yeux à temps pour voir un énorme dragon traverser le ciel rouge au-dessus de nous. Je me raidis de peur.

Killian me donna un coup d'épaule et fit un signe de tête en direction du dragon que je n'avais encore jamais vu.

— C'est Damian. C'était un ami de Lily au lycée, et probablement l'une des meilleures personnes que j'ai jamais rencontrées.

Il me serra contre sa poitrine.

— C'est l'une des raisons pour lesquelles James a décidé de rester à l'académie. Il l'a rencontré quand son côté dragon a été inhibé. Il a appris à le connaître et s'est rendu compte que Lily n'était pas une exception. D'autres dragons peuvent être comme elle s'ils sont correctement guidés. C'est une pur-sang avec un cœur bienveillant.

Notre conversation paisible fut interrompue par un rugissement venu du ciel. Topaze et Solstice s'envolèrent au-dessus de nous et jouèrent à se battre en plein vol tandis que le dragon Vyorin s'aventurait au loin à l'horizon. Ignorant son départ, elles descendirent en piqué en se mordant la queue l'une l'autre tout en faisant la course dans le ciel.

J'adorais les voir ainsi. Heureuses et libres.

Elles étaient toutes les deux immenses maintenant, même si elles semblaient parfois l'oublier. Elles plongèrent vers nous avant de déployer leurs ailes au dernier moment pour se rattraper, ce qui provoqua un souffle de vent en plein dans nos visages.

Nous rîmes et leur jetâmes du sable tandis qu'elles faisaient des loopings, toujours en train de jouer à se chamailler.

— Qu'est-ce qu'on va faire d'elles ? dis-je en riant.

Il me sourit en retour avec des yeux brillant de bonheur.

— On va les chevaucher au lieu d'être les cibles de leurs bombes d'air. Comme ça, elles seront obligées de nous écouter.

— D'accord, acceptai-je, sceptique à l'idée que Solstice ou Topaze puissent être domptées.

Killian serra ma main, et cette énergie familière qui ne cessait de me couper le souffle traversa mon cœur.

Ou peut-être étais-je simplement excitée à l'idée de la cérémonie de la semaine prochaine. Les wyvernes étaient enfin assez grandes pour que nous puissions les seller, et nous aurions la chance de les chevaucher pour la première fois lors de la célébration de l'académie pour les cadets.

J'avais hâte de voler dans le ciel sur le dos de ma wyverne avec mon compagnon à mes côtés.

Il était temps de devenir une dragonnière à part entière.

Il était temps de voler.

DURES LEÇONS

— Deux ans d'entraînement et tu ne fais toujours pas attention, gronda Jasmine.

J'eus le souffle coupé lorsque je retombai sur le sol avec un bruit sourd. Jasmine se pencha sur moi, bloquant le soleil, avant de soupirer parce que j'aurais dû contrer le coup.

Nous le savions toutes les deux.

— Le soleil m'a aveuglée, chuchotai-je en prenant sa main tendue pour pouvoir me relever péniblement.

Je brossai la terre sablonneuse de l'académie des dragonniers de mon pantalon d'entraînement. Elle me lança un regard noir parce que je ne faisais que trouver des excuses.

— Je suis juste… distraite, ajoutai-je en soupirant.

Elle se détendit.

— C'est compréhensible, dit Jasmine avec une gentillesse inhabituelle.

Elle fit un geste vers le terrain.

— Ces cernes sous tes yeux pourraient rivaliser avec du charbon de bois. Repose-toi un peu et on réessaiera demain. Je suis encore sur le campus pour quelques jours.

— OK, murmurai-je.

Mon cœur se tordait chaque fois que Jasmine ou quel-qu'un d'autre me gratifiait de cette expression compatissante. C'était la même que celle qu'on me faisait quand mon père était mort, et c'était tout ce à quoi j'avais droit maintenant que ma mère était malade.

Je détestais ça.

— Mets de la glace sur cette jambe, d'accord ? dit Jasmine en se tournant vers les wyvernes qui faisaient bronzette au bout du terrain d'entraînement.

Des écailles vertes et dorées scintillaient au soleil tandis que Jade et Solstice bâillaient.

Au moins, ces deux-là s'entendaient bien.

Je lui assurai d'un murmure que je me procurerais de la glace et la suivis vers mon dragon. Une douleur intense se manifesta au niveau de ma cuisse, à l'endroit où Jasmine m'avait punie pour mon manque d'attention, et je grimaçai.

Elle était peut-être compatissante, mais elle m'entraînait à la dure. Peut-être même plus durement qu'elle ne l'avait jamais fait auparavant, et cela signifiait qu'elle avait peur.

Si Jasmine avait peur, alors je savais que nous n'étions pas au bout de nos peines.

Elle n'avait même pas besoin d'être ici. Elle avait obtenu son diplôme de l'académie un an et demi plus tôt et partait régulièrement en mission. Elle adorait les missions de patrouille, mais elle venait spécialement pour m'aider à m'entraîner. Nous avions parcouru un long chemin depuis notre première séance d'entraînement. En matière de combat, Jasmine savait comment m'aider à apprendre à utiliser mon petit corps contre des adversaires plus imposants.

Je ne pouvais pas continuer à me reposer sur mon sang de déesse, surtout maintenant que j'avais l'impression qu'il faiblissait en même temps que ma mère.

Solstice pencha son long cou vers moi lorsque je m'approchai d'elle et observa ma démarche irrégulière avec inquiétude.

Je tentai de lui adresser un sourire rassurant.

— Je n'ai juste pas fait assez attention et je me suis fait quelques bleus. Ça ira mieux après une longue douche chaude et avoir mangé quelque chose.

Elle me renifla et de la vapeur s'échappa de ses naseaux. Elle ne me croyait pas, mais elle n'allait pas argumenter.

Sur ce, je me retournai et commençai à descendre le chemin qui menait aux dortoirs. Solstice marcha avec moi aussi loin qu'elle le put, Topaze sur ses talons, le sol grondant sous leurs pas lourds. Mais Solstice ne pouvait pas venir avec moi. Topaze et elle avaient déménagé dans les quartiers des wyvernes l'année dernière, quand elles étaient devenues trop grandes pour tenir confortablement dans le dortoir.

Je fis un baiser à Solstice sur son flanc lorsque nous nous séparâmes. Elle renifla mes cheveux pour me rassurer, puis je continuai vers les dortoirs tandis qu'elle s'aventurait vers les écuries des wyvernes pour la nuit.

Je lui jetai un coup d'œil en arrière pendant qu'elle avançait d'un pas assuré avec Topaze, sa wyverne liée. Grâce à ma relation avec Killian, nous formions une famille.

Ma mère faisait aussi partie de cette famille, et cela me brisait le cœur de penser que je risquais de la perdre.

L'image pâle de son corps frêle me hantait chaque fois que je fermais les yeux. Lorsque je l'interrogeais sur son état, elle balayait mon inquiétude d'un sourire en insistant sur le fait que j'avais des choses plus importantes à me préoccuper.

Peut-être finirait-elle par se rendre compte de sa propre déraison et accepterait-elle d'aller à l'hôpital sur Terre ? Et si la médecine moderne ne pouvait pas la guérir, il devait bien y avoir un remède magique ici. Si seulement elle admettait qu'elle avait besoin d'aide !

Je tournai au coin vers les dortoirs et montai les marches

en trottinant. Une fois dans ma chambre, l'odeur réconfortante de l'après-rasage de Killian me détendit, mais il n'était pas là. Contrairement à moi, il était probablement en train de terminer ses cours de la journée sans faire une crise.

Mon corps me faisait mal, mais mon cœur aussi. Je ne pouvais pas réparer mes bleus émotionnels, mais je pouvais au moins m'occuper des bleus physiques, alors je me déshabillai et sautai sous la douche.

L'eau chaude relaxa mes muscles endoloris et je fermai les yeux en penchant la tête en arrière tout en laissant l'eau couler sur moi. Le bruit de fond avait un double objectif.

D'une part, je me sentais plus ancrée et en contrôle.

D'autre part, la sensation de l'eau sur ma peau et le bruit qu'elle faisait tout autour de moi me ramenaient aux moments où j'avais été sous l'eau, à la fois lorsque mon père s'était noyé en essayant de me sauver et quand j'avais fait le voyage jusqu'à l'académie des dragonniers pour la première fois.

Bien que ces souvenirs étaient désagréables, je cherchais à me les rappeler. Je voulais savoir qui était responsable de tout cela.

La vengeance ne m'apporterait pas la paix, mais c'était un bon début.

Je me détendis en me plongeant dans de vieux souvenirs jusqu'à ce que l'eau devienne froide, car la magie utilisée pour la chauffer au sein des dortoirs atteignait ses limites. Même si nous n'avions pas subi d'attaques majeures de dragons sauvages, l'académie ne s'était toujours pas remise de la pénurie de magie, et même de simples choses comme l'eau chaude étaient soumises à des quotas limités.

Je tournai le robinet en faisant la moue et terminai ma routine de l'après-midi, me séchant les cheveux avec une serviette avant de les attacher de sorte qu'ils ne me gênent pas. Ils seraient ondulés une fois détachés, mais Killian les aimait ainsi, et secrètement, moi aussi.

Assise sur le lit, je regardai les dragons qui s'entraînaient à faire leur ronde à l'extérieur. Mon humeur maussade était revenue, et j'avais besoin d'une autre distraction.

En jetant un coup d'œil au bureau, je constatai que ma montagne de devoirs ne me promettait pas le genre de répit que je recherchais, mais il fallait que j'étudie. Les examens finaux étaient dans quelques semaines, et si je voulais attaquer Avalon avec le soutien de la doyenne, il fallait que je réussisse tous les tests auxquels elle me soumettrait.

J'aperçus Jasmine dans les rues en contrebas et me précipitai vers la fenêtre. En me penchant, je remarquai qu'elle tournait et entrait dans le bâtiment qui abritait le bureau de la doyenne. Je fronçai les sourcils en espérant qu'elle n'était pas sur le point de dénoncer mes difficultés à l'entraînement.

J'avais du mal dans toutes mes matières, alors à moins de réussir mes examens, je doutais que la doyenne me permette d'aller où que ce soit cette année.

Je me sentais mal à l'idée d'endurer une autre année sans aucune résolution, surtout si ma mère n'était pas là pour le voir.

La porte s'ouvrit d'un coup sec, et je sursautai en laissant échapper un cri strident. Killian entra précipitamment et se dirigea immédiatement vers moi pour tâter mon corps. Il écarta les bouts de tissu et m'examina. Je le repoussai d'un revers de main.

— Tu permets ? lançai-je avec véhémence.

Il fronça les sourcils.

— Solstice m'a dit que Jasmine avait été trop dure avec toi pendant l'entraînement d'aujourd'hui. Elle m'a dit que tu boitais.

Il poussa un juron lorsque je chancelai.

— J'ai dit à Jasmine que t'étais distraite en ce moment. Elle doit te ménager.

Une nouvelle sorte de colère fleurit dans ma poitrine. C'était bien que notre lien entre dragonniers ait évolué de telle sorte que Killian et Solstice puissent communiquer, peut-être pas exactement avec des mots, mais avec des images et des sentiments. Mais c'était impossible de savoir ce que Solstice lui avait montré, et dans des situations comme celle-ci, le point de vue de Solstice pouvait être un peu surprotecteur.

— Qui ne serait pas distrait, Killian ? Et sérieusement, je vais bien, d'accord ? Solstice exagère, c'est tout. Ce ne sont que quelques bleus.

— On veut juste qu'il ne t'arrive rien, Viv, dit-il en penchant la tête tandis que son regard errait toujours sur moi à la recherche de blessures.

Cette anxiété démesurée de Solstice et Killian n'avait fait qu'empirer ces derniers mois. La façon dont ils m'observaient et s'inquiétaient donnait l'impression qu'ils pensaient que j'allais complètement craquer.

Et c'était peut-être le cas, mais c'était ma prérogative.

— Alors c'est une bonne chose que vous soyez obsédés par moi, dis-je avec un sourire en coin. Vous pourriez me mettre dans du papier bulle. Ça aiderait ?

Killian recula jusqu'au lit et s'y affala avec un sourire penaud.

— C'est quoi le papier bulle ?

Je levai les yeux au ciel, m'assis à côté de lui et lui pris la main.

— Je t'en achèterai la prochaine fois qu'on ira sur Terre. C'est très thérapeutique et addictif quand on le fait éclater.

Killian fredonna.

— Si on retourne un jour sur Terre.

Je posai ma tête sur son épaule.

— On le fera.

Bien que l'académie ait conclu une trêve stable avec les dragons sauvages, les déplacements entre royaumes avaient empiré de façon exponentielle. Nous ne pouvions aller nulle part sans nous retrouver face à un combat, et je commençais à me sentir isolée.

Si ma mère acceptait d'aller dans un hôpital moderne, je combattrais tous les dragons sauvages des royaumes s'il le fallait.

— T'as trop forcé, dit Killian en me frottant le bras. Avec tout ce qui se passe avec Marigold, je me fais du souci pour toi.

— On va s'en sortir, répondis-je, plus pour me convaincre moi-même que pour le convaincre.

Il me serra dans ses bras et fit courir un doigt sur ma tache de naissance, par habitude. La magie qui circulait régulièrement entre nous était désormais un réconfort qui réchauffait mon corps et alimentait mon pouvoir. Sans Killian, j'aurais été réduite à néant.

— Qu'est-ce que tu dirais d'une pause ? suggéra-t-il. Ça fait des mois que tu n'as pas eu de jours de repos. Tu ne veux pas être épuisée pour ton premier vol.

Il sourit. Je ne pouvais naturellement pas oublier que j'allais pouvoir chevaucher Solstice pour la première fois dans quelques jours à peine.

— Et le voyage pour aller voir Max ? demandai-je en posant mon menton sur son épaule. On est censés avoir des nouvelles de ce qui se passe à Avalon.

Nous ne recevions pas souvent d'informations, alors j'étais particulièrement impatiente d'avoir à nouveau des nouvelles de Max.

Ce n'était définitivement pas quelque chose que j'aurais cru possible il y a quelques années. Max était devenu un allié qui travaillait en interne et nous fournissait des informations précieuses sur les dragons sauvages. Cela nous aidait qu'il soit avec Evie, qui daignait de temps en temps lui transmettre certaines de ses informations de haut niveau. D'après ce que nous savions, les dragons sauvages devenaient de plus en plus forts et il fallait les arrêter.

Nous avions un plan, mais nous ne pouvions pas débarquer et attaquer les dragons sauvages de front. Cela n'avait pas fonctionné la dernière fois et avait failli anéantir les dragonniers. Nous devions faire attention à la façon dont nous aborderions cette guerre.

— Je peux y aller avec Lily ou James, ou même Jasmine, proposa-t-il.

La détermination calme qui se lisait sur son visage montrait clairement qu'il avait déjà pensé à des solutions pour toutes les protestations que je m'apprêterais à émettre.

Je soupirai et décidai de céder à sa requête, principalement parce que j'étais trop épuisée pour me disputer avec lui. De toute façon, la mission n'était qu'une simple excursion d'une journée loin de l'académie. Je ne manquerais rien qu'ils ne me diraient pas dès leur retour.

Pendant que Killian ferait ça, je pourrais reparler à ma mère et voir comment la convaincre de se faire vraiment aider.

— OK. Je vais me reposer ce week-end, dis-je en guise de demi-vérité. Mais tu dois me promettre d'arrêter de t'inquiéter autant après mon week-end de détente, déclarai-je en haussant un sourcil alors qu'il ouvrait la bouche pour protester.

Il la referma en observant mon expression et finit par me faire un signe de tête.

— T'as ma parole, sourit-il, visiblement heureux de sa petite victoire.

Il pouvait gagner cette bataille. Je gagnerais la guerre.

Je me laissai aller à sa chaleur familière, et il passa son

bras autour de mes épaules pour me tenir fermement contre lui. La position exerçait une pression sur certains des points les plus sensibles de mon corps, mais je veillai à ne montrer aucun signe de douleur. Je venais d'obtenir de lui qu'il accepte d'arrêter de s'inquiéter, je n'allais pas lui donner une raison de recommencer.

Il appuya sa tête contre la mienne et déposa un baiser sur mes cheveux encore humides. Je me détendis dans son étreinte et ne pus m'empêcher de pousser un soupir de satisfaction. Peu importe ce qui se passait, Killian arrivait toujours à me donner l'impression que tout allait s'arranger.

— Je veux juste m'assurer que tu comprennes que tu n'es pas seule, dit-il d'une voix grave à mon oreille. T'as l'air de porter le poids du monde, mais tu n'as pas à le porter en entier. Les wyvernes et moi sommes aussi forts, je te rappelle. Sans parler de tous nos amis qui t'adorent.

Il passa son autre bras par-dessus mon front et m'immobilisa dans le cercle de ses bras.

Je n'avais pas de réponse à lui donner, alors je me contentai de poser ma tête sur sa poitrine et d'apprécier cette proximité.

Et je puisais secrètement dans le pouvoir que me procurait son contact. J'allais avoir besoin de chaque once si je comptais me rendre d'un royaume à l'autre.

NIGHTMARES

Plus tard, cette nuit-là...

La course-poursuite était lancée.

Volant haut dans le ciel toute seule, sans wyverne sous moi, je me sentais happée dans les airs. Mon environnement avait une apparence brumeuse qui m'empêchait de me concentrer sur les différents détails.

Un royaume sombre s'étendait sous mes pieds, un royaume que je savais rempli de dangers et d'ombres. Il exerçait une pression sur moi, rendant l'air épais, et j'avais du mal à respirer. De sombres tours d'onyx perçaient le ciel nuageux et me mettaient au défi de franchir les murs.

Mais j'étais proche.

De quoi, je ne savais pas trop. Mais je devais continuer à avancer.

Pour... la sauver ?

L'odeur nauséabonde de l'atmosphère menaçait de m'étouffer. Une vague de panique commença à inonder mes veines lorsque je ne parvins plus à respirer pleinement, mais je ne ressentais pas cette panique comme étant la mienne. C'était un sentiment exté-

rieur d'urgence, et aussi un sentiment d'innocence mal placé. La pureté d'une âme en totale contradiction avec la corruption des terres qui m'entouraient.

Puis, tout disparut. L'attraction, la présence innocente, et aussi la magie qui me maintenait dans les airs.

Je tombai.

Un cri étranglé s'échappa d'entre mes lèvres. Le sol se précipita à ma rencontre, et je me préparai à l'impact.

Je me redressai d'un coup dans mon lit et plaquai ma main sur ma bouche pour étouffer mes cris. Inspirant profondément, je baissai la main et jetai un coup d'œil dans l'obscurité, espérant désespérément ne pas avoir réveillé Killian.

Je n'avais vraiment pas besoin qu'il découvre que je faisais des cauchemars.

Il dormait à poings fermés sur le lit adjacent au mien. C'était ainsi que nous préférions dormir : proches mais pas trop intimes, du moins pour l'instant. Parfois, je dormais dans son lit ou il dormait dans le mien, mais il existait une cérémonie spéciale qui ressemblait au mariage que nous n'avions pas encore effectuée. Même si nous n'avions pas vraiment attendu pour faire la plupart des choses intimes, j'aimais l'idée d'y aller doucement et de rendre notre futur lien abouti encore plus spécial.

L'académie des dragonniers laissait aux élèves le soin de développer leurs liens émotionnels et physiques. Certains élèves sautaient directement dans le lit de leur compagnon, comme l'avait fait Jasmine avec Vern, le dernier dragonnier avec qui elle s'était liée et qui était resté dans les parages. Il n'y avait rien de mal à cela, mais Jasmine et moi étions différentes à bien des égards.

Killian et moi nous aimions profondément l'un l'autre, et l'exprimer physiquement était important et naturel, mais cela pouvait parfois être étouffant. Notre situation était particulière. J'avais du sang de déesse dans les veines et Killian amplifiait cette magie en moi par le biais de contacts physiques. Je ne savais pas ce qu'une véritable intimité allait vraiment libérer, ni si j'étais prête pour ça.

Je ne dus pas crier très fort, car Killian se retourna sans même avoir ouvert les yeux. J'étouffai un petit rire. Tu parles d'un protecteur !

Mais le rêve s'attardait sur moi et les émotions complexes qu'il avait générées en moi étaient encore vives. La terreur de la chute me faisait l'effet d'un symbole de quelque chose à venir.

Et la sensation que quelqu'un m'appelait ne me faisait pas l'effet d'un rêve.

Elle semblait réelle.

Je me redressai et fis pendre mes pieds sur le côté du lit en fronçant les sourcils.

Je connaissais ce royaume, d'une manière ou d'une autre.

Je me creusai la tête pour me remémorer les descriptions des différents royaumes. Je trouvai duquel il s'agissait lorsque je repensai à ces tours d'onyx.

Le Royaume de la Malice.

Dès que je réalisai où mon rêve s'était déroulé, je commençai à le ressentir. La même sensation de tiraillement que dans mon rêve. La même attirance pour cette présence innocente entourée de ténèbres. Ce même sentiment d'urgence.

Quelqu'un avait besoin de mon aide, et il était dans le Royaume de la Malice en train de m'appeler.

Je jetai à nouveau un coup d'œil à Killian. Je ne pouvais pas lui en parler. Il n'envisagerait même pas l'idée d'aider un inconnu en ce moment, pas alors que j'étais dans une position aussi fragile. Je considérai la doyenne, mais elle serait sans doute encore pire. Elle se concentrait sur l'académie des dragonniers et sur la situation dans son ensemble. Il fallait faire des sacrifices et la guerre faisait des victimes, selon ses propres mots.

C'était quelque chose que j'allais devoir faire par moi-même.

Je levai la tête et aperçus un dragon qui planait dans le ciel nocturne.

Solstice pourrait comprendre.

Ma décision prise, je me levai d'un bond et me dirigeai discrètement vers l'armoire pour en sortir mes vêtements de dragonnière, que j'avais mis de côté pour le grand jour. Un plan se forma dans ma tête ; un plan qui impliquait un sauvetage dans le Royaume de la Malice et un retour avant que Killian n'aille à son rendez-vous avec Max.

Personne ne pouvait être au courant.

Je nouai rapidement mes cheveux en une longue tresse pour qu'ils ne gênent pas mon visage, puis j'enfilai mes bottes. J'attrapai une dague et un petit ensemble de couteaux à lancer pour faire bonne mesure et attachai les armes aux étuis en cuir autour de mes jambes, avant de me tourner vers la porte pour entreprendre ma mission.

Le campus était silencieux lorsque je sortis. Seuls quelques étudiants étaient dehors et s'affairaient à leurs corvées de nuit. L'académie ne dormait jamais et il y avait toujours quelque chose à faire, une porte à garder, une allée à entretenir, un dragon à chevaucher.

C'était ce que j'aimais dans cet endroit, mais à l'heure actuelle, cela jouait contre moi. Je redressai les épaules et me dirigeai avec détermination vers les écuries en jetant de temps à autre un coup d'œil par-dessus mon épaule pour m'assurer que je n'étais pas suivie.

La sensation de tiraillement liée à l'appel s'intensifiait à chaque pas. Une démangeaison se forma dans ma poitrine et je la grattai tandis que mon rythme s'accélérait. Je tournai brusquement vers les écuries et entrai en collision avec une grande femme.

— Ouah ! s'exclama la doyenne Brynhilde alors que mon estomac se nouait.

Elle éclata de rire en m'aidant à reprendre mon équilibre.

Il n'y avait que moi pour entamer une mission en douce en tombant littéralement sur la directrice de l'académie des dragonniers.

— Désolée, murmurai-je en frottant mon nez douloureux.

La doyenne recula et m'évalua.

— Pas besoin de t'excuser. T'as l'air bien pressée. Tu vas où ? Tout va bien ?

Je me massai la nuque.

— Je… euh… j'avais juste du mal à dormir, alors je voulais me promener sur la plage avec Solstice. Vous savez, tremper mes orteils dans l'eau et tout ça.

Je lui fis mon plus beau sourire en espérant que cela paraisse crédible.

Elle leva un sourcil.

— Mais tu détestes l'eau.

Oh, oups.

Elle se mit alors à sourire.

— Mais la brise salée me fait toujours du bien. Ça vaut la peine d'essayer. Avec tout ce qui se passe, t'as beaucoup de choses en tête.

Elle m'adressa un clin d'œil.

— Solstice est un dragon merveilleux. Elle va adorer ce moment privilégié.

Je lui fis un signe maladroit de la main lorsque nous nous séparâmes tandis que mon cœur battait la chamade.

Je venais de mentir à la doyenne.

Il n'y avait aucune chance qu'elle me donne mon diplôme maintenant.

Mais cela n'avait pas d'importance. Je me grattai à nouveau la poitrine alors que la sensation s'amplifiait. Je savais ce qu'il me restait à faire.

Lorsque j'atteignis les écuries, l'odeur de la paille fraîche et de la viande crue fit frémir mes narines. Je n'étais pas fan de ces effluves, mais Solstice les aimait, et c'était tout ce qui comptait.

Je la trouvai éveillée alors qu'elle faisait les cent pas dans l'énorme box, une sphère de béton dans le sol qui faisait office de gigantesque nid. Topaze dormait aussi profondément que Killian, un box plus loin, ce qui me fit glousser.

J'ouvris la porte, et Solstice sortit en me donnant un coup de museau sur l'épaule.

Des images d'envol et de tours d'onyx me vinrent à l'esprit. Je caressai ses écailles chaudes et hochai la tête.

— Oui, ma belle, tu l'as vu aussi, hein ?

Elle me donna un nouveau coup de tête, puis sortit de l'écurie. Les autres wyvernes se pavanèrent et gazouillèrent en guise d'au revoir. Toutes semblaient l'apprécier.

Solstice était mon héroïne. Cela ne me surprenait pas qu'elle soit populaire parmi les siens, et même qu'elle soit considérée comme une leader. C'était une reine, après tout.

Elle jeta un coup d'œil en arrière lorsque nous quittâmes l'écurie, et une image de Topaze me vint à l'esprit.

Je lui frottai le flanc.

— Je sais. Mais on ne peut pas l'amener. Elle alerterait Killian, et tu sais qu'il ne serait pas d'accord. Il dirait que c'est trop dangereux. Mais tu le sens aussi, pas vrai ? Quelqu'un nous appelle à l'aide.

Solstice déplaça son poids, puis renifla en signe d'accord, et nous nous engageâmes dans les rues de l'académie.

La doyenne nous fit signe depuis son poste en hauteur à l'extérieur du bâtiment administratif. Elle aimait surveiller les élèves, et je me demandais si cela lui arrivait de dormir.

Peut-être qu'en tant qu'immortelle, elle n'avait pas besoin de dormir, ou du moins, c'était ce qu'elle voulait nous faire croire.

Nous allions de toute façon à la plage, alors je lui fis un signe de la main en retour, puis je me cachai derrière Solstice pour ne pas me trahir.

La brise marine soufflait avec force contre moi tandis que je m'avançais plus loin que d'habitude sur la plage. Ce n'était pas une simple promenade, après tout, et je ne voulais pas que quelqu'un repère mon portail.

— Prête ? lui demandai-je lorsque nous eûmes trouvé un bon emplacement derrière quelques dunes.

Elle m'envoya une vague d'incertitude mêlée de loyauté. Elle n'était pas sûre que c'était une bonne idée d'aller dans un royaume dangereux sans aucun renfort, mais elle me faisait confiance.

Cette responsabilité m'étouffa un instant avant que les tiraillements dans ma poitrine ne reprennent de plus belle, empreints cette fois de la même panique étrangère que celle que j'avais ressentie dans mon rêve.

Nous devions y aller… *tout de suite.*

Je repris mes esprits et me concentrai sur le Royaume de la Malice. Je tentai de me souvenir de chaque petit détail de mon rêve. Plus je parviendrais à nous rapprocher de l'âme, moins il nous faudrait de temps pour revenir. Une fois l'endroit bien ancré dans mon esprit, j'invoquai le pouvoir de mon amulette pour ouvrir le portail. L'effort draina mon énergie, mais j'avais pris de Killian plus que ce dont j'avais besoin pour l'aller-retour. Un *souffle* balaya le sable tandis qu'un portail prenait vie dans une spirale d'énergie.

L'air tourbillonnant expulsé du portail dégageait la même obscurité malsaine que celle que j'avais vue dans mon rêve. Je reculai d'un pas et pris la pleine mesure de ce que je m'apprêtais à faire.

C'était le *Royaume de la Malice*.

Un lieu de cauchemar littéral dont je ne connaissais pas grand-chose. Y aller seule avec Solstice, sans aucune préparation, semblait être une mauvaise idée, mais quel choix avais-je ?

Un petit cri retentit à travers le portail, confirmant ma décision.

Solstice émit un léger gémissement en guise de réponse après avoir entendu cette âme innocente appeler à l'aide.

— On va y arriver, lui dis-je.

Même si j'avais le sentiment que j'essayais plus de me convaincre moi-même qu'elle.

Avant de pouvoir changer d'avis, je m'élançai dans l'air sombre et tourbillonnant.

Je ne m'habituerais jamais à la sensation de chute qui accompagnait le passage vers un autre royaume. Le monde entier disparut et me laissa dans un enchevêtrement de temps et d'espace qui ne me paraissait pas naturel. C'était un lieu de néant, un lieu d'entre-deux.

La sensation ne dura pas longtemps. Je m'étais améliorée en matière de création de portails grâce à nos voyages à Vyorin pour aller voir Max. J'atterris durement sur le sol et roulai pour absorber la majorité de l'impact, une tactique que j'avais appris à maîtriser.

Je me dégageai immédiatement du chemin, et Solstice traversa à son tour en s'engouffrant dans l'espace sombre après moi, puis s'élança dans le ciel dès qu'elle en sortit ; cette manœuvre avait pour but de m'éviter au cas où je me serais encore trouvée sur sa trajectoire.

Le portail disparut ensuite et nous laissa dans un silence pesant.

Je fis un petit tour sur moi-même et évaluai notre environnement. Cela ressemblait exactement à mon rêve. Une obscurité omniprésente et une densité suffocante. C'était encore plus frappant dans la réalité. Je ne voyais aucune tour d'onyx, mais cette démangeaison à l'intérieur de ma poitrine gagnait en intensité et me guidait à travers les ténèbres.

Solstice atterrit à côté de moi et me donna un coup sur l'épaule pour me faire comprendre qu'elle était prête.

Je me concentrai sur la force d'attraction pour essayer de déterminer la direction exacte à suivre. La sensation était beaucoup plus importante ici, je n'eus donc aucun mal à l'affiner tandis que je me lançais dans une course effrénée.

Nous avançâmes dans la même direction, suivant la mystérieuse traction sur mon âme pendant ce qui me sembla une éternité et sans apercevoir le moindre signe de vie. Le tiraillement était devenu davantage un bourdonnement dans mes veines à mesure que nous nous rapprochions de notre destination.

Au moment où cela commençait à devenir insupportable, nous franchîmes une colline, et il était là. Un château géant avec de hautes tours d'onyx se dressait devant nous. Je n'avais jamais rien vu d'aussi sombre ou d'aussi obsédant. Un lieu cauchemardesque qui me resterait en tête tout au long de ma vie.

Les formes lisses de la pierre formaient cinq tours principales avec quatre piques plus petites perçant le ciel sur le pourtour.

Solstice ralentit en observant la structure menaçante. Son malaise était perceptible à travers notre lien et son anxiété me gagna. Je tendis la main vers elle et lui donnai une tape réconfortante sur le flanc.

— La personne que nous sommes venues aider se trouve dans ce château, lui dis-je dans un murmure pressant.

Son inquiétude s'accrut et je fis une grimace. Elle ne pouvait pas entrer dans le château avec moi, et nous le savions toutes les deux. Je serais toute seule.

Au moment où cette pensée me traversa l'esprit, le tintement d'une cloche retentit tout autour du château. Des cris filtrèrent dans l'air et mon cœur manqua un battement.

Je m'accroupis en essayant de comprendre ce qui se passait avant de réaliser que je ne passerais jamais inaperçue avec une gigantesque wyverne dorée juste à côté de moi.

Un sentiment de terreur m'envahit alors que des silhouettes sombres sortaient en masse des portes du château et se précipitaient vers Solstice et moi comme un énorme raz-de-marée.

Des elfes sombres.

Toute une garnison d'elfes sombres était sur le point de nous encercler.

Mon esprit s'emballa tandis que j'essayais de trouver une solution. Ils se déplaçaient trop vite pour que je puisse les distancer, et je ne pouvais définitivement pas en affronter autant à la fois avec pour seules armes ma dague et mes couteaux à lancer. Mais Solstice pouvait faire des dégâts. La pensée de ma wyverne fit naître un plan précaire, plan qui pourrait bien être notre seule chance de survie.

Solstice était assez développée maintenant. Nous pourrions voler !

Je me tournai vers ma wyverne et fus soulagée de voir qu'elle avait perçu ma pensée et s'était déjà agenouillée en m'offrant une aile pour que je m'en serve comme d'une échelle. Je risquai un coup d'œil vers les elfes qui avançaient et blêmis en réalisant qu'ils nous atteindraient en quelques secondes. Ils brandissaient de longues lances qui semblaient faites de pierre noire lisse.

De la Malice solidifiée.

Je grimpai sur le flanc de Solstice en me servant de son aile comme d'un marchepied. Je me projetai sur son dos et m'agrippai aussi fermement que possible. Je tentai également de sécuriser mes genoux, mais cela s'avéra plus difficile.

Nous étions censés apprendre à chevaucher nos dragons quelques jours plus tard.

Il allait falloir que ce soit un cours accéléré pour moi.

Solstice sembla attendre que je trouve un endroit sûr où m'accrocher avant de s'élancer, mais nous n'avions pas d'équipement et j'étais à peu près autant en sécurité que je pouvais l'être sans.

— Vas-y, Solstice ! Vole ! criai-je alors que les elfes se rapprochaient de nous.

Elle se leva et me fit presque tomber de son dos par ce mouvement soudain. Une angoisse me traversa à l'idée d'être projetée dans les airs sans même une selle à laquelle me raccrocher, mais la garnison frénétique d'elfes ne nous laissait pas le choix.

Solstice se retourna et s'élança, instable sur ses pattes alors qu'elle découvrait son nouveau centre de gravité maintenant qu'elle avait une passagère. Je m'agrippai aux arêtes de sa colonne vertébrale ; tout mon corps se crispa tandis qu'elle battait des ailes une fois, deux fois, et nous fûmes dans les airs.

Mon estomac se noua lorsqu'elle se mit à piquer du nez de manière erratique. Elle s'était entraînée à voler de nombreuses fois, mais elle n'avait jamais eu quelqu'un sur son dos. Elle s'adapta à mon poids supplémentaire et se rééquilibra à une vitesse impressionnante. Elle prit lentement de l'altitude et adopta un rythme qui semblait fonctionner avant d'essayer de faire demi-tour vers l'imposant château.

Elle tourna un peu trop brusquement et je poussai un cri en basculant sur le côté. Mes mains glissèrent sur ses écailles brillantes tandis que je me débattais pour trouver une prise. Je parvins à me rattraper et à me remettre en place, mais je ne pus m'empêcher de trembler comme une feuille et de l'agripper de tous mes membres en serrant mes jambes aussi fort que je le pouvais.

Elle rectifia son erreur et se retourna en un arc de cercle vers le château : l'objet de notre mission. Cette fois, elle ne me fit pas glisser de son dos. Des cris retentirent au sol et des armes sombres traversèrent l'air, obligeant Solstice à voler plus haut. Je poussai un cri et me penchai plus en avant.

Elle m'envoya des émotions contrariées à travers le lien lorsqu'elle me sentit me plaindre du fait qu'elle ne me prévenait pas avant de bouger.

Elle essaya alors quelque chose de nouveau. Elle m'envoya l'image d'un déplacement vers la gauche, puis elle le fit dans la réalité. Préparée, je gardai mieux l'équilibre cette fois-ci.

Elle fit de même pour la droite.

Un sourire se dessina sur mon visage. Cela fonctionnait.

Plus stable, maintenant qu'elle avait compris comment s'adapter à moi, je me détendis légèrement. Assez pour regarder par-dessus son flanc et voir la foule d'elfes sur le sol en dessous de nous. Ils criaient tous et agitaient leurs armes dans notre direction, mais nous étions trop haut pour qu'ils puissent gaspiller leurs lances.

Le tiraillement dans ma poitrine attira à nouveau mon attention et je me retournai vers le château pour étudier le meilleur moyen d'y entrer par les airs.

Un faisceau de lumière accrocha mon regard. Il contrastait fortement avec l'obscurité, la grisaille du château et l'atmosphère environnante. Il émanait de la plus haute tour et ruisselait de clarté, comme s'il venait de prendre vie.

C'était l'âme qui brillait pour être sauvée et qui donnait un dernier élan de vie avant que les ténèbres ne se referment à jamais autour d'elle.

— Regarde ! criai-je en pointant du doigt alors que le fort vent glacial s'abattait sur mon visage et faisait s'échapper des mèches de cheveux de ma tresse.

Solstice se rapprocha en tournant autour de la tour, de plus en plus haut, jusqu'à ce qu'on eût atteint le sommet et que je puisse enfin voir ce qui nous avait appelées à travers plusieurs royaumes.

Un œuf de dragon.

Il était en équilibre tout en haut de la tour, étincelant comme un joyau de couronne sur la pierre sombre. Les tiraillements dans ma poitrine atteignirent leur paroxysme lorsque Solstice plana suffisamment près pour que je puisse tendre la main et l'attraper.

— Je te tiens ! m'exclamai-je en entourant l'œuf d'un bras avant de ramener le bijou contre ma poitrine pour le mettre à l'abri.

Je n'avais plus qu'une main pour tenir Solstice, mais nous avions trouvé un équilibre et elle m'avertissait par des images de ses mouvements alors qu'elle s'éloignait du château.

La douleur lancinante dans ma poitrine disparut instantanément, remplacée par une chaleur et une gratitude accrues.

Nous avions réussi.

Ma réjouissance fut interrompue lorsque Solstice poussa un rugissement de panique. Je jetai un coup d'œil en arrière et aperçus un nuage d'un noir profond qui s'échappait des pics vides où l'œuf avait été encastré.

Je réalisai avec un effroi morbide que les elfes sombres avaient puisé de l'énergie de cet œuf et l'utilisaient pour leurs propres besoins.

Et ils n'allaient pas nous laisser le prendre sans se battre.

Nous avions déclenché les mécanismes de défense du château. Je me penchai sur le dos de Solstice et l'encourageai à se dépêcher.

— Vole, ma belle, chuchotai-je.

Et elle obéit.

Le nuage noir libéra une série de coups de tonnerre et

d'éclairs, et une main sombre en sortit pour se tendre vers nous.

Solstice accéléra le rythme et je me penchai davantage pour éviter que le vent ne me fasse tomber de son dos tout en protégeant l'œuf contre ma poitrine. La main sombre se dirigea vers nous et se referma à quelques centimètres de la queue de Solstice.

Je ne savais pas trop comment j'avais imaginé mon premier vol avec Solstice, mais certainement pas comme ça.

Nous fonçâmes vers la direction où j'avais créé le portail d'origine. Je ne pouvais pas en créer un ici, pas sans risquer ma vie. Le portail initial avait généré un voile à travers le temps et l'espace, et il serait plus sûr d'y retourner.

En supposant que l'on puisse y arriver.

Le scintillement au loin devant nous nous donnait de l'espoir alors qu'un véritable cauchemar nous poursuivait. Je fis frénétiquement sortir de l'énergie de mon amulette et rouvris le portail juste devant Solstice et moi pour que nous n'ayons même pas besoin d'atterrir.

La sensation de chute fut encore pire lorsque nous entrâmes simultanément dans le vortex tourbillonnant. Le nuage sombre se heurta au portail derrière nous, incapable d'entrer, mais il le griffa et perça le voile.

Je levai une main et libérai une décharge de magie spontanée. Ma tache de naissance brûla de puissance tandis que le sang de déesse s'activait dans mes veines et refermait le portail derrière nous.

C'était sans doute dangereux, mais Solstice battit des ailes et continua à avancer, maintenant une longueur d'avance sur le tunnel qui s'effilochait, jusqu'à ce que nous volions dans les airs empreints d'une odeur salée réconfortante.

La maison.

Mais nous avions trop d'élan. Nous percutâmes le sable et

je tombai de son dos en m'enroulant autour de l'œuf pour le protéger.

Lorsque mes roulades cessèrent, je reposai ma tête contre le sable et clignai des yeux vers le ciel nocturne en prenant de profondes inspirations.

Nous avions réussi.

Je ne savais pas trop comment, mais nous avions réussi.

Solstice battit des ailes dans le sable, puis éternua, envoyant de petits grains s'éparpiller sur moi.

Tout cela était si comique que j'éclatai de rire, laissant éclater ma terreur et mon incrédulité en même temps.

Les oreilles de Solstice se dressèrent et elle me regarda fixement alors que de l'inquiétude parcourait notre lien.

— Je ne suis pas folle, gros lézard, dis-je en bafouillant alors que je me remettais péniblement debout. C'est juste que… je n'arrive pas à croire que ça vient vraiment de se passer.

Solstice se secoua pour rejeter le reste du sable, puis jeta un coup d'œil à l'œuf contre ma poitrine. Il brillait doucement de vie et une chaleur se dégageait à mon contact.

Il était vivant.

Mais comment les elfes sombres avaient-ils pu mettre la main dessus ?

Et à quoi leur servait-il ? Certainement pour quelque chose de malfaisant, mais c'était un mystère à élucider plus tard. Pour l'instant, l'important était de garder l'œuf en sécurité.

— Vivi ! cria Jasmine depuis le dos de Jade avant d'atterrir brutalement sur le sable.

Jasmine fit passer sa jambe par-dessus la wyverne d'un geste exercé et bondit au sol avant de courir jusqu'à moi. Je cachai l'œuf dans mes bras pour qu'elle ne puisse pas le voir.

— Ce n'est pas ce que tu crois, commençai-je.

Elle avait sûrement entendu le portail ou senti ma

détresse d'une manière ou d'une autre. Peut-être que la Malice s'était échappée d'une façon ou d'une autre et qu'elle sévissait maintenant à l'académie.

Elle repoussa mes mots d'un revers de la main.

— Je me fiche de ce que tu fais ici. Je t'ai cherchée parce qu'il faut que tu reviennes immédiatement sur le campus.

— Qu'est-ce qui se passe ?

Elle prit une profonde inspiration et sa mâchoire se crispa avant qu'elle ne me regarde en face.

— C'est ta mère.

DESTINÉE

Mon cœur battait la chamade dans ma poitrine tandis que je courais à toute allure vers le bâtiment central en serrant toujours l'œuf contre mon buste. Mes pensées arrivaient par fragments frénétiques.

Ma mère.

Problèmes.

Je n'étais pas là quand elle avait eu besoin de moi.

Je franchis les portes, dérapai en tournant au coin et montai l'escalier jusqu'à la chambre d'amis où séjournait ma mère. Je me précipitai à l'intérieur sans frapper et m'arrêtai net en constatant les changements qui étaient survenus dans la pièce.

La pièce brillait d'un blanc éclatant. Des meubles blancs, des murs blancs, une couette blanche. Ma mère préférait les tons terreux, mais là, c'était comme si elle avait senti l'obscurité à laquelle j'allais être confrontée aujourd'hui et qu'elle l'avait repoussée de la seule façon qu'elle connaissait.

Elle était assise dans un fauteuil inclinable face à la grande fenêtre qui donnait sur le campus et sur l'océan qui scintillait au-delà.

Je réalisai alors qu'elle avait dû me voir ; le sable détérioré marquait l'endroit où j'avais utilisé un portail.

Je m'approchai d'elle en grimaçant et m'assis sur le rebord de la fenêtre.

— Maman ? demandai-je pour tenter d'attirer son attention.

Elle se reposait sur le fauteuil, agrippée aux accoudoirs, et peinait pour respirer. Son corps s'était incroyablement aminci depuis que je l'avais vue avant ma séance d'entraînement avec Jasmine.

Je pris sa main dans la mienne et caressai sa peau dure et rugueuse. Elle me regarda enfin, et les cernes sous ses yeux trahissaient le fait qu'elle n'avait pas pu dormir du tout.

— Ma petite fille, dit-elle avec un sourire à fendre le cœur.

Elle jeta ensuite un coup d'œil à l'œuf qui se trouvait dans le creux de mon bras.

— Tu l'as trouvé.

Naturellement, ma mère était au courant de l'œuf de dragon. Ce qu'elle était semblait la tenir au courant de tout.

— Pourquoi est-ce que tu ne m'as rien dit ? demandai-je alors que Jasmine remarquait l'œuf avant de quitter la pièce en refermant lentement la porte derrière elle.

Elle allait probablement courir directement chez la doyenne, mais je m'en moquais. L'œuf de dragon serait protégé ici, et ma désobéissance serait justifiée... enfin, j'espérais.

— Tu n'aurais pas compris, dit ma mère avec un faible sourire. C'est comme ça que les choses étaient censées se passer.

Elle ferma les yeux et inspira péniblement.

Mon cœur se serra.

— Tu parles de l'œuf de dragon ou d'autre chose ?

Mon esprit n'arrivait même pas à envisager l'autre possibilité.

Elle prit une profonde inspiration.

— Je suis en train de mourir, Vivi.

Mon esprit rejeta immédiatement cette idée. Elle ne pouvait pas être en train de mourir. J'avais besoin d'elle à mes côtés.

— Non ! m'exclamai-je en me sentant vaciller au bord du gouffre dans lequel tout le monde craignait que je tombe.

— Laisse-moi finir, Vivienne, me gronda-t-elle.

Pendant une seconde, elle ressembla tellement à ce qu'elle était autrefois qu'une douleur aiguë me traversa la poitrine.

Je me penchai en arrière et berçai l'œuf contre ma poitrine en attendant qu'elle continue.

— Les descendants de la déesse reçoivent un don. Une vision se présente à nous lorsque nous en avons le plus besoin. Une vision d'un moment précis de notre vie, celui qui aura le plus grand impact que n'importe quel autre. J'ai eu ma vision. J'ai vu le moment qui allait définir ma vie.

Elle marqua une pause, semblant lutter pour trouver les mots. Ou peut-être luttait-elle pour trouver l'énergie de continuer à parler.

— Je t'ai vue mourir, dit-elle d'une voix empreinte de douleur. Je t'ai vue mourir, et ça m'a anéantie. Je savais que je ne pouvais pas laisser ma vision devenir ma réalité. Mais c'est pour cela qu'on reçoit ces visions. On peut soit se préparer au destin, soit faire de notre mieux pour le changer.

Elle fit alors une pause pour reprendre son souffle, visiblement épuisée par le simple fait de parler.

— Quand est-ce que t'as eu cette vision ? demandai-je au bout d'un moment.

Elle gloussa.

— T'es toujours tellement perspicace. Je l'ai eue dès que t'es entrée à l'académie. Le choix était simple. Ma vie ou la tienne, ce qui n'était vraiment pas un choix pour moi. J'ai pris l'amulette et j'y ai déversé chaque once de ma magie de déesse, puis elle m'a amenée jusqu'à toi.

Je la regardai fixement, abasourdie et trahie.

— Tu t'es fait ça intentionnellement ?

Des larmes me piquèrent les yeux.

— T'étais prête à m'abandonner ? T'as refusé tous mes efforts de t'aider parce que tu *veux* mourir ?

Elle secoua la tête.

— Évidemment que je ne veux pas mourir, ma chérie. Mais j'ai vécu une longue et heureuse vie. T'as un destin à accomplir, et le mien était de voir le tien se réaliser.

Elle tendit les mains pour me faire signe de m'approcher. Luttant contre les larmes, je m'agenouillai, et elle prit mon visage dans ses mains.

— C'est comme ça que ça devait se passer, ma fille. Je n'ai pas accepté d'aide parce qu'il n'y a pas d'aide possible pour moi. Je veux que tu saches que je ne le regrette pas, Vivienne. Si je pouvais revenir en arrière, je le referais sans hésiter si cela signifie que tu peux vivre.

Mes pensées se bousculaient tandis que je prenais conscience de ce qu'elle était en train de dire. Mon cerveau n'arrivait pas à assimiler le fait que ma mère s'était sacrifiée pour moi. Elle avait littéralement donné sa vie pour la mienne, tout comme mon père l'avait fait dans ce lac tant d'années auparavant.

J'étouffai un sanglot.

— Non ! Non, maman. Tu ne peux pas mourir. J'ai besoin de toi ici !

Mes mots sortaient en phrases à peine intelligibles entre mes halètements.

— Shh, shh, bébé. Ça va aller. T'es tellement forte. Tu peux tout faire.

Ses mots étaient un murmure alors qu'elle caressait mon

visage et essuyait mes larmes avec ses mains fines et tremblantes.

— Je t'aime, Vivienne, et je suis si fière de toi. Ne l'oublie jamais.

Comme si ces ultimes mots avaient volé la dernière partie de son énergie, ses mains se détachèrent mollement de mon visage. Ses paupières se fermèrent. Un sentiment de finalité me frappa et je reculai du fauteuil en secouant la tête et en laissant échapper un sanglot brisé.

Je savais qu'elle ne se réveillerait plus.

Elle était si immobile. Sa poitrine bougeait à peine pour indiquer qu'elle respirait encore. Si paisible, si petite, si proche de la mort.

Je me mis à faire les cent pas dans sa chambre tandis que de la colère prenait soudain la place de mon immense chagrin.

Comment avait-elle pu me faire ça ?

En quoi le fait de mourir allait-il améliorer quoi que ce soit ?

De la fureur inonda mes veines, et je l'accueillis avec joie, cherchant désespérément à ressentir autre chose que cette tristesse qui broyait mon âme.

Je devais partir d'ici.

Je tournai les talons, me dirigeai vers la porte, puis me souvins de l'œuf. Je me retournai et le récupérai, bouleversée par l'âme fragile et innocente qui avait besoin de moi en ce moment. Mais qui allait m'empêcher de m'effondrer ?

Une sensation s'insinua dans ma poitrine, et je crus d'abord que la petite voix venait de Solstice. Je ne pouvais pas distinguer les mots, mais je pouvais sentir comme un désir de rester.

Je baissai les yeux vers l'œuf. Il essayait de me parler.

Les elfes sombres l'avaient utilisé pour obtenir de l'éner

gie. Une idée me vint… Ma mère avait peut-être plus besoin de cet œuf que moi.

Et peut-être que cet œuf avait besoin d'elle.

Avec un brin d'espoir au fond du cœur, je tirai les couvertures de ma mère et plaçai l'œuf sur ses genoux. Je la bordai à nouveau et quittai la pièce avant de m'effondrer.

Je marchai d'un pas décidé jusqu'au terrain d'entraînement. Je ramassai une épée de combat en bois et m'approchai d'un mannequin d'entraînement.

Je frappai aussi fort que possible et poussai un cri de fureur. Le mannequin fut projeté sur le côté par le coup, absorbant ma fureur et ma rage.

Je frappai de nouveau.

Et encore.

Mes bras tremblaient tandis que je me laissais aller à frapper, à crier et à maudire tous les royaumes pour mon destin foireux.

J'eus l'impression de faire cela pendant à la fois une éternité et une seconde. Ma colère semblait être un puits intarissable, et je n'étais pas sûre de vouloir atteindre le fond de toute façon. C'était là que devait se trouver le chagrin.

Des bras m'entourèrent soudain. Quelqu'un m'arracha l'épée en bois des mains et m'emprisonna dans un cercle de chaleur et de muscles. Je sus immédiatement qu'il s'agissait de Killian et je sombrai dans son étreinte. Mes genoux cédèrent et je me laissai tomber sur le sol tandis qu'un nouveau sanglot prenait le dessus. Killian s'assit par terre avec moi en me serrant toujours contre lui. Je me rendis alors compte que je tremblais de façon incontrôlable et que je haletais. De la sueur trempait mes vêtements et mes cheveux, et des larmes parsemaient mon visage.

Killian caressa mes cheveux et me berça d'avant en arrière pour me calmer.

— Je suis là, mon amour. Je suis là. Ça va aller.

Ses chuchotements à mon oreille se poursuivirent, et la sécurité que je ressentis dans ses bras me libéra. Je me mis à pousser de gros sanglots frénétiques qui me submergèrent comme un raz-de-marée.

Killian me serra fort pendant que je laissais sortir tout mon chagrin d'un seul coup. Je pleurais ma mère, je pleurais mon père, je pleurais mon ancienne vie, tellement plus simple que ce fouillis. J'avais détesté cette vie, mais maintenant, je rêvais de ces jours simples où ma famille riait à la table à manger en jouant à un jeu de société.

Ces jours-là n'existaient plus.

Je repris lentement mes esprits. Je me sentais épuisée, comme si j'avais pleuré toutes les larmes de mon corps. Mes tremblements s'étaient calmés et ma respiration revenait peu à peu à la normale.

— Je suis désolée, grommelai-je à Killian sans lever la tête de sa poitrine.

— Ne t'excuse jamais de t'être laissée aller à ressentir quelque chose. Je suis là si t'as besoin de moi. On l'est tous.

Killian resserra son emprise autour de moi. Je levai alors la tête et vis que Topaze et Solstice s'étaient enroulées autour de nous pour créer un petit cocon de réconfort et de chaleur.

Je demeurai appuyée contre Killian, contente de rester là un moment.

— Euh, Viv, je peux te poser une question ? demanda-t-il avec hésitation au bout d'un moment.

— Hmm ? répondis-je, les yeux toujours fermés.

— Pourquoi est-ce que tu sens la magie de royaume et le métal brûlé ?

Mes yeux s'ouvrirent d'un coup.

— C'est vrai...

Il était sans doute temps de lui parler du Royaume de la Malice.

MOMENT VENU

$\mathcal{A}$vant que je n'aie la possibilité d'avouer mon aventure fructueuse, bien qu'imprudente, une voix nous interpella derrière Solstice.

— Vous allez à l'assemblée ? demanda Lily de loin, alors que le soleil passait au-dessus des nuages. La doyenne a avancé les préparatifs de la cérémonie du premier vol. C'est excitant, non ?

Je me tournai vers Killian, les yeux écarquillés à cause de cette nouvelle.

— Jasmine, soupira-t-il.

Bien sûr, après avoir entendu parler de mes exploits, la doyenne n'avait pas eu d'autre choix que d'avancer la cérémonie. Le Royaume de la Malice allait venir chercher l'œuf que j'avais sauvé, et nous devions tous être prêts.

De l'amusement chez Solstice traversa notre lien à l'idée de la cérémonie de notre « premier vol ». Si nous avions survécu au Royaume de la Malice, nous pouvions faire face à toutes les épreuves que la doyenne nous lancerait.

— On arrive dans une minute, annonça Killian à Lily tandis qu'une lueur d'étonnement s'attardait dans ses yeux pâles. Tu vas m'expliquer où t'étais ? T'étais partie quand je me suis réveillé, puis Jasmine est venue me trouver et m'a dit qu'elle t'avait aperçue en train de t'échapper par un portail instable. T'as de la chance d'être en vie.

Une nervosité intense m'envahit. À quel point allait-il être furieux quand je lui dirais ce que j'avais fait ? Il n'était pas fan du fait que je me trouve en danger, et ça, c'était quand nous étions préparés. J'avais été trop imprudente aujourd'hui. Ma seule planche de salut était que j'avais accompli la mission et sauvé l'œuf de dragon de la corruption du Royaume de la Malice. Je ferais en sorte d'insister sur la réussite de cette escapade non autorisée et de minimiser le danger. Killian n'avait pas besoin de savoir qu'on avait été à deux doigts d'être blessées.

— Vous réalisez que l'assemblée commence genre… maintenant. Pas vrai ? lança une nouvelle fois Lily de l'autre côté de Solstice. Je sais que ce n'est qu'une préparation au vol, mais vous allez recevoir vos selles !

En tant que dragon elle-même, elle n'avait pas besoin de selle, mais elle semblait tout de même enthousiaste.

Je profitai de l'occasion pour remettre ma confession. Je me levai d'un bond et époussetai la terre et l'herbe de mon pantalon avant de tendre la main pour aider Killian à se mettre debout.

— Allez, viens. On ne veut pas être en retard, lui dis-je avant de me frayer un chemin à toute vitesse par l'ouverture que Solstice et Topaze avaient faite en se levant toutes les deux.

— Très bien. Mais cette conversation n'est pas terminée, grommela Killian en me suivant vers le bâtiment central.

Nous franchîmes les doubles portes du pavillon de la grande assemblée, une section du bâtiment central qui n'avait pas de plafond, et nous nous engouffrâmes dans une allée située à notre gauche. Je m'assis sur la première chaise libre que je trouvai, et Killian prit le siège à côté du mien. Les voix de nos camarades de classe bourdonnaient dans l'auditorium tandis qu'une lumière vive était braquée sur l'estrade.

Je penchai la tête en arrière sur ma chaise et fermai les yeux. L'obscurité de la pièce, le bruit de fond des conversations et la chaise rembourrée semblaient rappeler à mes muscles malmenés qu'ils étaient fatigués.

Et que j'avais à peine dormi.

Killian me donna un coup d'épaule.

— La doyenne est là.

Je me redressai d'un coup en clignant des yeux pour me réveiller. Je devais être attentive. Aujourd'hui avait lieu la présentation des compétences de base de vol, qui s'étaient déjà révélées utiles pour me sortir des pétrins que je semblais attirer.

Le bourdonnement des voix s'estompa lentement lorsque tout le monde réalisa que la doyenne Brynhilde se tenait sur l'estrade et attendait d'avoir notre attention.

— Bonjour, étudiants ! Quelle semaine passionnante s'annonce pour vous tous ! sourit-elle alors que des acclamations et des applaudissements retentissaient dans la foule des jeunes dragonniers enthousiastes. Mais avant que la partie la plus excitante n'ait lieu, nous devons passer par toutes les cérémonies et traditions.

Sur ce, elle expliqua le déroulement de la cérémonie, la façon de nettoyer et prendre soin de nos dragons et de leur sellerie, les protocoles de sécurité à respecter dans les airs, et tout le reste.

Elle ne mentionna cependant pas la transmission d'images qui avait rendu le vol avec Solstice si efficace.

Elle détailla tout ce que j'aurais besoin de savoir, de la préparation à l'exécution. J'essayais désespérément de me concentrer sur ce qu'elle disait, mais mon épuisement rendait la tâche difficile.

Des professeurs distribuèrent des piles de feuilles de travail, puis, un par un, nous montâmes tous sur l'estrade avec nos dragons et passâmes en revue les protocoles avant d'ajuster nos nouvelles selles sur nos wyvernes.

Solstice me regarda avec une lueur dans les yeux. Une selle allait me permettre de m'accrocher beaucoup plus facilement à son dos.

Plusieurs heures plus tard, nous avions terminé notre première leçon et fûmes congédiés pour le déjeuner. Je retournai voir ma mère et la trouvai endormie tandis que Finn veillait sur elle. Le nain s'était pris d'affection pour ma mère et ne la quittait jamais longtemps, si ce n'était pour s'occuper des œufs dans le Sanctuaire des Œufs.

Il fit une remarque sur l'œuf que j'avais découvert, mais affirma que ma mère le gardait bien au chaud. Il voulait que j'en parle à la doyenne et que je lui explique où je l'avais trouvé, puis il rouspéta en disant que le sanctuaire manquait de personnel et il partit chercher à manger pour ma mère.

Après son retour, je m'en allai, le cœur lourd, mais avec l'espoir que l'œuf pourrait faire quelque chose pour ma mère. Quelque chose qu'elle n'avait pas présagé. Les dragons avaient une drôle de façon d'altérer le destin.

Killian me raccompagna jusqu'à notre chambre, et je ne parvins pas à rester éveillée un instant de plus. Je m'endormis en quelques secondes et profitai pour une fois d'un sommeil sans rêves.

RÉVEIL

Recroquevillée dans l'étreinte de Killian, je fronçai les sourcils lorsqu'un coup frappé à la porte vint troubler le meilleur sommeil que j'avais eu depuis un moment.

— Allez-vous-en, grognai-je avant de me blottir plus près de Killian.

La porte s'ouvrit. Ignorant ma demande, Jasmine entra en trombe et se précipita vers les fenêtres. Elle ouvrit les rideaux d'un coup sec et la lumière du soleil inonda mon visage.

— Jas, se plaignit Killian en enfouissant son visage dans mes cheveux. Encore cinq minutes.

Elle ricana.

— Vous êtes tous les deux bons à rien. Si vous voulez un jour obtenir votre diplôme, vous feriez mieux d'être reconnaissants d'avoir des amis comme moi prêts à vous faire lever vos fesses !

Elle arracha le drap de lit, ce qui nous fit gémir, Killian et moi.

— C'est le milieu de la journée ! Pourquoi vous dormez ?

Je me mis péniblement en position assise et me frottai les yeux.

— Cauchemars, dis-je, incapable à ce stade de formuler des phrases composées de plus d'un mot, avant de la fusiller du regard.

— Ne me regarde pas comme ça, me réprimanda-t-elle. T'étais censée laver et seller Solstice il y a plus d'une demi-heure.

Mes yeux s'écarquillèrent.

— Attends, ce n'est pas demain ?

Jasmine leva les yeux au ciel et posa les mains sur ses hanches.

— Non ! Tout a été avancé à cause de ton petit numéro. T'es allée au Royaume de la Malice, pas vrai ? C'est un endroit très dangereux. Si tu leur as pris un œuf de dragon, ils vont essayer de le récupérer.

Killian se redressa d'un coup.

— Le Royaume de la Malice ?

Jasmine leva les yeux au ciel.

— Il faut vraiment que vous bossiez sur votre capacité à communiquer.

Je me précipitai dans la salle de bains en maugréant pour aller chercher ma brosse à dents. Je portais déjà ma tenue de dragonnière, ayant été trop fatiguée pour l'enlever. Des traces noires s'étalaient sur le cuir, trahissant le fait que j'avais déjà participé à une bataille.

Ce n'était pas vraiment digne d'une cérémonie, toutefois il allait falloir s'en contenter.

— J'étais juste censée te montrer comment mettre le dispositif d'orientation de Solstice, dit Jasmine, mais je suppose que je vais aussi devoir t'expliquer comment fonctionnent les réveils.

Elle s'appuya contre l'embrasure de la porte avec un sourire en coin.

Je levai les yeux au ciel en me tournant vers elle.

— Je n'ai pas besoin d'un dispositif d'orientation.

Je connaissais l'équipement auquel elle faisait référence : deux crochets fixés sur les cornes de la wyverne au niveau de son museau et reliés à la selle du dragonnier pour être tirés afin de la diriger vers la gauche ou la droite.

Je comprenais pourquoi la doyenne n'avait pas parlé de la solution alternative que Solstice et moi avions trouvée. La plupart des liens entre dragonniers n'étaient probablement pas assez puissants pour permettre ce genre de communication entre le dragon et son cavalier en temps réel.

Elle haussa un sourcil.

— J'aimerais bien voir ça.

Killian gloussa et se lança dans une joute verbale avec Jasmine sur le fait qu'il allait enfin pouvoir opposer Topaze et Jade dans une course dans le ciel. Je ne doutais pas que Jasmine gagnerait, mais c'était amusant de les entendre se chamailler.

— On va aux écuries des wyvernes, c'est bien ça ? demandai-je à Jasmine alors que nous sortions des dortoirs.

— Oui, répondit-elle à côté de moi.

La marche rapide sembla réveiller mes muscles, alors j'accélérai un peu, étirai mes jambes et profitai du regain d'énergie que la sieste semblait m'avoir donné.

Le spectacle qui s'offrit à moi au moment où j'arrivais aux quartiers des wyvernes me fit stopper net. Des élèves et des dragons trempés galopaient dans le champ devant les écuries. Des éponges mouillées et savonneuses étaient lancées en l'air, des seaux pleins d'eau jetés au-dessus de nos têtes et il y avait des tas de bulles partout. Des rires résonnaient dans l'air tandis que mes camarades de classe couraient tous en créant autant de dégâts que possible avec seulement de l'eau et du savon à leur disposition. Je ne pus m'empêcher de sourire face à cette joie juvénile.

La Malice ne nous avait pas encore trouvés.

Pour l'instant, c'était l'heure de se divertir.

— Tu n'étais pas obligée de venir ici tout de suite, admit Jasmine avec un sourire en coin. J'ai juste pensé que t'amuser un peu ne te ferait pas de mal.

Je lui donnai un coup d'épaule et lui adressai un sourire espiègle.

— Ça a l'air drôle.

Repérant une éponge trempée à mes pieds, je la ramassai et la projetai sur elle. Elle poussa un cri aigu et s'esquiva juste à temps.

Je ris de son air contrarié tandis qu'elle fouillait le sol. Je sus qu'il était temps de courir lorsqu'elle repéra une autre éponge.

Killian rit à gorge déployée lorsque Jasmine me poursuivit tout en me lançant des bombes de savon alors que je m'enfuyais à travers les écuries.

Killian me suivit et me rattrapa grâce à un raccourci en sautant par-dessus une wyverne endormie qui poussa des gémissements irrités. Il s'élança sur moi et me percuta de plein fouet avant que nous ne nous écrasions sur un tas de foin moelleux dans un grand éclat de rire.

— Bien joué, dis-je en retirant des brins de foin de mes cheveux.

Il sourit.

— Je suppose que t'as besoin d'une douche.

Son rire tonitruant me causa des palpitations dans le ventre. Ces papillons s'emballèrent lorsqu'il me donna un long baiser.

Jasmine jeta un seau d'eau savonneuse sur nous, ce qui nous fit cracher tous les deux.

— Vous vouliez une douche, affirma-t-elle avec un sourire.

— Attrape-la ! cria Killian.

Jasmine se mit à dévaler les écuries en poussant des cris stridents alors que nous nous engagions dans une nouvelle course-poursuite.

J'adorais ça.

C'était exactement la distraction dont j'avais besoin.

Jasmine entra en collision avec Vern, qui la prit dans ses bras.

— Capturée ! s'écria-t-il avec un grand sourire.

Killian rit et s'accroupit.

— Oh, c'est ça le jeu ? Je vois une dragonnière qui doit être capturée.

Je m'éloignai de lui en couinant et fouillai le sol à la recherche de défenses savonneuses. Lily me lança une éponge, et je l'attrapai avec un cri de triomphe avant de la relancer sur Killian. Ses yeux s'écarquillèrent, et il essaya, en vain, d'esquiver l'éponge savonneuse avant que celle-ci ne s'écrase sur son visage.

J'éclatai de rire et me tins le ventre en le regardant s'essuyer le visage et se pencher lentement pour ramasser l'éponge. Mon rire cessa lorsqu'il leva les yeux vers moi avec un sourire en coin.

— Oh oh, fis-je avant de me retourner et de m'enfuir en courant tandis que des éclats de rire me suivaient.

J'aperçus une lueur dorée du coin de l'œil et me tournai vers ce que je savais être ma wyverne. Je pouvais sentir son amusement à travers le lien. Je la contournai, impatiente de voir ce qu'il y avait de si drôle et pour me mettre à l'abri de Killian par la même occasion.

Solstice se moquait de Topaze qui immergeait sa tête dans l'étang, recueillait l'eau dans sa grande gueule et la projetait comme une lance à incendie sur tous ceux qui se trouvaient à proximité.

Killian tourna au coin et vit le stratagème de sa wyverne. Il me sourit.

— Topaze ! Attaque Vivi !

Avant que je ne puisse plonger à couvert derrière Solstice, la wyverne de mon compagnon retourna son canon à eau contre moi et me trempa jusqu'aux os. Je me laissai tomber au sol, complètement étalée, et me mis à rire. Cela faisait du bien de libérer de l'énergie de façon positive. J'avais l'impression que cela faisait des années que je n'avais pas ri comme ça.

— C'est un beau son, dit Killian en me souriant tendrement tandis que de l'eau et du savon dégoulinaient de ses cheveux argentés.

Je rougis, et mon rire se calma suffisamment pour que je reprenne mon souffle. J'écartai mes cheveux trempés de mon visage et me redressai en position assise. La bataille d'eau se calmait et tout le monde retournait à ses tâches, mais l'atmosphère joyeuse subsistait.

Je souris à Killian et m'appuyai sur mes coudes.

— Pourquoi tu ne m'as pas réveillée ?

— T'étais dans les vapes. Je me suis dit que t'avais besoin d'un peu de temps, expliqua-t-il avec un regard doux.

— Je me sens mieux. Je ne suis plus aussi exténuée, affirmai-je avec un sourire en coin.

— Bien. Je suis content de t'avoir laissée dormir, me dit-il en tendant la main pour m'aider à me relever.

Il me donna une éponge, une petite étrille et un seau rempli d'eau savonneuse. Il agita son doigt lorsque je remuai les sourcils et fis semblant de m'apprêter à le déverser sur lui comme il l'avait fait avec moi. Il gloussa.

— C'est pour laver Solstice, pas moi.

Je lui souris et me tournai vers mon dragon. Elle inclina la tête et me fit un câlin en s'appuyant sur ma main lorsque je lui caressai le visage.

— T'es prête ? lui demandai-je avant de baisser la voix pour qu'elle seule puisse m'entendre. Pour de vrai cette fois ?

Elle m'envoya des encouragements par l'intermédiaire du lien et je lui souris. Je commençai alors à la nettoyer. Je la lavai avec du savon, puis je brossai soigneusement ses écailles et enlevai des restes de cailloux sombres de son flanc, avant d'appliquer de l'huile pour écailles qui lui donna un peu plus d'éclat. Lorsque j'eus terminé, elle brillait comme de l'or en fusion dans la lumière du soleil.

Je jetai un coup d'œil à Killian, qui avait également fini sa tâche. À ses côtés, Topaze scintillait comme une pierre précieuse, et tous deux se contentaient de nous observer, Solstice et moi. Le regard de Killian était contemplatif et je m'approchai de lui pour me blottir sur ses genoux et appuyer ma tête contre sa poitrine.

Topaze et Solstice se prélassaient au soleil, réchauffant leurs écailles tandis que leurs ailes se déployaient pour libérer les dernières gouttes d'humidité.

— Alors, le Royaume de la Malice, hein ? commença Killian.

Je grimaçai, mais son ton était doux, pas moralisateur.

— Oui, confirmai-je.

— Pourquoi ? demanda-t-il.

Je me serrai contre lui en soupirant.

— Ça va te paraître insensé, mais un œuf de dragon m'appelait. Je ne savais pas ce que c'était au début, juste une âme innocente qui avait besoin d'aide. Alors j'y suis allée.

C'était aussi simple que cela, toutefois je ne m'attendais pas à ce que Killian comprenne.

Il me serra plus fort dans ses bras.

— Ça ne me paraît pas du tout insensé. Ça ressemble plutôt à… un miracle.

Il inclina la tête et appuya sa joue contre mes cheveux.

— Il est où maintenant ?

— Avec ma mère.

Je lui expliquai que cela semblait la stabiliser, ou du

moins, que son état ne s'était pas aggravé. Elle avait sombré dans un profond sommeil, mais quelque chose me disait que cela permettrait peut-être de la garder en vie.

Compréhensif, il ajouta dans un murmure :

— J'espère que ça aidera.

Je levai la tête pour le regarder.

— Alors, tu n'es pas fâché ?

Il m'embrassa sur le front.

— Je suis furieux, mais je comprends.

Puis il gloussa.

— Qu'est-ce qui te fait rire ?

Il rabattit une mèche de cheveux derrière mon oreille.

— Je suis censé être l'ange qui fait des miracles, mais t'as toujours l'air d'avoir une longueur d'avance sur moi.

Il se détendit contre moi.

— C'est ce que j'aime chez toi. Tu m'étonnes tous les jours.

Il hocha la tête à contrecœur et déposa un baiser sur mon front.

— Est-ce que tu peux juste me promettre de m'attendre la prochaine fois ? De ne pas y aller seule ?

Je me laissai aller à son baiser et soupirai.

— OK, je te le promets.

Je levai alors la tête pour l'embrasser en retour, avant d'être interrompue par un raclement de gorge tout près de nous.

Nous portâmes tous les deux notre regard vers le son et vîmes Jasmine qui se tenait là, deux grandes selles à ses pieds.

— Allez, les tourtereaux, c'est l'heure de harnacher vos dragons, nous annonça-t-elle avant de frapper dans ses mains pour nous presser.

Jasmine passa l'heure suivante à superviser notre travail pour voir ce que nous avions retenu de la réunion de la doyenne. Killian sella Topaze sans problème, mais je ne me souvenais plus de l'ordre exact dans lequel les courroies devaient être placées.

Elle insista sur l'importance de suivre les étapes à la lettre. Elle mit également un point d'honneur à ce que nous n'essayions jamais de monter à cru, à moins que nous ne voulions faire une chute mortelle. Les dragons n'avaient pas grand-chose à quoi s'accrocher.

Je dus étouffer un rire lorsque je me revis en train de m'accrocher à Solstice sans selle, pas plus tard que la veille. Solstice me donna un coup de museau amusé alors qu'elle percevait le fil de mes pensées.

Le temps que nous ayons terminé, c'était le milieu de l'après-midi. Solstice et Topaze ressemblaient à de véritables dragons guerriers. Elles étaient terrifiantes et prêtes à se battre avec leurs armures de cuir et leurs selles.

— Maintenant, il ne vous reste plus qu'à vous rendre présentables pour le festin annuel, dit Jasmine en scrutant nos uniformes trempés et nos cheveux ébouriffés une fois qu'elle fut satisfaite de nos dragons.

Killian m'enlaça vivement et nous nous dirigeâmes vers la salle à manger tandis que mon estomac gargouillait à l'idée d'un festin.

PREMIER VOL… À NOUVEAU

— e meurs de faim ! s'exclama Lily en nous conduisant à notre table.

James s'assit à côté d'elle et Jasmine juste en face de nous, fourchette et couteau en main.

Nous étions parmi les dernières personnes à être arrivées, alors heureusement, nous n'eûmes pas à attendre longtemps avant de piocher dans la nourriture qui me narguait depuis le centre de la table.

— Attention, tout le monde !

La doyenne Brynhilde se leva de son siège à la table d'honneur. Elle brandit son verre et sourit à tous.

— Je voudrais porter un toast. Chaque année, il y a une nouvelle fournée de deuxièmes années qui sont prêts à voler pour la première fois. Chaque année, je préside la cérémonie et vous regarde tous prendre votre envol. Chaque année, je suis aussi fière que l'année précédente. Cette cérémonie a beau avoir lieu tous les ans, je chéris chaque premier vol comme s'il s'agissait du mien. Vous avez gagné le droit d'être ici. Vous avez prouvé que vous étiez dignes d'être des dragonniers. Ce soir, vous vous élancerez dans les airs avec vos compagnons liés. Ce soir, vous prendrez la place qui vous revient parmi nous. Félicitations à vous tous. Vous l'avez mérité.

En guise de conclusion, elle sourit à nouveau et leva son verre. Des applaudissements et des acclamations sporadiques éclatèrent dans la salle.

— Mangeons !

Tout le monde se mit à manger et les heures qui suivirent furent remplies de mets délicieux, de rires joyeux et d'excellentes conversations. Même les wyvernes furent autorisées à se joindre à nous, et des piles massives de viandes furent disposées sur les côtés de la salle pour servir de repas. Solstice et Topaze nous firent rire, Killian et moi, lorsque nous les vîmes partager un long morceau de viande.

Les ventres pleins et les cœurs heureux, il était temps de voler.

Les élèves marchèrent en groupe tandis que les aînés s'élançaient vers le ciel.

Je me plaçai à côté de Solstice sur la plage, avec suffisamment d'espace autour de nous pour notre première tentative au-dessus de l'eau. De grandes tours en bois nous donnaient un peu de hauteur au-dessus des vagues, les structures permettant aux dragons de glisser sur les courants d'air invisibles de l'océan pour un premier vol.

Définitivement une meilleure situation que le lancement depuis le sol dans l'atmosphère infestée de Malice.

Killian me fit un signe de la main, debout à côté de Topaze sur sa tour, tandis que les autres élèves se préparaient.

Le couple le plus intéressant était celui formé par Lily et James. Alors que j'étais presque sûre de les avoir déjà vus voler, ils participaient quand même à la cérémonie. Lily se transforma en un magnifique dragon lorsqu'elle monta sur le podium.

Mes nerfs bouillonnaient d'énergie, même si je savais que Solstice et moi nous en sortirions très bien. Mais c'était dans une situation de vie ou de mort, et j'avais un penchant pour les chutes devant un large public.

Ma wyverne me murmura des encouragements alors que je m'appuyais sur elle pour me soutenir.

La doyenne Brynhilde monta sur son dragon, une bête que je n'avais jamais eu le plaisir de voir auparavant. Sa magnifique et vieille wyverne était dotée de puissantes défenses, et elle baissa la tête tandis que la doyenne passait les élèves en revue.

— En selle ! cria-t-elle en levant un poing en l'air.

Mon estomac se noua, mais je me tournai vers Solstice et enroulai autour de mon avant-bras la courroie qui pendait de sa selle. Je me hissai sur son flanc d'un seul mouvement fluide, me perchai sur la selle et vérifiai toutes les sangles comme Jasmine me l'avait enseigné. J'en trouvai une sur le mauvais anneau et la fixai au bon endroit.

Cela fait, je lançai une œillade discrète à Killian et me retins de sourire lorsqu'il se hissa maladroitement sur Topaze. Il remarqua mon amusement lorsqu'il se redressa sur sa selle. Il me fit un clin d'œil, et je rougis en détournant le regard.

— Wyvernes ! cria la doyenne. Préparez-vous à décoller !

Elle écarta les bras et son dragon déploya ses ailes. Toutes les wyvernes firent de même, se préparant pour le premier vol.

De l'énergie et de l'excitation bourdonnaient dans l'air.

On y était.

Solstice se leva lentement en faisant même son mieux pour ne pas me brusquer. Cette fois-ci, j'étais bien calée dans les sangles de la selle.

Solstice était tout aussi excitée que moi, et le fait de savoir qu'elle ressentait la même chose ne faisait qu'amplifier mes émotions.

La doyenne frappa dans ses mains.

— Souvenez-vous ! Nous n'ouvrons le portail vers le Royaume du Ciel qu'une fois par an. Si vous parvenez à franchir le portail, vous aurez réussi votre initiation.

Elle leva la main, puis la baissa.

— Allez-y !

Solstice s'élança de notre tour, ses ailes claquant contre le courant d'air chaud de l'océan alors que nous nous élevions à toute vitesse.

J'oubliai tout mon entraînement et m'accrochai fermement aux sangles, puis les images de Solstice filtrèrent dans mon esprit pour m'indiquer la direction qu'elle allait prendre ensuite.

Nous oscillâmes le temps qu'elle s'ajuste à mon poids, et je jetai un coup d'œil pour constater que Topaze avait pris son envol elle aussi. Killian souriait en se penchant sur elle avec une expression de pure joie sur le visage.

Mon cœur se gonfla de trois fois sa taille normale en voyant cela.

Le vent fouettait mon visage et les vagues s'étendaient au-dessous de moi. Le monde me semblait soudain beaucoup plus grand. Je levai les bras au-dessus de ma tête en poussant un cri de joie. Solstice accéléra en se nourrissant de mon excitation.

Nous volions tous les quatre dans le ciel. Ce moment était d'une perfection absolue.

De l'électricité jaillit et traversa l'air tandis qu'un portail s'ouvrait en libérant des vents violents en provenance du Royaume du Ciel. Je rêvais de visiter cet endroit depuis que j'en avais entendu parler.

Des dragons de toutes les couleurs commencèrent à

affluer vers lui, entraînant leurs cavaliers avec eux, avant de disparaître dans le vortex tourbillonnant.

— T'es prête ? me cria Killian à travers le vent.

Je ne répondis pas ; je me contentai de lui faire un clin d'œil et d'envoyer un signal à Solstice par l'intermédiaire de notre lien. Mon enthousiasme enjoué lui fit comprendre, et elle s'élança comme une fusée.

— Le premier arrivé a gagné !

Ma voix traîna derrière moi à moitié dans un cri, à moitié dans un hurlement, tandis que Solstice atteignait de nouvelles vitesses.

Nous nous approchâmes du cyclone, et Solstice suivit la courbe du vent pendant un moment, semblant presque faire une pause en plein vol. Elle plongea ensuite directement dans le portail. La sensation familière d'apesanteur procurée par le passage dans le tunnel m'enveloppa, puis il n'y eut plus que de l'air.

Je respirai profondément, émerveillée par la fraîcheur de l'air qui m'emplissait. C'était l'air le plus pur que j'avais jamais respiré et je ne m'en lassais pas. Il était plus épais que ce à quoi j'étais habituée, avec une énergie électrique qui me donnait l'impression que ma peau picotait là où il la touchait. Je regardai autour de moi avec admiration ce royaume qui n'avait littéralement qu'un ciel sans fin. Il y avait des nuages en dessous de nous à perte de vue, et ils s'étendaient comme dans un rêve.

Magnifique.

Solstice allait d'un côté à l'autre pour attraper les courants d'air qui se déplaçaient à des vitesses variables. Ces derniers permettaient à la wyverne de planer sans avoir à battre des ailes. En théorie, elle pourrait glisser sur un courant à l'infini.

— Tricheuses ! nous lança Killian alors que Topaze et lui

nous dépassaient sur un courant d'air particulièrement rapide.

J'envoyai de nouveau un signal à Solstice à travers notre lien, et elle me répondit avec malice. Elle s'orienta vers le courant le plus rapide et nous nous précipitâmes à nouveau dans les airs. Maintenant, elle battait aussi des ailes et suivit le courant tout en y ajoutant sa propre puissance. Nous rattrapâmes bientôt Killian et Topaze, et je souris à l'avance.

Solstice m'envoya un signal espiègle à travers le lien, mêlé à de la prudence. Elle allait faire quelque chose et voulait que je m'accroche. Une image de nous en train de descendre en piqué traversa mon esprit, et je raffermis immédiatement ma prise sur les poignées de la selle et serrai davantage les genoux.

Satisfaite que je sois en sécurité, elle accéléra son rythme. Puis elle plongea tout droit vers le bas en passant par divers courants. Je m'accrochai de toutes mes forces en criant mon allégresse à la mer de nuages sans fin. Elle remonta aussi soudainement qu'elle avait plongé. Je souris en comprenant sa trajectoire.

Nous prîmes rapidement de l'altitude. Je regardai au-dessus de moi et ris en voyant le ventre de Topaze. Solstice fonça vers le haut en volant à la verticale, juste devant Topaze qui lâcha un cri de surprise.

Mon rire retentit et se mêla au hurlement surpris de Killian. Solstice se retourna à l'envers au-dessus de Topaze et fit un tour complet autour d'elle, pour se retrouver en dessous d'elle.

Mon estomac se noua pendant la fraction de seconde où j'eus la tête en bas, et l'exaltation me coupa le souffle.

Topaze se redressa soudain, comme l'avait fait Solstice, et fit à son tour un looping pour se placer à côté du dragon doré.

Il s'agissait donc d'une compétition. Les wyvernes se

défiaient sur de nouvelles manœuvres difficiles. Killian et moi ne faisions que suivre le mouvement. Et quels mouvements !

Lorsque les wyvernes se fatiguèrent, nous nous détendîmes sur les courants de vent et descendîmes assez bas pour que je puisse passer ma main dans les nuages.

L'air changea sans prévenir, brisant le moment de sérénité.

Une odeur de métal vicié envahit mon nez.

— Vivienne, avertit Killian.

Solstice se mit à dériver pour se rapprocher de Topaze.

Je frissonnai lorsque le souffle familier d'un portail en formation brisa l'air juste devant nous. Solstice essaya de descendre, mais il était trop tard.

Les courants nous poussèrent dans le tunnel, et nous tombâmes directement dans le piège.

VOLEURS DE MALICE

Mon cri resta coincé dans ma gorge alors que nous nous envolions vers le Royaume de la Malice. Solstice et Topaze battirent rapidement des ailes à reculons pour changer de direction. L'air contrastait fortement avec celui du Royaume du Ciel, désormais beaucoup moins pur, et j'aspirai quelques bouffées pour m'adapter au changement.

Un creux se forma dans mon ventre tandis que j'observais ce qui nous entourait. Sur le sol en dessous de nous, un énorme groupe d'elfes sombres nous regardaient fixement.

Ils n'essayèrent pas de nous attaquer avec leurs lances, parce qu'ils n'en avaient pas besoin. Des dragons sauvages de toutes formes, tailles et couleurs planaient dans les airs tout autour de nous. Je pouvais sentir la corruption de leur magie, et je frissonnai.

Mon cœur s'emballa lorsque je me rendis compte que nous étions pris au piège. Je tendis la main vers mes dagues, avant de me rappeler que je ne les avais pas emportées avec moi. C'était censé être une excursion amusante dans le

Royaume du Ciel. Pas un autre périple hasardeux dans un monde de cauchemars.

— Atterrissez tout de suite, ou nous vous forcerons à le faire ! cria une voix tonitruante depuis le sol.

Une silhouette traversa les rangs des elfes sombres tandis que les soldats s'écartaient rapidement pour laisser passer celui qui semblait être leur chef.

Je regardai Killian et ne trouvai pas beaucoup de réconfort dans ses yeux tout aussi paniqués. L'un des dragons sauvages poussa un rugissement à glacer le sang lorsque nous ne fîmes aucun geste pour obéir à l'ordre. Je tressaillis et donnai un signal à Solstice à travers notre lien. Je pouvais sentir sa terreur, mais nous devions rester calmes.

Alors que nous descendions, je m'efforçai d'apercevoir l'homme aux commandes.

Un grand homme à la peau sombre portant une couronne d'onyx nous attendait. Ses yeux noirs suivaient mes mouvements. Son beau visage arborait des angles saillants et des traits harmonieux.

Je n'avais jamais vu quelqu'un d'aussi beau et d'aussi terrifiant de ma vie.

Nous atterrîmes dans le cercle formé par la légion d'elfes sombres. Je restai sur le dos de Solstice pour que nous puissions nous échapper rapidement si l'opportunité se présentait. Killian eut visiblement la même idée, car il ne descendit pas non plus de son dragon. Nous nous tournâmes tous les deux pour faire face à celui qui nous avait fait venir ici et qui nous tenait à présent en otages.

— Vous avez pris quelque chose qui m'appartient, jeunes gens, dit-il avec un sourire menaçant. Je veux le récupérer.

Je réprimai un frisson face à sa voix qui laissait présager une mort certaine si nous n'obtempérions pas.

— Si vous faites référence à l'œuf de dragon, il n'a jamais

été le vôtre, déclarai-je, fière de constater à quel point ma voix était calme.

C'était la seule chose qui semblait aider ma mère. Elle avait été prête à donner sa vie pour moi, et je n'hésiterais pas à me sacrifier pour inverser son destin.

Mon cœur se serra lorsque je jetai un coup d'œil à Killian et vis qu'il s'apprêtait à attraper sa lame. Contrairement à moi, il gardait toujours son épée à sa portée.

L'homme grimaça en levant une main pour empêcher les elfes sombres d'avancer vers Killian.

— On dirait que vous ne savez pas qui je suis ni de quoi je suis capable. Peut-être qu'une démonstration s'impose.

Le calme mesuré de sa colère était en quelque sorte plus terrifiant que s'il s'était emporté.

Des ombres tourbillonnèrent tout autour d'eux, formant des dragons artificiels qui rugissaient et nous fixaient avec des yeux rouges. Je regardai la scène avec stupeur et effroi.

— Je suis le roi de la Malice, annonça-t-il d'un ton détaché. Tout ce qui se trouve dans ce royaume m'appartient. Vous avez trouvé ici un œuf de dragon qui ne vous appartenait pas. En fait, il était placé au sommet de mon château.

Il se frotta le menton.

— Vous êtes donc des voleurs. Et même si j'apprécie les voleurs en règle générale, *me* prendre pour cible n'est pas très judicieux.

— Vous ne comprenez pas, répondis-je sur un ton maintenant strident. Ma mère est en train de mourir, et cet œuf est la seule chose qui l'aide.

Il me lança un regard froid.

— Ça va peut-être te surprendre, mais je m'en moque, jeune fille. Rends-le-moi *immédiatement*, ordonna-t-il dans un grognement.

— Et si on ne le fait pas ? demanda Killian avec une voix aussi dure que de l'acier.

— Je crois que c'est là que j'interviens.

Un son suave et familier vint de derrière nous et je me retins de justesse de pousser des jurons en me retournant pour confirmer ma suspicion.

Zelda était là, en train de marcher vers nous avec la même assurance que deux ans auparavant. Mon esprit se mit à bourdonner tandis que j'essayais de trouver un moyen de me sortir de ce guêpier. Nous étions bel et bien piégés et à la merci du roi de la Malice et de Zelda.

Zelda continua de parler,

— Il se trouve que ma reine est très intéressée par cet œuf et d'autres comme lui. On était en train de négocier un accord avec le roi de la Malice en vue d'un échange. Je risque de devoir recourir à des mesures drastiques si tu ne le rends pas de ton plein gré.

Sa voix ne cachait pas qu'elle préférerait ces « mesures drastiques » plutôt que d'avoir à conclure un marché avec le roi de la Malice.

— Non, grognai-je.

Ma décision était sans appel. Je préférais mourir plutôt que de rendre une âme innocente à ces créatures.

Zelda sourit, vicieuse à souhait, et le roi de la Malice leva une main.

Un signal.

Un signal d'attaque.

Le monde autour de nous se brouilla tandis que des dragons sauvages et des elfes sombres s'apprêtaient à nous tuer. Ils nous avaient piégés ici non pas pour négocier, mais pour nous agresser. Une telle force serait capable d'envahir l'académie, et quelques dragonniers de moins dans le monde ne feraient que leur faciliter la tâche.

Il y avait d'autres œufs de dragon sous protection dans le sanctuaire, et mon cœur se serra à l'idée que ces monstres arrivent à mettre leurs griffes dessus.

Il n'en fallut pas plus pour réveiller le sang de déesse qui coulait dans mes veines.

Ma tache de naissance brûla alors que Solstice se rapprochait de Killian pour que je puisse le toucher. Une explosion de puissance s'échappa de nous en une violente onde de choc. Cela ralentit le temps, ou du moins tout le monde autour de nous, et me permit d'entrer dans une transe de combat qui me lia plus étroitement à Solstice.

Dans cet état, tout devint clair. Je vis le monde à travers ses yeux tandis que nous nous envolions dans les airs. Topaze battit des ailes, se préparant à nous suivre.

Nous ne pouvions pas rester et nous battre, mais nous pouvions survivre.

Un cri strident retentit à côté de moi, et une douleur inonda soudainement le lien entre Killian et moi. J'ouvris les yeux et luttai pour retenir la magie qui tourbillonnait en moi lorsque je vis l'épée empalée dans le flanc de Killian. Le roi de la Malice retira lentement son épée de mon compagnon, et Killian serait sans aucun doute tombé de sa wyverne s'il n'avait pas été attaché.

Topaze poussa un cri, claqua des crocs vers le roi de la Malice et réussit à s'élancer avant qu'il ne puisse porter un autre coup.

Les autres elfes sombres étaient entravés par ma magie, mais le roi était trop puissant dans son royaume. Son corps se brouilla, accélérant puis ralentissant, luttant contre les effets de mon pouvoir.

Killian cria et se tint à sa blessure en sifflant de douleur alors qu'il s'accrochait à Topaze.

— Vas-y ! hurla-t-il.

Il suffit que je le voie blessé pour que j'explose. Solstice ajouta son pouvoir au mien et renforça la poussée de magie qui déferlait sur tous les êtres en vue. De la lumière dorée et argentée jaillit de nous en un dôme géant. Les énergies entremêlées percutèrent les ennemis et les propulsèrent au loin. Des dragons sauvages tombèrent du ciel ou furent projetés dans les airs tandis que des elfes sombres brûlaient sur place.

C'était le pouvoir cumulé d'une reine dragon et d'une descendante de la déesse.

Malheureusement, il avait fallu le sacrifice de Killian pour le libérer.

Déterminée à mettre Killian à l'abri, je conservai en moi une petite partie de mon pouvoir. Lorsque l'ennemi fut repoussé par la magie, je forçai l'ouverture d'un portail juste devant nous sans chercher à retrouver l'ancien passage que j'avais utilisé précédemment pour rentrer à la maison.

Des vertiges m'envahirent alors que l'extension de mon pouvoir m'affaiblissait.

— Vas-y, Topaze ! criai-je.

Je devais m'assurer que Killian soit hors d'ici avant de pouvoir partir. Mon compagnon blessé et sa wyverne disparurent à travers le portail. Solstice ne perdit pas de temps à les suivre.

Un soulagement m'envahit lorsque nous sautâmes hors du portail et atterrîmes sur le sable devant l'académie. Je refermai rapidement le portail avant que quiconque ne puisse nous suivre.

Mon répit fut de courte durée. Des bruits de luttes parvinrent à mes oreilles. Tout autour de nous, des dragonniers combattaient les dragons sauvages.

Ils étaient là.

Le roi de la Malice n'avait été qu'une diversion.

Du feu pleuvait sur le sable et des corps tombaient du ciel.

L'œuf.

Ils devaient être ici pour l'œuf.

Killian gémit depuis le dos de Topaze à côté de moi. Une diversion qui avait causé une blessure sérieuse à mon compagnon. Un sentiment de panique m'envahit lorsque l'image de

Killian empalé par la lame de l'elfe sombre surgit dans mon esprit. Je savais que c'était une image que je n'allais pas oublier de sitôt.

J'étais partagée entre rechercher l'œuf pour assurer sa sécurité et celle de ma mère, et m'occuper de mon compagnon. Il fallait qu'il aille voir les guérisseurs à l'infirmerie.

— Je t'aime, Vivi, dit-il en respirant difficilement.

Je savais ce qu'il était en train de faire. Il faisait ses adieux.

— Non, tu n'iras nulle part. On va te trouver un guérisseur, lui répondis-je. Solstice, Topaze, à l'infirmerie. Vite !

Elles n'eurent pas besoin de se le faire répéter, toutes deux ressentant la même urgence que moi de sauver Killian. Nous nous faufilâmes entre les combats, faisant de notre mieux pour ne pas nous retrouver impliqués. J'étais uniquement concentrée sur le fait d'apporter à Killian l'aide dont il avait besoin.

Lorsque nous atteignîmes le campus, des dragons sauvages bloquaient le soleil. Je fus prise de vertige.

Tout cela était ma faute.

Nous étions proches de l'infirmerie, mais un énorme dragon nous barra la route. Une peur absolue empoisonna mon esprit. Je me figeai, incapable de bouger alors que des taches noires parsemaient ma vision.

Au moment où il s'avança, je tendis la main par réflexe. Le sang de déesse dans mes veines brûlait encore d'une puissance accrue. Je pouvais sentir la force vitale de toutes les créatures qui m'entouraient, même de cette bête. Je m'y accrochai et la tirai frénétiquement à moi jusqu'à ce que la bête rugisse de douleur, avant de s'effondrer et de tomber au sol.

Une nausée envahit mon estomac, et je crachai de la boue sombre.

De la corruption.

Je ne pourrais pas répéter cette ruse, à moins que je ne

veuille être moi-même corrompue.

Topaze et Solstice ne marquèrent pas de pause dans leur course effrénée vers l'infirmerie et je pleurai presque de soulagement lorsque nous atterrîmes devant le bâtiment. Les guérisseurs se précipitèrent dans la rue et extirpèrent Killian de sa selle en faisant attention à ne pas heurter sa blessure.

Les guérisseurs m'agrippèrent et fixèrent la boue sombre sur ma bouche. Je les repoussai en leur criant de s'occuper de Killian.

— On va bien prendre soin de lui, m'assura une femme. Mais on doit s'occuper de toi. Tu peux venir avec nous ?

Je clignai des yeux en regardant Killian se faire emmener à l'intérieur.

Il allait s'en sortir.

Mais ma mère était toujours sans protection.

Mon regard se dirigea vers les bâtiments, à la recherche du bon. Je ne pouvais pas m'arrêter maintenant. Même si ma vision vacillait, je devais m'assurer que les dragons sauvages ne l'atteignent pas.

S'ils visaient l'œuf, alors ils visaient ma mère.

Solstice sentit mes pensées et ma panique, et elle s'élança immédiatement dans les airs, abandonnant les guérisseurs en bas. Elle vola aussi vite qu'elle le put, esquivant les griffes, les dents et le feu des dragons sauvages que nous croisâmes en chemin vers le bâtiment central.

Mon esprit était un fouillis d'anxiété alors que Solstice atterrissait devant le grand édifice. Je tirai et tâtonnai avec les sangles de ma selle, incapable de me concentrer dans ma hâte de rejoindre ma mère et l'œuf.

Je finis par me libérer et glissai le long du flanc de Solstice pour atteindre le sol à toute vitesse. Je me précipitai à travers les doubles portes. Un sentiment de déjà-vu m'envahit, et je me rendis compte que c'était la deuxième fois que je courais dans ce même couloir.

Pour la même raison.

Ma mère était en danger.

Sauf que lorsque je franchis enfin la porte de sa chambre, je m'arrêtai net devant le spectacle qui s'offrait à moi. Je fus remplie d'incrédulité et des larmes me piquèrent les yeux.

Les murs étaient toujours d'un blanc éclatant, épargnés par le chaos qui régnait à l'extérieur, et ma mère se tenait debout, vêtue d'une robe en soie. Un vent magique nous enveloppa, envoyant le tissu danser autour de ses jambes et ses cheveux roux sauvages fouetter son visage.

Un éclat de pouvoir baignait la pièce, une magie familière semblable à la mienne.

De la magie de déesse.

— Maman ? dis-je d'une voix brisée par l'émotion en faisant un pas vers elle.

— Vivienne, répondit-elle avec soulagement et tristesse.

Elle était vivante.

Je la regardai fixement, incapable de comprendre la transformation. C'était comme si quelqu'un avait pris cette créature malade et mourante et l'avait transformée en la mère de mon enfance.

Forte. Grande. Belle.

Hormis les larmes cristallines qui coulaient sur son visage de porcelaine alors qu'un chagrin imprégnait l'air.

— Ils ont pris mon œuf, se lamenta-t-elle. Ça… fait mal.

Je ne compris pas tout de suite, puis je repérai les traces noires sur le pourtour de la fenêtre.

— Ils ont pris mon dragon, ajouta-t-elle en se retournant pour regarder à l'extérieur.

Je courus vers elle et me blottis contre elle. C'était une dragonnière à présent, ressuscitée et revivifiée.

J'avais réussi. Je l'avais sauvée, mais maintenant nous devions secourir son dragon.

— On va le récupérer, lui jurai-je. Je te le promets.

REINE VOLÉE

a mère tremblait, l'air de souffrir, mais je ne trouvai aucune blessure sur elle.

Tout en elle était transformé. Elle rayonnait d'une lumière intérieure, d'une jeunesse et d'une beauté que je n'avais pas vues chez elle depuis mon enfance. Après la mort de mon père, le chagrin l'avait fait vieillir.

À présent, son rajeunissement contrastait avec la panique dans ses yeux brillants.

— Mon dragon, dit-elle douloureusement en s'effondrant sur le sol.

Son éclat renouvelé allait à l'encontre de son expression abattue.

— Ils… l'ont pris.

Mes yeux s'écarquillèrent. Elle avait raison. Son œuf était introuvable et, d'une manière ou d'une autre, ma mère s'était liée à lui, ce qui signifiait qu'elle était désormais une dragonnière, tout comme moi.

L'idée d'être arrachée à Solstice me serra le cœur. Si ma mère s'était vraiment liée à l'âme de la wyverne à l'intérieur de cet œuf, alors je le récupérerais pour elle, quoi qu'il en coûte. Je ne souhaitais cette agonie à personne, surtout pas à ma mère.

— Raconte-moi exactement ce qui s'est passé, dis-je d'une voix posée en m'asseyant à côté d'elle. Chaque détail dont tu te souviens.

Elle me regarda un instant, puis hocha la tête.

— C'était… incroyable.

Elle sourit et ses yeux s'illuminèrent.

— Tant de chaleur, d'amour et d'acceptation. J'ai eu l'impression de… renaître.

Je ne connaissais que trop bien ce sentiment.

— Puis ils l'ont enlevé, dit-elle avec tristesse. Ils étaient masqués. Je n'ai pas pu voir leurs visages. Mais ils ont pris l'œuf juste après que je me sois liée à lui, et ensuite, c'est arrivé.

Elle tendit les mains pour me montrer sa santé retrouvée.

Je me mordillai la lèvre inférieure.

— Ça devait être une reine, alors.

Ma mère baissa les mains et acquiesça.

— Une reine perdue, oui.

Elle entremêla ses doigts aux miens et son contact dégagea une chaleur bienfaisante.

— Elle est en danger, Vivi. Je ressens sa peur.

Des larmes coulèrent sur ses joues.

— Il faut que je la récupère.

Je frottai ses bras, détestant la voir souffrir ainsi.

— On la récupérera. Je te le promets.

Elle secoua la tête.

— Pas « on », ma chérie. « Je ». Elle est sous ma responsabilité, Vivi. Je dois y aller. Je refuse de te mettre en danger.

Elle se força à se relever, ses jambes tremblant sous l'effort. Alors que la reine dragon l'avait rajeunie, cette séparation soudaine pouvait facilement annuler le bien que le dragon avait conféré.

— Non, dis-je en la contraignant à s'asseoir sur le lit. Je ne suis plus une enfant. Je peux gérer ça, d'accord ? S'il te plaît, ne m'insulte pas en insinuant que je ne peux pas.

Elle me regarda dans les yeux comme si elle me voyait pour la première fois.

— Ma fille a grandi, constata-t-elle avec un sourire las sur le visage. Une sauveuse qui sera célébrée à travers les générations.

Ses paroles avaient un ton de prophétie qui me fit froid dans le dos.

Je l'installai sur le lit et me précipitai vers la fenêtre pour jeter un coup d'œil dehors, dans les rues. La bataille avait reculé, laissant derrière elle du sang et la boue sombre de la corruption.

S'ils avaient obtenu ce qu'ils étaient venus chercher, alors l'œuf était déjà loin depuis longtemps, renvoyé à travers un portail vers le Royaume de la Malice et son roi cruel.

— Aucun signe d'eux, dis-je en serrant les poings. Ça ne veut pas dire que c'est terminé.

J'ordonnai à ma mère de se reposer, non pas que je m'attendais à ce qu'elle m'écoute, puis je sortis précipitamment de la pièce.

DÉCISIONS MÛREMENT RÉFLÉCHIES

Après la bataille enragée, le silence angoissant qui régnait sur le campus me mettait mal à l'aise. Solstice au-dessus de ma tête, je courus dans la cour du bâtiment central, esquivant adroitement les guerriers et les Valkyries qui nettoyaient le carnage.

Les blessés étaient conduits à l'infirmerie tandis que les autres élèves s'occupaient de leurs dragons ou épongeaient la boue noire avant qu'elle ne s'infiltre dans le sol. Si on ne s'en chargeait pas, la magie de l'académie s'en trouverait altérée.

Je cherchai dans la foule un visage familier. J'avais besoin de quelqu'un pour m'aider à élaborer un plan. Même la doyenne devrait comprendre la gravité de la situation. Où était-elle ? J'avais besoin d'elle.

J'avais déjà foncé dans le Royaume de la Malice une fois, et j'y avais été entraînée malgré moi une deuxième fois. Peu importe ce qui m'attendait de l'autre côté, je savais que ça ne serait pas bon. Je ne pouvais plus me reposer sur l'effet de surprise, et j'avais donc besoin d'aide si je voulais récupérer le dragon de ma mère.

De beaucoup d'aide.

Ce fut alors que je repérai Killian dans la foule.

Je courus vers lui et lui grognai dessus.

— Qu'est-ce que tu fais debout ? T'as été *poignardé*, t'as oublié ?

Il haussa les épaules, puis grimaça.

— Je vais bien. Les guérisseurs ont des pouvoirs magiques, tu sais ? Je vais même très bien.

Je ne le croyais pas. Je savais qu'il y avait une différence entre être guéri et être complètement remis.

— Tu ne vas pas bien, observai-je lorsqu'il porta son bras à sa poitrine. Mais heureusement pour toi, j'ai besoin de ton aide.

Je lui expliquai tout ce que je savais et que tout ceci n'avait été qu'une vaste diversion pour récupérer l'œuf de ma mère ; un œuf qui l'avait miraculeusement guérie et qui s'était lié à elle.

Une reine perdue.

Les yeux de Killian s'écarquillèrent.

— Laisse-moi résumer. L'œuf qu'on a trouvé est une reine et il s'est lié à ta mère. Donc il est sans doute entre les mains de la reine d'Avalon à l'heure qu'il est.

Je le regardai avec confusion.

— Il a dû être ramené au Royaume de la Malice, non ?

Il secoua la tête.

— Non. La reine des dragons sauvages ne laisserait pas filer un œuf aussi rare sans se battre. C'est elle qui doit l'avoir. Le roi de la Malice aura sans doute accepté un arrangement… Elle a de la corruption, il a un œuf. Ce serait logique qu'ils aient fait un échange.

Je passai mes mains dans mes cheveux en maugréant. Le Royaume de la Malice était déjà assez dangereux. Nous n'étions pas prêts pour Avalon.

— Qu'est-ce qu'on va faire ?

Il glissa ses doigts entre les miens et me serra la main.

— On va le récupérer.

En me mordillant la lèvre, je réfléchis à un moyen de parvenir à Avalon et de voler l'œuf.

— Tu sais où est la doyenne ? Je déteste l'admettre, mais on a besoin de ses conseils.

Et des ressources de l'académie.

— Mouais, acquiesça Killian en jetant un coup d'œil vers le bord du campus. Elle était sûrement sur la ligne de front pendant la bataille, pour repousser nos ennemis jusqu'à la mer.

Il posa sa main dans le creux de mon dos.

— Viens.

Solstice et Topaze parcoururent le ciel, à l'affût de toute menace, tandis que nous nous aventurions à découvert. Nous trouvâmes la doyenne près de la plage en train de parler avec plusieurs enseignants et dirigeants de l'académie, tous majestueux sur leurs dragons populaires. Ils hochèrent la tête à ses paroles avant de se séparer et de se déployer dans un magnifique éventail d'écailles colorées, sous les rugissements de leurs wyvernes.

La doyenne se tourna vers nous et à notre arrivée, nous adressa un signe de tête.

— Tu devrais être en train de te reposer, dit-elle à Killian.

Je lui donnai un coup de coude dans les côtes, ce qui le fit grogner de douleur.

— Tu vois !

Il fit un geste de la main pour me signifier de m'éloigner et posa cette dernière sur le pommeau de son épée.

— Les guérisseurs m'ont soigné, doyenne. Je vais très bien. Vraiment.

Elle fronça les sourcils en baissant les yeux vers la lame volée. Elle n'avait jamais exigé qu'il la lui rende, ce qui signifiait qu'elle pensait que Killian avait plus besoin de l'épée magique qu'elle.

Elle pourrait facilement changer d'avis.

Elle releva les yeux pour croiser les siens.

— Tu devrais te reposer après une guérison pour être sûr que les effets perdurent. Je suppose qu'il y a une raison pressante pour que tu ne le fasses pas ? dit-elle en inclinant la tête. La bataille est terminée pour l'instant. Quelle que soit la raison pour laquelle ils sont venus ici, ce n'était pas pour prendre le contrôle de l'académie.

— C'était pour prendre autre chose, confirmai-je.

Je lui expliquai tout sur ma mère et la reine perdue, ainsi que sur leur stratégie de détourner notre attention pour nous la reprendre pendant l'attaque.

Elle m'écouta attentivement, puis hocha la tête.

— Elle n'a qu'une seule des reines perdues. On a le temps avant que la situation ne dégénère.

Je levai un sourcil.

— Combien est-ce qu'il y en a ?

La doyenne leva les yeux vers le ciel. De la magie noire y scintillait à cause des abondants résidus de corruption.

— Seule une autre reine peut répondre à cette question.

Solstice poussa un cri depuis le ciel, me rappelant qu'elle était une reine, mais qu'elle était aussi jeune. On en avait trouvé une parce que l'œuf nous avait appelées, ma mère et moi. Il allait nous falloir du temps pour trouver les autres.

La doyenne réfléchit un instant.

— Si c'est la première reine perdue qu'elle a récupérée, et que c'est uniquement grâce à toi, ça veut dire qu'on a le temps et qu'on ne devrait pas mordre à l'hameçon.

— Mordre à l'hameçon ? m'étonnai-je.

Killian comprit ce que voulait dire la doyenne.

— Elle veut que t'ailles à Avalon avant que t'aies terminé ta formation de dragonnière. Elle a attendu et t'a laissée tranquille jusqu'à ce que tu récupères exactement ce qu'elle voulait.

Je me renfrognai.

— Alors pendant tout ce temps… la reine d'Avalon attendait que je trouve cet œuf.

La doyenne hocha la tête.

— C'est exactement ça. Et on n'est pas prêts à l'affronter tout de suite. Tu n'es pas prête, Vivienne.

J'échangeai un regard avec Killian tandis que sa mâchoire se crispait. Ce n'était pas la réponse que j'espérais.

— Qu'est-ce que vous suggérez, alors ?

— Vous terminez ce semestre comme prévu, annonça-t-elle sans hésitation. Rien n'a changé. On prévoit toujours d'affronter la reine des dragons, mais seulement quand on sera prêts et au meilleur de notre forme.

— Le projet de fin d'études montrera qu'on est prêts ? devina Killian.

Il ne s'agissait pas seulement de nous. Il s'agissait de tous les élèves de l'académie.

Quelque chose dans tout cela me dérangeait. J'avais l'impression que c'était mon combat.

— Le projet de fin d'études est vital pour les réserves magiques de l'académie et pour notre survie, poursuivit-elle. Et ce n'est qu'à ce moment-là qu'on pourra résister à une autre attaque en bonne et due forme.

Je pris une profonde inspiration.

— Alors, je suis censée vaquer à mes occupations pendant que ma mère dépérit à nouveau ?

— Ça va prendre du temps, le temps dont t'as besoin pour te préparer, insista la doyenne. Ne doute pas du pouvoir d'une reine perdue. Si elle s'est liée à ta mère, alors cette magie perdurera aussi longtemps que la reine perdue vivra.

— La reine d'Avalon veut une armée, fit remarquer Killian en me jetant un coup d'œil. Donc elle voudra que les reines perdues restent en vie. Elle voudra avoir leur pouvoir dans son camp.

— Je ne sais pas si je peux attendre, répondis-je honnêtement.

Elle leva un doigt.

— Un compromis, alors. Ton projet de fin d'études consistera à récupérer cet œuf, quand tu seras prête.

Elle déplaça son doigt vers Killian.

— Quand vous serez prêts tous les deux, mais vous devez faire ça dans les règles. Jusqu'à l'obtention de votre diplôme, aucun de vous ne doit entrer en contact avec la reine d'Avalon en dehors de ce campus. Sous aucun prétexte. C'est bien compris ?

Je serrai les poings.

Killian fit un bref signe de tête.

J'avais l'impression de trahir ma mère en ne partant pas sur-le-champ, mais je ne pouvais pas ignorer la peur qui se lisait dans les yeux de la doyenne.

Rien ne l'effrayait.

Ce qui signifiait qu'elle voulait que nous fassions les choses correctement. Si nous échouions en nous précipitant, alors ce n'était pas seulement ma mère qui en paierait le prix. Tous les royaumes seraient en danger et la reine d'Avalon gagnerait.

C'était la raison pour laquelle j'avais suivi assidûment mes cours ces dernières années. J'avais tant appris. J'avais grandi avec Solstice, Topaze et Killian, et j'étais devenue plus forte que jamais.

— D'accord, dis-je en hochant la tête. On va faire ça à votre façon, doyenne.

Je n'enviais pas la responsabilité qui pesait sur ses épaules. C'était à elle de décider. Si elle se trompait, elle devrait assumer les conséquences et vivre pour toujours avec sa culpabilité.

C'était pour cela que c'était elle la doyenne et que j'étais une élève. Cela me faisait éprouver de la gratitude à son égard.

— Allez vous nettoyer, conseilla-t-elle en se redressant. Reposez-vous. Récupérez. Assistez aux dernières semaines de cours pendant qu'on élabore un plan ensemble.

Elle se pencha vers moi et m'adressa un léger sourire, ce qui, de la part de la doyenne Brynhilde, était l'équivalent d'un câlin à faire craquer les os.

— Ce sera la mission de notre vie. Et ça en dit long venant d'une immortelle. Soyons intelligents.

Elle serra mon bras, puis jeta un coup d'œil à Killian.

— J'ai confiance en vous deux pour nous aider à traverser cette période sombre.

Killian inclina la tête.

— Merci, doyenne.

Il passa son bras sous le mien et m'éloigna avec un regard compatissant. Je savais qu'il ne voulait pas attendre les dernières semaines de cours pour affronter nos ennemis, mais nous avions besoin d'avoir les idées claires pour bien faire les choses.

S'il pensait qu'y aller tout de suite serait la meilleure chose à faire, il défierait la doyenne, tout comme moi, cependant nous avions tous les deux mûri durant mon séjour à l'académie.

Je retournai sur le campus en soupirant avec une nouvelle idée en tête.

J'allais devoir étudier, apparemment.

JOUTE

*H*eureusement, étudier ne consistait pas uniquement à s'asseoir avec un livre.

Maintenant que j'étais une dragonnière à part entière, il était temps de *voler*.

Fermement accrochée à Solstice, je ne pus m'empêcher de sourire tandis que nous plongions à travers le ciel. Mon ventre se noua alors que le vent fouettait mon visage.

Elle déploya ses ailes une seconde après m'avoir donné l'image. Le mouvement resta parfaitement synchronisé avec le reste de la formation. Elle se stabilisa avant de replier ses ailes et d'effectuer un looping qui me fit pousser un cri de joie. Si je n'avais pas reçu son avertissement dans mon esprit, cela aurait été terrifiant, mais nous ne formions qu'une seule entité dans les cieux.

De la gratification remplit notre lien alors que notre escouade terminait enfin une série de manœuvres sans la moindre erreur. Nous avions travaillé si dur pour ce moment, pour nous entraîner en cours de vol de combat afin de travailler en équipe de façon optimale lorsque nous serions face à la réalité.

— Beau travail, escouade D ! Merveilleux contrôle ! lança le professeur depuis son dragon en vol stationnaire. OK, tout le monde. Atterrissez et on commençera notre prochaine session. Vous avez prouvé que vous étiez prêts.

Des cris s'élevèrent de la part de tous les dragonniers, excités à l'idée que nous nous rapprochions un peu plus de l'obtention de notre diplôme.

Et de la victoire contre la reine d'Avalon.

Les quatre escouades atterrirent ensemble, formant presque une seule unité, conformément à ce qui nous avait été enseigné.

Je cherchai Killian des yeux, triste qu'il soit dans une autre équipe, mais je fronçai les sourcils lorsque je ne parvins pas à le repérer dans la masse de corps et d'écailles scintillantes.

Où est-ce qu'il était passé… ?

Le professeur siffla pour attirer notre attention alors que Jasmine et Vern se posaient à côté de lui. Le sol trembla sous le poids des wyvernes adultes.

— Très bien, dragonniers, on va s'entraîner au maniement de la lance en vol.

Il fit un geste en direction d'un grand tas de bâtons pointus munis de poignées à leur extrémité.

— Chacun d'entre vous aura une lance et vous vous entraînerez l'un contre l'autre après que Jasmine et Vern vous auront montré les bases. Ce sont des combattants expérimentés, alors soyez attentifs.

Sans aucun préambule, Jasmine et Vern descendirent de leurs dragons et attrapèrent chacun une lance d'entraînement avant de se remettre en selle. Jasmine m'adressa un sourire confiant avant que Jade ne s'élance dans le ciel et exécute un looping spectaculaire. Après s'être attiré quelques cris de la part des escouades, elle s'installa en vol stationnaire en face de Vern, à une bonne distance de lui.

Frimeuse, pensai-je.

Le professeur se racla la gorge.

— Les règles du combat à la lance stipulent que vous devez avoir une main positionnée sur la lance et une autre accrochée à l'avant de votre selle.

Il continua à expliquer les règles techniques pendant que Jasmine et Vern faisaient des démonstrations.

Cela me faisait penser à une hôtesse de l'air montrant à tout le monde comment mettre le masque à oxygène sur son visage en cas d'urgence. Tenir une lance ne semblait pas bien difficile, mais Jas adorait toute occasion de prouver à quel point elle était géniale. Elle brandit donc son arme fièrement en la caressant tendrement, comme s'il s'agissait d'un prix à gagner.

Elle se cala ensuite dans la selle, et s'élança lorsque le professeur cria :

— C'est parti !

Jasmine et Vern se penchèrent sur le cou de leurs dragons pour atténuer un peu la résistance au vent. Ils tenaient tous les deux leur lance bien tendue et légèrement pointée vers l'autre poitrine cuirassée. Je me crispai tandis qu'ils réduisaient rapidement la distance qui les séparait.

À la dernière seconde, Jasmine et Jade accélérèrent, et Jasmine se tendit pour amorcer le choc de l'impact de sa lance contre son compagnon. Vern recula d'un bond, rattrapé seulement par la sangle de sa selle, et haleta. Il était manifestement éprouvé par le coup violent de la lance d'entraînement qui avait cédé sous l'impact, mais pas entièrement. Les dragons se dépassèrent à toute vitesse ; le tout s'était déroulé en une fraction de seconde.

Les escouades applaudirent lorsque Jas et Vern décrivirent un cercle avant d'atterrir une fois de plus devant nous, tous deux souriants. Jasmine rayonnait de victoire et Vern avait l'air de vouloir une revanche.

Mais ils étaient mignons ensemble. Je devais l'admettre.

— Vous avez maintenant vu les bases, dit le professeur. Prenez une lance et un partenaire, et commençons l'entraînement.

Il frappa dans ses mains et fit un geste en direction de la pile de lances.

Je cherchai Killian, même s'il faisait partie d'une autre escouade. Avant que je puisse trouver mon compagnon, une lance fut jetée dans mes bras.

— Allons-y, petite descendante de la déesse. Je veux voir ce que t'as dans le ventre, dit Jasmine avant de pivoter sur ses talons et de se diriger vers son dragon, une lance de remplacement à la main.

— Oh non non non, lui dis-je. Il n'y a pas moyen…

Elle m'interrompit avec un clin d'œil.

— Je vais y aller mollo avec toi.

Exaspérée, je levai les yeux au ciel et aperçus enfin Killian à l'autre bout du terrain. Il se contenta de me sourire et envoya son amusement à travers notre lien.

Cet enfoiré avait fait exprès de se cacher.

Vu qu'il était mon compagnon, il y aurait été doucement avec moi. C'était sans doute pour cela que Jasmine avait vaincu Vern. C'était dans la nature de nos compagnons de nous protéger.

Jasmine allait-elle gagner contre moi ? Ouais. Elle n'allait pas se retenir.

Je fis une grimace à Killian et me tournai vers ma selle, me résignant à une mort imminente sous les coups d'une lance d'entraînement.

Solstice nous élança dans le ciel et nous prîmes position. Tout autour de nous, mes camarades de classe commencèrent à se jeter les uns sur les autres en orientant maladroitement leurs lances.

Je réalisai qu'il était étonnamment difficile de tenir la

longue arme droite comme l'avait fait Jasmine. J'essayai de me rappeler comment elle avait positionné son corps. Je me penchai en arrière et me calai avec mes jambes en tenant la lance droite à l'aide de mon corps plutôt que de mes bras.

C'est mieux, décidai-je.

Juste au moment où je commençais à me familiariser avec la situation, le professeur siffla et Solstice s'élança sans prévenir.

— Solstice ! criai-je.

Il fallait que nous travaillions en équipe. Cela nous donnait un avantage lorsqu'elle m'envoyait une image de ce qu'elle allait faire.

Nous allions échouer si elle réagissait par instinct.

Prise de panique alors que la lance de Jasmine se précipitait vers ma poitrine, je me contorsionnai pour éviter d'être frappée par l'extrémité émoussée du bâton, et lâchai mon arme en même temps.

— Eh bien, je ne m'attendais pas à ce que t'esquives comme une lâche, petite déesse ! cria Jasmine, sur le dos de Jade, avec un grand sourire. Et maintenant, t'as perdu ton arme. Qu'est-ce que tu vas faire ?

Je la dévisageai tout en fournissant à Solstice l'image d'une descente en piqué. Elle obéit en un instant, aplatissant ses ailes sur le côté de son corps alors que nous plongions. Elle les déploya à la dernière minute pour nous faire planer tandis que je détachais ma ceinture et que je me penchais pour attraper ma lance sur le sol. Le geste fit frémir Killian de panique.

Je me redressai et me rattachai d'une main en tenant maladroitement la lance à la verticale pendant que Solstice nous repositionnait pour le prochain round.

Elle siffla.

— Alors ça, c'est le genre de mouvement que j'aime !

Le professeur siffla et nous nous précipitâmes à nouveau

l'une sur l'autre. Cette fois, je parvins à maintenir ma lance en place. Solstice me donna une information de dernière minute et plongea, me permettant ainsi de la frapper à l'épaule.

Sa lance s'abattit en même temps au centre de ma poitrine avec un angle trompeur. Elle avait délibérément choisi de me frapper à cet endroit pour me déstabiliser.

Je fus éjectée de ma selle, mais la sangle me retint d'un coup sec.

Heureusement que je l'avais rattachée...

L'air s'échappa de mes poumons alors que ma lance d'entraînement pliait et cédait avant de me revenir en plein visage.

— Petite rusée, grognai-je.

Jasmine me fit un sourire en coin.

— Essaie de garder un œil sur ma lance la prochaine fois. Recommence.

Nous continuâmes ainsi pendant le reste de l'exercice jusqu'à ce que de la sueur coule à la racine de mes cheveux. Jasmine me donna des conseils et m'aida à affiner ma technique au cours de ces deux heures. À la fin du cours, j'avais enfin réussi à toucher le centre de sa poitrine au moins une fois. Il y avait du progrès.

Mes bras et mes jambes étaient comme de la gelée après que le professeur nous eut congédiés. Je laissai tomber la lance au sol et massai mon bras endolori en poussant un gémissement.

— Hé, Vivi.

Jasmine marcha jusqu'à moi, l'air d'avoir fait une promenade de santé plutôt que de la joute pendant des heures.

— Tu m'as impressionnée aujourd'hui. On est en train de faire passer des tests pour trouver de nouveaux membres Valkyries. Je pense que tu serais une parfaite candidate.

Mes yeux s'écarquillèrent et une excitation m'envahit. Moi ? Une Valkyrie…

L'image des Valkyries au combat défila dans mon esprit, voltigeant sur leurs dragons comme des acrobates tout en maniant leurs épées avec une précision magistrale.

Je voulais être comme elles. Forte. Puissante. Crainte.

Si je parvenais à maîtriser la moitié de la férocité des Valkyries, j'aurais peut-être une chance contre les dragons sauvages et la reine d'Avalon.

— Quand est-ce que les tests ont lieu ? demandai-je.

— À la fin de la semaine prochaine. T'as un peu de temps.

Son sourire se voulait rassurant.

Je grimaçai. Il me faudrait plus de temps que cela pour me préparer. Quelques heures de joute avaient failli me terrasser. Impossible de savoir quelle endurance physique il me faudrait pour réussir le test des Valkyries.

Killian croisa mon regard depuis l'autre bout du terrain d'entraînement et m'adressa un clin d'œil.

Il était probablement au courant depuis le début. C'était pour cela qu'il m'avait forcée à faire une joute avec Jasmine, pour que je gagne cette invitation.

Si Killian croyait en moi… alors je savais que je pouvais tout faire.

— Je serais honorée d'être une Valkyrie, lui répondis-je en souriant.

Elle me rendit mon sourire et se lança dans l'explication du test et des conditions à remplir. Elle m'assura qu'elle s'entraînerait avec moi après mes cours jusqu'au test.

— Merci pour ton aide, Jasmine. J'apprécie vraiment, dis-je avec une voix remplie de gratitude.

— Pas besoin de me remercier. Je pense simplement que t'es vraiment la meilleure candidate.

Elle tapota la déchirure sur son uniforme.

— T'as réussi à me frapper. Vern ne peut pas en dire autant.

Son compagnon, qui discutait maintenant avec Killian, marqua une pause pour lui sourire d'un air complice.

Un sourire rempli de fierté. J'avais peut-être sous-estimé leur relation. Il ne se retiendrait jamais avec Jasmine, tout comme Killian ne se retiendrait jamais avec moi. Parce que s'ils ne nous poussaient pas, nous ne serions pas prêtes lorsque notre véritable défi se présenterait.

Je le comprenais maintenant.

— On se voit là-bas, conclut-elle avec un clin d'œil.

Elle partit, passa son bras sous celui de Vern, et ils se dirigèrent tous les deux vers leur prochain cours auquel ils assisteraient en tant que diplômés. Leurs dragons sillonnaient le ciel en zigzag, scintillant d'un mélange d'émeraudes et de tons bleu nuit, le dragon de Vern étant d'une nuance unique de diamant noir.

— C'était quoi tout ça ? me demanda Killian en s'approchant de nous avec Topaze.

Topaze et Solstice se mirent immédiatement à jouer à la bagarre et à se rouler par terre, chacun essayant de coincer l'autre.

— Jasmine vient de m'inviter à postuler pour les Valkyries, lui annonçai-je avec un sourire plus large que d'habitude.

— Sérieusement ? C'est génial ! Je suis hyper fier de toi !

Il voulait faire comme s'il n'avait rien à voir avec tout ça, et je le laissai avoir son moment. Son sourire me donna l'impression que rien d'autre n'avait d'importance. Sa fierté traversa notre lien et me fit rougir.

— Je dois juste réussir le test, répliquai-je. Tout en planifiant une mission secrète en territoire ennemi.

— Tu vas y arriver.

Il posa sa main dans le creux de mon dos, et nous prîmes le long chemin pour nous rendre à notre prochain cours.

Le fait qu'il croie en moi me réchauffait le cœur, et je hochai la tête.

Je peux y arriver.

TEST DES VALKYRIES

J'étais à bout de nerfs alors que j'étirais mes muscles pour me préparer au test. La dernière semaine et demie s'était écoulée dans un flou de planification et d'entraînement pour mon test. Il fallait reconnaître que Killian m'avait beaucoup aidée dans la préparation de notre petite excursion.

Pendant que je faisais des pompes, que je courais comme une folle sur la plage et que je m'entraînais à faire je ne sais combien de squats jusqu'à n'en plus pouvoir, Killian restait auprès de ma mère.

Elle était si fière de moi. Et patiente. Même si elle voulait désespérément récupérer son dragon, elle nous avait dit qu'elle était en sécurité pour l'instant.

La reine d'Avalon n'avait pas encore commencé à corrompre l'œuf, ce qui signifiait qu'elle voulait quelque chose avant que les choses ne deviennent trop sérieuses. Elle voulait peut-être que toutes les reines perdues soient réunies au même endroit, ou elle avait besoin que ma mère brise la coquille de l'œuf et entame le processus d'éclosion, ce qui voulait dire qu'une autre attaque allait se produire si nous restions trop longtemps sans rien faire.

Pour l'instant cependant, il était acceptable de se concentrer sur la tâche à accomplir. Tout comme il était acceptable de se détendre.

Chose que je faisais en ce moment même avec Lily sur le terrain d'entraînement avant que ne commence l'épreuve d'endurance la plus difficile de ma vie.

Lily s'étira, les mains tendues vers le ciel, avant de se pencher. Son corps se contorsionnait d'une manière typiquement reptilienne, ce qui me rendait jalouse de ne pas être aussi souple.

— T'es anxieuse ? me demanda-t-elle en enroulant ses doigts autour de ses orteils dans un étirement impressionnant alors qu'elle gardait ses jambes tendues.

— Oui, un peu. C'est les Valkyries, après tout. C'est des dures à cuire, dis-je en riant.

Elle hocha la tête.

— C'est vrai. J'avoue que j'ai le ventre noué.

— T'es pas la seule, lui assurai-je avec un sourire.

C'était plutôt cool que Lily ait aussi été invitée à passer le test. Ce serait définitivement la première fois que les Valkyries accepteraient un dragon.

Ou quelqu'un comme moi.

— T'as entendu parler de leur nouveau programme de diversité ? me questionna Lily avec un sourire complice. Elles essaient d'élargir leurs critères d'admission et de ne plus se limiter aux anges hybrides et aux Vikings.

Je fronçai les sourcils.

— Comme... inviter un dragon métamorphe et une voyante ?

Elle gloussa.

— Quelque chose comme ça.

Génial. Je n'étais qu'une case à cocher.

Me sentant un peu moins sûre de moi, je regardai le terrain d'entraînement et remarquai qu'une trentaine d'élèves et leurs dragons étaient prêts à passer le test.

Des Valkyries en armure attendaient autour de nous, prêtes à juger si nous allions réussir ou échouer.

L'une des Valkyries se détacha du groupe et sembla sur le point de dire quelque chose lorsque le bruit familier de l'ouverture d'un portail l'interrompit.

La brèche fissura le ciel et l'air s'engouffra dans un vortex tandis qu'un tunnel de niveau sept s'ouvrait.

— C'est ça le test ? demandai-je à Lily avec un ton paniqué.

Elle déglutit.

— On dirait bien.

Je fus choquée de voir des dragons sauvages sortir du tunnel, polluant l'air de leur corruption. Une obscurité recouvrit le ciel avec une rapidité qui me donna la chair de poule.

Les Valkyries ne semblaient pas surprises par l'émergence du tunnel. Normalement, pour un tunnel de cette ampleur, tout le monde était mobilisé, sur ordre de la doyenne.

Ce qui voulait dire que cette dernière était au courant et qu'elle l'avait fait délibérément. Les dragons sauvages étaient en train de passer à l'action pour s'en prendre à ma mère. Si nous ne les arrêtions pas, il y aurait des conséquences désastreuses à payer.

Tu parles d'un test !

Je courus vers Solstice, sautai sur son dos et m'attachai à la selle avec des mouvements exercés. Je fus soudain reconnaissante pour tous les exercices ennuyeux que le professeur de vol nous avait fait faire. Monter et descendre de la selle encore et encore m'avait semblé être une perte de temps, mais la mémoire musculaire portait ses fruits dans le feu de l'action.

Je sortis mon épée, et Solstice contracta ses muscles, prête à s'élancer, lorsqu'un cri de guerre attira mon attention.

Lily courait tandis que son corps se cristallisait d'écailles brillantes. Elle bondit du sol, et des ailes massives jaillirent de son dos jusqu'à ce qu'elle se transforme en un magnifique dragon. Elle était envoûtante, mais nous devions rester en formation si nous voulions repousser cette attaque surprise.

Les Valkyries se rallièrent à l'appel de Lily, nous laissant prendre la tête tandis que je les rejoignais avec Solstice rugissant vers le ciel.

Lily fit alors quelque chose que je ne pensais même pas être possible pour un dragon.

Elle leur parla.

Ses mots traversèrent les nuages et s'infiltrèrent dans nos esprits.

Ne faites pas ça ! supplia-t-elle. *Ce n'est pas votre combat. On peut vous aider !*

Tout sembla s'arrêter, comme si les dragons sauvages prenaient en considération sa requête.

Puis, le rugissement d'une wyverne malveillante s'éleva, et ils montrèrent tous les dents.

Non ! Le rugissement de Lily était assourdissant alors qu'elle leur barrait la route vers nous.

Je ressentis sa douleur, son chagrin et son désir de sauver ces dragons. Pas de leur faire du mal.

Je fermai les yeux, me calai sur Solstice, serrai les jambes et me concentrai. Ce pouvoir chaud en moi avait une utilité, un but, et s'il était canalisé correctement, il pourrait permettre de réaliser l'impossible.

Je tendis le bras vers Lily et lui fournis le pouvoir que j'avais en moi avant qu'elle n'inspire profondément et ne libère du feu.

Au lieu d'envoyer une simple flamme, quelque chose de

nouveau se produisit, quelque chose qui arrêta toutes les Valkyries sur place, figées dans un état de surprise.

Un flot opalescent sortit de la gueule de Lily, une flamme hypnotique d'énergie pure qui déferla sur les dragons sauvages. Ils tentèrent de s'éloigner, mais l'élan de leur vol les poussa tous directement dans la flamme.

Ce fut alors qu'ils se transformèrent.

Je fus choquée de voir qu'ils ne brûlaient pas en passant à travers. La flamme ne les blessait pas. Lorsque le premier dragon traversa les couleurs tourbillonnantes, ce fut comme si le noir se détachait de ses écailles. La boue fut réduite en vapeur par le feu opalescent et la wyverne sortit de l'autre côté en ressemblant à un tout autre dragon. Ses écailles étaient plus brillantes, son vol plus régulier, et l'air menaçant qui avait toujours été une distinction essentielle entre les corrompus et les purs avait disparu.

Tout le monde autour de moi se mit à pleurer sous le coup de l'émotion. Même les chefs des Valkyries paraissaient ne pas comprendre ce qui se passait.

Les autres dragons sauvages traversèrent tous la flamme miraculeuse de Lily de la même façon que les premiers. Ils semblèrent alors perdre toute agressivité et toute envie d'attaquer. À tel point que les Valkyries nous firent signe d'atterrir.

Alors que nous touchions tous terre, les dragons sauvages se posèrent avec nous en groupe. À notre grand étonnement, ils se transformèrent tous un par un en humains nus et tremblants. Ils se blottirent les uns contre les autres, manifestement inquiets pour leur sécurité.

Les Valkyries descendirent de leurs dragons et s'avancèrent vers le groupe d'humains, épées dégainées par mesure de précaution.

Nous ne pouvions pas être sûres qu'il ne s'agissait pas d'une ruse.

Alors qu'elles avançaient, Lily atterrit devant elles, toujours sous sa forme de dragon. Elle leur barra la route et prit une posture protectrice.

— Qu'est-ce que tu fais, apprentie ? demanda l'une des Valkyries. Qu'est-ce qui se passe au juste ici ? C'était censé être un test. Pas une… conversion.

Je les ai purifiés de leur corruption, grogna-t-elle, sa voix résonnant dans nos esprits. *Ils ne sont plus une menace pour vous. S'il vous plaît, ne les attaquez pas.*

— Comment ça, tu les as purifiés ? Comment c'est possible ? s'enquit une autre Valkyrie d'une voix pleine de confusion.

Le regard de Lily sous sa forme de dragon trouva le mien, comme si elle était reconnaissante de ce que je l'avais aidée à accomplir.

La corruption est le résultat du fait qu'ils ont renoncé à leurs émotions et à leur capacité d'empathie en échange de pouvoir. Les dragons métamorphes ont été exploités par la reine d'Avalon. Elle les a tous convaincus d'abandonner leur amour, leur espoir et leur compassion en échange de plus de pouvoir. Ils ont été manipulés. Tout ce que j'ai fait, c'est offrir un peu de mon propre amour et de mon empathie. La corruption ne peut pas exister là où il y a de l'amour, alors ça a purifié leurs âmes.

Les Valkyries acquiescèrent et se regardèrent pour échanger des mots silencieux.

— Bon, il faut qu'on les emmène à l'infirmerie. On verra ce que la doyenne en pense, dit l'une d'entre elles en jetant un coup d'œil au groupe de dragons métamorphes manifestement sous-alimentés.

Sur ce, un messager fut envoyé chercher des équipes médicales et le terrain fourmilla rapidement de personnes travaillant selon leurs propres directives.

— OK, candidates, ces… personnes vont avoir besoin d'être transportées à l'infirmerie une fois que les équipes médicales les auront autorisées à être déplacées. Chacune d'entre vous emmènera quelqu'un sur le campus, annonça la chef des Valkyries.

Elle nous congédia ensuite et nous nous mîmes en rang pour attendre que les équipes médicales nous appellent.

Je pris une femme par la main en lui souriant et l'encourageai à bien se tenir à Solstice pendant que nous chevauchions dans les airs. Elle s'accrocha, les yeux écarquillés, respirant à peine jusqu'à ce que Solstice atterrisse devant l'infirmerie.

C'était presque comme si elle avait fait table rase du passé, sans aucun souvenir de qui ou de quoi elle était.

Je descendis de ma wyverne et me retournai pour aider la faible femme à faire de même en attrapant son bras maigre. Deux guérisseurs vinrent l'aider à se mettre sur l'un des lits roulants avant de l'emmener à l'infirmerie. J'étais contente de ne pas être celle qui devrait expliquer cela à la doyenne.

Lily atterrit à côté de moi et laissa deux des métamorphes récemment purifiés descendre de son dos avant de reprendre sa forme humaine, bien que la transition parût nettement moins aisée cette fois-ci. Elle s'agenouilla avec un visage hagard dès qu'elle eut retrouvé sa forme humaine. Des cernes sombres se creusaient sous ses yeux et sa silhouette s'était amincie comme si elle avait perdu du poids.

— Tu vas bien, Lily ? lui demandai-je, inquiète pour mon amie.

— Oui, ça va aller. J'ai juste dépensé beaucoup d'énergie pour faire ça et je vais avoir besoin d'un peu de temps pour récupérer.

Sa voix était étrangement vide d'émotion. Presque vidée. Le nœud d'inquiétude dans mon estomac se serra davantage.

— Merci pour ce que t'as fait pour moi là-bas.

Je me mordillai la lèvre.

— De rien. Mais… tu devrais peut-être laisser l'un des guérisseurs t'examiner, non ? Juste pour être sûre.

— Oui, répondit-elle platement tandis que ses yeux inexpressifs me fixaient.

Elle était comme un mur de briques ; son épuisement était la seule chose qui transparaissait sur son visage.

Elle avait dit que la corruption consumait les émotions.

De quelle émotion s'était-elle servie pour purifier ce groupe de dragons sauvages ?

— C'était incroyable, au fait. Genre ouah… lui dis-je d'une voix remplie d'admiration dans l'espoir qu'un peu de positivité puisse détendre l'atmosphère.

— C'était un dernier recours… me répondit Lily. Ça a des conséquences.

J'ouvris la bouche pour lui demander ce qu'elle voulait dire, avant d'être interrompue par James qui l'appelait.

— À quoi tu pensais ! s'emporta-t-il, ce qui me fit froncer les sourcils. Tu sais ce que ça te coûte. Tu connais les risques !

Il jeta ses mains en l'air avec insistance tout en parlant, visiblement énervé par le risque que Lily avait pris pour purifier les âmes corrompues des dragons sauvages.

— Tu dois me promettre que tu ne recommenceras pas, exigea-t-il. Ça n'en vaut pas la peine. Promets-le-moi, Lily.

Elle le fixa un instant avant de secouer la tête.

— Je ne peux pas te le promettre. Pas s'ils peuvent être sauvés.

Il marqua une pause, incrédule, comme s'il ne s'attendait pas à ce qu'elle oppose une résistance à sa requête.

— Comment ça, tu ne peux pas me le promettre ? Si, tu peux. Tu ne peux pas sauver tout le monde, Lily. Ce n'est tout simplement pas possible. T'as beaucoup d'amour à donner, mais même ton grand et beau cœur ne peut pas remplir ce monde corrompu de la quantité d'amour dont il a besoin. Tu seras à court avant même d'avoir à peine commencé.

Elle grimaça, et des larmes lui montèrent aux yeux. Je fus presque soulagée de voir une sorte d'émotion émaner d'elle.

— Je dois faire quelque chose, James. Je ne peux pas tous les détruire comme le veut la doyenne. Je dois… C'est pour ça que j'ai postulé pour les Valkyries… Il doit y avoir un autre moyen !

La voix de James s'adoucit et il l'entoura de ses bras. Elle tomba dans une crise de sanglots, son corps tremblant tandis qu'il la tenait serrée. J'enroulai mes bras autour de moi tandis que des larmes coulaient sur mes joues.

James soupira.

— On va surmonter ça. Je te le promets.

Killian se précipita alors vers moi avec un visage paniqué. Il me rejoignit et sembla scruter chaque centimètre carré de mon corps, à la recherche d'une blessure quelconque. J'essuyai mes larmes, et il m'attira vers lui avant de capturer mes lèvres dans un baiser fougueux.

Je perdis toute notion de temps et d'espace alors que mon monde se rétrécissait pour n'inclure que Killian et moi. Mon cerveau ne pouvait plus assimiler que la sensation des picotements qui parcouraient ma colonne vertébrale alors que Killian enroulait ses bras autour de ma taille et tirait mon corps plus près du sien.

Il se détacha et posa son front sur le mien pour reprendre sa respiration.

— Ne me refais plus jamais ça, me dit-il, à bout de souffle.

Je lui souris.

— Je vais bien. Ce n'était pas vraiment une bataille, en fait. Grâce à Lily, on les a… sauvés.

Je fis un geste vers toutes les personnes enveloppées dans des couvertures qui se trouvaient autour de nous sur des brancards, des gens qui étaient autrefois nos ennemis.

— OK, mais qui sont tous ces gens ? demanda-t-il.

Son visage était marqué par la confusion alors qu'il étudiait le groupe qui entrait petit à petit dans l'infirmerie.

— Ce sont des dragons sauvages, répondis-je d'un ton espiègle.

Il plissa les yeux et me lança un regard exaspéré, sachant que je faisais traîner l'information juste pour le frustrer.

Alors que je m'apprêtais à expliquer ce qui s'était passé, un ordre tranchant retentit sur le campus.

« *Vivienne, Killian, Lily, James, dans mon bureau. Tout de suite.* »

La doyenne voulait une réunion, et elle n'avait pas l'air contente.

CORVÉE D'ÉCURIE

La doyenne nous dévisagea, nullement impressionnée, puis plissa les yeux vers Lily.

— T'aurais pu te corrompre, Lily. On a déjà discuté de tes facultés de plus en plus importantes.

Elle inclina la tête et me jeta un coup d'œil.

— J'imagine que t'as réussi à rassembler l'énergie nécessaire pour purifier autant de gens à la fois grâce à un peu… d'aide.

Lily se recroquevilla dans le fauteuil en fixant la doyenne sans aucune émotion. James était assis à côté d'elle. L'expression de son visage indiquait qu'il partageait l'inquiétude de la doyenne.

— Elle essayait juste de sauver… interrompis-je la doyenne dans sa tirade.

Son regard acéré me fit taire.

— Aucun de vous ne peut prendre de tels risques, poursuivit-elle. Lily, t'es une reine dragon. Et toi, Vivienne, t'es une puissante dragonnière. Vous êtes toutes les deux trop précieuses pour qu'on vous perde.

Elle tendit une carte des royaumes à Lily.

— Tu nous rendrais mieux service en utilisant ce pouvoir pour trouver les reines perdues. Ce sont des innocentes qui n'ont pas encore été touchées par la corruption et qui méritent d'être sauvées.

Lily lui rendit la carte.

— Qu'est-ce que je vaux si je ne peux pas aider mon peuple ? demanda Lily, sa voix retrouvant enfin un peu de sa fougue habituelle. Et j'ai déjà essayé. Les reines perdues sont perdues pour une raison.

L'acuité de ses propos ne m'échappa pas. Elle se considérait comme un dragon avant tout, et comme un membre de l'académie des dragonniers ensuite.

La doyenne se redressa.

— On aidera ton peuple en faisant preuve d'intelligence et en ne prenant pas de risques inutiles. Comme risquer de corrompre l'une des seules reines dragons que l'on a sous la main, dit la doyenne en la fixant du regard. Ce n'était pas le but que j'avais en tête quand on vous a demandé d'affronter les dragons sauvages dans le cadre du test des Valkyries. Le but était de les retenir et de les faire battre en retraite dans leur royaume d'origine jusqu'à ce que nous soyons vraiment prêts pour la bataille finale.

Je fronçai les sourcils en entendant cela.

— Pourquoi ne pas les sauver si on en a la possibilité ? Il est évident que ce sont aussi des personnes. Je ne veux blesser personne si je n'y suis pas obligée.

La doyenne Brynhilde croisa mon regard avec une expression empreinte de déception. Elle secoua la tête en me scrutant.

— Je pensais que t'étais prête pour aller récupérer ton artefact à Avalon. Je constate maintenant que tu ne l'es pas. Ta naïveté va te coûter la vie. La sentimentalité n'a pas sa place en temps de guerre.

Elle se pencha en avant en joignant les mains.

— On a le devoir de protéger les gens qui comptent sur nous. Ça veut dire repousser les dragons sauvages quand ils attaquent. Pas tout risquer pour sauver quelques personnes déjà perdues.

Elle s'adossa à sa chaise et soupira.

— On ne sait même pas s'ils peuvent survivre d'avoir été purgés de la corruption comme ça. Les guérisseurs m'ont dit que leur esprit est faible et qu'ils n'ont aucun souvenir ; ils ne peuvent même pas nous aider.

— Mais ils sont vivants, murmura Lily.

Je fixai la doyenne, pas vraiment d'accord avec son point de vue sur la question. Je savais qu'elle avait peur, mais s'il existait une autre possibilité de changer la tournure de la guerre, alors je la saisirais.

Elle étala ses doigts sur ses papiers.

— Vous êtes tous les deux de corvée d'écurie jusqu'à la fin du semestre. Ça vous fera peut-être réfléchir à deux fois avant de laisser vos sentiments obscurcir à nouveau votre jugement.

Alors que je restais bouche bée, elle dirigea son attention sur Lily.

— Lily, tu vas rester dans ton lit pendant la semaine à venir. Pas de discussion. On va te surveiller de près au cas où tu montrerais des marques de corruption. Espérons qu'on n'en trouvera pas.

Elle nous fit à tous un bref signe de tête.

— Vous êtes tous congédiés.

J'avais envie de protester. En quoi était-ce juste que je sois punie simplement pour avoir voulu sauver le plus de gens possible au lieu de tuer des personnes qui avaient manifestement été piégées pour qu'elles abandonnent leur âme ? Et Lily était une héroïne ! Elle avait sauvé ces gens. Qu'allait faire la doyenne si elle montrait des signes de corruption ?

Killian sembla sentir que j'allais argumenter, car il me tira de ma chaise et me fit sortir du bureau avant que je puisse ajouter quoi que ce soit.

Bon, j'allais apparemment être embourbée jusqu'aux genoux dans de la fiente de dragon pour le reste du semestre.

Fabuleux.

À BAS LES RÈGLES

Mes épaules me faisaient mal alors que je pelletais la litière dans le box propre. Cela faisait près de deux heures que je nettoyais l'écurie des dragons, et mes bras et mon dos me lançaient à force de pelleter et de frotter.

Au moins, c'était un bon entraînement pour être à la hauteur de mon statut de Valkyrie, en supposant que je sois acceptée.

— Salut, petite déesse, tu t'éclates bien dans le fumier ? demanda Jasmine derrière moi d'un ton débordant d'amusement.

Oh, génial. Elle était probablement là pour jubiler du fait que j'étais punie et que j'étais tombée en disgrâce auprès de la doyenne.

Je levai les yeux au ciel et me tournai vers elle en m'appuyant sur ma pelle.

— Oh, c'est le pied, tu devrais essayer un jour.

Elle rejeta la tête en arrière en riant.

— Oh, j'ai déjà eu ma part de corvée d'écurie.

Killian arriva, un sac à l'épaule. Il était entièrement équipé de son armure de vol et avait un deuxième set aux couleurs des Valkyries dans les bras.

— T'es prête à y aller ? s'enquit-il avec un sourire espiègle. Ou tu vas pelleter de la merde toute la journée ?

— Aller où ? lui demandai-je.

J'étais loin d'avoir terminé ma corvée d'écurie pour la soirée.

— Bah, à Avalon. Où d'autre ?

Jasmine chuchota en se penchant vers moi.

— En tant que Valkyrie, ajouta-t-elle.

Mes yeux s'écarquillèrent de stupeur et je regardai Killian d'un air ahuri.

— Attends. Ça veut dire que j'ai réussi le test ?

Jasmine se mit à rire.

— Évidemment que t'as réussi le test ! Lily et toi avez éliminé à vous seules une horde entière de dragons sauvages sans verser la moindre goutte de sang. C'était incroyable, et même si la doyenne est fâchée à cause de ça, les Valkyries ont approuvé ta candidature à l'unanimité. Celle de Lily aussi.

Mon cœur gonfla à ses mots.

— Elle a aussi approuvé un voyage à Avalon ? demandai-je en haussant un sourcil.

Killian haussa les épaules.

— Elle a approuvé un vol. On n'a pas précisé *où*.

Cette fois, mes deux sourcils se levèrent.

Cela ne lui ressemblait pas. En général, il voulait faire ce que nous étions censés faire. Suivre les règles et faire tout ce qui était possible pour assurer ma sécurité et celle de nos wyvernes.

Mais peut-être que suivre les règles n'allait plus fonctionner pour nous maintenant que nous savions qu'il y avait un autre moyen.

— T'es sérieux ? l'interrogeai-je, incrédule.

Killian se redressa.

— Écoute, si ces dragons sauvages ne reviennent jamais à Avalon, qu'est-ce qu'il va se passer à ton avis ? *C'est* sérieux, Vivi.

J'avalai la boule dans ma gorge.

— Elle accélérera les choses si elle pense qu'on prend le dessus.

Jasmine acquiesça.

— C'est pour ça qu'on ne peut plus jouer la carte de la sécurité.

Elle sourit.

— Tu es prête, Vivienne. Je le sais. On n'a pas besoin de vaincre tout Avalon. Tout ce qu'on a à faire, c'est récupérer l'œuf de ta mère.

Ça semblait faisable… non ?

Je soutins le regard de Killian pendant un moment, puis je jetai un coup d'œil à Jasmine. Elle me fixait d'un air déterminé avec une lueur de fierté dans les yeux et une inclinaison obstinée du menton. Killian avait l'air tout aussi défiant.

Mon sourire s'élargit lentement jusqu'à ce qu'il illumine tout mon visage.

— Expliquez-moi votre plan.

Il était temps d'ignorer les règles et de prendre les choses en main.

EN ROUTE POUR AVALON

— On part en douce ? C'est ça votre plan ? leur demandai-je.

J'avais vraiment espéré quelque chose de plus specta-culaire.

— On ne peut pas vraiment ouvrir un portail vers Avalon en plein milieu du campus. Tout le monde est en état d'alerte, dis-je pour souligner les failles de leur plan tout en rangeant les derniers outils que j'avais utilisés pour nettoyer les box des dragons. Surtout la doyenne Brynhilde, repris-je. Vous vous souvenez ? Celle qui a explicitement interdit la mission ?

— On a des dragons, Vivi. Pourquoi est-ce que t'agis comme si on était coincés dans ce campus et ce minuscule bout de plage ? rétorqua Jasmine en m'adressant un sourire narquois.

Killian lança à Jasmine un regard désapprobateur, puis se tourna vers moi.

— On va juste demander aux wyvernes de nous emmener sur l'un des terrains d'entraînement les plus éloignés, expli-qua-t-il d'une voix patiente. On a arrêté de les utiliser quand les attaques sont devenues trop sérieuses, mais ils sont toujours là. Tu pourras ouvrir le portail à partir de là.

Je réfléchis un instant.

— OK. Mais il n'y a que nous ? Ce n'est pas vraiment une escouade. On a été formés par groupes de quatre. Et Vern ? Ou Lily et James ?

Jasmine soupira.

— Mon compagnon n'a aucune idée que je me joins à vous, et t'as intérêt à garder ça pour toi jusqu'à ce qu'on soit revenus victorieux.

Je me mordillai la lèvre inférieure et acquiesçai, ne voulant pas me mettre Jasmine à dos. Je m'étais attiré des ennuis sans Killian pour la même raison, même si je l'avais souvent regretté. Sa relation avec Vern était encore relativement nouvelle, tout comme la mienne avec Killian. J'espérais que nous progresserions tous et que nous évoluerions jusqu'à ne plus avoir de secrets.

— Lily et James voulaient venir, ajouta-t-elle, semblant vouloir s'éloigner du sujet de son compagnon, mais Lily est encore trop faible à cause de la purification. À la place, ils vont faire de leur mieux pour occuper la doyenne Brynhilde suffisamment longtemps pour qu'on puisse nous enfuir.

Killian me fit un clin d'œil.

— Habille-toi.

Il me lança l'armure et l'équipement de dragonnier. Je grognai sous l'effet du poids inattendu.

— OK. J'en ai pour une seconde, leur dis-je en levant un doigt, signal universel pour leur dire d'attendre, et je me précipitai dans l'un des box vides que je venais de finir de nettoyer.

J'enfilai mon armure par-dessus mon équipement de dragonnière et attachai ma dague et mon épée courte à ma ceinture. Je pris un moment pour me préparer mentalement tout en nouant mes longs cheveux en une tresse.

Je regrettai de ne pas avoir de miroir alors que je passais mes doigts sur l'impressionnante armure.

Une Valkyrie. Moi.

Nous étions sur le point de nous rendre au cœur du territoire ennemi. Non seulement cela, mais nous n'avions aucun renfort. Il s'agissait officiellement d'une mission *clandestine*. Si nous échouions, nous allions mourir à Avalon, ou survivre et être expulsés de l'académie pour toujours. Si nous réussissions, nous pourrions peut-être justifier le fait d'avoir défié la doyenne.

Nous *allions* réussir. Je m'en assurerais.

Je sortis du box et adressai à chacun de mes co-conspirateurs un sourire confiant en les regardant chacun dans les yeux.

— Appelez les dragons. Il est temps d'y aller.

Nous nous baissâmes sur le dos de nos dragons tandis qu'ils filaient dans les airs, volant aussi près du sol que possible pour éviter toute attention inutile. Nous étions parvenus jusqu'au terrain d'entraînement le plus éloigné.

Pourquoi est-ce que je n'ai jamais entendu parler de cet endroit ? me demandai-je. Killian m'avait emmenée dans d'autres royaumes pour des aventures et des rendez-vous romantiques, mais il ne m'avait jamais vraiment emmenée explorer l'académie. C'était sans doute parce que la doyenne était très à cheval sur la sécurité et que nous n'avions aucune raison de venir ici.

À moins de préparer un mauvais coup.

J'espérais qu'elle ne pourrait pas nous repérer d'une manière ou d'une autre. Je jetai un œil par-dessus mon épaule. L'académie n'était plus qu'un minuscule point à l'horizon. Tant que je maintenais le portail à une taille raisonnable, personne ne devrait nous voir partir.

Je tournai la tête lorsque nous eûmes atterri pour m'assurer que le terrain était aussi désert qu'il l'avait semblé à première vue. Personne n'avait l'air d'être dans les parages, alors je soupirai, satisfaite que nous soyons seuls.

— Bon, on ne sait pas vraiment à quoi s'attendre une fois que j'aurai ouvert le portail. Suivez simplement le plan dont la doyenne a discuté avec nous.

Nous avions déjà envisagé quelques scénarios pour notre projet de fin d'études, où Killian et moi étions censés récupérer l'œuf de ma mère.

Ce plan impliquait beaucoup plus de dragonniers et plusieurs moyens de sortie.

— Le plan repose sur la discrétion, dit Killian en souriant. Il ne sera que plus efficace avec moins de personnes infiltrées. On entre, on trouve l'œuf, on le prend et on sort.

— Hmm, acquiesçai-je.

— Et on essaie de ne pas s'attirer d'ennuis, précisa Killian en levant un sourcil.

Jasmine me dévisagea à son tour.

— Quoi ? Pourquoi est-ce que vous me regardez comme ça, tous les deux ? leur demandai-je en me trémoussant, mal à l'aise.

Solstice haleta sous moi et je pouvais sentir son amusement à travers le lien. Je lui donnai un coup de pied sur le flanc, n'appréciant guère le sous-entendu de cet amusement.

— T'es un aimant à ennuis, Vivienne. C'est un fait, confirma Jasmine en faisant tourner l'un de ses couteaux.

— Hé, ce n'est pas juste ! Je n'ai pas…

— Oui, oui, tu ne cherches pas les ennuis. Bla bla bla, m'interrompit Jasmine. Bon, on a un œuf à sauver et une guerre à retarder.

Je fermai la bouche en réalisant qu'elle avait raison. Il y

avait des choses plus importantes sur lesquelles se concentrer que mon ego. D'ailleurs, je ne l'admettrais jamais devant eux, mais ils n'avaient pas tort. Les ennuis semblaient me suivre partout où j'allais. Tout ce que je pouvais faire, c'était espérer les éviter assez longtemps pour que cette mission se déroule comme prévu.

Je croisai leur regard et chacun d'eux me fit un signe de tête, indiquant qu'ils étaient prêts à ce que j'ouvre le portail.

Je pris un moment pour me concentrer à nouveau en posant ma main sur le cou de Solstice. La présence de mon dragon me réconfortait. J'attirai ensuite l'énergie qui m'entourait pour la canaliser dans l'amulette autour de mon cou. Je me concentrai sur le royaume d'Avalon et libérai l'énergie devant moi en la laissant sortir lentement pour pouvoir contrôler la taille du portail. Si le portail était trop grand, ils pourraient le voir depuis l'académie et nous serions repérés avant même d'avoir commencé.

Je laissai le portail se développer jusqu'à ce qu'il soit assez grand pour que Jade puisse y entrer.

Je regardai mes coéquipiers une dernière fois et leur adressai un sourire téméraire.

— Pas de retour en arrière possible maintenant.

Je donnai alors un signal à Solstice par le biais de notre lien, et elle plongea à travers le portail. La sensation familière du sol se dérobant sous moi accompagna l'habituel bourdonnement dans mes oreilles.

Puis, je fus à Avalon.

L'odeur de l'eau salée et de la corruption me fit froncer le nez. Solstice s'accroupit et s'éloigna immédiatement du portail.

Nous avions déjà planifié cette partie de la mission. Après avoir mémorisé une carte et un dessin sommaire d'Avalon, j'avais une image approximative de notre destination. Mon portail était placé dans un village abandonné non loin de la forteresse de la reine d'Avalon. Je regardai autour de moi et souris triomphalement lorsque j'aperçus le bâtiment pavé et le mur bas qui entourait le petit territoire. C'était certainement un endroit magnifique, autrefois. À présent, les bâtiments ombragés arboraient des jardins vides et des meubles renversés.

Un sentiment de tristesse me submergea alors que j'observais la désolation qui régnait.

Il y avait une fontaine au centre du petit village, et des rues pavées s'étendaient dans toutes les directions. Tous les bâtiments et les rues étaient envahis par des vignes et des ronces épineuses. L'air était lourd de corruption. Un épais brouillard rendait l'atmosphère sombre et glauque. Des veines noires couraient sur le sol et à travers toute la végétation. C'était comme une maladie qui les dévorait lentement.

Toute cette scène était un écho du malaise que j'avais ressenti dans le Royaume de la Malice. Cependant, même à travers le froid rampant de la maladie, je pouvais éprouver une sensation de chaleur accueillante.

Une présence ancienne m'appelait, même si la connexion semblait brouillée par la corruption qui régnait dans l'air. Je devais sauver cet endroit. Je devais purifier la demeure de mes ancêtres de cette maladie et ramener la vie, l'amour et la beauté que je percevais sous tout cela.

Killian et Topaze franchirent le portail derrière Solstice et moi, suivis rapidement de Jasmine et Jade. Nous nous accroupîmes tous. Nous tournâmes la tête pour regarder à travers le brouillard et tendîmes l'oreille pour entendre le moindre signe d'ennemis à proximité.

La partie suivante du plan consistait à parcourir le reste de la distance jusqu'à la forteresse. C'était la partie la plus risquée, à part entrer dans le château, où nous supposions que l'œuf serait gardé. N'importe qui pouvait nous voir depuis le sol, et nous pouvions rencontrer n'importe quel danger dans le ciel. Nous espérions que les dragons étaient très courants ici et que personne ne se poserait de questions s'il y en avait trois de plus, tant que nous maintenions nos distances.

J'attrapai un peu de boue et souris à Solstice.

— Viens là, ma belle. Il est temps de se salir.

Elle me fusilla du regard, mais baissa la tête pour que je puisse étaler la boue sur ses superbes écailles.

Une partie de moi craignait que la saleté d'Avalon ne contienne de la corruption et qu'elle n'ait un impact sur Solstice. Il y eut un léger grésillement, mais son esprit enjoué entra en contact avec le mien, semblant me dire d'arrêter de m'inquiéter autant.

Après avoir réussi à camoufler nos dragons, Killian monta sur sa wyverne et fit claquer sa langue. Topaze et lui s'envolèrent alors en direction de la reine d'Avalon et de sa horde de dragons corrompus.

Jasmine et moi nous regardâmes dans les yeux, puis nos wyvernes s'élancèrent dans les airs pour le suivre.

Nous étions vraiment en train de faire ça.

La vue depuis le ciel était encore plus déprimante que ne l'avait été le village délabré. Les nuages nous surplombaient, lourds et gris, nous obscurcissant à tel point que le bain de boue n'était peut-être même pas nécessaire.

Au-dessous de nous, l'île d'Avalon émergeait, presque engloutie dans une eau sombre et orageuse. Les sommets des bâtiments au loin dépassaient de la surface, montrant à quel point l'île avait été emportée par les eaux tumultueuses de la mer.

Des veines noires s'étendaient sur la terre, rongeant le paysage qui était autrefois vert et plein de vie. Une partie profonde et lointaine de mon âme savait à quoi cet endroit était censé ressembler.

Ce n'était pas ça.

Les lignes sombres semblaient toutes converger dans la direction où nous allions. La reine d'Avalon était la source de cette corruption, il était donc logique que tous les chemins de la dépravation mènent à elle.

Nous nous faufilâmes entre les cimes des arbres en restant bas pour éviter d'être vus. En passant au-dessus de petits camps de dragons sauvages, nous aperçûmes quelque chose qui me fit froid dans le dos. Posant mes yeux sur le campement en contrebas, j'envoyai une onde de panique à Killian lorsqu'il croisa mon regard avec inquiétude.

Entre les feux de camp et les tentes, des multitudes d'humains, d'elfes sombres et de dragons métamorphes déambulaient, semblant se préparer au combat. La grande majorité d'entre eux portaient des œufs de dragon. L'idée que tous ces dragons éclosent au milieu de cette maladie me fit presque vomir.

Qu'est-ce que la reine d'Avalon pouvait bien avoir l'intention de faire avec autant d'œufs ?

Je me reconcentrai sur la mission alors que nous dépassions le bout du camp. Même si j'en avais envie, nous ne pouvions pas sauver tous ces œufs pour l'instant. Nous étions ici pour une seule et unique raison.

Nous continuâmes notre chemin vers la reine perdue que nous recherchions.

Je la sentis soudain.

Ce n'était pas exactement comme la fois où elle m'avait appelé à l'aide. Elle dormait maintenant comme si elle était épuisée, mais étant donné qu'elle s'était liée à ma mère, je sentais son énergie. Une chaleur qui me fit penser à ma mère nous guida vers l'endroit où nous devions nous rendre.

— Par là, chuchotai-je en montrant du doigt.

Solstice suivit ma direction. En chemin, nous passâmes au-dessus d'autres villages dévastés et abandonnés, ainsi que d'autres camps remplis de soldats affairés transportant des œufs de dragon.

Mais l'attraction était trop faible. Je ne savais pas trop où aller. Cette force semblait venir de partout et de nulle part. Nous ne pouvions pas nous introduire dans le château sans une mission de reconnaissance plus poussée, et nous ne pouvions certainement pas envahir les lieux pour découvrir que l'œuf avait été caché ailleurs.

Killian m'envoya un signal à travers notre lien et tourna son menton vers la gauche lorsque je le regardai. Je repérai en contrebas Evelyn et ses Hovakim dans une zone marécageuse.

Un détour inattendu, mais peut-être exactement ce dont nous avions besoin.

Killian et Topaze descendirent pour atterrir, et Jasmine et moi leur emboîtâmes le pas sur nos wyvernes. Evelyn et ses hommes nous fixèrent, choqués et confus, lorsque nous nous posâmes à côté d'eux.

Max se détacha du groupe et sourit en nous reconnaissant, Killian et moi. Nous descendîmes de nos dragons et les saluâmes. Un fort bruit de piétinement me fit brusquement reporter mon attention sur nos wyvernes.

Solstice poussa un cri en direction d'un marais boueux, affirmant que son « camouflage » avait besoin d'être renouvelé.

Je levai les yeux au ciel.

— Vas-y, dis-je en faisant un signe de la main.

Elle plongea dedans, Topaze la rejoignit quelques instants plus tard, jusqu'à ce qu'elles soient toutes les deux immergées dans la boue épaisse, roulant sur elles-mêmes tout en se mordant l'une l'autre avec espièglerie. Jade se tenait simplement à côté de Jasmine, battant de la queue face à ce spectacle juvénile.

Je gémis et donnai un coup de coude à Killian.

— On n'arrivera jamais à enlever toute cette boue de leurs écailles.

Il soupira et hocha la tête avec résignation en observant nos wyvernes qui lançaient de la boue à plusieurs mètres de hauteur alors qu'elles se chamaillaient pour un morceau d'algue particulièrement long.

— Définitivement pas, convint-il.

Apparemment, même la peur de la corruption ne pouvait pas leur faire perdre leur esprit taquin et leur amour du jeu. C'était peut-être exactement ce dont Avalon avait besoin.

Nous nous retournâmes pour aller à la rencontre de Max et de ses compagnons.

— Salut, Max. Comment tu vas ? lui demandai-je alors que nous nous arrêtions à quelques mètres l'un de l'autre.

— Vivi ! Je ne m'attendais pas à te voir ici. Du moins, pas sans une énorme armée pour t'accompagner… dit Max avec surprise.

Il jeta un coup d'œil vers le ciel, comme s'il s'attendait à ce qu'un escadron descende d'un instant à l'autre.

— Comment vous avez fait pour entrer sans être repérés ?

— On a nos méthodes, réagit Killian d'un ton plat et posé.

— On est là pour un œuf, indiquai-je. Il a été volé à l'académie il y a quelques semaines. C'est une reine perdue, et ma mère s'est liée à elle. Donc il faut qu'on le retrouve, leur expliquai-je en adressant à Evelyn et au reste des Hovakim un sourire crispé tandis qu'ils se rassemblaient autour de Max.

— Oh oui, on est au courant, dit Evelyn. Nera n'était pas contente quand vous l'avez pris au château de la Malice, ajouta-t-elle en reniflant d'un air amusé.

— Nera ? s'étonna Jasmine.

— Mmm, répondit-elle en hochant la tête. La reine d'Avalon.

— Alors tu sais où il est ? lui demandai-je en espérant qu'elle puisse nous aider.

Elle nous regarda en clignant des yeux.

— Évidemment. C'est notre travail de localiser et de consigner chaque reine perdue qui n'est pas à Avalon. Mais une fois qu'elles sont ici, seules les personnes de confiance de Nera y ont accès, précisa-t-elle d'un air contrarié.

Je haletai. Evelyn ne savait pas seulement où se trouvait le dragon de ma mère. Elle savait aussi où étaient *toutes* les reines dragons !

Et est-ce qu'elle nous avait fourni cette information ? Non.

Ce qui signifiait qu'elle n'était pas l'alliée que je croyais.

— Traîtresse, sifflai-je. Tu ne peux pas donner l'emplacement de toutes les reines perdues à Nera ! Elle réussira à corrompre tous les royaumes si elle obtient autant de pouvoir brut.

— Calme-toi, petite déesse. On n'a pas l'intention de les lui donner. Il ne nous en reste que quelques-unes à trouver et ensuite on remettra les informations à l'académie, rétorqua Evelyn.

— Pourquoi est-ce que vous ne pouvez pas nous donner les informations maintenant ? Pourquoi attendre alors qu'on pourrait aller récupérer les œufs avant même que Nera n'en ait l'occasion ? demanda Killian.

Marcus, l'un des Hovakim d'Evelyn, redressa les épaules.

— On ne peut pas griller notre couverture. Si quelqu'un essaie d'obtenir les œufs avant qu'on soit prêts, Nera saura qu'elle a été trahie. Elle préférerait les détruire plutôt que de permettre à quelqu'un d'autre de mettre la main sur les reines perdues.

Un rugissement venant d'au-dessus de nous interrompit la conversation. Mon estomac se noua lorsque je regardai le ciel et vis Zelda à moitié transformée. Je fus prise de panique et me figeai en réalisant à quel point nous étions royalement foutus.

Tant pis pour la discrétion.

Zelda prit de l'altitude en battant de ses ailes puissantes, puis elle poussa un cri, sonnant l'alerte pour signaler que des intrus avaient été découverts.

L'effet fut paralysant. Ma tête me donna immédiatement l'impression de se remplir de verre. Chaque fraction de seconde me parut plus longue que jamais et je me couvris les oreilles avec les mains, mais cela ne servait à rien. Les couteaux continuaient à traverser mes tympans et à s'enfoncer dans mon cerveau. Son appel au combat avait déclenché dans l'air des ondes sonores aiguës et mes genoux tremblaient.

Le bruit finit par cesser. Mes oreilles continuaient à bourdonner, et ma désorientation m'empêcha de me concentrer lorsque Zelda plongea sur moi, toutes griffes dehors. Je me baissai, tombai à genoux et m'éloignai en rampant tandis qu'elle remontait dans le ciel en ricanant.

— Viv ! cria Killian en sortant sa lame.

Mais il était tout aussi désorienté que moi et manqua son coup.

Solstice et Topaze se débattaient dans la boue. Leurs petits jeux s'étaient transformés en sables mouvants et elles luttaient pour se libérer. Jade se dirigea vers Jasmine en sifflant pour la protéger.

— Vous êtes dans mon domaine maintenant, nous nargua Zelda tout en volant en un large arc de cercle. Merci de les avoir attirés ici, Evelyn. C'était un coup brillant pour gagner leur confiance, mais je ne pense pas que la reine approuverait. Si tu me laisses les tuer, je garderai ton petit secret.

Evelyn se contenta de m'observer d'un regard noir en reculant.

— Ils sont à toi, dit-elle avec une douleur manifeste sur le visage.

Sa trahison me retournait les tripes, mais je sentais qu'elle ne voulait pas obtempérer. Elle devait se soucier de ses Hovakim, et Zelda n'était pas la seule à nous menacer. L'alerte avait été donnée et toute l'île savait que nous étions ici.

À présent, nous étions livrés à nous-mêmes.

Zelda hurla, ce qui nous paralysa, avant de plonger à nouveau.

Killian rugit et brandit sa lame. Il parvint cette fois à frapper ses serres avec son épée.

Voir mon compagnon en danger fit monter mon taux d'adrénaline.

La simple force n'allait pas nous permettre de nous en sortir. Si j'avais appris quelque chose du test des Valkyries, c'était que le pouvoir des émotions nous ferait gagner cette guerre.

Je fermai les yeux et me concentrai sur l'endroit où Lily avait puisé mon pouvoir. Un pouvoir purificateur, qu'elle n'avait fait qu'amplifier.

C'était l'endroit où je gardais mon amour, mon amour pour Killian, mon amour pour ma mère, pour Solstice et tous mes amis.

Contrairement à Lily, je ne risquais pas de vider mon amour en échange d'une libération de pouvoir.

La différence entre nous, c'était que du sang de déesse coulait dans mes veines. J'avais simplement besoin qu'on me montre comment fonctionnait la purification, et maintenant je pouvais le faire moi-même, mais seulement à Avalon, où reposait un ancien pouvoir. Un pouvoir auquel j'étais liée par le sang.

Une transe s'empara de moi tandis que des cris de guerre résonnaient en bruit de fond.

Mes maux et mes douleurs disparurent à l'arrière-plan de mon esprit. Le temps ralentit et je parvins à distinguer chaque détail de la scène. Les battements de mon cœur devinrent réguliers et je me levai calmement pour dégainer mon arme. Je me plaçai à côté de mon compagnon et posai ma main sur son bras pour lui transmettre un peu de mon énergie.

Zelda recula alors en penchant la tête sur le côté, comme si elle écoutait attentivement.

Solstice, Topaze et Jade sifflèrent toutes en même temps tandis que leurs têtes décrivaient de larges cercles en scrutant le ciel.

Les lèvres de Zelda se plissèrent en un rictus diabolique.

— Mes renforts sont arrivés.

— Putain de merde, railla Jasmine en montant sur Jade. Ça fait… beaucoup de dragons sauvages.

Des rugissements résonnèrent et des ailes brouillèrent le ciel sombre. Ils venaient de partout, se déplaçant comme une tempête dans toutes les directions et tourbillonnant dans un vortex.

Tous les dragons sauvages qui avaient entendu l'appel de Zelda y avaient répondu.

Nous reculâmes tous au centre de la clairière en formant instinctivement un cercle en nous tournant le dos. Killian se tenait à ma gauche et Solstice occupait un grand espace à ma droite, enfin libérée de la boue. La tension monta d'un cran à mesure que le ciel s'assombrissait sous le nuage de dragons corrompus.

Ils étaient trop nombreux. Beaucoup, beaucoup trop nombreux. Même avec Evelyn et ses Hovakim, dans le cas où ils nous défendraient, il n'y avait aucune chance que nous survivions à cela.

La panique faisait bourdonner le sang qui courait dans mes veines. Je luttai pour m'accrocher à ma transe de déesse alors que les premiers dragons tournoyaient au-dessus de nos têtes et que Zelda gloussait devant notre terreur.

Zelda leva la main.

Tout s'arrêta pendant une milliseconde, et je me préparai.

— Tuez-les, siffla-t-elle en laissant tomber sa main.

Killian se redressa en brandissant sa lame comme un héros.

Jasmine prépara sa lance.

Solstice déploya ses ailes en gardant l'une d'elles inclinée pour me permettre de monter sur son dos et m'enfuir.

Mais nous n'avions nulle part où aller.

Les dragons sauvages plongèrent alors en poussant des rugissements monstrueux synchronisés. Le bourdonnement dans mon sang s'intensifia jusqu'à ce que je tremble de tous mes membres.

Je réalisai à ce moment-là que ce n'était pas la panique qui me faisait trembler ainsi.

C'était tout autre chose.

Je concentrai toute mon énergie sur la transe de la déesse, m'immergeant totalement dans le calme. Puis, comme si j'étais contrôlée par quelqu'un d'autre, je m'agenouillai et laissai tomber mon arme au sol.

— Vivi ! Qu'est-ce que tu fais ? Ramasse ton épée !

Le cri paniqué de Killian était étouffé par le bourdonnement dans mes oreilles qui augmentait jusqu'à me rendre presque sourde.

Je l'ignorai et retirai mes gants. Je plongeai alors mes mains dans le sol boueux du marécage.

Je devais être plus proche de l'île.

L'énergie de mon sang était liée à une énergie beaucoup plus profonde et plus ancienne, celle de l'île elle-même. J'enfonçai mes mains dans le sol jusqu'à ce que je sente suffisamment cette ancienne énergie pour l'appeler à moi. J'ouvris les vannes et laissai la vague de puissance s'engouffrer en moi comme une rivière rugissante. Les vibrations furent si fortes que je ressentis une douleur quelque part au fond de mon esprit. Je puisai dans cette force jusqu'à ce que je sois si pleine d'énergie que j'eus l'impression d'être sur le point d'exploser.

Je levai la tête et vis Killian repousser des serres et des dents tandis que Solstice crachait du feu pour combattre les flammes qui venaient vers nous.

Ils étaient tous en train de refouler les dragons sauvages en me tournant le dos et luttaient pour me protéger.

Un acte altruiste qui remplit mon cœur d'amour.

Suivant le même instinct qu'auparavant, je retirai une main du sol et la tendis directement en l'air. Les dents serrées par l'effort, je dirigeai toute la puissance que j'avais rassemblée vers la masse de dragons sauvages qui descendaient du ciel.

Le pouvoir jaillit de ma main en un faisceau lumineux et doré. Il s'écoula doucement dans l'air avant d'éclater en une onde de choc qui se propagea dans toutes les directions.

Un dôme doré recouvrit la clairière, nous protégeant des retardataires qui n'étaient pas pris dans mon flux de puissance.

Je jetai un coup d'œil à Solstice, sachant qu'elle était responsable du dôme. Elle croisa mon regard et m'envoya des encouragements et de la fierté à travers notre lien.

Killian et Jasmine se tenaient à mes côtés, tandis qu'Evelyn et ses Hovakim observaient la scène, bouche bée.

— Bien joué, murmura-t-elle.

Zelda hurla en frappant contre le dôme, ses yeux flamboyant de rage.

— J'ai dit tuez-les !

Je continuai à puiser de l'énergie au plus profond de l'île et la libérai dans l'onde de choc. L'île semblait donner le pouvoir de son plein gré. Presque comme si elle était vivante et comprenait que j'étais l'une des siens, revenue à la maison pour rétablir l'équilibre qu'elle avait perdu.

Mais, quelle que fût la quantité de puissance dont l'île regorgeait, je ne pouvais en extraire qu'une quantité limitée avant d'être moi-même à court d'énergie. Je ne consumais pas mes émotions comme le faisait Lily. J'étais un conduit. Je permettais à l'île d'agir à travers moi. C'était ce que je faisais depuis tout ce temps, et c'était incroyable.

Alors que l'énergie de l'île était inépuisable, elle me rongeait au fur et à mesure, épuisant mes propres réserves.

Malgré mon onde de choc, l'assaut des dragons semblait toujours se déverser de toutes parts, se heurtant à la barrière et affaiblissant ma détermination.

— Ils sont encore trop nombreux ! Je ne vais pas pouvoir tous les repousser ! haletai-je entre deux respirations tremblantes.

L'effort de toute cette épreuve commençait à m'éreinter.

— Il faut qu'on batte en retraite, lança Killian.

À ce moment-là, le bourdonnement dans mes oreilles se calma. Comme à la fin d'une crise de panique, je cessai lentement de trembler, et une étrange paix s'empara de moi.

— Regardez ! s'exclama Max en pointant le ciel du doigt.

Nous suivîmes son regard, et haletâmes tous. D'énormes dragons affluaient de toutes les directions, comme l'avaient fait les dragons sauvages.

Mais ces dragons ne faisaient pas partie de la corruption.

Ils étaient anciens, et le ciel prit un air révérencieux. Ils brillaient d'un bleu pâle et semblaient éthérés, comme des esprits.

Lorsqu'ils passèrent parmi les dragons sauvages, chacun d'entre eux tomba simplement du ciel. Il n'y eut ni combat, ni sang, ni mort. Juste un sommeil instantané pour tous les dragons corrompus touchés par les anciens.

Les esprits protecteurs des dragons balayèrent le ciel au-dessus de nous jusqu'à ce que tous les dragons sauvages soient tombés au sol dans un profond sommeil. Ils convergèrent alors à la pointe de mon rayon et descendirent à travers moi, jusque dans le cœur de l'île d'où je sentais qu'ils venaient.

J'avais réveillé l'esprit de l'île.

À mesure qu'ils me traversaient, je pouvais sentir ce qu'ils étaient, ou qui ils étaient. Il s'agissait des esprits des anciens dragons qui avaient été liés à mes ancêtres.

Les habitants d'Avalon avaient eux aussi été des dragonniers !

Cela expliquait tant de choses. Pourquoi j'étais venue à l'académie. Pourquoi ma mère s'était liée à la reine perdue.

C'était dans notre sang.

Lorsque ces dragons étaient morts, ils avaient donné leur âme à Avalon pour protéger les générations futures. Je pouvais sentir leur fierté à mon égard et leur bonheur que je sois ici pour redonner à Avalon sa gloire d'antan. J'ouvris mon esprit et laissai ma propre gratitude passer à travers la connexion avant qu'elle ne disparaisse.

Une brusque poussée me ramena à la réalité et je retombai en arrière dans un souffle tandis que ma main s'extirpait de la boue avec un bruit sourd et humide. J'atterris sur le dos et fixai le ciel nuageux en reprenant ma respiration.

— C'était… incroyable ! cria Max. On a failli mourir, et ensuite Vivi, le truc du rayon lumineux, les dragons fantômes et le dôme doré et… Oh la vache, on a failli mourir !

Max faisait les cent pas en radotant, visiblement en état de choc.

Je gloussai alors que Killian posait sa main sur mon épaule.

Evelyn attrapa le bras de Max et l'enlaça. Le reste de ses Hovakim firent de même jusqu'à ce qu'ils soient tous blottis les uns contre les autres.

Solstice s'approcha de moi et s'allongea à mes côtés en posant sa tête sur mon ventre et en fredonnant de joie face à ce moment de paix après le stress intense de la bataille. Jasmine s'assit de mon autre côté, l'air choquée.

— Il faut qu'on rentre à la maison, proposa Killian. C'est bien pire que ce qu'on avait prévu. Ils savent qu'on est ici maintenant. Zelda s'est échappée quand elle a repéré les esprits des dragons. Elle a sans doute parlé de nous à Nera.

Killian se mit à faire les cent pas en essayant de réfléchir à la marche à suivre.

— On doit se retrancher à l'académie.

Sa voix était forte et assurée. Il n'avait aucun doute sur le fait que battre en retraite était la meilleure option. Logiquement, je savais qu'il avait raison. Il était beaucoup plus intelligent de rentrer à la maison, de raconter à la doyenne ce qui s'était passé et d'élaborer un nouveau plan.

Surtout maintenant que nous savions que nous pouvions les combattre.

Mais je savais que je ne pouvais pas faire ça. L'image de ces œufs transportés par des créatures corrompues traversa mon esprit. Je ne pouvais pas mettre en danger les reines perdues un instant de plus, ni aucun autre dragon d'ailleurs.

L'île m'avait aidée une fois, mais m'aiderait-elle vraiment à nouveau ? Je ne pouvais pas en être sûre. Les forces de la reine dragon étaient éparpillées autour de nous, inoffensives et endormies, mais pas pour longtemps.

Je devais aller m'en prendre à Nera, et je devais le faire tout de suite.

LE COMBAT FINAL

K illian s'assit sur Topaze et me regarda avec résignation.

— Allons-y. Il faut qu'on parte d'ici avant que d'autres dragons sauvages ne débarquent ou que la magie des dragons spirituels se dissipe et que tous ceux-là se réveillent.

Je secouai la tête.

— Je dois l'arrêter. Je dois sauver ces œufs.

Killian ouvrit la bouche pour protester, mais je levai une main et secouai à nouveau la tête d'un geste décisif. Je marchai jusqu'à Solstice et me hissai sur son dos avant de m'attacher à la selle.

— Tu ne l'as pas sentie, dis-je alors qu'il me dévisageait. Tu n'as pas senti l'île me supplier de la purifier. Tu n'as pas ce sentiment que tu dois faire quelque chose tout de suite parce que t'es chez toi et que tes ancêtres sont profanés, ajoutai-je, la passion rendant mes mots plus percutants que je ne l'avais initialement prévu. Je dois y aller tout de suite, Killian. Viens avec moi, ou écarte-toi de mon chemin.

Il me dévisagea un instant avant d'acquiescer solennellement.

— OK, Viv. Je viens avec toi. Toujours.

— Moi aussi, proposa Jasmine en brandissant sa lance alors qu'elle montait sur Jade. Montrons-leur ce que les dragonniers ont dans le ventre !

Evelyn souffla.

— Eh bien, ne comptez pas sur nous. Je sais reconnaître une mission suicide quand j'en vois une. Bonne chance, dit-elle en faisant un salut narquois. Il faut que quelqu'un puisse raconter à l'académie ce qui s'est passé si vous échouez.

Je gloussai.

— Merci pour le vote de confiance.

La plupart des gens auraient été offensés par ses paroles, mais je connaissais Evelyn. Elle était pragmatique, et honnêtement j'étais heureuse de savoir que quoi qu'il arrive, l'académie aurait toujours une alliée infiltrée. Je me penchai et ma selle grinça sous l'effet de mon poids.

— À condition que tu me donnes l'emplacement de toutes les reines perdues quand ce sera fait.

Elle acquiesça avec un clin d'œil.

— Ça marche, Viv.

Ses Hovakim et elle disparurent alors dans la forêt. Max fut le dernier à partir et il nous salua tristement avant de se retourner et de suivre sa nouvelle famille dans l'obscurité.

— Bon, il est temps de se lancer dans notre mission suicide, dis-je aux autres en serrant les dents avec détermination avant de porter mentalement un coup de talons à Solstice pour que nous nous envolions.

Nous volions à présent à toute allure au ras du sol, la discrétion aux oubliettes maintenant que nous avions été repérés. Le paysage défilait sous moi et le spectacle me donnait envie de pleurer. Plus nous nous rapprochions de Nera, plus les veines sombres au sol devenaient épaisses. Plus l'air était lourd.

Nous croisions de temps en temps un groupe de dragons sauvages que nous combattions avant de poursuivre notre route. Ces groupes devenaient de plus en plus fréquents à mesure que nous nous rapprochions du château fort, et je savais qu'il y aurait un moment où nous ne ferions que nous battre sans arrêt.

Nous n'étions pas une armée. Nous n'étions qu'un escadron de trois personnes, mais cela nous permettrait de passer entre les mailles du filet.

Le château apparut enfin et mon estomac se noua à l'idée de la bataille qui s'annonçait. Le château était immense et comportait cinq tours. Quatre tours encadraient les coins d'un carré, chacune d'entre elles orientée vers un point cardinal. La cinquième tour était la plus haute et se dressait fièrement au centre du château. La pierre grise et lisse aurait été magnifique s'il n'y avait eu des fissures de pourriture et des signes de négligence qui s'étendaient partout.

Alors que nous nous approchions, plusieurs groupes de dragons sauvages prirent leur envol et se dirigèrent vers nous. Nous dégainâmes à nouveau nos armes et continuâmes à avancer vers le château.

Combattre les dragons sauvages était différent pour moi à présent, après avoir vu ce que Lily avait fait. Ce n'étaient que des gens qui avaient été manipulés ou forcés à vivre cette vie. Ils n'avaient pas voulu ça. Une fois purifiés, ils ne se souvenaient même plus d'avoir été des dragons corrompus. C'étaient des êtres qui n'avaient pas toute leur tête. Je me sentais mal à bien des égards de leur faire du mal maintenant que je savais ce qu'il en était.

Mais je n'avais pas le choix. C'était soit les blesser, soit les laisser me tuer. Je brandis donc mon épée et ma dague tandis que d'autres dragons sauvages se précipitaient sur nous, griffes et crocs à l'affût. Solstice se frayait un chemin, dragon après dragon, crachant du feu sur certains pendant que j'en tranchais d'autres.

Je ferais de nouveau appel à l'île quand le moment serait venu. Et je me jurai de sauver tous les autres.

Nous fîmes de notre mieux pour nous faufiler en douce à travers la majorité des wyvernes malades, essayant de combattre le moins de dragons possible. Nous franchîmes le mur du château, et ce fut à ce moment-là que je ressentis l'attraction de l'œuf.

— Je le sens ! lançai-je à Killian et Jasmine tout en indiquant déjà à Solstice dans quelle direction aller.

Une grosse escouade de dragons sauvages s'éleva au-dessus du mur et se précipita vers nous.

— Vas-y ! me cria Killian en retour par-dessus le rugissement du vent. On va les retenir !

Je lui fis un signe de tête et lui envoyai autant d'amour que possible à travers notre connexion. Il posa sa main sur son cœur et me fit sentir son amour à son tour. Puis Solstice vira en direction de l'œuf, et nous nous retrouvâmes seules.

Nous nous dirigeâmes vers le centre du château en esquivant et en contournant les dragons sauvages que nous rencontrâmes en chemin. La plus haute tour se dressait au-dessus de nous, étrangement inquiétante malgré sa beauté sous-jacente.

Ce fut alors que je la vis.

Nera.

C'était surréaliste d'avoir entendu parler de la reine des dragons sauvages et de la rencontrer enfin. Je m'attendais à ce qu'elle soit sous sa forme de dragon, mais elle semblait préférer sa forme humaine.

Pas tout à fait humaine, constatai-je à mesure que nous descendions. De longues cornes gracieuses sortaient de sa tête, encadrées par une couronne noire scintillante. Sous sa longue robe dorée, une queue se faufilait, dont la couleur étincelait comme les écailles de Solstice. Son dos était nu, et deux cicatrices couraient le long de ses omoplates.

Elle se tenait dans ce qui semblait être la cour intérieure. On pouvait voir sur le pourtour les vestiges d'un jardin mort depuis longtemps. Des vignes mortes et des arbres sans feuilles trônaient parmi l'herbe brune et la terre veinée de noir. Nera se tenait au centre de la cour, à côté d'une fontaine qui crachait de l'eau rouillée.

Solstice fit le tour de la cour avec appréhension avant que je ne l'incite à atterrir. Elle descendit lentement, aussi loin que possible de Nera.

Une fois au sol, je pus voir la reine d'Avalon plus claire-ment. Elle était grande, comme la plupart des dragons méta-morphes. Sa peau était pâle, presque comme de la porcelaine. Ses traits étaient délicats et acérés, ce qui lui donnait un côté tranchant qui criait « danger » malgré la légère moue de ses lèvres.

Elle avait des cheveux noir de jais et des yeux sombres vides. Mais ce qui attira le plus mon attention, ce furent ses ailes. Elle les libéra de son corps. Ses cicatrices étaient en fait les endroits où elle pouvait les cacher.

C'étaient les plus grandes ailes que j'avais jamais vues sur une forme humanoïde. Des appendices d'un noir d'encre qui flottaient comme de la soie lorsqu'elle bougeait, et leur couleur hypnotique me rappelait les reflets changeants d'une marée noire. La corruption l'avait marquée de la même façon que l'île ; des veines noires semblaient s'étendre sur l'en-semble de son corps, mais de manière plus concentrée autour de son cœur. Sa poitrine était presque entièrement noire à cause de la maladie. Ses yeux avaient une folie glacée qui contrastait avec sa position autoritaire.

— Je t'attendais, dit-elle avec un sourire mauvais.

Elle fit un geste en direction de la fontaine rouillée.

— Zelda m'a informée de ton petit spectacle de lumières. J'ai bien peur que cela m'ait contrariée.

Solstice poussa un gémissement lorsque je descendis de son dos pour voir ce qu'elle cachait dans les eaux rouillées.

Elle recula pour me laisser de l'espace tandis que je plaquais ma main sur ma bouche avec horreur.

Le corps sans vie de Zelda flottait dans l'eau, couvert d'entailles.

Ce n'était pas de la rouille qui rendait la fontaine rouge.

C'était du sang.

— Ça fait des semaines que je t'attends, continua Nera joyeusement avec une voix de démente. C'est pour ça que j'ai travaillé si dur pour absorber la corruption en moi.

Elle fit un geste vers sa poitrine avec un sourire confiant.

— N'est-ce pas magnifique ?

Son expression devint brusquement creuse et elle m'étudia pendant ce qui me sembla être une éternité. Elle porta son attention sur Solstice et je me hérissai avant de me forcer à m'interposer entre elle et mon dragon. Peu importe ce qu'elle avait l'intention de faire, elle devrait d'abord me passer sur le corps.

Solstice me donna un coup de museau dans le dos, n'appréciant pas que je sois prête à me sacrifier pour elle. Je l'ignorai en gardant les yeux rivés sur la métamorphe détraquée qui se trouvait devant moi.

— J'ai une proposition à te faire, ronronna-t-elle, sa poitrine grondant à chaque mot. Je t'ai sentie tout à l'heure. T'as du pouvoir. Un vrai pouvoir, ajouta Nera avec une voix mielleuse. Rejoins-moi ! Débarrasse-toi de tout cet amour inutile et gaspillé, et prends la place qui te revient en tant que souveraine d'Avalon. Tu le sens, n'est-ce pas ? Que ta place est ici. Sur cette île.

Elle soutint mon regard pendant tout ce temps, sans

même cligner des yeux. Je marquai un temps d'arrêt pour réfléchir à ses paroles.

Comment savait-elle que j'étais liée à l'Avalon ? Comment pouvait-elle savoir ce que je ressentais ?

Elle s'approcha de moi à pas lents et tranquilles et, pour une raison quelconque, je ne reculai pas.

— Viens, je veux te montrer quelque chose, me dit-elle en souriant.

Elle se retourna et se dirigea gracieusement vers les doubles portes menant à la tour principale du château. Je la suivis avec hésitation, en alerte maximale et dans l'attente du piège qui, je le savais, ne manquerait pas de surgir.

Elle ouvrit les portes et je vis vers quoi elle se dirigeait. C'était la salle du trône, ce qui expliquait pourquoi elle préférait sa forme humanoïde.

La pièce était massive, avec des plafonds voûtés et deux lustres géants. Non pas un, mais deux trônes scintillaient contre le mur du fond. Ils étaient tous deux en pierre, sculptés de façon complexe avec des images de dragons d'eau et de la Dame du Lac, ainsi que diverses allusions à la magie.

Les trônes étaient les seuls objets de la pièce, ou peut-être de tout Avalon, qui ne semblaient pas avoir été affectés par la corruption. La pierre était polie et brillait à la lumière.

— Ce sera ta salle du trône. Le siège de ton pouvoir.

La voix de Nera interrompit mon silence admiratif, et je tournai la tête pour lui faire face.

— Vas-y, assieds-toi dessus, me dit-elle avec un geste de la main.

J'avançai alors, quelque chose en moi ne pouvant résister à l'envie de le tester. Je fis le reste du chemin et montai sur la plate-forme.

Je passai mon doigt le long d'une vague particulièrement détaillée en m'émerveillant de la chaleur de la pierre sous le bout de mes doigts. Cette chaleur m'attira et je me retournai pour m'asseoir sur le trône avec un soupir de contentement. Même si je savais que Nera était folle, je ne pouvais pas m'empêcher de prendre en considération son offre.

Ne serait-ce que parce que j'avais l'impression d'être à ma place.

Qu'est-ce qui ne va pas chez moi ? me demandai-je. Mes pensées s'embrouillèrent alors que les yeux de Solstice se voilèrent, comme si elle s'était endormie.

— Oui, ça fait du bien. C'est un bon trône, non ?

Nera me sourit, ses crocs scintillant dans la lumière.

— J'ai de plus grandes ambitions, c'est pour ça que j'ai besoin de toi, ma chère. Avalon était un tremplin qui sombrera dans la mer à moins que tu ne décides de la sauver en la gouvernant.

Elle avait raison. L'île était en train de sombrer.

Elle avait donc besoin de moi en vie, et pas seulement. Elle avait besoin de moi pour régner.

— Tu ferais une merveilleuse reine d'Avalon, ronronna-t-elle en serrant ses mains contre sa poitrine corrompue. Tout comme je ferais une merveilleuse reine dans les autres domaines sur lesquels nous pourrions régner ensemble. Reine Vivienne d'Avalon, servante de la reine Nera de tous les royaumes.

Elle éclata d'un rire teinté de folie.

Je secouai alors la tête, semblant enfin retrouver ma lucidité.

— Vous avez tué mon père, n'est-ce pas ?

Nera rejeta sa tête en arrière et rit comme si c'était la chose la plus drôle que quelqu'un ait jamais dite. Je la dévisageai avec perplexité.

— Oh, tu te soucies toujours de ça ? C'était un moyen de parvenir à une fin, ma chère. Si t'as encore du chagrin, j'ai un remède pour ça.

Elle écarta les doigts, et ses yeux s'écarquillèrent, révélant des pupilles qui débordaient de ses iris.

— Mets de côté tes émotions. Laisse la corruption se délecter d'elles.

Sa voix s'éleva, résonnant dans la salle du trône vide.

— Qu'est-ce que tes émotions ont vraiment fait pour toi ? Réfléchis un instant. Les émotions ne font que te faire souffrir.

Nera s'avançait vers moi avec un air calculateur déconcertant, complètement en contradiction avec ses propos délirants.

— Tu ne reverras jamais ton père, siffla-t-elle, et, peu importe qui l'a réellement tué, la véritable raison de sa mort était ton existence même. Je n'étais que la porteuse d'un destin inévitable qui devait se dérouler quels que soient les pions en jeu. Pour échapper à la douleur sans fin qu'est la vie, il n'y a qu'une solution. Rejette cette souffrance. Débarrasse-toi de toutes tes émotions inutiles et joins-toi à moi. Nous pourrions faire des choses merveilleuses ensemble.

Sa voix n'était plus qu'un murmure, et elle tendit la main. La tension était épaisse dans l'air tandis qu'elle attendait ma réponse.

— Je peux t'aider à te débarrasser de cette douleur et à accéder enfin à ton plein pouvoir.

Je soutins son regard noir et sans profondeur. La tentation de me soulager de ma douleur était forte. Je n'aurais plus à ressentir de chagrin pour mon père. Je n'aurais plus à risquer de perdre quelqu'un d'autre. Je n'aurais plus à me demander comment protéger le monde. Je ne me soucierais même pas d'être à la hauteur de mon destin.

Avant même de m'en rendre compte, ma main se tendit vers la sienne.

J'étais faible. Je voulais m'en débarrasser. J'en avais assez de toutes ces émotions lourdes qui me pesaient.

— Vivi ! Attends !

Killian fit irruption, les doubles portes heurtant les murs avec un bruit sourd qui résonna dans la pièce.

Je sursautai sous le choc de ce vacarme soudain.

L'interruption me ramena à la réalité et je pris conscience de ce que j'étais sur le point d'accepter. Je retirai ma main et laissai éclater ma frustration et ma colère.

Le trône sur lequel j'étais assise était le cœur d'Avalon, et c'était là que je pouvais le mieux entrer en résonance avec elle.

Je repensai non pas à mon chagrin, mais à mon amour, ainsi qu'à tout ce que je voulais préserver et garder en sécurité.

Killian.

Ma mère.

L'académie.

La Terre.

Mes amis.

Solstice.

Le monde s'arrêta alors qu'une lumière blanche jaillissait de ma poitrine. Solstice déploya ses ailes et créa un rayon doré qui nous relia l'une à l'autre.

Toutes les émotions que j'avais envisagé d'abandonner quelques secondes auparavant remontèrent à la surface, et je sentis l'énergie les transporter dans l'île. Je pouvais la sentir, comme si la lumière blanche était une extension de moi-même. Je la sentis envahir la terre, purifier les ténèbres et la corruption et ramener la douce beauté que je savais qu'Avalon possédait sous la maladie.

Le monde s'arrêta pendant que je purifiais la maison de mes ancêtres. Killian était alors à côté de moi. Il prit mon visage entre ses mains et m'embrassa partout. Il répéta mon nom encore et encore, le murmurant comme une prière qui aurait été exaucée.

— Vivi, j'ai cru que j'allais te perdre au profit des ténèbres.

Il porta mes doigts à ses lèvres et embrassa chacun d'entre eux.

— Si tu rejettes la douleur, tu rejetteras aussi tout ce qui est bon. Le chagrin est le coût de l'amour, et je paierais ce coût indéfiniment pour avoir le privilège de t'aimer.

Mon cœur faillit éclater à ses mots, puis il s'emballa lorsque Killian m'embrassa à nouveau. Tout s'estompa. Nous n'étions plus engagés dans une bataille mortelle. Nous n'étions pas des dragonniers, des déesses ou des demi-anges.

Nous étions amoureux.

— Non ! hurla Nera.

Killian sursauta et rejeta la tête en arrière en haletant.

Je ne compris pas immédiatement pourquoi du sang coulait sur sa poitrine, puis réalisai que la queue de Nera lui avait transpercé le dos.

— Killian ! criai-je alors qu'il s'effondrait sur moi.

Une rage m'envahit lorsque je portai mon regard sur elle.

— T'aurais pu éviter cette souffrance, Vivienne. Si seulement t'avais accepté mon offre, dit Nera en observant la scène.

La colère monta à nouveau en moi, juste au moment où Jasmine, Evelyn, Yosef, Jakob, Marcus, Liam et Max franchissaient les portes en courant.

— Topaze est en train de péter les plombs et…

Jasmine s'interrompit en voyant l'état dans lequel nous nous trouvions, Killian et moi sur le sol, après avoir glissé du trône, couverts de sang, et Nera debout au-dessus de nous.

Je me relevai en me dégageant prudemment de Killian et m'avançai pour me placer entre Nera et lui. Je me tournai pour croiser le regard de Jasmine.

— Va trouver un guérisseur, Jasmine. Ramène-le à la maison.

Je levai une main et foudroyai Nera avec toute la douleur et l'amour que Killian m'avait donnés au fil des ans.

Elle hurla en se couvrant les yeux. Jasmine profita de l'occasion et passa devant la reine des dragons sauvages. J'ouvris un portail, et elle hésita un instant, son regard allant de Nera à moi alors que Solstice se plaçait à mes côtés.

— Vas-y, lui ordonnai-je fermement.

Je resterais.

Je terminerais tout ça.

Killian s'en sortirait. Je devais y croire.

Lorsque Jasmine partit avec Killian, j'endurcis mon cœur.

La reine d'Avalon dévisagea Evelyn et ses Hovakim.

— Alors, t'es une traîtresse ? J'avais des soupçons, mais je n'ai jamais pu en être sûre.

— J'ai pris ma décision en fonction de ce qui était le mieux pour les royaumes, dit Evelyn d'un ton posé en me jetant un coup d'œil. Je crois en la vraie reine.

Un éclair de fureur brilla dans les yeux de Nera et son visage rougit de colère. Elle fit un geste de la main et un tourbillon apparut juste derrière Evelyn. Nera agita alors le poignet et les envoya tous les six à travers le portail vers un royaume inconnu. Le portail se referma avec un bruit sec après un autre geste de la main de Nera.

Je restai en état de choc pendant plusieurs secondes, essayant d'assimiler la rapidité avec laquelle tout cela s'était produit. J'avais le pressentiment que je ne les reverrais plus jamais. C'était une mauvaise chose pour deux raisons. D'une part, je commençais vraiment à apprécier Max, et d'autre part, c'étaient les seuls à savoir où se trouvait la majorité des reines perdues.

— Bon, maintenant que ce désagrément est réglé, il ne reste plus que toi et moi, dit Nera en cachant presque sa folie par un ton mielleux alors qu'elle s'essuyait les yeux. Malheureusement, je vais devoir en finir avec toi. Si tu ne veux pas te joindre à moi, tu ne feras que me gêner. Mieux vaut en finir avec cette sordide affaire tout de suite.

Aussitôt qu'elle eut terminé sa phrase, elle fit un brusque mouvement du revers de la main. Mon corps se souleva et vola en arrière avant de s'écraser contre le mur de l'autre côté de la pièce avec un bruit sourd. Je haletai lorsque la force invisible me relâcha, puis je m'écroulai sur le sol à l'endroit où j'étais tombée. Elle rit, le son aigu et perçant laissant transparaître sa folie.

— Oh, ça va être beaucoup plus facile que prévu. Je dois dire que t'es beaucoup plus féroce quand tu protèges ceux que t'aimes.

Elle porta son doigt à ses lèvres comme si elle réfléchissait.

— Je sais ce qui rendra la situation plus intéressante ! Je vais tuer ton dragon et ajouter ses écailles à ma robe.

Je haletai, la brillance de sa robe prenant tout son sens à présent.

Elle avait trouvé d'autres dragons dorés, comme Solstice, une couleur rare, et s'était confectionné une robe avec leurs écailles.

Elle exprima sa décision en toute simplicité, comme si elle ne venait pas de menacer l'une de mes seules raisons de vivre. Comme si elle ne venait pas de mettre fin à sa propre vie avec cette petite déclaration. Tout à coup, ma douleur n'existait plus.

Elle avait raison. J'étais plus féroce lorsqu'il s'agissait de protéger ceux que j'aimais.

Je vis rouge lorsqu'elle tourna les talons pour se diriger vers la porte qui la mènerait à ma wyverne toujours au pied du trône, entravée par la corruption qui la maintenait en place.

Nera me tournait le dos comme si elle ne me considérait vraiment pas comme une menace.

Me sous-estimer allait signer son arrêt de mort.

Je tendis la main et me saisis de son énergie vitale avec une force que je n'avais jamais eue auparavant. Dès que j'entrai en contact avec son énergie, je vis qu'elle avait abandonné tout ce qu'il y avait de bon en elle.

Il n'y avait plus rien à sauver en elle.

Je pourrais la purifier, mais cela la tuerait.

Qu'il en soit ainsi.

Elle siffla en tirant sur sa force vitale, refusant de me laisser la lui voler sans se battre. Mais elle avait menacé ma famille et mon monde. Je ne pouvais pas la laisser s'en tirer comme ça.

Les pieds ancrés au sol, je tirai de toutes mes forces tandis que mon armure de Valkyrie s'étirait et se fissurait. Je puisai en moi toute la force dont j'étais capable. Puis, je me tournai vers Avalon pour prendre l'énergie de l'île. Une énergie qui était pure et chaude maintenant que j'avais nettoyé l'île de sa corruption.

Nera et moi luttâmes, tirant chacune de notre côté pendant plusieurs instants avant que je ne rassemble assez d'énergie pour prendre le dessus. Tout jaillit après cette première tentative d'arrachement.

Les yeux de Nera s'écarquillèrent. Elle lutta pour faire un pas, tomba à genoux et s'agrippa la poitrine.

Son âme m'apparut, noire et visqueuse, se déplaçant plus lentement et semblant beaucoup plus lourde qu'elle n'aurait dû l'être. Une caverne vide remplie de ténèbres.

Elle s'effondra sur le sol, et sa peau se fripa comme un raisin sec tandis que je purifiais les restes de son énergie.

— T'aurais pu tout gouverner, dit-elle, osant avoir de la pitié dans les yeux alors qu'elle souriait, folle jusqu'au bout.

La corruption saignait de sa poitrine, et une fois qu'elle aurait disparu, il ne lui resterait plus rien.

— Les royaumes n'ont pas besoin d'une souveraine,

lançai-je en fermant le poing et en le tournant, ce qui la fit haleter. Ils ont besoin d'une sauveuse.

Alors que la lumière quittait enfin ses yeux, sa peau se craquela et s'écailla. Son corps se transforma en un tas de poussière dans un souffle silencieux, ne laissant rien derrière lui.

Un léger tiraillement dans ma poitrine attira mon attention. Je me tournai vers le trône et m'en approchai, sentant la force d'attraction qui s'en dégageait.

Un léger bourdonnement me conduisit à l'arrière du trône. Là, posé sur un coussin de velours rouge, se trouvait l'œuf du Royaume de la Malice. Une grande fissure partait du haut de l'œuf jusqu'à la moitié. Malgré la craquelure, l'œuf était chaud lorsque je le pris dans mes mains, et je pouvais sentir les battements de cœur de la petite reine à l'intérieur.

— Te voilà. Il est temps de te rendre à ta dragonnière, lui chuchotai-je.

Je serrai l'œuf contre ma poitrine et me dirigeai vers la sortie. Lorsque j'ouvris la porte, plusieurs dragons atterrirent. Des Valkyries sautèrent de leurs dragons, armes dégainées et prêtes à se lancer dans la bataille.

La doyenne avait apparemment répondu à Jasmine et Killian après tout, et d'une manière à laquelle je ne m'attendais pas.

Elle ne voulait pas m'abandonner ici. Toute l'académie était venue pour me soutenir et mener la bataille, qu'elle soit prête ou non.

Mais il n'y avait plus personne à combattre. Tous les dragons sauvages semblaient avoir disparu à peu près au moment où Nera avait été purifiée.

— Désolée, les filles, je me suis bien amusée avant que vous n'arriviez, leur dis-je en souriant et en haussant les épaules.

Certaines d'entre elles ricanèrent, mais s'interrompirent

rapidement lorsque la doyenne Brynhilde s'avança en me lançant un regard noir.

— J'espère que tu t'es suffisamment amusée pour un moment, parce que ça risque d'être long avant que tu ne puisses en avoir à nouveau l'occasion, gronda-t-elle avant de faire un geste brusque en direction du portail ouvert.

Je savais qu'il valait mieux pour moi que je n'argumente pas, et j'étais trop épuisée pour me disputer. Je montai donc rapidement sur le dos de Solstice et nous traversâmes le portail.

Victorieuses, mais en mauvaise posture.

ÉPILOGUE

Les heures qui suivirent mon retour d'Avalon ne furent qu'une succession de réprimandes pour mon comportement rebelle, de remerciements chaleureux, d'examens médicaux et de demandes infructueuses pour voir mon compagnon.

Apparemment, il allait s'en sortir, mais ils avaient encore des soins à lui faire et je n'avais pas le droit de lui rendre visite pour l'instant.

Les entendre dire qu'il irait bien et le voir réellement étaient deux choses très différentes. J'allais être une véritable boule d'angoisse jusqu'à ce que je pose enfin les yeux sur lui.

La reine perdue était la dernière chose dont je devais m'occuper avant de pouvoir enfin me reposer. Je me dirigeai donc vers le bâtiment central, heureuse de pouvoir marcher calmement. Je marquai une pause lorsque j'atteignis la porte avant de l'ouvrir doucement.

Ma mère était allongée sur le dos, les couvertures enroulées autour d'elle. Elle dormait profondément et respirait légèrement et régulièrement.

La doyenne m'avait prévenue qu'elle était retombée dans le coma, mais je n'étais pas inquiète.

Je savais comment la réveiller.

Je m'approchai du lit et déposai tendrement l'œuf de la Malice sur sa poitrine, directement au-dessus de son cœur.

Dès qu'ils se touchèrent, un craquement s'échappa de l'œuf. Les yeux de ma mère s'ouvrirent, et elle se redressa. Un sentiment de bonheur envahit son visage et elle regarda, fascinée, le bébé dragon pousser sur sa coquille de l'intérieur. Morceau par morceau, la coquille se craquela pour révéler un dragon d'onyx étincelant. Le bébé établit immédiatement un contact visuel avec ma mère et je vis leur lien se tisser avant qu'il ne pousse un cri de joie.

Je ne pus m'empêcher de sourire face à ce magnifique spectacle.

— Oh, Vivi, comment est-ce que je pourrai un jour te remercier ? Comment est-ce que je pourrai te rendre la pareille ? Les choses sont censées être inversées, tu sais. Les mères sont censées prendre soin de leurs filles, me dit-elle alors que ses yeux se remplissaient de larmes.

— Je t'aime, maman. Prends soin d'elle, c'est une récompense plus que suffisante pour moi, lui répondis-je en me penchant pour la serrer dans mes bras.

La petite wyverne noire me lança un regard curieux et se dirigea vers moi en tremblant. Elle me donna un coup de museau sur la main et émit un son satisfait lorsque je lui grattai la tête.

La reine perdue qui m'appelait depuis des mois n'était enfin plus perdue.

L'ODEUR de la nourriture imprégnait chaque centimètre carré de la grande salle. Les conversations allaient bon train dans la pièce tandis que tous les pensionnaires de l'académie, et beaucoup d'autres, fêtaient notre victoire sur les dragons sauvages et la reine Nera.

Je me sentais mal à l'aise dans mon fauteuil de cérémonie à la table principale. Ils avaient insisté pour me mettre à l'honneur pendant toute la célébration, alors que tout ce que je voulais vraiment, c'était m'asseoir avec mon compagnon et mes amis qui riaient tous de quelque chose deux tables plus bas.

Killian allait bien, ce qui signifiait que tout cela allait s'arranger.

J'étudiai mes semblables tandis qu'ils continuaient à converser sur un ton joyeux et enjoué. L'air était empli du bourdonnement d'excitation qui accompagnait la victoire et le fait de savoir que les royaumes étaient désormais à l'abri du mal.

Jasmine et Vern étaient au bout, en face de ma mère et d'Ivar, le roi des Chevaliers de l'Ordre d'Argent. Lily et James se trouvaient à côté d'Ivar, et James faisait clairement exprès d'embêter son frère aîné, à en croire son sourire et l'expression acerbe sur le visage d'Ivar.

Et puis il y avait Killian.

Il me contemplait comme si j'étais la seule personne dans la pièce.

Je lui souris et lui adressai un clin d'œil amusé. James lui donna un coup de coude et dit quelque chose qui les fit tous rire à nouveau.

Je ressentis un profond sentiment de satisfaction en regardant mon compagnon, ma mère et mes amis rire, insouciants et heureux.

Voilà pourquoi la douleur et le chagrin en valaient la peine.

Cette pensée me fit songer à mon père. Il aurait adoré cette célébration. Il aurait été le boute-en-train de la fête.

Je me levai alors, souhaitant être seule un moment. Cela faisait longtemps que je ne lui avais pas parlé, me demandant s'il pouvait m'entendre.

Sachant ce que je savais maintenant, il le pouvait probablement.

Je m'éclipsai en faisant de mon mieux pour être discrète et sortis dans le jardin. Killian croisa mon regard, mais la confiance tacite dans notre lien lui indiqua que j'avais besoin de faire ça seule.

Je marchai en observant les étoiles et en pensant à ce que dirait mon père s'il était là.

Un bruit sourd retentit derrière moi. Un portail lumineux et tourbillonnant s'ouvrit dans la nuit avec une lumière presque aveuglante.

Un tunnel de lumière de niveau sept.

Mon estomac se noua lorsqu'un homme le traversa et me sourit avec adoration.

Papa.

Il était exactement le même que la dernière fois que je l'avais vu. Jusqu'au sourire qui disait qu'il m'aimait plus que tout au monde.

— Papa !

Je ne pus retenir le cri de fillette qui sortit de ma bouche alors que je me précipitais en avant, de peur qu'il ne disparaisse si je ne m'agrippais pas à lui.

— Oh, ma petite fille.

Sa voix profonde de baryton gronda contre ma tête alors que j'enfouissais mon visage dans sa poitrine. Il enroula ses bras autour de moi et me serra furieusement.

— Je ne pourrais pas être plus fier de toi, ma Vivi. T'as parcouru un si long chemin pour suivre ton destin.

Des larmes me montèrent aux yeux, car malgré l'amour

débordant que j'éprouvais pour mon père, la douleur était aussi là.

— J'ai fait ça pour effacer mon chagrin, lui dis-je en toute connaissance de cause.

Je le serrai plus fort dans mes bras, sachant qu'il ne resterait pas longtemps. Une lumière dorée s'échappait déjà de sa peau, comme s'il se vidait de son sang sur le sol, sa forme ne pouvant perdurer dans ce royaume.

— Comment est-ce que je suis censée continuer en sachant que le chagrin restera toujours présent ?

Il embrassa le sommet de ma tête et se retira.

— Parce qu'il y a l'amour, Vivi. C'est sur ça que tu dois te concentrer, et il y a tellement d'autres personnes qui ont besoin de ton aide.

Je clignai des yeux vers lui, puis essuyai mes larmes.

— Les reines perdues ? demandai-je.

Il hocha la tête.

— Elles sont en danger, ma chérie. C'est la seule raison pour laquelle j'ai été autorisé à venir te délivrer le message. Quand Nera est morte, elle a envoyé une vague de corruption à tous les œufs des reines dragons perdues. Elle a fait en sorte qu'elles deviennent comme elle, nées dans la folie. Elles auront pour seule mission dans la vie de ramener Nera d'entre les morts.

— Attends… Elles peuvent faire ça… ? lui demandai-je avec effroi.

— Oui, elles le peuvent, et elles le feront, à moins que la corruption ne soit purifiée. Tu dois les trouver.

Il serra mes mains et me sourit.

— N'aie pas l'air si contrariée, ma chérie. T'as le temps. Pour l'instant, vis ta vie, et surtout, aime aussi fort que tu le peux. C'est ce qui compte vraiment dans ce monde.

Il s'éloigna en finissant de parler et se mit à retourner vers le portail.

— Je dois y aller maintenant, ma douce, mais sache que je serai toujours avec toi.

Il m'envoya un baiser.

— Je t'aime, Vivi.

Sur ce, il entra dans le portail qui se referma avec un bruit sec.

Un mélange d'émotions menaça de me submerger.

Le bonheur de l'avoir vu et de mériter sa fierté. La tristesse d'avoir dû le regarder repartir et de l'avoir perdu à nouveau. L'anxiété face aux nouvelles informations qu'il m'avait données.

Mais je ressentis surtout un immense sentiment d'amour. Pour mon père, pour Killian, pour ma mère, pour Solstice et pour tous mes amis.

Il avait raison. Il n'y avait qu'une seule chose qui comptait vraiment dans le monde.

L'amour.

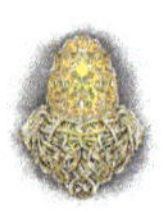

Fin

Merci d'avoir lu *L'Académie des dragonniers* !

Toutes mes histoires viennent de mon cœur, mais *L'Académie des dragonniers* vient d'un endroit particulier. La plage décrite dans le prologue est inspirée d'un lieu où je me rendais avec ma famille et des rêves que je faisais. Heureusement, rien de tragique ne s'y est produit, mais mes rêves de chevaucher des dragons dans le ciel étaient bien réels. C'est assez amusant de vivre ces rêves en tant qu'adulte à travers les histoires que j'écris.

Quand j'étais à l'école, je dévorais les livres, surtout ceux qui traitaient de fantaisie ou de dragons. J'avais lu tous les livres fantastiques de la bibliothèque de mon collège avant d'aller au lycée. Cela peut sembler impressionnant, mais étant donné que je vivais sur une île, je ne sais pas si la bibliothèque était vraiment grande, mais elle me paraissait immense ! Au lycée, j'avais de très bons amis qui aimaient tout autant lire que moi, et nous nous perdions souvent dans un bon livre pendant le déjeuner ou les récréations. J'avais le choix entre traîner avec les pom-pom girls ou les « nerds », et j'ai choisi ces derniers sans hésiter. C'est un choix que je n'ai jamais regretté, et j'espère que tous mes amis d'enfance et tous ceux avec qui je suis allée à l'école vivent une vie heureuse et épanouie en ce moment.

Je suis comblée par ces histoires, et je vous remercie de vous joindre à moi dans ce périple. Cela m'apporte de la joie, et j'espère que mes histoires vous en ont apporté également.

Merci de m'avoir permis de partager mes histoires avec vous.
À bientôt !